Persée, le favori des dieux

François Rachline

Persée, le favori des dieux

ROMAN

Albin Michel

À la mémoire de Jean Cournut.

1.

Au lever du soleil, comme chaque matin, Dictys descendit vers la plage où il amarrait sa barque. Elle était toujours calée au même endroit, sous le tronc sinueux d'un pin parasol. Il vérifia son attirail de pêche – lignes plombées de bronze, dagues aux lames rouillées, palangres, harpons à trois dents –, poussa l'embarcation et rama en direction de la pointe sud de l'île de Sériphos[1]. Parvenu à proximité du cap, il s'arrêta, bascula par-dessus bord la pierre qu'il utilisait comme ancre et scruta les hauts-fonds.

Le monde sous-marin répondait à la lumière crue inondant l'île. Des mulets filaient, flèches tirées sous le bateau. Des girelles royales scintillaient par à-coups. Des sars argentés miroitaient comme des diamants.

Muni d'une spatule et d'un poignard, Dictys glissa le long de sa chaloupe. Il n'eut pas à nager longtemps pour apercevoir les éponges repérées quelques jours auparavant. Leur noirceur contrastait avec le rosé des roches où elles s'accrochaient. Il plongea, en arracha deux, refit surface pour en apprécier la spongiosité, puis les jeta dans son caïque.

La journée ne commençait pas seulement bien, elle était

1. Voir les cartes en fin de volume.

déjà gagnée. À terre, il piétinerait ces mollusques pour les tuer, attendrait qu'ils sèchent avant de les blanchir à la chaux et de les émonder pour les céder aux céramistes ou aux forgerons, toujours à l'affût de ces animaux précieux.

Satisfait, il s'empara d'une langouste attirée par les remous de sa chasse. Les seigneurs de la ville ne lui achèteraient pas cette nourriture de pauvre, mais lui s'en accommoderait.

Il déversait son butin à l'arrière du bateau quand un point noir, au loin, attira son attention.

Il crut tout d'abord qu'il s'agissait d'un navire faisant route sur Sériphos, mais il ne distingua ni voiles ni rames. Ça ne bougeait pas. C'était peut-être un monstre à la dérive. À en juger par son étroitesse, la chose devait se présenter de face. Elle passa sous l'horizon, signe de rapprochement. Des mouettes tournoyaient au-dessus de cette tache perdue dans l'immensité bleue.

« Et si c'était un corps ! » pensa Dictys. Un cadavre, être humain ou animal, flottant pour l'éternité en punition de quelque faute et mené là par les vents de nord-ouest. Il invoqua Poséidon :

– Ô maître des mondes aquatiques, toi le frère de Zeus tout-puissant, toi qui à tout moment peux soulever des montagnes liquides et détruire nos digues par tes vagues destructrices, je te supplie de ne pas me mêler à une sale histoire. Je suis un homme simple, qui ne sait même pas les mots qui t'agréent. Souffre que je pêche sans m'exposer à ta colère ! Si tu me l'ordonnes, je te rends même tout ce que j'ai attrapé ce matin.

Dictys sauta dans sa chaloupe et retournait déjà vers la plage quand il se ravisa. Si la chose avait quelque valeur, pourquoi ne pas la tirer jusqu'au rivage et la marchander auprès de son riche frère ?

Il fit demi-tour, assuré de la neutralité des dieux, nullement contrariés par son initiative.

L'île s'étirait devant lui, échancrée de nombreuses baies que surplombaient des pics abrupts. Elle tranchait sur l'azur. Ses lignes de crête se découpaient sur le ciel en paravent décoratif.

Il localisa la cité de Sériphos, à la verticale d'un point imaginaire, d'où il repartit pour atteindre le port de Livadi, plus à l'est, lové au cœur d'une anse naturelle et protégé des vents du nord.

À intervalles irréguliers, il se retournait vers le large. Il appréhendait l'abordage. S'il disparaissait, qui s'inquiéterait de lui ? Certainement pas son frère, bien trop occupé à ses conquêtes et à ses possessions. Aucune femme non plus ne le pleurerait. Quant aux enfants, il en était privé comme de presque tout. À qui reviendrait sa maison ? Qui hériterait de son esquif et de son attirail ?

Il percuta l'objet. Un coffre de bois, une espèce de bac à ustensiles, large, profond, et, semblait-il, rempli de vêtements.

En fait d'habits, il s'agissait d'une femme en chair et en os, mal en point mais bien vivante. Réveillée par le choc, elle émergeait de sa torpeur avec peine, les paupières lourdes, brûlées. Son visage tuméfié, ses lèvres crevassées, ses cheveux décolorés témoignaient d'une longue exposition au soleil.

Il lui tendit la main. Elle pressait contre elle une masse inerte et resta prostrée.

– Je ne te veux aucun mal, au contraire. Tu dois avoir soif et faim. Je n'habite pas loin.

Malgré la douceur de la voix, la femme leva la tête de bas en haut en signe de dénégation.

Sans en tenir compte, Dictys remorqua le coffre aussi vite qu'il put. Sur la plage, il voulut aider la naufragée.

Elle serra son paquet contre sa poitrine, comme un bébé prêt à téter.

– Est-ce un bien précieux ?

Elle découvrit un petit crâne et répondit entre deux sanglots à demi étouffés.

– Mon fils. Mort.

Dictys colla aussitôt son oreille au thorax inanimé.

– Non, il respire. Dépêchons-nous.

La femme consentit à suivre le premier être véritablement humain qu'elle rencontrait depuis fort longtemps.

Ils empruntèrent un sentier qui démarrait au milieu d'euphorbes maritimes, de salicornes et de fenouils et se poursuivait en trouant des bosquets de chênes-lièges et d'arbousiers.

Après un raidillon, le chemin jusque-là rocailleux, assagi, sinuait au milieu des pins et gagnait les zones habitées de l'île. Dictys obliqua vers l'ouest. La femme s'arrêta et lorgna les maisons de Livadi.

– Pas par là ! On aurait vite fait de nous voir et je ne pourrais plus garantir ta sécurité. Les étrangères ici n'ont pas droit de cité. Notre tyran les soumet à toutes ses fantaisies. Il n'hésiterait pas à te transformer en esclave ou bien il te mettrait à mort. Il vaut mieux contourner le port et rejoindre ma maison par l'autre côté.

Elle n'insista pas. De toute façon, elle n'avait pas la force de s'opposer à qui que ce soit. Le détour lui parut interminable. Dictys la soutenait du bras et lui prodiguait ses encouragements quand elle défaillait.

Ils débouchèrent sur le promontoire où était perché l'abri du pêcheur. Celui-ci vérifia que personne ne les observait avant d'y faire pénétrer ses invités de fortune.

Il put enfin remplir d'eau un cratère à deux anses et le tendre à la femme. Celle-ci s'imbiba les doigts, et, dégageant la petite tête rouge encore blottie contre sa poitrine, elle lui caressa le front et la nuque. Elle répéta plusieurs fois l'opération et humecta ensuite les lèvres du nourrisson, qui commençait de revivre. Alors, en tremblant, elle porta la coupe jusqu'à sa bouche et en vida le contenu sans lever les yeux. Son sourire, que crispa la douleur provoquée par les fissures, éclaira Dictys. Ce dernier s'assit et contempla les miraculés.

– Ô Poséidon, je rends grâce à ta mansuétude. Sans toi, comment auraient-ils survécu ? Tu sais que je ne possède pas grand-chose, mais bientôt je t'offrirai un mets digne de ta puissance.

À peine achevait-il ces mots que l'enfant se mit à hurler. On le fit boire. Après une gorgée, la rage s'empara de tout son être. Au moins, son séjour en mer n'avait pas détruit sa force vitale. Dans ses poumons, Zeus avait jusque-là contenu un souffle qui ne demandait maintenant qu'à grandir.

Conscient que, dans son état, cette femme ne pourrait pas l'allaiter, Dictys proposa de la bouillie liquide à base de seigle.

Le petit endormi, il fallut s'occuper de sa mère. Elle était épuisée. Certaines de ses plaies suintaient. Dictys fit chauffer sur une pierre du brasier un linge imbibé d'onguents dont la vertu, affirma-t-il, la guérirait vite.

Tandis qu'elle l'appliquait sur toutes les zones sensibles, il servit des galettes, du fromage et du lait. Elle mangea goulûment. Après quoi, elle s'allongea sur le seul lit de la maison, tandis que Dictys s'assit auprès d'elle sur un tabouret en bois d'olivier.

– Je ne te demande rien et tu ne me dois rien. Laisse-moi seulement vous soigner, toi et ton enfant. Je suis si heureux de me rendre utile.

Jour après jour, les bénéfices de cette sollicitude se firent sentir. Le visage de la convalescente retrouva son éclat. Ce qui se laissait deviner derrière la fatigue et les contusions s'imposait maintenant : cette inconnue était très belle. Dictys le lui dit un matin, à sa manière :

– D'ordinaire, les femmes ne s'aventurent jamais jusque chez moi.

L'étrangère fronça les sourcils, sans ressentir cette fois de douleur, malgré une paupière encore endolorie par un léger œdème.

– Tu ne me parais pourtant pas si terrible.

– Je te l'ai dit, je ne suis qu'un modeste pêcheur. Qui voudrait de moi ? Qui accepterait de se retirer ici, à l'écart de la ville, loin des plaisirs du palais, au milieu de la nature ?

– N'as-tu donc point de famille ?

– Un frère, mais c'est tout comme. Il vaut mieux pour toi ne pas le connaître. Il règne sur cette île et me méprise comme le dernier des vagabonds.

– Il manque donc de discernement.

Dictys haussa les épaules en signe d'impuissance.

– Polydectès se prétend le plus avisé des hommes.

Les rayons du soleil entraient dans la pièce en compagnie d'une fraîcheur inattendue.

– Borée ne se déchaîne pas encore, il faut en profiter. La floraison se développe et l'eau douce abonde. D'ici deux mois, tu comprendras mieux pourquoi on parle ici de « mer blanche ». Quand les courants du nord déversent leur air glacial, elle s'emporte, frappe les côtes avec rage, moutonne à perte de vue, et c'est la plus belle du monde. Moi, je brave sa colère, nez au ciel, comme un chien heureux de se nettoyer l'âme. Le soir, tout s'apaise, mais tout redémarre le lendemain, comme si Poséidon faisait provision d'écume. À quelle fin ? Je l'ignore. Tu as de la chance d'avoir vogué en cette saison. Plus tôt, c'eût été de la folie. Plus tard, tu aurais gelé.

– Je n'ai pas choisi mon heure.

Dictys se garda bien d'interroger la rescapée, dont il ne savait même pas le nom. Le lui demander aurait été brutal et inhospitalier. Peut-être même le quitterait-elle sans avoir parlé, après s'être rétablie.

– Je dois préparer mes éponges.

– Puis-je t'aider ?

– Non, repose-toi. Je vais les écraser avant de les faire sécher dehors. Vérifie seulement qu'elles ne disparaissent pas dans la gueule d'un renard ou de je ne sais quel chapardeur. On ne m'a pas vu à Livadi depuis plusieurs jours. Je dois m'y montrer. Si j'ai la chance de tomber sur Kérastomidès le céramiste, je négocierai mes produits à bon rapport. Ce n'est pas que je cherche fortune. Pour ça, non ! Je reviendrai dans l'après-midi avec des vivres pour quelque temps. Qu'on ne soupçonne pas ta présence, et que ton fils n'attire pas l'attention.

Dictys foula aux pieds les éponges encore gorgées d'eau et les étala sur le sol pierreux. Les autres, sèches, il les jeta dans une espèce de fourre-tout avant de s'en aller.

La survivante profita de ce temps pour découvrir les lieux.

Bâtie en pisé, la maison se fondait dans la végétation comme une hutte ou un gros nid. Des lauriers-roses envahissaient une partie de ses abords et barraient la vue côté ouest. Leurs feuilles frôlaient le toit terreux, vaguement horizontal, dans lequel était aménagée une aération. Les fumées avaient à cet endroit roussi la paille prise dans l'argile dure.

La lumière pénétrait dans l'unique pièce par deux ouvertures, une petite à l'est et une autre, plus large, au sud. Un lit en frêne, deux tabourets, une table bancale, quelques ustensiles de cuisson, un coffre de rangement et une idole menue, tête à peine ébauchée dans le marbre blanc, très ancienne, constituaient le seul mobilier visible.

Dictys revint plus tôt que prévu.

Quand il entra, le bébé tétait sa mère avidement. Il sortit de son sac des raisins secs, des fromages de chèvre et un récipient au goulot fermé par de la cire d'abeille.

– Un peu de vin te fera du bien.

Dans son cratère, il coupa d'eau une liqueur carmin, dont ils burent successivement. Après quoi le pêcheur tint sa promesse en offrant à Poséidon un lapin attrapé dans les environs. Il n'en garda rien, témoignage d'une infinie gratitude. De fait, le dieu ne l'avait pas seulement épargné, il avait mis sur son chemin une créature qui bouleversait sa vie. Il faudrait en conséquence construire un second lit, s'organiser pour que le petit ne manque de rien, redoubler de vigilance pour ne pas éveiller la curiosité des importuns tout en vaquant aux occupations habituelles, sous peine de révéler cette présence à qui ne manquerait pas d'en informer le maître de l'île, Polydectès.

La femme et l'enfant avaient parfaitement récupéré. L'un et l'autre n'étaient pas beaux, ils rayonnaient. Les grands yeux clairs du bébé suivaient tous les gestes des adultes. Même quand il dormait, on sentait peser un regard. Quant au visage de la mère, il ne conservait aucune marque de ses souffrances.

Jamais Dictys n'aurait imaginé qu'une telle splendeur vivrait chez lui, même une heure. Chaque matin, il remerciait les dieux de leur bienveillance. Il redoublait d'ardeur, rapportait des crustacés, des poissons, des éponges et des coquillages comestibles. Quand il revenait de la pêche, il brandissait toutes ses prises comme des trophées. Il dut persuader l'étrangère de goûter à ces mets dont elle ignorait tout.

Si les pièges disposés à proximité de la maison restaient

vides, le couple dînait de langoustes, d'oursins et de mulets. Dictys en oubliait presque ses obligations. Il lui arriva de sauter plusieurs jours encore avant de retourner à Livadi, où il écoulait d'autant mieux ses surplus que la viande venait à manquer, ce qui était alors le cas, et ce dont il ne s'était nullement rendu compte.

Les marins et les gens simples acceptèrent ses explications. Victime d'une insolation, il avait dû garder la chambre et renoncer à la pêche. Oui, maintenant tout allait mieux, et il reprenait ses activités. Il acceptait même des commandes. Tout dépendrait de l'état de la mer. Inutile pourtant d'espérer des merveilles si le vent tournait au nord...

Il allait rentrer chez lui quand un homme fendit la foule et l'interpella. Pour son malheur, il le connaissait déjà trop.

– Eh bien, on ne te voit plus ! Ton odeur fait-elle fuir même les poissons ?

L'apostrophe provoqua l'hilarité générale.

– Me voici, seigneur Esthène.

– Où te cachais-tu ?

– Nulle part, seigneur.

– Polydectès cherche après toi. Tâche de ne pas le faire attendre. Tu sais que ton frère ne supporte pas la désobéissance. Présente-toi au palais demain, et gare à toi si tu disparais à nouveau. Vu ?

Dictys hocha la tête en signe de soumission.

2.

Polydectès, en compagnie de quelques commensaux voraces, enfournait pour le premier repas du jour des galettes de blé tartinées de miel, et se délectait d'un lait de brebis. Il ne buvait pas une gorgée sans déclarer son amitié à Esthène, à Scymaros, à Digabion, à Gorgire, lesquels répliquaient par d'amples gestes des bras en signe d'assentiment. On ne manquait pas une occasion de rappeler aux dieux qu'ils étaient les bienvenus par un si beau matin.

La veille, des femmes avaient été amenées en nombre pour apaiser les désirs de ces seigneurs réputés insatiables. L'une d'entre elles avait malencontreusement succombé à de mauvais traitements, et les autres dormaient à cette heure, dans un local mieux à même d'abriter des porcs que des êtres humains.

Les rayons du soleil se fracassaient sur le mur de la terrasse où le maître honorait ses hôtes – pour mieux les contrôler. Chacun d'eux lui était redevable de la parcelle de pouvoir dont il profitait sur l'île. En échange de sa protection, et en plus des livraisons obligatoires de céréales, d'olives, de magnésie, de vins, de lin, de miel et des bovins premiers-nés, Gorgire le frisé lui procurait des vierges capturées dans les Cyclades, Scymaros le trapu, des esclaves mâles, et Digabion l'ossu, des soldats. Esthène, une espèce de géant aux pommettes rouges et aux yeux exorbités, lui servait de confident et d'homme de main. Celui-là, tous les habitants de Sériphos le redoutaient à l'égal de son patron. Un seul mot de lui pouvait condamner. Exécuteur des peines, il jouissait des malheurs d'autrui, pourvu qu'il en fût le dispensateur. Il anticipait les volontés de Polydectès avec une prescience dont on se demandait si elle ne les déterminait pas.

Ce dernier leva sa coupe une fois de plus.

– Je bois à l'âme de la jolie créature envoyée dans l'Hadès par Gorgire.

Et, s'adressant à l'intéressé, il ajouta :

– Un bronze n'aurait pas mieux œuvré que ton membre !

– Tu m'y as toi-même invité, Polydectès.

Le tyran explosa brusquement d'une fureur teintée d'ironie.

– Comment oses-tu ? Ton harpon s'enfonçait entre ses cuisses, pas le mien ! Qui la giflait quand elle tentait de se dégager ? Tu l'as bien étranglée de tes propres mains, pas des miennes que je sache !

Décontenancé, Gorgire cherchait ses mots.

– Mais... je me croyais encouragé par toi.

Sans transition, Polydectès se fit doucereux :

– Moi ? Vous l'entendez, vous autres ? Moi, l'encourager ? Mais pour qui te prends-tu, ignoble Gorgire ? La frisure de tes cheveux décolorés t'enhardit-elle au point de me narguer ? Non, j'implorais pour elle, muettement, la clémence d'Hadès, mais tu n'as déchiffré dans mon regard que ta vanité. Et tu persistais à déchirer cette vierge comme un couteau une figue.

Esthène surenchérit :

– Nous en témoignons, tu es un assassin de la plus vile espèce. Et en plus de tout, non seulement tu t'es repu d'une chair destinée en priorité à ton maître, mais tu n'as pas daigné nous en réserver la plus petite part. Décidément, tu ne vaux pas grand-chose.

– Esthène a raison !

Cette conclusion de Scymaros abattit Gorgire. Il baissa la tête, ne sut comment se comporter.

Esthène reprit la parole.

– Nous devrions le juger.

Les « oui » fusèrent. Polydectès acquiesça.

– Vous plaisantez, n'est-ce pas ?

– Pas le moins du monde ! À genoux !

– Vous n'allez pas me traiter comme un gueux ? Il ne n'agissait que d'une femme, trop jeune même pour mériter ce titre. Rien de sérieux, voyons !

– Obéis !

Vaincu d'avance, Gorgire s'exécuta. Il se concentra sur le sifflement de la lame à la rencontre de son cou, dernier bruit audible avant d'entrer dans le royaume des morts. Sa tête roulerait dans un instant aux pieds de ses amis.

Par un ultime sursaut de fierté, il dégagea sa nuque en baissant les épaules et suspendit son souffle.

Rien ne se produisit. La paralysie frappait-elle Thanatos avant de l'atteindre ? Il entendit un éclat de rire collectif. Il se releva.

– Et dire que je vous ai crus !

Polydectès lui tapa sur l'épaule.

– Quelle crédulité en effet, Gorgire, chez un homme de ta trempe ! Allons, imaginais-tu que je supprimerais un fournisseur de ta qualité ? Nous t'envions d'avoir senti entre tes jambes la mort s'insinuer dans cette belle fille. Dis-moi, juste avant de partir pour l'autre monde, s'est-elle contractée ou relâchée ?

Encore incertain de la tournure des événements,

méfiant, Gorgire hésita. Polydectès n'allait-il pas prendre ombrage de sa réponse, quelle qu'elle fût ?

– Les deux, successivement.

Cette réplique nourrit la bonne humeur générale, interrompue à ce moment précis par un serviteur annonçant l'arrivée de Dictys.

– Plus tard !

Son ordre hurlé, la duplicité de Polydectès continua de tourmenter Gorgire.

– Tandis que tu t'offrais un plaisir inhabituel, nous devions, nous, nous contenter de l'ordinaire. Ne trouves-tu pas cela injuste ?

– Si, seigneur.

– Ah, tu avoues donc !

– Oui.

– Dans mes bras !

Polydectès plongea ses doigts dans la chevelure blonde.

– D'où vient cette couleur si rare ? Quel dieu a jugé bon de te distinguer ainsi ? Ce n'est pas laid ! Ramène-moi des filles comme toi, j'aimerais y goûter. Gorgire, ma brave petite crapule, veux-tu que je te confie un secret ?

Après un silence qui n'augurait rien de bon, Polydectès lâcha :

– Je t'aime.

Content du résultat produit sur son souffre-douleur, le tyran donna l'ordre d'introduire le visiteur.

Humblement, Dictys apparut dans l'embrasure de la porte. Son frère ne se retourna même pas pour lui adresser la parole.

– Reste à distance, tu pues la poiscaille.

Esthène s'approcha, fit mine de renifler une mauvaise odeur, puis s'écarta, le visage déformé par une mimique de dégoût. Digabion et Scymaros, pour bien marquer le coup, se replièrent vers la fenêtre et s'adossèrent au mur. Comme s'ils voulaient nettoyer leurs poumons empestés, ils humèrent ostensiblement les feuilles mordorées des ampélopsis qui couvraient la façade.

Polydectès, de la main, montra sans pivoter la mer qui s'étendait à perte de vue.

– Puisque c'est là ton domaine, vois comme de mon palais on le domine.

À quoi bon discuter avec un homme pétri de certitudes, pourri par l'orgueil et la vanité, sûr de sa force et flanqué d'acolytes corrompus ? Dictys ne broncha pas.

– Parle !

– Que veux-tu que je te dise ?

– N'importe quoi.

Dictys enchaîna immédiatement.

– Ton palais, mon cher frère, égale en splendeur tes actions et ta propre personne...

Des sourcils, Polydectès interrogea Esthène. Celui-ci, des siens, exprima sa perplexité. Dictys poursuivit.

– Qu'Apollon vous protège, toi et tes amis ! Qu'il couvre ta maison de bienfaits ! Qu'il...

– Ça suffit ! Épargne-moi ces fadaises.

Après un silence, le tyran prit ses dévoués à témoin, et ajouta, d'un air déconfit :

– Je me demande ce qui a pu nous rendre frères.

Dictys esquissa un sourire.

– D'abord, Eolos, le petit-fils d'Hellèn et d'Orséis épousa Enarétè, dont il eut sept garçons et cinq filles...

Polydectès vociféra.

– Tais-toi, imbécile. Tu comptes peut-être m'apprendre quelque chose de ma famille, toi qui la rabaisses jour après jour ?

Dictys continua, comme si de rien n'était.

– ... Sisyphe, notre oncle, éprouvait pour Magnès des sentiments nobles...

– Je ne te permets pas d'évoquer la mémoire de notre père.

– Ah, pour cela je me passerai de ta permission.

Malgré le glaive qui se levait, et dont il ne doutait pas qu'il ne couperait que du vide, Dictys poursuivit sur le même ton impertinent.

– Mais oui ! Sisyphe protégeait notre père comme le véritable cadet de la famille. Ses autres frères, il ne les estimait guère. Ce qui prouve qu'on peut appartenir à la même famille et se sentir fort éloignés.

Polydectès fulminait.

– Comment le roi de Corinthe aurait-il adressé la parole à un homme de ton espèce, lui qui ne parlait à personne ?

– Ah, mon pauvre frère, comme tu te trompes ! J'eus la chance, moi, de m'entretenir longuement avec Sisyphe, et de bien des sujets. J'étais alors fort jeune. Je me souviens que, peu de temps après l'exil de Hipponoos – celui qu'on appelle aujourd'hui Bellérophon –, Sisyphe m'appela. Les enfants affrontent n'importe qui sans se rendre compte de rien.

– Tu mens. J'ai toujours vu Sisyphe taciturne et retiré en lui-même, inaccessible, enfermé dans la tour de marbre intérieure qu'est sa vie.

Amusé, Dictys poursuivit.

– Pas du tout ! Il rit de bon cœur, et, me prenant dans ses bras, il me demanda ce que j'aimais. Je ne songeais qu'à nager pour observer les poissons. Il m'emmena sur une plage d'où l'on distinguait sa tour alors en construction au sommet de l'Acrocorinthe. Là, il m'apprit les rudiments de la plongée et m'entraîna derrière lui à la découverte du monde sous-marin. Ah ! Les épines dressées des oursins, entre lesquelles se faufilent les girelles, le mouvement des algues qui caressent les fonds comme une longue chevelure à l'abandon, les rochers affleurants où s'accrochent les mollusques... Et puis la douceur de l'eau sur la peau... Ah, je ne me lasserai jamais de cet effleurement.

– Je te garantis que si !

La menace de Polydectès avait sifflé comme une gifle, mais les yeux de Dictys restaient fixés sur son passé. Il continua, comme si de rien n'était.

– Sisyphe me porta jusqu'à la grève pour reprendre notre souffle et nous reposer. Il m'apprit que ces lieux conservaient les restes de notre grand-mère, Enarétè, dont il avait lui-même répandu les cendres. Et voilà comment on devient pêcheur.

Était-il possible que ce moins-que-rien ait vraiment approché le roi de Corinthe ?

Esthène intervint :

– Le souverain de Sériphos ne tolère pas les menteries. Tu paieras pour ta fable.

Dictys, revenu dans le présent, jugea inutile d'argumenter. Trop content d'avoir gagné du temps, il s'apprêtait à essuyer une pluie d'injures. Elle ne crépita pas. Au contraire, on cherchait à l'amadouer. Son frère, de quinze ans son aîné, qui restait pour lui depuis toujours un étranger, reprit l'initiative.

– Tous les habitants de cette île me doivent obéissance, toi comme les autres. Où étais-tu ces derniers jours ? Scymaros et Digabion me disent qu'ils ne t'ont pas vu sur le quai où d'ordinaire tu traînes pour écouler tes marchandises empuanties.

– T'inquiètes-tu de mon absence dans le même temps où tu me reproches ma présence ?

– Esthène a raison. Ton insolence va te coûter cher.

Paradoxalement, cette menace rassura Dictys. Son frère ressemblait à un pêcheur inexpérimenté dont le filet lancé au hasard ne racle que des algues. Lui-même eut le sentiment de se rendre insaisissable comme une de ces murènes dont il appréciait tant la chair, et qu'il avait si souvent traquées en vain. Comme elles, il se recroquevillait entre les parois d'une faille rocheuse, et, tapi, attentif au moindre mouvement suspect, il se limitait pour l'instant à une défense passive. Il doutait cependant qu'il lui suffît de montrer les crocs pour obtenir la paix.

Une voix pleurnicharde annonça l'arrivée d'un majordome. Ce dernier salua les seigneurs et s'immobilisa en s'inclinant bas devant Polydectès.

L'homme allait débiter son message quand le tyran s'écarta et lui prescrivit de le lui chuchoter à l'oreille. Son compte rendu achevé, le serviteur se retira en multipliant les courbettes.

Polydectès revint vers son frère, menton levé, lèvres moulées par le mépris.

– On me rapporte que des étrangers ont abordé sur l'île et que tu les cacherais.

Dictys blêmit. Quelle imprudence avait conduit à la découverte de son secret ? Sa disparition avait dû éveiller des soupçons. Quelqu'un aura surpris l'étrangère ou entendu les cris du bébé, et averti le palais. Il n'eut pas le temps de réfléchir plus avant.

Gorgire, remis de ses émotions, prit prétexte de l'incident pour se rétablir dans son droit au fiel. Il secoua l'accusé par les épaules.

– C'est moi, ici, le rabatteur. Tu ne prétends pas fournir en vierges notre maître à ma place tout de même ?

Dictys sauta sur l'occasion.

– Par Zeus, loin de moi cette idée !

– N'appelle pas sur toi la bienveillance de Zeus, misérable. Crois-tu que le premier des dieux se soucie du dernier des hommes ?

– Il a certainement trop à faire avec les seigneurs.

– Que veux-tu dire ?

– Eh bien... que les grands requièrent ses faveurs plus que nous.

– Nous ? Qui, nous ?

– Moi et mes semblables.

Cette réponse ambiguë parut satisfaire Gorgire.

Le dialogue rebondit pour Dictys du mauvais côté, celui de Scymaros et de Digabion. Le pourvoyeur d'esclaves comme l'approvisionneur en soldats s'intéressaient à lui pour des raisons différentes. Le premier rappela une règle édictée par son chef.

– Toute personne qui pose le pied sur l'île sans y avoir été invitée ou conduite par mes soins doit comparaître devant Polydectès. Lui seul statue sur son sort. Si elle n'arrive pas ici en esclave, elle le devient aussitôt, à moins que notre roi n'en décide autrement. Tout contrevenant, tu ne l'ignores pas, encourt l'une de nos plus pénibles peines de mort, la pendaison au poteau.

– Oui, et qui ne tombe pas dans l'esclavage doit alimenter l'armée.

Cet enchérissement de Digabion accentua le malaise de Dictys. Reconnaître la vérité des faits l'exposait à des insultes qu'il ne craignait pas, mais aussi à une punition pour mensonge. Nier revenait au même, puisqu'on finirait bien par découvrir ses deux hôtes. Il tenta de contourner l'obstacle en s'adressant à Polydectès. À sa grande surprise, la manœuvre réussit.

– Tu me détestes peut-être, mais je n'éprouve aucun sentiment de haine à ton égard. Tu peux me supprimer, ici et maintenant, je ne tiens pas à ma vie. Je t'en fais même cadeau si cela peut te faire plaisir. Nos parents me l'ont offerte sans que je réclame quoi que ce soit, et je suis prêt à descendre dans l'Hadès sans regret. Je vis en paix avec moi-même, et je suis prêt à quitter ce monde à tout moment. Un jour de plus ou de moins ne changera pas grand-chose. Je n'attends rien de personne, des hommes encore moins que des poissons.

Dictys sourit de cette comparaison, puis conclut.

– Oui, j'ai recueilli une mère et son enfant. Scymaros cherche des vierges ? Il arrive trop tard. Digabion des soldats ? Trop tôt. Prends patience, tu les rencontreras prochainement.

Après un long silence, plus inspiré par le trouble occasionné par ce discours que par le souci de peser le pour et le contre, Polydectès ponctua l'entretien.

– Disparais !

Dictys une fois parti, les seigneurs tonnèrent contre ce pouilleux qui se permettait de leur en remontrer avec superbe et arrogance.

Leur chef les calma, faisant valoir qu'il avait besoin de réfléchir à la meilleure manière de soumettre son frère une fois pour toutes.

Il les interrogea sur l'état des cultures et notamment des céréales, sur le montant des redevances impayées à recouvrer, sur la quantité de bovins et d'ovins disponibles, ainsi que sur leur répartition suivant les seigneuries, sur les stocks d'olives et sur les prévisions concernant les figues.

Puis, s'adressant à Digabion, il exigea de savoir pourquoi se raréfiaient les butins.

– Voilà un sujet maintes fois débattu entre nous, seigneur. Les Cariens écument les mers et les côtes. Sûrs d'eux, tout leur est une proie. Ils fondent sur leurs adversaires sans s'inquiéter du nombre et de l'armement. Nos navires sont moins stables, moins rapides, moins maniables que les leurs. Comment, dans ces conditions, capturer des hommes pour servir dans ton armée ? Malgré tous mes efforts, nos réserves diminuent. Dans peu de temps, nous ne disposerons même plus des moyens de nous défendre contre ces pirates de malheur. S'ils s'avisaient de nous assaillir, je ne donnerais pas cher de nous. La situation est grave, si nous n'agissons pas comme je t'en prie depuis longtemps. Et je ne vois qu'un moyen de contrer ce danger croissant : repousser les Cariens aux confins de la mer Égée, plus loin même que la mer d'Icare, en bordure de l'Asie Mineure.

Polydectès médita ces propos tant de fois rabâchés. Il regarda le corps longiligne de son général. Une tête aux arêtes saillantes surmontait cette carcasse anguleuse et d'apparence maladive. N'importe qui aurait parié sur la faiblesse de Digabion si une froideur imperturbable n'avait trempé ses yeux. La sincérité de ce fidèle, comme ses capacités guerrières, ne souffraient aucun doute. Il avait raison.

Avec sa brusquerie coutumière, Polydectès sortit de cette indécision qui passait auprès de ses sujets pour du jugement.

– Digabion, fais les préparatifs pour une offensive d'envergure. Nous irons jusqu'à Xanthos si nécessaire, chez le roi Iobatès, mais je ne veux plus entendre parler des Cariens.

Sur ces mots, le tyran abandonna ses obligés. À grandes enjambées, il traversa le mégaron, la plus grande pièce du palais, entièrement décorée de marbre, et se retira dans ses appartements.

Une statue trônait dans le vestibule menant à la chambre royale. Devant elle, le maître de Sériphos s'exclama :

– Pourquoi n'avoir pas choisi mon île pour venir au monde, ô Apollon, au lieu de Délos, ce rocher dépourvu de charme ? Vois ici comme on t'aime, toi qui aimes tant être aimé.

Après quoi, Polydectès s'allongea sur son lit et contempla longuement la fresque murale de sa chambre. Des poulpes y projetaient leur encre noire sur un fond bleu parsemé d'étoiles de mer peintes en rouge orangé. Il compara ses mains à leurs tentacules. Dictys n'irait pas loin. Convaincu d'avoir obtenu gain de cause par une plaidoirie aux fils trop visibles, il tenterait de fuir avec son bien. Pour aller où ? Et avec quoi ? Sa coquille de noix ne le mènerait nulle part. On le rattraperait et on les ramènerait à Sériphos, lui et son chargement. « Une femme et un enfant » ? D'où venait-elle ? Qui était-elle ? Se pouvait-il vraiment qu'une inconnue habitât sur l'île, et qu'il ne la connût point ? Impossible.

Dès cet instant, il acquit la certitude que Dictys lui mentait. Au retour de sa campagne militaire, il en aurait le cœur net.

3.

Dans la pièce où elle recevait d'ordinaire, tout près de l'atelier de son mari, Kérastomidès le céramiste, Olitéa, entourée de dames et de servantes, interrogeait les unes et les autres pour en apprendre sur cette étrangère recueillie par Dictys, et dont tout le monde parlait sans l'avoir jamais entr'aperçue. Elle-même avait questionné son époux, lequel n'en savait pas plus qu'un sourd-muet. Il manquait d'éponges pour répondre à une importante commande en provenance du palais, et il enrageait de ne pouvoir compter sur le meilleur pêcheur de la région. Si ça continuait, il lui faudrait s'adresser à des Crétois de sa connaissance, mais à des conditions bien moins avantageuses que celles dont il bénéficiait auprès de son fournisseur attitré.

Depuis qu'Esthène avait chargé des hommes d'épier Dictys, le bruit courait que le plus solitaire des pauvres abritait chez lui une créature magnifique et digne d'un prince. Un enfant était même né, paraît-il, de leurs amours. On spéculait sur l'origine de sa mère. S'il s'agissait d'une Océanide, pourquoi cette fille de Thétis et d'Océan avait-elle échoué sur ce coin de terre perdue ? Qu'y cherchait-elle ? Qu'espérait-elle en se réfugiant chez Dictys ? N'aurait-elle pas été mieux reçue au palais ?

Une servante osa une hypothèse. Chaque année, à la fin

de la mauvaise saison, une source coulait d'abondance au nord de Sériphos. Et si la protégée de Dictys en provenait ?

Cela parut absurde à Olitéa.

– Tu ferais mieux de te taire ! Les naïades connaissent fort bien les habitants de l'île. Elles se seraient d'emblée méfiées d'un pêcheur. Pour l'avoir choisi, il faut que cette visiteuse soit étrangère.

Olitéa précisa immédiatement.

– À Sériphos, nous savons toutes que Dictys est le frère de Polydectès, et que seul ce triste privilège lui épargne la mort. Avec un autre souverain, il y a longtemps qu'il aurait de sa vie payé ses impertinences. Quant à cette femme, élire comme protecteur un esprit aussi indépendant témoigne d'une étrange inconscience.

Une servante se pinça le nez. Olitéa saisit l'allusion.

– Condamne-t-on un homme pour ses odeurs ? Je ne trouve pas, moi, que Dictys empeste le poisson. C'est une invention de son frère pour le déconsidérer. Il fréquente régulièrement l'atelier de mon époux, et jamais je n'ai été incommodée.

Olitéa proposa de se rendre chez Dictys pour percer le mystère. Elle n'eut pas le temps de recevoir l'assentiment de ses amies qu'un portier annonçait la venue de celui-là même dont il était question.

Dictys voulait regagner sans tarder son domicile. Olitéa l'interpella juste avant qu'il ne s'évanouisse dans la nature.

– Es-tu si pressé que tu ne puisses me consacrer un instant ?

Dictys salua d'un large sourire la femme du céramiste.

– Nullement, chère Olitéa, d'autant que je venais justement de prendre de tes nouvelles auprès de ton mari.

Invité de la main par l'hôtesse, Dictys se joignit à la compagnie, mais garda l'attitude d'un homme désireux de s'éclipser.

– On raconte à Sériphos que notre grand solitaire a trouvé une âme sœur, mais qu'il ne veut la montrer à personne, à cause de sa beauté. Peut-on connaître le nom de l'élue ?

Embarrassé, Dictys adopta un air de conspirateur en promettant qu'il récompenserait la patience. Il sollicita l'indulgence générale et s'excusa de devoir filer.

Olitéa ne l'entendait pas ainsi. S'il ne répondait pas, elle l'accompagnerait jusque chez lui.

Il pesa les termes du marché. Refuser augmenterait la curiosité. Consentir l'obligerait à des explications confuses. Il argua d'un travail harassant, dû au retard pris ces jours derniers. Il ne rentrerait pas chez lui, mais irait directement à la pêche. Il salua et s'esquiva.

Pour donner le change, au cas où on le pisterait, il emprunta le chemin qui plongeait sur Livadi et obliqua ensuite vers le sud par un sentier mal tracé au milieu de houx verts. Des mouettes décollaient en groupe à son approche.

À l'orée de la grande plaine ouvrant sur l'extrémité de l'île, Dictys ne releva rien d'anormal. Il vérifia qu'on ne l'épiait pas et revint vers l'ouest, en promeneur. Convaincu qu'Esthène avait lancé après lui ses sbires, il se mit à chanter. Ce signal convenu préviendrait sa protégée.

Quand il arriva chez lui, il perçut une espèce de tintement. Ça ressemblait à une coupe qui roule sur le sol. Ça s'arrêtait. Ça reprenait.

On fouillait sa maison. Qui, et dans quel but ? Les hommes d'Esthène, déjà ?

Il ouvrit la porte. Un renard, qui lapait de l'eau dans une coupe renversée sur le sol, montra les dents avant de s'enfuir.

Le pêcheur inspecta la pièce. Plus rien ne subsistait du passage de l'étrangère et de son fils. Ni les vêtements, ni le couffin de fortune tressé avec des baguettes de noisetier, ni même les couvertures dissimulant les bottes de foin dont Dictys s'était arrangé un lit.

Il ressortit, et, accablé, s'assit sur une grosse pierre. Il s'abandonna aux pensées qui venaient. Il était impossible que, du palais, des hommes fussent venus s'emparer de l'inconnue et du petit. Il avait emprunté l'unique chemin de Sériphos à Livadi, et, après une courte halte chez Kestaromidès, coupé à travers champs. Cela ne laissait pas le temps de conduire une telle opération. Athéna les avait peut-être enlevés, ou alors Zeus lui-même, si rompu aux assauts amoureux. Il aurait eu vent de l'échouage, par une indiscrétion de son frère, le versatile Poséidon, et il se serait dépêché de venir constater de ses propres yeux la beauté à prendre. Aurait-il revêtu l'apparence d'un taureau, comme pour l'enlèvement d'Europe, ou l'aspect d'un aigle, comme lors de la substitution d'Égine, la fille d'Asopos ? Son oncle Sisyphe, qui avait assisté à ce dernier rapt, lui avait raconté comment la jeune fille avait saisi les serres du rapace divin pour s'élever avec lui au-dessus du sol et se dissoudre dans le ciel.

Quel subterfuge cette fois Zeus avait-il employé ? Avait-il pris soin ou ombrage de la présence de l'enfant ? Qu'une femme ne fût plus vierge ne l'arrêtait certes pas. N'avait-il pas séduit Léda, l'épouse de Tyndare, Alcmène, celle d'Amphitryon et Dia, celle d'Ixion ? Que cherchait-il exactement ? Tromper l'ennui en se divertissant d'une appétissante mortelle ? Jouir de son pouvoir de séduction pour en confirmer une fois de plus l'efficacité ? Arracher la belle et son trésor à une prison naturelle ? Comment aurait-elle pu d'ailleurs s'échapper seule de l'île ? En nageant ?

Cette question coupa court à l'enquête. Dictys se jugea stupide. Évidemment, elle avait rejoint la plage et elle s'était enfuie à bord de sa barque.

Il se releva d'un bond pour aller vérifier sa conclusion.

À ce moment précis, les branchages devant lui s'agitèrent. Il observa les lauriers. Apollon intervenait-il en personne dans ses affaires ? Il distingua des cheveux d'un noir profond derrière les feuillages. Il crut au retour de son exquise anonyme.

Olitéa s'avança et le regarda de façon engageante. Lui, déconcerté, la prenait pour une apparition.

– Eh bien, ne me reconnais-tu pas ?

Elle s'approcha plus encore, à moins d'un pas de Dictys.

– Voyons, que t'arrive-t-il ? Tout à l'heure, chez moi, tu semblais pressé de retrouver celle que tu enveloppes d'un épais mystère, et maintenant te voilà tout intimidé.

Elle avait prononcé cette phrase sans méchanceté aucune. Dictys peu à peu se détendit.

– Tu m'espionnais donc ?

– C'est un grand mot. Applique-le plutôt à Esthène. Non, je n'ai eu qu'à t'emboîter le pas.

– Seule ?

– Mais oui ! Pourquoi ?

Olitéa rajusta sa chevelure en chignon. Sa jolie poitrine saillit. Le pêcheur baissa les yeux.

– Ne suis-je pas désirable ?

L'épouse de Kérastomidès devinerait-elle jamais qu'il avait autrefois noué des relations avec son mari, justement, pour multiplier les occasions de la croiser ?

– Comment dois-je interpréter ton hésitation ?

– Ne crois rien de désagréable, je t'en prie.

Olitéa caressa la joue de Dictys de sa main fraîche.

– Pourquoi ne pas te laisser aller à tes penchants ?

– Tu es mariée, Olitéa, et nous ne sommes plus des enfants. Jadis, quand nous courions ensemble sur la plage, et que tes cheveux au vent balayaient ton visage, je ne désirais pour ma vie rien d'autre que toi. Tes yeux clairs, jumeaux de ceux d'Athéna, me traversaient alors comme des flèches décochées par la déesse. Je n'osais pas te toucher, et pourtant je désirais sentir contre mon corps le tien chauffé par le soleil. Le soir, je m'endormais en pensant à toi. Le sommeil ne venait pas immédiatement. Je me tournais dans tous les sens pour reconstituer les dernières images de celle que j'aimais : toi inclinant la tête pour te lisser les cheveux, toi cueillant une fleur, toi ramenant ta chevelure en arrière, toi lissant d'un revers de la main le faux pli de ta jupe... Dès qu'Hypnos daignait m'accorder ses faveurs, j'en profitais pour aller à ta rencontre. Des rêves enflammaient mon esprit en déroulant dans mon cerveau de nouvelles aventures avec toi. Et au matin, je te cherchais encore à mes côtés.

Un bruit d'armes interrompit Dictys. Comme lui, Olitéa chercha l'origine de la menace. Si les hommes d'Esthène les voyaient ensemble, leur vie ne vaudrait plus rien. Comment expliquer cette situation ? Et quoi dire, d'ailleurs ?

En fait de danger, il s'agissait de feuilles d'eucalyptus qui, sous l'effet du vent, contre le mur, crépitaient.

Dictys reprit.

– Et puis nous avons grandi. Je te voyais de moins en moins. Tu devais demeurer dans la maison de tes parents. Il me fallut refouler mes sentiments. Nous ne pouvions plus rester de longues heures tous deux à ne rien dire, à ne rien faire, à nous respirer l'un l'autre. Mon horreur des paroles inutiles vient de ce temps. Et même, chère Olitéa, j'ai fui le bruit des hommes pour me rabattre sur le monde silencieux des poissons. Ah, si tu savais ! J'aurais voulu te montrer les étoiles marines, les anémones, les coquillages noirs et ocre, les poulpes aux reflets mauves... Au lieu de cela, je me contentais de penser à toi en nageant au milieu de ces beautés bien pâles à côté de la tienne. Et pour mon malheur, tu plus à Kérastomidès.

Olitéa essuya la moiteur qui gagnait les ailes de son nez. Malgré cette émotion passagère, elle ne regrettait pas sa condition. En tant qu'épouse du plus talentueux céramiste de Sériphos – et sans doute aussi des Cyclades, à en juger par les dires de nombreux marins et autres co-habitants –, elle bénéficiait d'une position sociale enviable. Riche, respectée, servie, elle disposait de tout ce dont une vie avec Dictys l'aurait privée. Cela n'ôtait cependant rien à ses sentiments, dont la remontée l'étonna elle-même. Aimait-elle toujours cet homme ? Elle sentait confusément qu'il valait mieux ne pas se l'avouer.

– Tu as raison, tout cela n'est plus. Moi aussi je garde d'excellents souvenirs des bons moments passés ensemble. Je ne les oublierai jamais.

L'émotivité de Dictys lui prouvait que ce brave type la portait encore dans son cœur, et cela ne lui déplaisait pas. Surtout, elle satisfaisait sa curiosité. Elle n'était pas venue pour s'entretenir avec cet amoureux déçu, mais pour identifier la raison de ses errements actuels. Et puisque le palais affirmait qu'une étrangère avait débarqué sur l'île, elle s'était promis de la surprendre.

Elle jeta un coup d'œil furtif à l'intérieur de la bicoque. Rien qui pût attester une visite ou un séjour quelconque. Elle détailla rapidement les alentours. Elle aurait défié quiconque de repérer la moindre trace d'une mortelle. Elle acquit la conviction que la fameuse beauté n'existait tout simplement pas. Elle se réduisait à une rêverie du bonhomme. Peut-être y croyait-il d'ailleurs lui-même. Son invention lui permettait d'entretenir le doute, de pousser les femmes à l'envisager autrement. Au lieu du pauvre hère en proie à la misanthropie, il se métamorphosait en séducteur énigmatique. Elle-même pouvait l'attester, la supercherie opérait.

Dictys lui proposa de la raccompagner. Libérée, un tantinet espiègle, elle déclina l'offre, l'embrassa et disparut comme elle était venue.

Remué par l'entretien, affecté par la disparition de l'étrangère, Dictys pleura, doucement, tel un enfant égaré.

Il fallut qu'un aigle de mer glatît pour l'arracher à sa torpeur. L'oiseau en tournoyant au-dessus de sa tête épousait des courants d'air chaud. Son vol ascensionnel se prolongea, puis, d'un coup, il fendit le ciel vers la mer. Dictys l'y suivit.

Du haut de la petite falaise qui surplombait la grève, il constata qu'on avait manipulé son bateau. Il était renversé.

Une fois sur la plage, il le souleva. D'une couverture de toile se dégagea un visage, au début effrayé, puis tranquillisé, souriant.

– Que fais-tu là ?

– Je me cachais, avec mon fils.

– Je te croyais partie.

– Comment quitter cette île ? Ne suis-je pas condamnée à marcher sur le sol ? Puis-je voler comme cet animal majestueux ?

Elle montra du doigt l'aigle. Celui-ci réduisait peu à peu le diamètre de ses circonvolutions. Dictys prédit une attaque imminente.

– Ses victimes ne se doutent pas que la mort va tomber du ciel, comme une pierre de fronde.

À peine terminait-il sa phrase que l'oiseau fondait sur son invisible proie. Les serres disparurent un instant sous la surface, et déjà des battements d'aile énergiques annonçaient un décollage difficile.

– Belle pièce ! Une dorade, ou un rousseau.

Dictys ne quittait pas des yeux le rapace. Il s'identifiait

à lui, solitaire, sans rival dans l'immensité, respirant l'air pur des hauteurs, loin des hommes et à distance des dieux.

L'étrangère parla d'une voix douce.

– Moi aussi j'ai failli mourir dans cet océan hostile... À toi seul je dois la vie.

– Remercie plutôt Poséidon.

– Je lui rends surtout grâce de t'avoir mis sur ma route. Il s'en est fallu de peu. Mon fils respirait le parfum des asphodèles de Perséphone, et mon âme frappait déjà aux portes des Enfers.

Dictys remit à l'endroit son embarcation et s'y adossa, imité par la femme. Celle-ci cala contre sa poitrine son fils endormi et fixa la mer. La situation favorisait les confidences.

– Ne pense plus à tout cela. Vous êtes bien vivants, tous deux, et je m'en réjouis.

– J'en sais déjà beaucoup sur toi, et de moi, tu ignores presque tout.

– Il ne m'appartient pas de t'interroger.

– Ne désires-tu pas connaître mon nom et celui de mon fils ?

– Quand tu jugeras le temps venu.

– Je m'appelle Danaé. Et voici Persée.

Dictys sourit. Elle poursuivit.

– Bien qu'un patronyme renseigne grandement sur quelqu'un, sur son destin et sur ses antécédents, il ne révèle pas tout. Parfois même, il dissimule l'essentiel.

Danaé soupira et se tut. Elle ferma les yeux. La main de Dictys se posa sur la sienne. Elle jugea cet homme digne de l'entendre. Depuis son arrivée à Sériphos, n'avait-il pas respecté une hospitalité royale en ne la questionnant sur rien ? Sa misère cachait sans nul doute un être noble. Elle continua.

– Sur décision de mon père, mon fils et moi fûmes jetés

à la mer dans ce coffre d'où tu nous as tirés. On espérait ainsi nous envoyer dans l'Hadès.

– Mais pourquoi ?

– C'est une longue histoire. Le roi d'Argos, Acrisios, mon père, désirait un petit-fils. Il consulta un oracle. Celui-ci prédit que l'enfant tuerait son grand-père. Effrayé, il fit construire une chambre de bronze dans laquelle il m'enferma, pour me soustraire à tout contact extérieur et m'interdire ainsi toute descendance. Des hommes armés en gardaient l'accès jour et nuit. Je ne vis plus le ciel que par les fentes pratiquées dans le toit de ma prison. Il arrivait que le soleil m'arrose parfois de ses gouttes d'or, mais rarement. Je m'habituais à une pénombre perpétuelle. Je ne parvenais même plus à distinguer un soldat d'un autre. Seule Néarchia, ma servante, était autorisée à me rendre visite. Sa parenté avec l'un des gardes adoucit un peu ma détention.

– Et cet enfant ?

– Quand nous nous connaîtrons mieux, je t'en dirai plus à son sujet. Pour l'instant, sache qu'il m'a rendue à la vie. Je dépérissais. L'obscurité de ma cellule gagnait mon âme. De plus en plus souvent, je songeais à rejoindre l'Hadès par mes propres moyens. Néarchia m'en empêcha. Elle était si bonne ! Toujours à m'assister, à me procurer des douceurs qu'elle dérobait au risque de sa vie, à me réconforter quand je faiblissais. Malgré la fouille avant chaque visite, elle réussit à introduire dans la chambre le nécessaire à l'accouchement, linges, bassine, poignard. Elle a dû mentir, user de subterfuges, tromper la vigilance des geôliers, échanger peut-être ses charmes contre leur complicité. Je n'ai jamais su comment elle s'y prenait. « Ces détails ne méritent pas l'attention de ma maîtresse », me dit-elle un jour de sa voix ferme et presque masculine. À l'approche du terme, je m'inquiétais de plus en plus. Néarchia me rassurait, m'expliquait comment nous procéderions et me garantissait que tout se déroulerait au mieux. Par-dessus tout, je redoutais les premiers cris de Persée. Zeus n'allait-il pas libérer le souffle de cet enfant si vigoureux dans mes entrailles ? À peine sorti de mon ventre, élargi après un enfermement pareil à celui de sa mère, ne hurlerait-il pas enfin sa joie comme je l'aurais fait moi-même ?

Danaé s'interrompit. La naissance de Persée remontait à la dernière belle saison, et pourtant, il lui semblait que son fils vivait depuis une éternité. Impossible d'imaginer sa propre existence privée de ce petit aux allures d'un dieu. Les poussées douloureuses, la sensation d'étouffement, le poids de ses hanches soudain déchirées, elle avait tout oublié ou presque. Elle ne conservait en mémoire que l'apparition d'une tête que Néarchia recueillit comme un objet précieux, prélude à un corps gaillard. Et comme s'il avait compris l'importance de l'enjeu, le nouveau-né n'avait pas poussé le moindre cri. Le cordon ombilical sectionné, il s'était immédiatement pelotonné contre sa mère, un peu comme en ce moment. Elle continua.

– Durant trois ou quatre semaines, personne au palais de mon père ne soupçonna cet événement qui me rendait tout à la fois heureuse et malheureuse. Impossible d'annoncer la naissance de Persée à quiconque. Je dus le présenter aux dieux sans homme à mes côtés. Et au lieu qu'un roi prononçât un discours de bienvenue, ce furent des paroles de bannissement qui l'accueillirent. Un surveillant incorruptible dut percevoir un gémissement, des pleurs, un bruit anormal, toujours est-il qu'il fit irruption avec trois de ses camarades alors que j'allaitais mon fils. Avec Néarchia, je fus aussitôt conduite auprès du roi. On tortura ma pauvre servante pour apprendre d'elle qui avait enfreint les ordres. Elle ne dit rien. À moitié morte, elle fut achevée à coups de pique, comme un animal sauvage, et son cadavre livré aux chiens. Insensible à mes implorations – non pour mon propre compte, mais pour sauver mon fils –, mon père me décréta indésirable en Argolide. À un serviteur du nom de Mnémos il confia la construction, en hâte, d'un coffre de bois dans lequel il ordonna que nous fussions jetés à la mer. Voilà, tu sais tout.

Dictys considérait maintenant la mère et l'enfant sous un autre angle. Il ne s'agissait plus de naufragés, mais de princes bannis par un puissant monarque. Ce dernier, pour les détruire, s'en était remis à Poséidon, mais sans compter sur Zeus.

Il allait parler quand Danaé, serrant sa main, conclut son récit par une songerie à haute voix.

– Je saisis pourquoi les sages qualifient la mer de pont entre les terres.

– D'où te vient cette pensée ?

– Du souvenir de mon fils à son arrivée sur terre. L'eau l'enveloppait de tous côtés. Il aurait pu se noyer. Mais non, il navigua une longue saison avant de doubler le cap de mes cuisses et d'humer le vent du monde humain. Pour certains mortels, Dictys, la terre n'est qu'un passage entre deux eaux.

4.

Quand Polydectès décréta la campagne militaire réclamée depuis longtemps par Digabion, Gorgire et Scymaros, tout Sériphos fut sur le pied de guerre. Il n'était pas question cette fois de se limiter à des incursions dans un périmètre proche, délimité par Siphnos, Paros, Siros et Kithnos, comme lors de la précédente expédition. On ne partirait pas seulement à la recherche d'esclaves, de vierges et de soldats, il fallait assurer la survie même de Sériphos.

Enfin conscient du danger que présentaient les Cariens et leurs alliés pour sa propre existence, Polydectès avait brusquement arrêté sa décision. Il ne restreindrait pas les opérations à la mer Égée, et pousserait le cas échéant jusqu'à Patmos, Kalimnos et Kos, barrière d'îles servant de repaires aux pirates. Eux n'hésitant pas à quitter la mer d'Icare pour écumer les Cyclades, ils allaient découvrir à leur tour l'invasion diffuse, la lutte sur un territoire qu'on croyait maîtriser, le harcèlement qui décourage les plus hardis commerçants.

Sur le conseil avisé de Digabion, l'armée de Polydectès grossirait à mesure des rencontres. Des navires seraient remorqués dans un premier temps, jusqu'à ce que leurs équipages fussent constitués d'esclaves ou d'hommes libres décidés à servir. Cela permettrait de ne pas trop dégarnir les équipes dont Esthène affirmait avoir besoin pour tenir Sériphos en l'absence de son maître.

Quand la flotte appareilla, les familles des marins et celles des garçons enrôlés de force assistèrent depuis la grève au défilé de leur flotte.

Polydectès trônait sur un croiseur à la poupe légèrement rehaussée. La rutilance du pont tranchait sur la blancheur de la coque, pareille à du marbre. La proue arborait une gueule noire, monstre aux naseaux épatés, crachant des flammes et embrasant tout. Les boucliers formaient des rambardes arrondies au-dessus desquelles dépassaient têtes et lances, casques et décorations faciales.

Une bonne trentaine de bâtiments manœuvrèrent pour prendre le large et profiter des vents du matin. Les pilotes s'interpellaient déjà, tandis que les barreurs, comme écartelés entre les manches de leurs avirons de gouverne, s'employaient à prévenir toute embardée. Plusieurs navires emmenaient des chevaux, d'autres étaient principalement affectés au transport de vivres et d'eau douce.

Du rivage, les vergues oscillant au-dessus de l'horizon semblaient une colonie d'insectes migrateurs. À quelques encablures de Livadi, les mâts se dressèrent et les voiles rectangulaires, déferlées presque toutes en même temps, se gonflèrent aussitôt. Comme un ballet réglé par Poséidon, elles mirent le cap au nord et s'effacèrent les unes après les autres derrière les brise-lames à l'entrée de la baie.

La vie reprit son cours à Sériphos.

Pour la majorité de la population, l'absence de Polydectès ne changerait pas grand-chose. On ne voyait jamais ce souverain, reclus dans son palais, entouré d'autant de serviteurs qu'il y avait de moutons sur l'île, au dire des anciens, et dont les journées se déroulaient entre la conversation avec les dieux, réduite, et les jouissances terrestres, nombreuses. Seuls quelques privilégiés l'approchaient.

Tous les autres devaient traiter avec ses subordonnés, que le maître fût chez lui ou occupé à guerroyer sur ses vaisseaux. Dans ce dernier cas, Esthène n'avait plus rien pour l'arrêter.

En apparence, la situation de Dictys différait de celle des autres habitants. Frère du tyran, il paraissait intouchable. Il était, certes, dédaigné par son aîné, mais enfin il lui tenait tête. Qui oserait s'attaquer à lui ? Jamais Esthène et ses hommes ne courraient le risque de s'exposer à la colère de leur chef. Imprévisible comme celle de Zeus, elle pouvait les foudroyer s'ils avaient mal interprété une consigne, ou bien outrepassé un ordre. C'était du moins ce que chacun pensait.

Dictys, lui, se méfiait plus d'Esthène que de Polydectès. Si le second le bafouait, le premier ne rêvait que de l'éliminer. Vivant à l'écart, il confortait la suffisance de l'un sans attiser la haine de l'autre, et s'employait à préserver ce fragile équilibre.

Il continua de rendre visite à Kérastomidès, livrant les produits de sa pêche comme à l'ordinaire. Il devait plonger plus souvent, plus longtemps, et améliorer ses méthodes pour grossir ses prises. Il ajouta des hameçons sur une même ligne et confectionna une seine triangulaire à flotteurs de liège qu'il tirait comme un chaland.

Un jour que, sur le port, on l'interrogeait sur la variété de ses dernières livraisons, il argua d'une faveur divine. Une autre fois, il dut s'expliquer sur ses besoins en fil et en toiles. Il prétendit qu'un animal inconnu lui avait causé de lourds dégâts par une attaque-surprise. Ce fait en troubla plus d'un, mais servit les desseins de Dictys en dissuadant les curieux de s'aventurer du côté de l'île où il opérait.

Chaque fois qu'il croisait Olitéa, elle lui demandait des nouvelles de sa conquête et souriait d'un air entendu à son invariable réponse : « Mais pour le mieux ! » Il entretenait ainsi chez elle la conviction d'un mensonge qu'elle ne manquerait pas de propager.

Pendant ce temps, Persée grandissait. Le bébé frêle au teint hâve des premiers jours s'était mué en un robuste garçonnet aux yeux pétillants. Sa cage thoracique annonçait un athlète. Il se prenait pour l'égal des adultes. Sa voix empruntait à celle de sa mère, et son port de tête, altier, trahissait une ascendance princière. Peut-être divine. Quoiqu'une certaine mélancolie se fût imprimée sur ce visage déterminé, il pouvait rire aux éclats, au grand dam de Dictys qui réitérait ses consignes de prudence. Pour Danaé, ces précautions, excessives, finiraient par nuire au développement de son fils. Il fallait tout de même que cet enfant s'amuse !

Les alentours de la maison n'offraient guère de jeux. Dictys construisit une balançoire, mais Persée s'en lassait rapidement et réclamait d'autres occupations. Très vite, il obtint d'accompagner celui qu'il appelait « père ».

Dès l'aube, il partait avec le pêcheur, enjoué, heureux d'assister au réveil de la nature. Habitué aux ténèbres d'une chambre de bronze, dans laquelle il avait passé les premières semaines de son existence, et où on s'évertuait à assourdir ses plus petits cris ; agressé par la violence du soleil et de la mer, au cours d'une dérive dont sa mère lui racontait les étapes sans lui en révéler la raison ; obligé enfin, au moindre bruit, de se cacher derrière des buissons ou sous une couverture asphyxiante, il n'avait pas imaginé que la vie fût autre chose qu'une suite d'alertes. Aussi jouissait-il de chacun de ses instants. Non par insouciance enfantine, mais parce qu'il sentait confusément que tout pouvait s'interrompre de façon subite. Il faudrait peut-être s'enterrer à nouveau, vivre dans une retraite creusée profond, accepter la privation de lumière.

Les journées se déroulaient sur un rythme immuable, qui semblait réglé une fois pour toutes par les dieux, et par les mesures préventives de Dictys.

Avant de partir en mer, il fallait relever les collets dans la campagne, avec l'espoir de récolter un renard, un lapin ou un lièvre. À cette activité le plus souvent décevante, Persée préférait de loin la pêche. En peu de leçons, il maîtrisa la brasse. Au maniement des outils, il s'appliqua dans un premier temps avec soin puis avec une liberté innovatrice. Il équipa de flotteurs certaines lignes. En l'entaillant à la pointe, il transforma un aiguillon en dégorgeoir. Il suggéra aussi une meilleure répartition des tâches entre les deux pêcheurs. Tandis que l'un amorcerait, l'autre remonterait les prises. Le premier récupérait ainsi les poissons, le second surveillant plusieurs crins à la fois.

Persée se rendait utile, nettoyait le fond du bateau, rangeait les instruments, classait les poissons, vérifiait les amarres, consolidait le filin de mouillage, avec une aisance qui en disait long sur ses aptitudes. Certes, les lignes s'emmêlaient parfois, la barque tanguait dangereusement, un hameçon se fichait de temps à autre dans la paume de Dictys, mais au total, le zèle de l'apprenti réjouissait le maître.

Quand le jeune garçon obtint l'autorisation de plonger, ce fut pour lui comme une nouvelle naissance. L'envie le dévorait depuis qu'il prenait place, chaque matin, à l'avant du caïque et laissait pendre ses jambes de part et d'autre de la coque, ses talons glissant à la surface comme s'il marchait sur l'onde.

Sa première immersion lui procura une grande émotion. Le royaume de Poséidon n'était nullement opaque, comme sa mère le lui répétait, mais lumineux. Contrairement à ce qu'elle affirmait, il ne présentait aucun danger.

Le soir de cette expérience initiale, il s'efforça de lui décrire la danse des girelles polychromes, les accélérations brusques des mulets en bancs, les battements paresseux des piquants d'oursins, pareils à des soleils violacés, les bercements synchrones du tapis sableux et des algues, malgré leur fausse nonchalance, les fulgurations bleutées en provenance du ciel, qui transpercent la masse liquide et semblent retourner au soleil après avoir heurté des falaises sous-marines.

Danaé coucha Persée, embarqué par Hypnos au milieu d'une phrase.

Dictys, en dépit de sa fatigue, s'enhardit ce soir-là.

– Ce fils, Danaé, acceptes-tu que ce soit le mien ?

– Que veux-tu dire ?

À la fois embarrassé et désireux d'aller jusqu'au bout de son intention, le pêcheur s'expliqua.

– Qu'il ne me suffit pas de l'adopter.

– Je ne comprends pas.

– Je voudrais, belle Danaé, que cet enfant soit vraiment de moi.

– C'est impossible, voyons !

– Pas tout à fait.

Danaé observa cet homme. Depuis son arrivée à Sériphos, cet homme lui avait témoigné le plus grand respect. Elle avait pris l'initiative de lui raconter son histoire, sans toutefois lui révéler qui l'avait imprégnée dans sa prison d'Argos. Elle avait soutenu à son père que seul Zeus était responsable de sa grossesse, mais l'argument ne l'avait pas convaincu. Sur la plage, main dans la main, elle s'était confiée à Dictys comme à un ami. Elle avait consenti à vivre sous son toit, non seulement pour des raisons de sécurité mais aussi parce qu'elle s'y sentait bien. S'il désirait se déclarer, pourquoi ce détour ?

– Si tu le voulais, nous pourrions nous aimer et considérer Persée comme le fruit de cet amour. Sa naissance précèderait bien sûr la fusion de nos corps, mais nous rétablirions l'ordre des choses, puisque je vous aime tous deux et que je le considère comme un fils.

Danaé détourna les yeux. Dictys lui plaisait, parce qu'il avait l'air d'ignorer lui-même sa beauté un peu rustre, fabriquée de puissance et de maladresse, qui lui communiquaient un aspect de roi déchu. Mais cela suffisait-il ? Et surtout, cela pouvait-il annuler le passé ?

– Tu m'as un jour questionné sur le père de Persée. C'est un très grand roi.

– Qu'importe ! Quel qu'il soit, je le remplacerai.

– Même s'il s'agissait du plus grand des dieux ?

Abasourdi, Dictys incrimina sa stupidité. Comment avait-il pu croire que Zeus viendrait s'égarer sur cette île perdue pour s'emparer de Danaé ? Bien sûr, il avait déjà œuvré ailleurs, et de quelle manière ! Et lui arrivait après la bataille. Quelle naïveté ! Sa propre union avec cette femme perdait son sens. D'ailleurs quel rôle jouerait-il ? Celui du père adoptif sollicité pour l'éducation, défenseur attitré, pourvoyeur de nourriture mais maintenu à distance pour toute autre entreprise. Il resterait le bon compagnon, l'irremplaçable dont on se sépare un jour, sans prévenir, à qui on confie tout sans jamais partager l'essentiel avec lui.

Accusant le coup, il était sur le point d'exprimer sa détresse quand s'inversa le cours de ses pensées. Il dirigea son regard vers l'enfant qui dormait. La noblesse des traits n'épuisait pas la beauté de ce visage que l'esprit des dieux enveloppait d'un voile invisible. Zeus avait peut-être déjà opéré, mais il avait dû certainement essuyer, aussitôt après, les reproches d'Héra. C'est du moins la seule raison qu'envisagea Dictys pour s'expliquer l'errance de Danaé sur les mers. Si le roi des dieux avait voulu la garder auprès de lui, n'aurait-il pas réussi à faire taire sa cruelle épouse ? Certes, elle parvenait le plus souvent à ses fins, comme avec Sémélé, consumée pour avoir contemplé son amoureux dans toute sa splendeur, malgré ses mises en garde, ou comme Io, poursuivie autant par la vengeance que par le taon qui la piqua et la rendit folle. Mais enfin, Europe, la fille d'Agénor et de Téléphassa, obtint, elle, des garanties de son amant divin, et vécut sans être inquiétée.

Zeus lui-même approuvait son intervention, Dictys en acquit soudain la certitude. Si le sauvetage relevait d'un plan dont les détails lui échappaient, son caractère exécutoire obéissait à un dessein supérieur, arrêté dans l'Olympe. Aucun être humain ne pouvait braver la mer plusieurs jours, sous les rayons brûlants du soleil, privé d'eau et de vivres, et s'en tirer indemne. Il avait fallu de la complicité entre Zeus et Poséidon. Le premier dut informer le second de sa tendresse pour l'exilée, gagnant sa compréhension et son concours. Les deux frères s'entendaient si souvent pour tempêter ensemble qu'ils devaient bien parfois aussi conclure ce genre d'accord.

Dictys voulut s'amender. En apparence, il s'adressait à Danaé. En fait, ses paroles visaient Zeus.

– Le père de Persée mérite des égards auxquels un homme de mon rang ne prétendra jamais. Mon désir n'est pas de me substituer à lui, mais de mériter sa considération.

Danaé sourit tendrement.

– Je suis certaine qu'il te l'octroie déjà.

Pour la première fois, ils s'allongèrent l'un à côté de l'autre et se découvrirent. Ils s'embrassaient, s'attardaient sur une sensation délicieuse et allaient s'unir quand Persée poussa un cri.

Danaé d'un bond sauta du lit pour apaiser son fils. Elle posa sa main sur son front et l'interrogea doucement sur sa frayeur, encore dessinée sur son visage. Il ne lui répondit pas, mais parla, les yeux grands ouverts, comme en surface de son sommeil :

– L'eau me recouvre. C'est un immense tapis, lourd, épais, sombre, une forêt. Je descends vers les profondeurs. Un grand poisson me suit. Il ouvre sa gueule, plusieurs rangées de dents apparaissent. Des crocs. Des poignards effilés. Du sang gicle. Je hurle. Une pieuvre m'aspire. Le monstre se jette sur elle pour me défendre. Je suis sa proie, il ne veut pas me lâcher. Je me débats. Les tentacules m'enlacent. Des mains par myriades se collent à ma peau. Le poisson me reprend, mais je ne suis plus que lambeaux. Mes chairs s'éparpillent à la dérive. Mes yeux se détachent de mon corps, globes en suspension qui me dévisagent. Des étoiles éclatent. Ce sont des étincelles au milieu du bleu d'encre. Je rampe à l'intérieur de la gueule qui me tient. C'est un palais. Du marbre rose. Des colonnades en stuc décorées de scènes de chasse. Des hommes traqués par des loups attelés à des chars que conduisent des êtres abominables, à la chevelure serpentine. Leurs regards me dévorent. Des rochers s'écroulent. Nous suivons des couloirs aux parois garnies d'oursins. Des lances me transpercent. Je ne sens plus rien. Hadès invisible me dévisage.

Danaé susurra des paroles d'apaisement. La respiration de son fils retrouva un rythme régulier.

– Un cauchemar, dans une si jolie tête.

– Oui, Danaé, déjà, mais la visite des dieux ne dépend pas de notre apparence physique. Ils élisent domicile où on les reçoit dignement. En ton fils gît une force qui nous dépasse. Viens auprès de moi.

Le charme était rompu. Elle ne pouvait plus s'abandonner aux délices de l'amour, sachant Persée à demi éveillé, peut-être, et sujet à des incursions intempestives dans sa réalité. Elle dormirait seule.

Dictys dut accepter la chasteté qu'imposaient les circonstances. Comment demander à un homme de demeurer aussi longtemps à côté de celle qu'il désire sans rien tenter ? Devrait-il patienter jusqu'à la maturité de Persée ? Le garçon atteignait maintenant un âge auquel on comprend certaines choses. La maison devait s'organiser autrement. Il aborderait le sujet en revenant de Livadi, le lendemain.

Il n'en eut pas le loisir.

Alors qu'on lui marchandait un poulpe, cinq fidèles d'Esthène déboulèrent sur lui, l'empoignèrent et le conduisirent au palais.

Là, le double de Polydectès l'accueillit plus mal qu'un chien et lui apprit que la mort avait emporté son frère, lors d'un combat furieux, à l'est de Patmos.

Esthène triomphait.

– Eh oui, mon grand ami a fini par descendre au royaume des ombres. Que l'Hadès le préserve des misérables de ton espèce !

Esthène éclata de rire, entraînant chez les hommes d'armes une rafale de grognements satisfaits.

Dictys ne se départit pas de son calme.

– Je suis un homme libre.

– Tu n'es plus rien du tout. Au moindre geste, je te fais abattre comme une bête sauvage.

Dictys changea de ton.

– Que désires-tu ?

Content de lui, Esthène dégusta sa victoire comme la galette de seigle qu'il venait de prendre sur un guéridon, et qu'il cisaillait au ralenti avec ses dents.

– Je vois que tu redeviens raisonnable...

Il entrecoupait ses propos de mâchonnements.

– Je t'en félicite... tu me surprends... ça vaut mieux... Une autre galette.

– Tu vois le grand bassin dans lequel ton frère Polydectès, mon ami, mon cher ami, aimait tant s'adonner à ses ablutions matinales ? Eh bien, tu vas nous montrer ce que tu sais faire.

Sur un geste d'Esthène, les gardes prirent position sur le pourtour de la piscine, javeline en main.

– Saute, et ne remonte pas à la surface avant que j'aie claqué des mains, sous peine de voir ces piques te clouer au fond. À moins que tu ne choisisses la mort immédiate, hors de ton élément chéri.

Sous la menace, Dictys plongea. L'air échappé de ses poumons remontait en guirlandes effervescentes. Les bourreaux observaient avec fascination ce moins-que-rien capable de tenir tête à Thanatos, le messager d'Hadès.

Les bulles se raréfièrent, puis cessèrent. Dictys était maintenant sur le dos, immobilisé au milieu de la mosaïque tapissant le fond du bassin, bras en croix. Zeus avait dû récupérer le fluide vital du malheureux et Poséidon le remplacer par le sien.

Esthène tardait à donner le signal convenu. Quand il atteignit deux fois cent et cinquante, il s'y résolut, avec nonchalance. Rien ne bougea. Il aurait pu continuer jusqu'à trois fois cent et sans doute plus. À l'évidence, Dictys avait quitté ce monde. Bientôt, il émergerait, le ventre rebondi, rempli comme une outre, bleui, laid. Enfin mort.

Alors qu'on allait abandonner à des esclaves le soin de s'occuper du cadavre, le corps amorça une lente remontée. Quand il creva la surface, le pêcheur, souriant, essoufflé, apostropha son tortionnaire.

– Pardonne-moi de n'avoir pas immédiatement réagi. Je voulais encore profiter un peu du silence. J'ai failli m'endormir.

Tirant alors avantage de son exploit, devant la stupéfaction générale, Dictys essaya l'intimidation : quel argument développerait donc Esthène pour sa défense au tribunal d'Hadès, lors de son entrée aux Enfers ? Comment justifierait-il la tentative de meurtre sur un innocent ? Suffisait-il qu'il fût le frère de Polydectès pour le condamner ainsi ? Ne craignait-il pas de s'exposer pour l'éternité à la rage de son ancien ami, pour lui avoir envoyé son cadet de si bonne heure ? Si le tyran disparu vivait encore, et revenait à Sériphos, comment se disculperait-il devant lui ?

L'agacement d'Esthène frisait l'exaspération. Ce minable lui résistait devant des tiers. Malgré sa fureur, il obéit à sa raison. Ce poissonnier se tuerait lui-même à la tâche.

– Ne crois pas t'en tirer ainsi. Tu goûtes les baignades ? Je vais te fournir l'occasion d'en jouir plus encore. À partir de demain, tu apporteras au palais, chaque jour, un minimum de dix belles éponges. Sous peine de mort.

5.

De retour chez lui, Dictys informa Danaé du nouvel état de fait. La disparition de Polydectès augmentait l'incertitude, et par conséquent les dangers. Pour se soumettre aux exigences du palais, il faudrait aussi restreindre un ordinaire déjà peu varié, consentir à ses absences répétées, redoubler de prudence, accepter de vivre en grande partie cachés, comme jusqu'à présent, mais en prenant des précautions supplémentaires.

La princesse d'Argos médita sur son destin. Chassée de sa ville natale, miraculée, elle se croyait sinon libre, du moins libérée à Sériphos. Et voilà qu'une chape d'un autre bronze retombait sur elle et son garçon. Persée vivrait-il toujours dans l'ombre de lui-même ? Atteindrait-il l'âge adulte sans jamais rencontrer des jeunes gens ? Combien de temps serait-il encore privé du commerce des jeunes filles ? Faudrait-il réprimer son appétit vital débordant ? Pourquoi Zeus imposait-il de telles épreuves ? Son fils n'en avait-elle pas affronté déjà trop ? Cherchait-il à la confondre, elle, à la détruire ? Le maître des dieux lui tenait-il rigueur de son mensonge par omission à propos de la paternité de Persée ?

– Esthène ne te lâchera plus. Dix éponges quotidiennes ! Il veut ta perte. Tu n'y arriveras jamais. Où irais-tu les chercher ? Et si même tu y parviens, il augmentera encore la norme. Il sera insatiable. Comment survivrons-nous alors ? Je vais aller le voir, le supplier, lui montrer de quoi est capable mon sang.

– Peine perdue !

Dictys n'avait pas ouvert la bouche. Danaé se retourna et constata que Persée, dissimulé jusque-là derrière un buisson, se tenait maintenant dans l'embrasure de la porte. Les éclats d'or sertis dans le bleu profond de ses iris pétillaient comme un feu divin.

– Inutile, ma mère. On ne discute pas avec un oppresseur. Ce genre d'homme ne s'incline jamais devant le verbe, fût-il des plus persuasifs, seulement devant la force. Il veut asservir Dictys ? Nous allons le satisfaire, mais en retournant ses desseins contre lui.

Danaé et Dictys échangèrent des regards interrogatifs.

– Et comment vois-tu les choses ?

– Fort simplement, père. Tandis que tu récolteras tes éponges, je m'occuperai des poissons et des crustacés.

– Tu es bien jeune encore.

– Oui, ma mère, mais Dictys m'a tout appris, et grâce à lui j'évolue mieux dans l'eau que sur le sol. Au royaume de Poséidon, je suis le plus heureux des hommes.

Ce dernier mot arracha un sourire tendre à Danaé. Un homme ? Quelques années suffisaient-elles à fabriquer un mortel ? Persée brûlait-il les étapes ? Se pouvait-il que ce corps d'enfant renfermât une âme accomplie ?

– Répartir nos tâches ne suffira pas, j'imagine, à tromper Esthène.

– Certes, père, mais cela nous permettra d'assurer notre survie et de préparer notre riposte.

– Une riposte ?

– Nous n'allons pas attendre le bon vouloir de ce tyranneau, comme des victimes désignées. Je serai bientôt en âge de m'opposer aux misérables de son espèce, et de les éliminer. Encore un peu de patience.

La détermination du jeune homme sonnait comme un reproche, non formulé, mais bien réel. Dictys s'accusa intérieurement de lâcheté. Conscient du décalage entre ses aspirations et ses actes, dont il souffrait en silence depuis si longtemps, il s'en excusa presque.

– Tu as raison, Persée. J'aurais déjà dû mettre un terme depuis longtemps aux exactions d'Esthène, mais...

– Tu t'y emploies très bien ! Tu sapes sa prétendue autorité en ne t'y pliant qu'en apparence, et je suis sûr que si les circonstances devenaient favorables, tu lui sauterais au cou pour l'étrangler.

Avec une certaine tristesse, Dictys ajouta :

– Oui, Persée, mais ces circonstances dont tu parles, ne peut-on pas les créer pour hâter le châtiment ?

– N'est-ce pas là une affaire à régler par les dieux ? Qui sait s'ils ne s'y consacrent pas déjà ? En moi gronde le courroux de Zeus et de son messager, Hermès. Crois-moi, leur impatience n'a d'égale que la mienne. Vivons comme si de rien n'était, Dictys, sans nous soucier de la victoire finale. Elle est acquise. Esthène seul l'ignore. C'est une question de temps.

Dictys réalisa soudain que le visage de son fils adoptif s'était métamorphosé. La figure poupine avait cédé devant celle d'un guerrier, d'un héros, d'un dieu peut-être. Persée ne ressemblait pas aux jeunes gens de la ville. Eux avançaient pas à pas dans les jours, comme des aveugles. Lui obéissait à un temps supérieur, irréductible aux aléas des occupations humaines. Eux vivaient dans l'espace qu'on leur attribuait. Lui y projetait sa lumière interne. Eux pesaient sur le sol. Lui paraissait voler. Eux apprenaient. Lui savait. Chez eux, la juvénilité à tout moment éclatait.

Chez lui perçait, derrière l'enveloppe de jeunesse, l'homme achevé.

Dictys s'inclina. Danaé n'osa pas exprimer ses doutes. Ne suffirait-il pas qu'Esthène la surprît un jour pour qu'une robe mortuaire habillât toutes ces belles paroles ? Elle préféra ne pas contredire son fils.

La vie ne changea guère, et Persée entra tout naturellement dans l'adolescence.

Un jour qu'il revenait de la plage avec Dictys, il aperçut un goéland blessé qui boitait en traînant son aile brisée sur le sol. L'animal tenta maladroitement de filer. Poursuivi, il se hâta vers une avancée rocheuse terminée par une pente abrupte. Encore un pas, et c'était le vide. Il se retourna, s'efforça de se tenir droit, malgré sa blessure, et fit bravement face aux deux géants qui l'acculaient.

Tandis que Dictys se postait devant l'oiseau en écartant les bras, Persée avança lentement jusqu'à pouvoir se jeter sur l'invalide et se saisir de lui en évitant son bec redoutable. Apeurée, vaincue d'avance, la bête capitula.

Ramené à la maison, muni d'une attelle, l'oiseau devint un compagnon de chaque instant, curieux de tout, avide, insatiable consommateur des poissons rapportés tout exprès pour lui, furetant, fourrant son nez crochu partout. Il dormait près de Persée et ne le quittait plus. Sa claudication lui valut le surnom d'Héphaïstos.

Quand il fut libéré de son éclisse, Héphaïstos demeura quelque temps avec ses bienfaiteurs. Peut-être vouait-il de la reconnaissance à Dictys et à Danaé, qui l'avaient nourri et soigné, mais il témoignait de l'attachement à Persée. Quand, enfin, il daigna s'envoler, il revint régulièrement saluer ses sauveteurs. Il ne se posait pas, mais il était reconnaissable entre tous à une petite tache sombre sur la tête.

Cet épisode faillit faire oublier au trio sa condition. Peu de temps après, pourtant, son destin bascula.

Alors que Dictys s'était rendu au palais pour livrer ses éponges, comme de routine, il ne revint pas pour le repas de midi. C'était contraire à ses habitudes. S'il prenait du retard, il ne tardait jamais longtemps après le passage du soleil au zénith. Cette fois, ses deux brefs coups de sifflet convenus ne s'intercalèrent pas dans les craquettements des cigales.

Danaé et Persée finissaient un fromage de brebis quand, enfin, le sifflement troua l'air. Ils n'eurent pas le temps de réaliser ce qui leur arrivait que déjà une vingtaine d'hommes en armes leur sautaient dessus. Réduits aussitôt à l'impuissance, ils furent entraînés sans ménagement. Danaé eut beau réclamer des explications, elle n'eut droit qu'à un lapidaire : « Ordre d'Esthène. »

La porte du palais s'ouvrit. Malgré ses mains enchaînées, Danaé indiqua d'un geste aux gardes qu'elle exigeait d'être conduite auprès de leur maître.

Il fallut traverser une cour rectangulaire bordée de murets à mi-hauteur. L'assemblage des pierres témoignait d'une grande approximation, mais il se dégageait de l'ensemble une harmonie naturelle. Un autel dédié à Apollon meublait le péristyle, par ailleurs peu entretenu. Des lauriers entouraient la statue et lui formaient un écrin ondulant. Face à la mer, la divinité semblait contempler l'infini.

Côté nord, des propylées sans ornements se prolongeaient en un vestibule décoré de scènes guerrières qui donnait accès à un bâtiment massif.

Passé une dernière courette, les prisonniers pénétrèrent dans le mégaron. La pièce était moins vaste que celle d'Argos. Danaé n'y prêta même pas attention. À Persée au contraire, elle parut immense. Des animaux fabuleux s'entredéchiraient sur des mosaïques encastrées dans du stuc blanc. D'un côté, un poulpe mauve et noir s'apprêtait à absorber tout crus les pêcheurs lancés après lui. Les piques des hommes se rompaient déjà sur sa peau. Ses tentacules évoquaient des cheveux entremêlés, ou un nid de serpents. De l'autre, des poissons enfilés par les ouïes pendaient à la ceinture d'un homme fier de son butin. Des croisillons de marbres colorés tapissaient un sol inégalement aplani.

Assis, les yeux pétris d'un mélange de malice et de cruauté, Esthène observait cette femme et ce morveux comme un acheteur détaille des esclaves. Il pointa un index vers eux et les interrogea d'une voix tonnante.

– Depuis combien de temps vivez-vous sur cette île, sans permission ? Qui vous a hébergés ? Comment êtes-vous arrivés ici ? Qui vous protège ? Qui êtes-vous ?

Le flot des questions noyait d'avance les réponses. Le regard de Danaé vira au noir.

– Où est Dictys ?

Esthène hurla.

– Ah !

Et puis soudain calmé, le visage envahi d'un mauvais sourire, il ajouta, presque à voix basse :

– Dépêchons-nous de parler de lui, car bientôt il aura rejoint le royaume des ombres.

Danaé esquissa un mouvement vers ce subalterne aux ambitions d'autocrate mais la main d'un garde la retint. Elle se retourna vivement.

– Comment oses-tu me toucher ?

Esthène la tança.

– Qui es-tu donc pour qu'un de mes hommes n'ait pas le droit de te mettre la main dessus – ou dessous ?

Il éclata d'un rire gras et enchaîna.

– Quand nous en aurons fini avec ton Dictys, je te mettrai dans mon lit. Ce soir, tout juste après le coucher du soleil, cela te convient-il ? J'aime bien jouir le premier de ce que j'abandonne ensuite à mes fidèles seconds.

Persée bouillait. Un jour viendrait où il débarrasserait la terre de cette vermine et de ses semblables. Comment Zeus tolérait-il que ces êtres-là côtoient les princes ? Il examina l'homme : une face aux orbites mal dessinés, trop petits, coupés d'un nez resserré, lui-même trop loin des lèvres, assez fines par contraste, toujours entrouvertes comme pour envoyer son content d'air à une cage thoracique démesurée.

– Vas-tu cesser de me dévisager !

Persée resta de marbre. Cette attitude horripila le colosse.

– Ton nom ?

Silence.

– Sale peste, je vais te...

Déjà Esthène levait une épée pour égorger l'insolent qui persévérait dans son mutisme. Danaé s'interposa.

– Ne crains rien, ma mère. Comme on refuse de se battre avec un adversaire indigne de soi, on choisit à qui parler.

Danaé clama que ce garçon était l'œuvre de Zeus, et qu'attenter à sa vie relevait du sacrilège. Elle menaça le criminel des représailles du père.

La fureur d'Esthène atteignit son comble. Il aboya un ordre bref et définitif. Aussitôt, les deux prisonniers furent traînés sur une esplanade où se trouvait déjà Dictys, lui aussi enchaîné.

– Tu prétends que cet avorton est le fils de Zeus ? Nous allons voir ! Ignores-tu qu'Héra, son épouse, ne tolère pas les écarts de son mari, et déteste le résultat de ses infidélités ? Demandons-lui son avis.

Là, devant un autel encore taché par le sang des dernières victimes propitiatoires, et en présence de ses plus fidèles lieutenants, Esthène adopta un autre ton, plus posé, inspiré par un projet qu'il savourait d'avance. D'une voix terne et monotone, comme s'il sacrifiait à une cérémonie dont lui seul déchiffrait le sens, il invoqua Héra. Certain de sa collaboration, même passagère, il leva vers le ciel ses deux mains assemblées en coupe et convoqua la déesse.

– Vois, ô divine Héra, comme on te bafoue ! Supporteras-tu longtemps cette humiliation ? Laisseras-tu cette femme te narguer davantage ? Je t'offre le fruit de ses entrailles. Venge-toi !

Alors que deux hommes forçaient Persée à incliner la tête sur la pierre d'immolation, une voix tonitrua.

– Et la mère, tu te la réserves, pas vrai ?

L'assistance crut que Zeus en personne s'invitait à la fête. On se retourna.

Stupéfaction.

En contre-jour, appuyé contre une colonne, une apparition souriante s'amusait du désarroi qu'elle causait. On ne rêvait pas, il s'agissait bien de Polydectès, flanqué de Scymaros, Digabion et Gorgire, tous plus ravis les uns que les autres de leur coup de théâtre.

Esthène, d'abord interdit comme tout le monde, se jeta le premier vers son ami et maître, non sans avoir salué ses compères au passage. Il lui baisa les mains. L'autre reçut cet hommage avec une pointe de désinvolture qu'aurait mal déchiffrée un devin rompu à la lecture de l'âme humaine.

Pendant que les deux hommes se congratulaient, la tête de Persée attendait le supplice. Dictys, lui, fixait son revenant de frère avec une animosité qu'atténuait, à cet instant, l'heur de le revoir à propos. Mais il était si instable, si versatile, si imprévisible qu'il accentuerait peut-être de lui-même la cruauté du moment.

Esthène aussitôt recouvra ses réflexes de subordonné. Il

ne broncha pas quand Polydectès reporta l'exécution au lendemain, et invita seigneurs et condamnés à célébrer son retour.

Le soir, au palais, les bavardages allaient bon train. Polydectès fournit volontiers des précisions sur son aventure. En même temps que Digabion, des pirates l'avaient capturé au large de Patmos et avaient fait croire à sa mort en pendant au mât un cadavre revêtu de ses habits. Par ce stratagème, les brigands espéraient provoquer la fuite des navires ennemis. Ils avaient réussi au-delà de leurs espérances.

Esthène se justifia. Apprenant la mort de son maître, il avait interrogé les capitaines. Ils étaient formels : impossible de prendre ces pirates de vitesse, plus expérimentés que les hommes enrôlés de force au cours de l'expédition. Et puis la méconnaissance des courants handicapait les équipages. On pouvait aisément les attirer vers des hauts-fonds. Plutôt que de décimer la flotte, on s'était replié en bon ordre pour regagner Sériphos.

– Où tu préparais une contre-attaque.

– Absolument.

– Pour m'arracher aux griffes de l'Hadès.

– Mais oui ! Enfin, je veux dire, non. Je voulais châtier ces pillards.

– À ton heure.

– Exactement.

– Et combien de mauvaises saisons devaient défiler avant que tu n'en décides ?

Les seigneurs réunis dans le mégaron observaient un silence craintif. Le sort d'Esthène se jouait. Il bredouillait des explications de moins en moins convaincantes. Polydectès envisagea ce pâle successeur avec un attendrissement qui annonçait peut-être l'absolution, ou anticipait le regret d'une punition exemplaire.

– Brave Esthène ! Mon bras droit, mon ami, mon double. Oublions tout cela. J'aurais fait comme toi. Je t'aurais laissé en haut de ta vergue, sans penser un instant que tu t'évaderais pour revenir à bon port par tes propres moyens. Et j'aurais rendu hommage à ton cran. Vivre plusieurs saisons comme esclave chez des pirates sanguinaires, récupérer Scymaros et Gorgire, vivants, certes, mais asservis, réduits à l'état de bêtes de somme, les délivrer au péril de ma vie, comme doit faire tout homme envers un des siens privé de liberté, traverser avec eux une partie de la mer Égée à la nage, se hisser à bord d'un navire de commerce et se faire passer pour des marchands dépouillés, sauter par-dessus bord à proximité de Sériphos pour participer juste à temps à vos réjouissances... Bel exploit !

À ces mots, l'assistance exprima bruyamment son admiration. Digabion, Gorgire et Scymaros ne pipaient mot et gardaient un sérieux troublant. Esthène, vers qui convergeaient les regards de ses anciens camarades, ressentait un malaise croissant.

Polydectès s'en aperçut, mit fin au tapage d'un geste de la main et changea de sujet.

– Alors, Esthène, parle-moi de ces misérables que mon frère, à ce qui semble, héberge secrètement chez lui.

Cette seule question détendit l'atmosphère plus encore que le récit des exploits du tyran. Esthène en serait quitte pour une bonne peur et une leçon à peu de frais. D'ailleurs, Polydectès prit son ami par l'épaule et détailla les captifs, restés jusque-là dans un coin de la pièce, et dont on s'était désintéressé.

– Et que comptais-tu faire exactement de cette femme et de mon frère, après la mort de ce jeune étourneau ?

– Pour elle, tu l'as deviné. Mais je te la laisse, bien sûr. Quant à ton frère, j'hésitais.

– Entre différentes morts ?

– C'est-à-dire, non, je...

Polydectès s'approcha des trois détenus. Il dévisagea Danaé.

– Tu choisis bien tes mets. Cependant, tu sais qu'entre frères on doit partager les nourritures. Comme entre amis, n'est-ce pas, Esthène ?

À ces mots, le poignard de Polydectès pénétra dans les reins du traître. Ce dernier s'affaissa lentement, avec un air de stupeur qui tordit ses jolies lèvres. Maintenant à genoux, la tête glissant le long de son bourreau, le souffle coupé, il articula un dernier mot.

– Pourquoi ?

– Ta vie en échange de mon pardon.

Alors Polydectès poussa du genou le corps, qui s'écroula de tout son long sur le marbre. L'arme encore à la main, il ponctua son geste de la plus succincte des oraisons, à l'instar d'un Laconien : « Adieu. » Puis, après cette banale péripétie, il s'adressa à son frère.

– Personne ici ne peut s'arroger le droit de supprimer un membre de ma famille sans mon consentement. Te voilà sauvé. Pour un temps. Ne me remercie pas. Nous aurons l'occasion de nous revoir, toi et tes hôtes. Mes hôtes, devrais-je dire.

Sur ce, il tourna les talons et disparut dans ses appartements.

6.

Déchargée d'un poids écrasant, la populace éprouva presque du soulagement à l'idée de retrouver son ancien fléau. Pour un peu, elle aurait fêté le retour d'un tyran dont elle avait appris à anticiper les folies pour mieux en devancer les conséquences. Son absence l'avait pour partie blanchi, même si sa réapparition activait d'anciennes peurs, dont il jouerait certainement comme par le passé.

La mort d'Esthène offrit effectivement peu de répit aux habitants de Sériphos. Son omnipotence recouvrée, Polydectès expédia les procès en suspens et s'adonna de nouveau à ses exercices favoris : une fille chaque jour, un garçon de temps à autre, des ripailles après les indispensables sacrifices aux dieux, des bains à n'en plus finir, des supplices imposés à quelque homme robuste, afin que la mort fût lente et le spectacle prolongé d'autant, sans parler des exactions commises en son nom.

Cependant, un observateur attentif aurait constaté, à d'imperceptibles signes, un changement dans sa conduite. Il consommait sans appétit son lot quotidien de chair féminine et semblait s'ennuyer aux exécutions capitales. Ni Gorgire, ni Scymaros, ni Digabion ne furent capables de lui rendre sa redoutable irascibilité. Même Hypnos, d'ordinaire si attentionné à son endroit, changeait d'attitude. Au lieu de lui procurer des nuits opaques, dépourvues d'animation, il animait son sommeil et le constellait d'images que le tyran voyait encore défiler au réveil. Les figures se superposaient les unes aux autres, et l'une d'entre elles se détachait progressivement de cette masse, jusqu'à frelater ses plaisirs. Elle le hantait. Danaé.

Un matin que Scymaros lui annonçait les réjouissances à venir, Polydectès le coupa sèchement, habité par son obsession.

– Cette femme dépasse en beauté les plus jolies créatures jamais rencontrées sur l'île de Sériphos et dans toutes les Cyclades.

Et, comme si cette pensée annulait la présence de son affidé, il poursuivit dans son délire.

– Telle une mouche, j'ai passé des nuits à tourner en rond sans découvrir la sortie. Impossible de se dépêtrer du filet tendu par son regard. Il vous englue. Vous annihile. Tout le contraire de Méduse. Ce monstre est si horrible, dit-on, que s'échappe le souffle des poumons dès qu'on l'aperçoit. Avec Danaé, un air chaud envahit ma poitrine et me métamorphose en oiseau.

Scymaros, navré de l'état mental dans lequel s'abîmait un homme de cette trempe, scruta sur le visage de Polydectès les symptômes de la démence. Il reçut une formidable claque.

– Me crois-tu fou ? Mais non, crétin, j'aime cette femme, et je vais tout faire pour m'en faire aimer.

L'autre, la joue brûlante encore, se figura qu'une proposition simple serait la bienvenue.

– Ordonne, et elle est dans ton lit tout à l'heure.

– Triple imbécile ! Cette femme n'est pas de ces vierges que notre frisé ramasse dans les îles, ni de ces esclaves dont tu te plais à remplir Sériphos. C'est une princesse aux allures de déesse. Je veux la conquérir, non la soumettre.

Soudain euphorique, le tyran se rappela que la punition infligée par Esthène à Dictys favoriserait son entreprise. Dans le fond, cette fripouille n'avait pas eu que des mauvaises idées : l'obligation de livrer journellement dix éponges au palais occuperait assez son cadet pour l'éloigner de sa protégée, laquelle ne pourrait arguer de sa mort pour haïr son bourreau.

Dès lors, il chercha par tous les moyens à se concilier les faveurs de Danaé. Il se jura, pour corser l'affaire, de ne pas employer la force, dont l'exercice, d'ailleurs, le fatiguait parfois. N'ayant jamais séduit de femme, il s'estimait pour l'instant hors d'état de vaincre celle-ci. L'attaque méritait une préparation sérieuse. Et l'idée s'imposa : il utiliserait son frère.

Qui enseignerait, mieux que lui, les rudiments de la séduction ? Qui lui révélerait une méthode plus efficace pour faire succomber une créature hors pair ? Bien sûr, Dictys s'arrangerait pour lui compliquer la tâche et refuserait sa complicité pour un divertissement dont il serait en même temps une des deux victimes, mais aurait-il le choix ? Préférerait-il vraiment mourir, et abandonner la femme à celui qui le persécutait ? Aussi le retint-il souvent au palais pour discuter de tout et de rien. Il l'interrogea sur les fonds sous-marins, sur l'organisation de sa vie et celle de sa famille, sur sa barque, sur le chemin qu'il empruntait pour aller de chez lui à la plage, de la plage au palais, du palais à sa maison. Il en profitait pour glisser de temps à autre, avec une subtilité dont il se félicitait intérieurement, des questions sur les origines de Danaé, ses manières, ses goûts, l'emploi de son temps.

Dictys voyait clair dans ce jeu. Méfiant, il répondait d'autant plus obligeamment qu'un silence ou une réplique trop vive eût produit un résultat contraire à celui qu'il visait. Il minimisait ses renseignements, mais ces interrogatoires, maquillés en échanges fraternels, ressemblaient à du poison distillé goutte à goutte.

Polydectès feignait d'ignorer l'extrême prudence de son frère et accumulait des détails de nature à stimuler sa propre ardeur. Du moins le pensait-il.

Dès qu'il se jugea prêt, il donna l'assaut. Par un matin radieux, il sidéra le portier de la forteresse : non seulement le maître sortait aussi rarement de son palais qu'un murex ou un ormeau du sien, mais personne n'accompagnait ce seigneur d'ordinaire protégé par une solide escorte. Cela augmentait la singularité de l'événement.

Polydectès salua l'homme qui l'observait, ébahi, et disparut dans la campagne. Instruit par ses espions, il savait Dictys éloigné. Il atteignit rapidement la grande plaine qui dessinait au sud une proue démesurée pour le navire qu'évoquait l'île.

La platitude infinie de l'horizon confirmait les dires de Magnès, son père : parvenir aux abords d'Océan exigerait plus de forces que les dieux n'en avaient concédé aux hommes. Il faudrait naviguer pendant des saisons et des saisons, sans espoir de toucher au port.

Il était maintenant à faible distance de la masure de son frère. Il aurait aimé que Danaé se promenât dans les parages, ou que, l'apercevant, elle vînt vers lui pour l'accueillir.

Un léger vent inclinait les herbes hautes, partiellement desséchées. Après une barrière de pins, il suffisait, pour atteindre la bicoque, de prendre l'étroit sentier qui s'infiltrait entre des éphédras, des caroubiers et des citronniers sauvages. Il s'enfonça dans cette végétation touffue. À peine un stade [1], un tournant à angle droit, des branchages à écarter, une faible pente, et il se retrouva sur un dernier replat.

1. À peu près cent quatre-vingts de nos mètres.

Il demeura un instant adossé au mur végétal dont il venait de s'extraire. C'était donc là que vivait Danaé. Il était inconcevable que cette femme n'abandonnât pas ces lieux pour s'installer au palais, où elle profiterait d'un confort enviable, entourée, servie, aimée. Protégée aussi par un homme puissant, et non par un pêcheur minable dont il pouvait sectionner à tout instant le fil de l'existence.

Danaé s'apprêtait à sortir quand elle vit Polydectès. Elle eut un mouvement de recul. Il l'interpella.

– N'aie pas peur. Je viens en ami.

Cette seule phrase exacerba ses sentiments.

– Toi, un ami ? Quelle audace !

– Ne vous ai-je point sauvés, toi et mon frère ?

– En l'obligeant à se tuer au travail ?

– Dictys est-il, oui ou non, toujours vivant ?

Danaé n'écoutait pas. Elle ajustait déjà sa prochaine salve.

– Et en venant me violer jusqu'ici de ton regard ? Belle amitié que celle-ci !

Cette nouvelle flèche conforta les desseins de Polydectès.

– Tu vas vite. Admirer une beauté n'est pas la profaner.

– Tout dépend qui lorgne.

– Mes yeux ne te feront aucun mal.

Elle haussa les épaules. Le jugement de cet homme ne valait pas plus que son intelligence.

– Nous parlons de toi, pas de moi. Tu m'examines sous toutes les coutures, tu entres en moi par effraction, tu me pénètres déjà de ta concupiscence avant d'opérer plus concrètement. Voilà l'infamie. Je te méprise.

Elle achevait à peine cette phrase que Polydectès, sans brutalité, mais avec décision, lui prit les poignets pour l'attirer à lui. Son frère avait cru bon de le mettre en garde contre la précipitation. Attendre et attendre encore, telle était la stratégie recommandée. Il avait conclu à une échappatoire, et procédait à l'inverse.

Danaé ne chercha pas à se dégager, jugeant que sa rébellion attiserait une ardeur qu'elle abhorrait. De toute façon, comment s'opposer à cette force de loin supérieure à la sienne ? Son corps maintenant collait presque à celui de son agresseur. Elle se mit à respirer au même rythme que lui. Bruyamment. Un parfum terreux l'envahit. Jusqu'où la conduirait le semblant de toute-puissance qu'elle concédait à cette bête ? Elle oscilla lentement de droite et de gauche, et le membre du tyran, déjà dressé sous sa tunique, durcit davantage. Il aurait suffi d'un rien pour que tout basculât.

Enhardi par la passivité active de sa proie, Polydectès poussa l'avantage.

– Ton mari est loin et ne se doute de rien. Profitons-en. Tu ne le regretteras pas, je te l'assure.

Dictys le lui avait conseillé : la sécuriser, échanger sa docilité contre la promesse du luxe. Sur ce point, il n'avait pas menti.

– Donne-moi libre accès à tes cuisses, et je t'ouvrirai mes portes à moi, derrière lesquelles s'épanouiront tes légitimes aspirations de princesse.

Il l'embrassait déjà au creux du cou, quand un raclement de gorge se fit entendre. Persée arrivait de la plage. Sans saluer l'intrus, il se dirigea vers la maison et déposa son barda devant l'entrée. Comme s'il était seul, il sortit un à un ses poissons d'un sac de toile humide et les déposa sur une pierre plate au soleil. Sa mère, dégagée de son étau, lui sourit.

– Comme je suis heureuse de te voir.

– Moi aussi, ma mère, mais ne t'occupe pas de moi. Fais comme si je n'étais pas là.

Polydectès contempla les trophées et complimenta le pêcheur. Pour toute réaction, il récolta un regard assassin.

– Je te rappelle, mon garçon, que ta mère, son mari et toi êtes autorisés à demeurer sur cette île par un effet de ma bonne volonté. Ne l'oublie pas. Je peux supprimer cette aumône d'un simple claquement de doigts.

Persée se campa face au maître de Sériphos. Ses yeux brillèrent d'une assurance qui troubla même Danaé.

– Un, ton frère, Dictys, le meilleur des hommes, n'est pas marié à ma mère. Deux, les lois de l'hospitalité imposent d'accueillir les naufragés, et Sériphos peut se targuer aujourd'hui de recevoir la princesse d'Argos, fille du roi Acrisios, avec son fils, issu de Zeus. Trois, je ne suis pas un garçon, mais un homme.

À ces mots, Polydectès, amusé, passa en revue les assertions qui venaient de battre l'air comme des fouets. La première servait ses desseins. Il verrait comment. La deuxième lui confirmait l'origine princière de cette femme. Elle s'établirait d'autant plus facilement au palais. Quant à la troisième, il en découvrait tout juste la véracité.

Toujours sous le feu d'un regard qui ne fléchissait pas et prenait au contraire de l'ascendant, il leva le menton et apprécia d'une moue dédaigneuse cette ingérence imprévue. Pour la première fois, il considéra ce freluquet sérieusement. Des yeux d'un bleu intense irradiaient un visage d'une étrange beauté, qu'une tignasse noire surmontait comme un panache. Un buste de guerrier, légèrement triangulaire, se prolongeait par des jambes félines, longues, élégantes, sculptées pour la course. De larges épaules, accentuées par la finesse de la taille, en imposaient.

Il avait bien devant lui un homme, non un adolescent. D'une incontestable majesté. Un parent de Zeus ? Voire. Certes, le roi des dieux ne manquait pas de progéniture, et il ratait rarement une occasion d'augmenter ses motifs de fierté, et si Danaé était son type, il pouvait en effet avoir cédé aux appels de son sexe. Si devant lui se tenait le fruit de cette union, il faudrait s'occuper de l'arrogant avant peu.

– Je te remercie de ces précisions. Elles m'éclairent beaucoup.

– Tant mieux. Alors sache que ma mère n'a pas encore épousé Dictys, ce qui ne la rend nullement libre.

– Tiens donc !

– Oui, et ne t'avise pas de tourner encore autour d'elle, sinon...

– Sinon ?

– Tu devras me passer dessus avant.

Polydectès s'esclaffa.

– Mais avec plaisir !

Persée chercha une arme. Danaé, fronçant les sourcils, d'un mouvement de la tête prompt et autoritaire l'en dissuada.

Polydectès mit un terme à l'entretien.

– Ta mère est plus sage que toi. Je suis sûr qu'avec elle, on peut s'entendre. Nous verrons cela plus tard. Pour l'instant, j'ai à faire. Mais souvenez-vous bien de ceci, tous les deux : princesse ou pas, enfant de Zeus ou pas, vous m'appartenez. Vous me devez obéissance. Ici, je suis tout, vous n'êtes rien. Compris ?

Sur ce, il tourna les talons.

Une fois débarrassé de l'importun, Persée se permit de rappeler sa mère à l'ordre. Ce mortel ne méritait même pas de lever les yeux sur elle. Frayer avec ce rustre la déconsidérait. Et par ailleurs, ne devait-elle pas tout à Dictys, à commencer par la fidélité ?

– Mon fils, dépositaire de mes propres idées... Comment être plus heureuse ?

La perplexité de Persée transparut dans son regard. Ou

sa mère se moquait de lui, ou elle se laissait bercer par les illusions de l'hypocrisie. Dans les deux cas, il lui en voulut de cette attitude ambiguë à un moment où la situation exigeait la plus grande gravité.

– Si tu désires être plus heureuse encore, conforme tes actes à tes pensées. Comme moi.

– Comme toi ?

– Je ne traite pas avec un monstre qui pille, assassine, abaisse, et jouit du mal qu'il cause à autrui. C'est un dépravé qui corrompt tout ce qu'il approche. Vois comme ses amis ressemblent à des pourceaux épris de fange. Une seule attitude avec lui, l'indifférence.

Danaé considéra son fils sous un jour nouveau. Il avait raison de revendiquer son statut d'homme, même s'il lui restait des progrès à accomplir dans deux ou trois domaines.

– Mon grand Persée, ne te hâte pas de conclure, et emploie ton intelligence à percer les caractères, non à demeurer en surface des visages. Polydectès est de ces hommes qui imposent leurs quatre volontés à leur monde, n'ignorent pas qu'on les craint et voudraient qu'on les aime. Il n'attendait qu'une chose : que je lui résiste. Imagines-tu que Dictys ne m'a pas avertie des manœuvres de son frère ? Dans l'incertitude, nous avons choisi la prudence. Si je m'étais laissée aller à mes premières impulsions, j'aurais craché à la figure de ce lâche que je hais autant que toi. Il n'aurait pas longtemps essayé la persuasion, et aurait cédé à la violence. Cela, je ne l'aurais pas supporté. Plutôt mourir ! Je voulais au contraire l'amadouer pour mieux l'éconduire. Tu n'as pas servi notre intérêt en lui apprenant que Dictys n'est pas mon mari. Tu m'ôtes un argument pour exciter sa convoitise. Dommage.

– Mais où mènera ce jeu ?

– Réfléchis. Nous ne pouvons quitter cette île sans l'autorisation de son maître. Et d'ailleurs, comment nous y prendrions-nous ? Avec quel navire et quel équipage ? Dictys obligé de verser son quota journalier, nous dépendons du bon vouloir de Polydectès. Endormir sa méfiance et ramollir sa morgue paraît la meilleure tactique. Peut-être arriverons-nous à exploiter un éventuel relâchement de sa part. Ne le provoque pas, comme tout à l'heure, où tu lui as tenu tête – avec courage. Ne te laisse pas aveugler. Au contraire, arrange-toi pour que l'orgueil gonfle les poumons de cette bête malfaisante et lui monte au cerveau pour en chasser la lucidité.

Quand, tard le soir, son compagnon rentra, Danaé lui apprit la visite importune. Elle lui décrivit la scène, restitua les propos échangés, souligna le rôle de Persée, guetta la réaction de son sauveur pendant qu'elle l'aidait avec de l'eau à se rincer du sel déposé sur sa peau.

Épuisé, Dictys ne s'emporta même pas. Il chercha vainement une parade à une entreprise dont il ne doutait pas que Polydectès la poursuivrait jusqu'à obtenir gain de cause. Que faire ? Se révolter ? Risquer la vie chèrement défendue jusque-là de Danaé et de Persée ? S'attaquer à la personne de son frère ? Quand bien même l'occasion se présenterait, sa plus faible constitution le condamnait d'avance. Hormis ses aptitudes respiratoires, de quels atouts physiques disposait-il ? Une plus grande vitesse à la course ? La belle affaire ! Pour le reste, la masse de son adversaire ne lui laisserait aucune chance. Quant à se munir d'une arme avant d'entrer au palais, il ne fallait pas y compter. La dissimuler dans le sac d'éponges ? Les fouilles systématiques interdisaient une telle folie.

Découragé, il s'endormit comme un enfant.

Le lendemain, Danaé lui apprit que, pendant la nuit, il avait rêvé à voix haute et répété au moins trois fois qu'elle devait partir.

Dictys ne se souvenait de rien. Un dieu immiscé dans son esprit lui avait dicté des pensées et des paroles dont il ne conservait pas trace. Quoique ignorant du contenu exact de ses élucubrations, il les ratifia néanmoins d'un sourire. Il n'acceptait pas qu'une princesse endurât une lutte qui, de toute manière, finirait mal. Rejoindre Polydectès, se soumettre, tenir un palais, comme cela lui revenait de droit, élever son fils au milieu des jeunes de son âge, lui enseigner d'autres matières que l'écriture, la pêche et l'observation de la nature, était de loin préférable à cette vie désolante de proscrite et de recluse. À la réflexion, oui, cela valait mieux, elle devait le quitter. Ils se reverraient tous les jours, chez elle, puisqu'il y livrait ses produits, et il pourrait ainsi vérifier son bien-être. Persée, il n'en doutait pas, deviendrait un grand roi, et il se souviendrait peut-être alors de celui qui joua pour lui le rôle de père.

Assurément, ce rêve était un signe des dieux. Il n'en avait pas formulé encore les conclusions, trop confuses dans son esprit, mais maintenant tout devenait clair. Inutile d'attendre, on agirait aujourd'hui même.

Danaé jura qu'elle resterait unie à Dictys, jusque dans l'Hadès, et que personne ne la circonviendrait, en tout cas pas celui-là même qui prétendait la sauver une seconde fois, en se séparant d'elle.

Il eut beau argumenter, elle fut inflexible. Dès lors, il était à prévoir que Polydectès récidiverait.

7.

Dictys et Danaé s'efforcèrent d'imaginer des ripostes aux futures charges du tyran. Lui, implora Poséidon ; elle, Artémis et Apollon. Ni l'un ni l'autre n'obtint le succès attendu. La seule défense préconisée par les dieux consistait à fuir les avances de l'ignoble soupirant. Comment ? Ils ne daignèrent pas entrer dans les détails.

Persée reprocha au couple de porter atteinte à la gloire des divinités. Si elles ne fournissaient pas de solution, il fallait chercher dans leur silence même les moyens de remédier au mal. Et c'était facile. Tandis que Dictys ne modifierait en rien ses habitudes, il reviendrait à lui, Persée, de surveiller sa mère. Il l'emmènerait au besoin avec lui, malgré cette horreur de la mer qu'elle avait contractée dès les premières heures de son errance dans le golfe d'Argolide. Cela ne l'empêcherait nullement d'assurer l'essentiel de la nourriture quotidienne, quitte à réduire la consommation, si nécessaire. Polydectès n'oserait pas violenter une femme devant son fils. Quant à s'entourer de soldats pour neutraliser l'une et l'autre, quel seigneur courrait le risque de s'exposer aux moqueries de ses pairs et, plus grave encore, à celles de ses subordonnés, pour avoir fait appel à une armée contre un adolescent et une princesse ? L'éliminer, lui, Persée ? Ce serait le meilleur moyen de condamner à l'échec toute tentative ultérieure de séduction. Augmenter la servitude de Dictys pour mieux utiliser l'arme du chantage ? Non seulement celui-ci rapportait chaque jour ses éponges, mais cela aboutirait au même résultat que l'action précédente.

Rien ne justifiait de prolonger la discussion. La cause était entendue.

De fait, aux assiduités de Polydectès répondit l'obstination de Persée. Le tyran espéra un temps surprendre encore Danaé, mais il dut compter avec l'immanquable ingérence de son chaperon. Les occasions de harcèlement se raréfièrent, puis disparurent. La dernière marqua un tournant. Elle eut lieu sur la plage.

Persée s'affairait devant la chaloupe de Dictys. Assise près du bateau, sa mère l'aidait dans ses préparatifs. C'est du moins ce que crut Polydectès du haut de la falaise. Quand il fut sur place, il constata qu'en fait de Danaé, une toile de chanvre recouvrait une poupée en osier.

Le subterfuge ne déclencha pas la colère à laquelle s'attendait le jeune homme. Au contraire, celui qu'il venait d'abuser si facilement s'amusa de la duperie.

– Je dois reconnaître que tu n'es pas n'importe qui. Je te félicite. Bravo. Peu d'hommes peuvent se targuer d'avoir trompé Polydectès.

Puis, se tournant vers la mer moutonneuse, il ajouta :

– Ô Poséidon, l'écume dont tu ornes ton royaume dit assez ton agacement devant ma sottise. Tu l'avais découvert bien avant moi, ce prince est digne de considération. Je mesure aujourd'hui mon erreur, et je lui en demande pardon. Inspire-moi désormais plus de clairvoyance !

Et, cette prière à peine émise, il conclut, en direction de Persée :

– Faisons la paix.

Le prince n'avait pas bronché. Sans se départir de sa froideur calculée, il dit simplement :

– Depuis quand les chacals signent-ils des trêves avec les lions ?

À ces mots, la fureur gagna la poitrine de Polydectès, mais une force plus grande encore la jugula. Il lança en décampant :

– Je reçois demain soir mes amis à dîner. Sois-en.

L'invitation ressemblait à un ordre, et elle empestait le traquenard. Néanmoins, muni des conseils de Dictys et de Danaé, en même temps que de sa propre défiance, Persée décida de s'y rendre.

La tombée du soir imbibait l'atmosphère d'odeurs suaves. Du littoral s'exhalaient des effluves d'iode parfumés au safran. Des senteurs de lavande et de citron s'amalgamaient à proximité du palais. Les lauriers du voisinage embaumaient. Des torches disposées au pied des remparts et le long du chemin d'accès à la citadelle traçaient un serpentin lumineux, ajoutant à la magie de l'heure.

Avant de pénétrer dans l'enceinte, Persée s'emplit les poumons des vapeurs subtiles qui faisaient cortège à la nuit naissante. Il contempla l'étendue qui déjà s'enténébrait. Un noir d'encre absorberait bientôt les dernières lueurs du jour et engloutirait les filaments nuageux étirés juste au-dessus de l'horizon, où se mélangeaient des miettes de vert pâle et de bleu pervenche. Le plus grand d'entre les dieux assistait-il, lui aussi, à ce spectacle grandiose ?

Il lui confia son inquiétude.

– J'entre dans cette demeure, ô Zeus, sans garantie d'en ressortir. Ou alors aux côtés de Thanatos pour me rendre chez ton frère, Hadès. Pourquoi, maître des maîtres, un méchant homme comme Polydectès peut-il impunément causer tant de mal ? Pourquoi un homme comme Dictys mène-t-il au contraire une vie de paria ? Tout sépare les deux frères : comment Magnès et sa naïade ont-ils engendré deux êtres aussi dissemblables ? L'un est si bon, si généreux, si humble ; l'autre si cruel, si bas, si pervers.

Des seigneurs approchaient. Ils passèrent devant le prince sans lui prêter attention. Lui, suivit le petit groupe, et, restant derrière, reprit le cours suspendu de ses pensées, malgré les plaisanteries bruyantes.

Zeus lui en voulait-il de s'être vanté de son ascendance, l'autre jour, devant Polydectès ? Était-ce là d'ailleurs, de la part d'un prince de sa stature, forfanterie ou dévoilement d'un secret ? Ne ressentait-il pas en lui une vigueur inébranlable, dévastatrice, divine ? Se pouvait-il qu'un autre que le roi des dieux fût son géniteur ?

– Bienvenue en mon palais.

Tout à ses songeries, Persée avait franchi sans s'en apercevoir une cour bouclée par des gardes et gravi trois marches accédant à une terrasse au sol dallé. Là les accueillait, bras tendus, gaillard, le tyran de Sériphos.

Des flambeaux de résineux diffusaient une clarté tremblotante qui jouait avec les ombres sur les visages et alourdissait leurs traits.

Hormis Digabion, Gorgire et Scymaros, dont Dictys l'avait maintes fois entretenu, et qu'il identifia immédiatement, Persée retint les noms de Agliotès, Glyphias et Eimatón. Ces seigneurs ne lui inspirèrent pas plus confiance que les trois premiers.

Après les présentations, Polydectès ordonna le sacrifice d'un mouton noir sur l'autel d'Apollon. Malgré son peu de goût pour ce genre de cérémonie, il entendait ainsi témoigner à ses hôtes de l'importance du repas qu'on leur servirait. Le dieu se régalerait des meilleures parts, les épaules rôties, assaisonnées de sarriette et décorées de feuilles de laurier. Le reste irait rejoindre la marmite où bouillaient déjà cuissots de sangliers, jarrets de bœufs et abats divers.

Avec des toiles de lin qu'ils agitaient en cadence, des esclaves orientaient les fumets vers la divinité. Quand on jugea celle-ci rassasiée, un prêtre tendit à Polydectès la coupe qui avait recueilli le sang de la bête sacrifiée, et indiqua la rigole où le verser. D'un mouvement du menton, le tyran délégua son pouvoir à l'homme, qui, avec solennité, s'exécuta. Avant que celui-ci ait achevé son office, la petite bande s'esquivait, impatiente de festoyer.

Persée jugea ces manières insultantes non seulement pour Apollon mais aussi pour le ministre de ce culte sacré. Il le manifesta d'un hochement de tête irrité à l'attention des serviteurs qui partageaient muettement son indignation. Il dut néanmoins se retirer à son tour, pour ne pas déclencher inutilement les foudres de Polydectès, et aussi parce que deux gardes le prièrent de ne pas tarder plus.

Au mégaron était dressée une table rectangulaire recouverte d'un drap vermillon. La disposition des coupes en argent distribuait les places, trois par trois dans le sens de la longueur, et une face au maître de céans, dans la largeur. Ce dernier y fit asseoir Persée. Cet honneur, d'ordinaire réservé aux plus proches, ne trompa personne. Il valait message : on allait s'amuser comme jamais. Ce moins-que-rien avait échappé de peu au bronze qu'Esthène lui destinait, mais il aurait bien du mal à se tirer de cette nouvelle affaire.

L'interdiction de porter des armes au mégaron n'empêchait nullement les joutes verbales. Encouragé par un léger signe de son maître, Digabion ouvrit les hostilités.

– Voudrais-tu devenir soldat, jeune Persée ?

Il s'attira une sèche réplique.

– Pourquoi pas ? Appelle-moi plutôt « prince », si tu ne veux pas finir au bout de mon épée.

Les rires étouffés des seigneurs confirmèrent Persée dans son sentiment d'un complot. On l'avait attiré pour se débarrasser de lui. Polydectès aurait ainsi le champ libre pour séduire sa mère.

Un échanson servit dans des rhytons de corne du vin préalablement coupé d'eau. La couleur du liquide hésitait entre cinabre et grenat. Fort en sucre, on le conservait à Sériphos dans des amphores récupérées auprès de trafiquants de passage. Les leur avait-on achetées, ou les leur avait-on volées en les massacrant quand ils avaient eu la mauvaise idée de relâcher à Livadi ? Toujours est-il que, coupes levées, à une près, on se congratula pour vanter Dionysos et se louer d'une aussi belle soirée.

Glyphias, petit, cheveux crantés, joues couperosées, yeux d'aspic, épongea la sueur de son front, et, avant d'enfourner une galette de seigle surmontée d'un fromage sec, lança :

– Tu me plais beaucoup, prince. Aimerais-tu visiter mon huilerie ?

Nul n'ignorait à Sériphos les mœurs de ce détenteur du monopole des huiles. Il recevait chez lui les jeunes gens de l'île, et en entretenait même certains pour lui servir de rabatteurs. À qui voulait labourer les plantations d'oliviers, émonder ou greffer, obligatoire était la soumission à ses caprices. Contrôler le pressurage des sacs de crin remplis de fruits pilonnés par les femmes, surveiller l'écrasement de la purée dans une cuve à gargouille, goûter avec le maître l'huile douce issue de cette première pression à froid, tels étaient les privilèges de l'élu du moment.

– Pourquoi pas ?

Cette réponse provoqua un sourire de satisfaction chez l'huilier. On lui avait décrit ce naufragé comme un sauvage, et il découvrait de l'esprit, une nature curieuse et, ce qui ne gâtait rien, une bouche bien faite. Il y posa son regard avec insistance, et demeura songeur. Puis, avec tous, Persée compris, il but de nouveau.

Eimatón, un capitaine qui se prétendait fils de personne, un jour débarqué à Sériphos et presque aussitôt élevé au rang d'ami par Polydectès, situé vis-à-vis de Glyphias et physiquement presque son opposé, se pencha vers son voisin, Scymaros. Il chuchota de manière à être entendu.

– Le prince Persée devrait aussi fréquenter Agliotès.

Les rires cette fois fusèrent. Le maître des chevriers, dernier nommé, passait pour un amoureux excessif des animaux. Cette zoophilie plut à Polydectès et cela seul fit naguère sa fortune. Sa corpulence en attestait. Sa réputation pouvait en remontrer à Glyphias, avec qui d'ailleurs il s'était rapidement acoquiné.

– Pourquoi pas !

Les notabilités de Sériphos, comme s'ils s'étaient passé le mot, envisagèrent le prince avec une fausse bonhomie. Se gaussait-il d'eux ? En tout cas, ce jeunot ne se démontait pas. Ils dirigèrent leurs rhytons vers lui et ne les baissèrent qu'il n'ait ingurgité avec eux une ration supplémentaire de vin.

Agliotès rebondit.

– Pourquoi pas. Pourquoi pas ? Pourquoi pas ! Notre prince décline fort bien et sur tous les tons ces deux mots. J'aimerais tant l'entendre chevroter.

Après avoir imité les intonations de Persée, le berger venait de simuler le béguètement de son mammifère préféré, ce qui alimenta la bonne humeur générale.

Depuis le début de ces joutes oratoires, Polydectès avait enrobé son silence de jovialité. Il intervint, guilleret, coupant court aux conversations en duos qui s'instauraient.

– Mes amis... mes amis... Comme vous, Persée est mon invité. Je vous prie de ne pas l'importuner davantage. S'il le veut bien, il sera des nôtres.

Le prince envisagea la tablée. Elle s'apprêtait à exploser de joie, s'il prononçait son prévisible « pourquoi pas ». Devant cet aréopage de canailles, il ressentit du dégoût. À la première occasion, il déguerpirait. Il ne sourcilla même pas.

En apparence nullement offensé par l'absence de réaction, le tyran provoqua d'une autre manière, bien plus efficace, l'hôte récalcitrant.

– Serais-tu plus à l'aise avec nous si Danaé partageait ce dîner ? Désires-tu que j'aille la faire quérir ?

À ces mots, Persée explosa.

– Honte sur toi ! La voilà bien, ta scélératesse ! Tu ne m'as convié à cette agape que pour me circonvenir et obtenir de moi que je t'ouvre le chemin de ma mère. Je ne t'offrirai jamais ce plaisir, tu m'entends ? Jamais. Plutôt mourir.

Digabion glissa vivement :

– Pourquoi pas !

Il déclencha l'hilarité générale. Persée se leva, prêt à en découdre à mains nues.

Polydectès ramena l'ordre avec autorité, non sans avoir vérifié d'un coup d'œil furtif la présence, à portée de voix, de sa garde personnelle.

– Tu te trompes, jeune prince. Lourdement. Assieds-toi. Et vous autres, écoutez !

Sur ce, le tyran surprit son monde.

– Du temps de ma jeunesse, Magnès, mon père, rencontra par hasard un homme qu'il prit d'abord pour son propre frère, Sisyphe, tant la ressemblance était frappante. À peu de distance l'un de l'autre, ils se baignaient dans le fleuve Asopos. Ils se saluèrent, et mon père apprit qu'il s'agissait d'Œnomanos. Corinthe et sa ville, Pise, en Élide, n'entretenaient aucune relation. Magnès pensa que Sisyphe accepterait volontiers d'établir des rapports de bonne intelligence avec un voisin qui pourrait, le cas échéant, s'allier à lui pour contrer les ambitions de Pylos. Et puis ce roi ne présentait guère de danger. On pourrait à tout moment se débarrasser de lui. Mieux valait endormir sa vigilance.

Persée reconnut à ce jugement la perfidie de Polydectès, car tous les échos recueillis sur Sisyphe, essentiellement auprès de Dictys, infirmaient une telle hypocrisie. Cela l'encouragea dans son refus silencieux d'accorder crédit à ce discours.

– Et par la suite, mon père, heureux de l'accord obtenu auprès de ce roi de Corinthe qui le protégeait de sa fratrie, rendit souvent visite à Œnomanos. Il m'emmena plusieurs fois. Quelle joie c'était alors de quitter le palais, de découvrir le Péloponnèse, de voir la mer, de me sentir enfin libre. Mon amour de l'indépendance et de la liberté doit dater de cette époque-là.

Eimatón profita d'une pause.

– Pise ? En Élide ? Je n'en ai jamais entendu parler. Est-ce un port ?

Polydectès considéra ce marin au nez pointu et aux longs cheveux tressés comme ceux d'une femme, avant de reprendre.

– Aucun intérêt. Ne m'interromps plus. Où en étais-je ?

Avant de plonger à nouveau dans sa narration, le tyran vérifia l'attention de son auditoire, sans négliger de capter celle de Persée.

– Ah oui ! Œnomanos ne régnait pas seulement sur sa ville, mais aussi sur le cœur de la plus douce des vierges qu'il m'ait été donné de connaître, sa fille, Hippodamie. Il la chérissait au-delà de toute raison. J'en tombai immédiatement amoureux. Je ne lui déplaisais certainement pas, car elle me souriait en permanence et me donnait la main dès que je lui tendais la mienne.

– Et tu n'en as pas profité ?

– Tais-toi, stupide Scymaros ! Nous étions des enfants... De toute façon, le père de cette chérie s'arrangeait pour que nos tête-à-tête ne durent pas. Et puis la vie nous a séparés. La fuite de Magnès, accusé par ses ennemis d'un meurtre commis pourtant au nom de la justice, notre exode et notre implantation ici, la jalousie maladive d'Œnomanos, tout nous a éloignés l'un de l'autre.

Polydectès hésita volontairement avant de prononcer la phrase dont il savait qu'elle attiserait au plus haut point la curiosité de tous.

– Aujourd'hui, j'ai reçu un message qui va changer ma vie. Et d'ailleurs aussi la vôtre.

L'impatience de l'auditoire augmentait. Persée lui-même, malgré ses efforts pour paraître indifférent, ne put cacher son attente.

– Je viens d'apprendre que la belle cherche toujours un époux.

Il y eut un long silence.

Scymaros, Digabion et Gorgire, presque avachis sur leurs chaises, avaient tout compris – ou alors étaient dans la confidence. Eimatón et Agliotès cherchaient sur les visages de leurs congénères la clé de cette énigme. Les yeux globuleux de Glyphias roulaient comme des billes, en quête de vérité. Persée patientait.

Enfin, l'incroyable fut servi comme un mets de premier choix.

– J'ai décidé d'épouser Hippodamie.

Content de son effet, Polydectès passa en revue chacun des convives. Après un bref instant de stupeur, tous les rhytons sauf un se levèrent, et le mégaron résonna de félicitations, de vœux, de compliments, d'éloges, de bravos.

Persée en rabattit. Après tout, il s'était peut-être trompé sur cet homme. Il ne pourrait plus lui reprocher, au moins, de convoiter sa mère. Cela seul lui donna envie de l'absoudre de tous ses défauts. Enfin Dictys et Danaé allaient vivre ensemble. Sans crainte. Il but une rasade et dit :

– Je me réjouis pour toi.

Polydectès, pas fâché de cet hommage, paupières closes, inclina la tête en signe de remerciement. Aussitôt après, il apporta une nuance décisive.

– Attendez, vous autres, la chose n'est pas faite. Le père, je vous le rappelle, garde jalousement son trésor. On affirme qu'un oracle a prédit qu'il mourrait par son gendre. Aussi, pas question pour lui d'accéder aux nombreuses demandes en mariage dont sa fille est l'objet.

Gorgire lança :

– Il en est amoureux.

Polydectès reprit.

– Peut-être. Toujours est-il qu'il a imaginé une course de chars entre lui et chaque prétendant. L'emporter mène à la noce. Perdre, à la tombe.

Digabion garantit la victoire à son maître, quelle que soit la nature de l'épreuve.

– Tu vas vite. Mermnos, Hipothoos, Euryloque, Automédon, Acarnan, Eurymarque, Lasios, Chalcon, Tricoronos, Alacathoos, Aristomachos et Crotalos se croyaient les plus forts. Œnomanos les a tous vaincus et, pour décourager leurs émules, il a sur sa porte cloué leurs jolies têtes.

Cette énumération jeta un froid. Scymaros s'enquit de la stratégie d'un roi qui l'emportait ainsi sur tant d'hommes vaillants.

– « Stratégie » est un grand mot. « Stratagème » conviendrait mieux. Le but de la course est l'autel de Poséidon, à Corinthe. Œnomanos connaît parfaitement le tracé, mais l'astuce consiste à obliger le prétendant à prendre la jeune fille avec lui sur son char. Vous voyez la fourberie. On est distrait par la beauté, qui alourdit par surcroît l'équipage. Un seul de ces deux handicaps suffirait. À ce qu'on m'a rapporté, pendant que le concurrent au titre de gendre se hâte vers le but, le roi, tranquillement, sacrifie un bélier à Zeus. Une fois l'immolation achevée, il rattrape le candidat grâce à ses chevaux exceptionnels, et le fait périr.

Tandis que les amis de Polydectès s'interrogeaient deux à deux sur les différents moyens de mettre un terme à l'insolence de ce père despotique, Persée méditait. Si Polydectès se déclarait auprès d'Œnomanos, il courrait de grandes chances d'y laisser sa peau. Ce serait la meilleure des choses. Dictys et Danaé gagneraient leur liberté. Lui-même aurait enfin les coudées franches. S'il l'emportait, il épouserait cette Hippodamie et n'importunerait plus sa mère. Quelle que soit l'issue de la compétition, il fallait l'appuyer, sans éveiller sa méfiance. Il voulut se lever. Ses jambes plièrent. D'une voix légèrement pâteuse, plus lente qu'à l'accoutumée, et dont il peinait lui-même à reconnaître le son, il déclara :

– Je... je te soutiens, Podyl... Poly...dectès. Cette Œnomanie... non, cet... Œnomanos... mérite une correction.

Le tyran sourit à pleine bouche.

– Merci, prince. Je vais suivre ton conseil. Avant de m'engager dans cette aventure, dites-moi, vous tous, les cadeaux de mariage que vous me réservez.

Puisqu'il fallait lutter contre un roi aussi retors, et si habile à diriger un appareil, seuls des chevaux constitueraient un présent valable et utile. Les six roués promirent les plus rapides cavales, chacun mettant les autres au défi d'offrir un animal plus véloce que le sien. Avec une demi-douzaine de coursiers exceptionnels, on ne voyait pas comment Polydectès échouerait. Il prendrait le temps de s'entraîner, et de choisir la meilleure des trois paires.

Persée se sentit d'un coup la cible de tous les regards,

brillants du vin absorbé, comme sans doute le sien. Il fallait sortir de son silence. Il s'exprima en choisissant ses mots avec lenteur, pour leur communiquer plus de poids, mais aussi en raison d'une élocution ralentie par le rouge de Lemnos.

– Mes seigneurs... vos cadeaux élèvent leurs donateurs au rang de rois... Moi... j'offrirai quelque chose... digne d'un dieu.

À son tour, Persée observa ces hommes suspendus à ses paroles, triste regroupement de fripouilles régentées par une crapule. Il allait leur en remontrer. Malgré le cercle de vapeurs qui ceignait sa tête, il interpella son vis-à-vis avec tout ce qui lui restait de lucidité.

– Tu auras ce que tu veux. De quoi rêves-tu ? Parle, et c'est acquis.

Une certaine tension disparut soudain du mégaron, comme si cette vantardise annonçait la conclusion d'une fête tendue vers ce dénouement.

Polydectès, soulagé d'un poids invisible, posa ses deux mains à plat devant lui, expira comme un travailleur de force enfin parvenu au bout de ses peines, et dit sans ciller :

– Méduse. Rapporte-moi donc la tête de cette Gorgone.

Un chahut goguenard suivit ce qui ressemblait plus à une mise en demeure qu'à un souhait.

Persée acquiesça, puis, désirant rejoindre sa demeure, essaya de se redresser. Il vacilla et s'écroula, endormi.

8.

Le lendemain, la nouvelle du mariage imminent de Polydectès courait sur toutes les lèvres. Les plus démunis et les plus opprimés des habitants s'en réjouirent. Ils s'imaginèrent disposer d'un sursis, qui pour s'acquitter d'une dette, qui pour retarder une sentence, qui pour obtenir pardon d'une faute. D'autres, au contraire, s'attendaient à un alourdissement de leur service pour embellir le palais, parer les salles publiques, aménager l'appartement dévolu à la future épousée, former de nouvelles chambrières, s'attaquer à la réfection du sol de la grande terrasse, tailler les genêts envahissants, consolider certains pans de mur, ravaler la façade exposée aux vents du large, réajuster des moellons, équiper les pièces d'un second siège royal, bref, accomplir des prouesses pour élever le lieu à la hauteur de l'événement. Car personne ne doutait que la promise rejoindrait l'île pour y vivre avec celui à qui rien ne résistait. On se représentait déjà le vainqueur revenant à Livadi en grande pompe. On décorerait le port, la ville, la citadelle, et on prierait Athéna en faveur du couple.

La population de Sériphos ne paria même pas sur les chances de Polydectès, tant semblait acquise l'issue de la course. Elle se passionnait en revanche pour les chevaux que son champion sélectionnerait.

Les six seigneurs les plus riches de l'île, copossesseurs du royaume, ne s'intéressaient nullement, quant à eux, au sort de leurs cadeaux. Que les juments rouannes de Scymaros l'emportent sur les étalons aubères de Glyphias, que celles de Digabion, d'un beau gris pommelé, s'imposent aux coursiers tisonnés d'Eimatón, ou que les cavales pie de Gorgire en remontrent aux blanches d'Agliotès, ils n'en avaient cure. Seule comptait pour eux la chute de Persée.

Comment cet écervelé s'en sortirait-il ? Promettre la tête de Méduse, quelle sottise ! Le talent de Polydectès avait réussi là où la fureur d'Esthène s'était fourvoyée. Aviné, le héros de pacotille avait foncé tête baissée dans le piège, comme un sanglier. Maintenant commençait pour de vrai le divertissement. À supposer que ce jeunot atteigne le royaume de la Gorgone, comment éviterait-il de subir le sort du commun des mortels ? Dès qu'il croiserait le regard de Méduse, ne fût-ce qu'un infime instant, il serait aussitôt transformé en pierre. Pourquoi donc se fatiguer à tuer les prétentieux ? Leur suffisance œuvre mieux que quiconque.

Comme s'il résumait la conclusion naturelle à laquelle chacun de ses compères avait dû parvenir en même temps que lui, sans pour cela échanger un mot, Gorgire lança jovialement :

– L'ennui, c'est que, pour le contempler dans sa nouvelle enveloppe de pierre, il faudra voyager – ou le ramener en bateau jusqu'ici. Ça pèsera, mes amis !

Tous pouffèrent. Le fournisseur de vierges avait raison : afin de tenir sa promesse, le prince devrait s'engager dans les régions les plus imprévisibles de l'Asie Mineure, doubler

Rhodes sans doute et peut-être même pousser jusqu'au Khémet, le pays du fleuve Aegyptos.

Sous un ciel d'une blancheur laiteuse, menés par des écuyers que précédaient leurs maîtres, les équipages montèrent à la forteresse.

Pour l'occasion, le palais suspendit l'astreinte de Dictys et le convoqua en compagnie de Danaé. Un majordome nommé Choëme, qui s'affirmait chaque jour davantage comme le successeur d'Esthène, les avertit qu'ils bénéficiaient là d'une faveur exceptionnelle. Cela ne manqua pas de les inquiéter.

Contrairement à Danaé, préoccupée par l'absence de son fils, qu'elle pensait revoir après le banquet palatin, Dictys savait que ce genre de ripailles dure parfois une grande partie de la nuit, jusqu'à épuisement des convives. Quoique dépourvu de la moindre confiance à l'égard de son frère, il ne concevait pas que ce bandit, même poussé par ses complices, pût se livrer à des actes irréversibles sur celui qui était désormais son neveu. Pourtant, prévenu comme tout un chacun de son projet d'épousailles, il s'interrogeait sur ses vraies motivations. Dans quel but les obligeait-il à venir ?

Il ne tarda pas à être fixé.

Dans la grande cour carrée, celle qu'on utilisait à la fois pour les offrandes et les sacrifices, les proclamations publiques et les célébrations privées, un banc avait été converti en trône par un habillage de chêne. Là siégeait Polydectès, dans une tunique orange aux reflets de corail. Deux hommes d'armes le flanquaient, raides comme les colonnes d'un temple.

Debout, les prêtres et les notables de Sériphos amorçaient autour de leur seigneur un demi-cercle qu'achevaient des soldats. Un léger vent de sol tourbillonnait en chassant de la poussière. Malgré les mains posées à plat pour les assagir, les robes des femmes bouffaient.

Les chevaux arrivaient maintenant sur l'aire de présentation. Devant chaque paire, Polydectès hochait la tête en témoignage de contentement. Il loua ses amis pour leur générosité, glissant à chacun un sourire ou un mot aimable.

La petite foule s'attendait à une déclaration, un discours de remerciements. Elle eut droit à tout autre chose. Polydectès s'inclina imperceptiblement sur sa gauche, et un garde frappa le sol de sa lance. À cet instant, la demi-lune des militaires se fendit et Persée parut.

Le prince avança et se planta devant le tyran. Il y eut un silence pesant, qu'une voix doucereuse brisa.

– Seigneurs de Sériphos, hiérodules, mes amis et vous autres, généraux et capitaines, voici l'homme le plus courageux de notre cité. Hier soir, au cours d'un repas auquel il a bien voulu participer, il m'a proposé de rapporter le plus beau présent auquel je puisse prétendre.

Adoptant alors un ton empreint d'une naïveté interrogative, il se pencha en avant.

– Dis-moi, au fait, les autres ont déjà remis leur don. Et toi, où en es-tu ?

D'une voix claire et forte, Persée avisa l'assemblée plus qu'il ne répondit à la question.

– J'ai promis de rapporter la tête de Méduse.

L'esplanade bruissa d'un murmure où l'incrédulité le disputait à la répulsion. Impossible. Absurde. Inconcevable.

L'épouvante glaça le souffle de Danaé. Elle faillit s'évanouir. Lui-même frappé de stupeur, livide, Dictys la soutint et lui chuchota de se reprendre, pour éviter d'offrir un plaisir supplémentaire à Polydectès. Comprenant la machination dont son fils adoptif était victime, il s'efforçait de dissimuler son malaise en obéissant au même dessein.

L'agitation générale se calma. Persée continua.

– Un enfant borgne, sur une jambe, pouvait facilement mener ici un cheval ce matin. Moi, je dois déloger cette Gorgone de son repaire avant de la couper en deux. Il me faut du temps.

– Chercherais-tu à en gagner ?

– Un prince de mon rang tient ses promesses, dût-il y consacrer l'éternité.

– Ma vie ne durera pas autant.

Des rires accompagnèrent cette remarque, tournée dans le but de les déclencher.

– Je l'espère bien.

Les rieurs hésitèrent. Polydectès balaya l'assistance d'un regard incertain, qui s'appesantit sur Danaé avant de revenir sur le prince. Son expression despotique reprit alors possession de son visage.

– Assez plaisanté. Je te donne quelques jours. Pas plus.

Un nouveau bourdonnement, empreint de scepticisme, parcourut l'auditoire. Il cessa presque immédiatement quand le tyran se leva, signalant par là même que chacun devait rentrer chez soi et reprendre ses activités.

Hormis les gardes, il ne resta plus que Polydectès, Persée, Dictys et Danaé. Celle-ci, pressant contre elle son fils, disparut presque entièrement dans ses bras. Dictys apostropha son frère.

– Te voilà satisfait. Tu envoies ce garçon à la mort.

– C'est un homme. Il a lui-même signé sa perte. Que veux-tu que j'y fasse ?

– Esthène, lui, au moins, ne s'embarrassait pas de faux-semblants.

– Il paie son insolence. Dois-je reconsidérer le prix de la tienne ?

Dictys haussa les épaules.

– Pourquoi ne pas m'éliminer, puisque j'entrave tes projets ?

– Te supprimer, toi ? Mon cher frère, c'est inutile, puisque tu n'existes pas. J'ai bien d'autres choses en tête.

– Trouver une épouse, par exemple.

– Parfaitement.

– Ne disposes-tu pas d'assez de femmes ici pour en chercher une en Élide ?

Un sourire sibyllin s'imprima sur le visage de Polydectès, qui, sans commentaire, se retira.

Une escouade accompagna Persée, Dictys et Danaé. La petite troupe emprunta un sentier qui sinuait en bordure d'escarpements vertigineux, à la verticale d'une grève accidentée, défense naturelle parfaite.

Au large, la mer s'agitait. À l'entrée de l'anse portuaire, le moutonnement s'effilochait en lambeaux blanchâtres que les risées poussaient jusqu'aux quais. Des goélands bruns dansaient au-dessus de la surface, chahutés, dodelinant de la tête pour compenser la force des courants qui les déportaient. Héphaïstos en faisait peut-être partie.

Présage de la mauvaise saison, un vent de nord-est, âpre, giflait comme en hiver. Bientôt, les froidures matinales témoigneraient à elles seules de l'engourdissement de l'île. Le temps serait venu pour ses habitants de consommer des fruits séchés, amandes, noisettes, genièvres et noix, de retrouver le goût moelleux des châtaignes, l'acidité des coings conservés sur les claies des celliers, de se préparer aussi à la récolte des olives.

À une croisée de chemins, le chef du détachement avertit Persée que son seigneur consentait à mettre un navire à sa disposition. Il n'aurait qu'à se rendre au port et demander Glyphias. Celui-ci avait reçu des instructions. Après quoi, le capitaine retourna au palais avec ses hommes.

Si ses parents rentraient chez eux avec l'intention de le retenir, Persée, lui, entendait se consacrer tout de suite aux préparatifs du départ. Cet empressement affligea Danaé.

– La tête de Méduse ! Te rends-tu compte ? Non, certainement pas. Te crois-tu plus fort que tout le monde ? Elle te transmuera en pierre comme les autres. Désires-tu donc mourir si jeune ? As-tu décidé par la même occasion de tuer ta mère ? Je t'interdis de partir, m'entends-tu ? Moi vivante, tu ne quitteras pas Sériphos.

Persée chercha en vain chez Dictys un allié. Tiraillé entre la volonté de ne pas contredire Danaé, et le souci de venir en aide au jeune homme, celui-ci opta pour la neutralité.

– Ta mère veut ton bien, Persée. D'un autre côté, un homme qui ne respecte pas sa parole ne mérite plus l'estime des dieux. Comment concilier ces deux aspirations ?

Cette sagesse de circonstance, de nature à entretenir la folie de son fils, renforça l'emportement de Danaé. Elle sermonna Persée de plus belle.

– On prétend que Méduse est mortelle, mais je n'en crois rien. On dit qu'on ne peut la combattre à distance et que dans le corps-à-corps, ses mains robustes broient les membres des assaillants comme de vulgaires baguettes de bois. Mon pauvre fils ! Quand bien même penserais-tu l'atteindre de tes flèches ou de ton épée, ses ailes d'or la préserveraient de tes assauts. Oui, elle dispose aussi de ce pouvoir divin de ne pas marcher sur le sol. Les immortels eux-mêmes la fuient et la haïssent. Prétendras-tu réussir là où les dieux renoncent ? Tu n'as aucune chance, tu m'entends, aucune.

La fureur avait presque épuisé la princesse d'Argos. Sa voix devint tremblante.

– Persée, mon fils, mon unique fils, je t'en supplie, ne te lance pas dans cette course qui te conduira droit dans l'Hadès. Tu es beau, Zeus te protège depuis ton premier souffle. Ne t'attaque pas à l'impossible. Si tu savais combien il m'a fallu de courage pour te garder en moi ! Dans cette chambre de bronze édifiée par ton grand-père, Acrisios, j'ai enduré les pires souffrances qu'une femme ait jamais eu à subir. Quand tu es né, je te l'ai raconté plus d'une fois, j'ai lutté chaque jour pour te soustraire aux assiduités de Thanatos. Il te guettait comme un rapace, et je te dérobais à sa vue. Mon existence ne m'importait plus, sauf pour sauvegarder la tienne. Une fois sorti de mon ventre, ta vie à chaque instant était en danger. Je dus multiplier des trésors d'imagination avec ma bonne Néarchia pour nous préserver des périls qui pesaient sur nous. Te voilà maintenant beau et grand. Je t'en prie, abandonne ce projet suicidaire. Reste.

Ébranlé, Persée baissa les yeux. Danaé crut triompher. Elle s'exalta.

– Ah, j'en étais sûre ! Nous quitterons bientôt cette île de malheur où l'emprisonnement revêt les dehors de la liberté. Tous les trois. J'ignore quand, et comment, mais je ne doute pas de Zeus. Un jour viendra où Polydectès mangera la poussière qui macule nos tuniques.

Si Persée rendait les armes devant cette femme, quel crédit s'accorderait-il à lui-même pour défier Méduse ? Il parla calmement.

– Je t'ai attentivement écoutée. Tes propos sont frappés au sceau de l'amour et de la sagesse, mais ils font peu de cas de mon serment. Dictys le rappelait.

– Que vaut un engagement à l'égard d'un scélérat ?

– Une promesse verbale ne contraint pas qui la reçoit, comme l'affirment les traîtres, mais qui la fait.

Danaé fulminait. Son fils appliquait un précepte qu'elle lui avait inculqué. Elle tenta une diversion.

– Avais-tu alors toute ta tête ?

– Polydectès et ses obligés étaient de mèche. Ils m'ont fait boire. Leur habile complot a eu raison de mes défenses. Je suis bêtement tombé dans la nasse.

– Ah ! Ça change tout.

– Non, rien. J'ai promis. Cela seul suffit.

Sentant l'échec, Danaé changea brusquement. Elle saisit entre ses mains les joues de son fils.

– Agis suivant l'honneur et pardonne-moi pour tout à l'heure. L'idée de te perdre me rend folle.

Elle pleurait. Persée, dont le mutisme ne ressemblait guère à un consentement, caressa la chevelure de sa mère, la serra dans ses bras et dit :

– Je me donne jusqu'à demain pour arrêter ma décision.

Ce délai rasséréna Danaé. Elle remercia secrètement Pandore d'avoir ouvert la boîte d'où s'envolèrent tous les maux enfermés par Zeus, à l'exception de l'espoir, qui demeura dans le fond. Et c'était dans ses propres abysses qu'elle ressentait maintenant l'espérance. Son fils ne prendrait pas le risque de lui ôter la raison par un acte insensé.

Dictys, moins confiant, passa son bras sous celui de Danaé et l'entraîna dans la maison. Persée les avertit qu'il allait se promener et rentrerait tard.

Durant des heures, le prince marcha le long du littoral sur une sente tantôt praticable tantôt obstruée par une végétation touffue. Ses pensées vagabondaient. Reconnaissance envers Dictys, mais critique de son attitude par trop conciliante envers le pouvoir. Répulsion à l'égard de Polydectès et désir de vengeance. Tendresse pour sa mère et refus de sa logique. Résolution et doute.

À un endroit difficile d'accès, le chemin s'évasait, bientôt fondu dans un replat rocailleux. Cette plate-forme se prolongeait jusqu'à un à-pic impressionnant. Le vent forcissait depuis le matin et battait ce tertre à toute force. La vue était dégagée jusqu'aux extrémités du monde.

S'abandonnant à la griserie du grand air, Persée respira largement et imagina la chute vertigineuse qui le précipiterait au pied de la falaise. Il lui suffisait d'un pas. Un pas, et il serait délivré des affres de l'indécision. Un pas, et il se délecterait de la douceur des Enfers. Un pas, et il jouirait de la sereine impuissance des morts.

Le ressac, dans les anfractuosités, remontait jusqu'aux crêtes blanches et mousseuses des vagues, qui éclataient avec des grondements sourds. Ce roulement inlassable envoûtait Persée, martelait ses tempes, fatiguait sa fermeté. Projetés à cette altitude par la colère de Poséidon, des embruns brûlaient ses yeux. Il les ferma.

Au moment de basculer, par une sorte de réflexe que la déesse avait sans doute provoqué, il confia son trouble à Athéna.

– Faut-il toujours détruire, ô Athéna, pour faire le bien ? Comment vivre sans nuire aux autres ?

Il demeura silencieux un bon moment avant de reprendre.

– Ô toi qui prises tant la raison sur la force, donne de la force à ma raison. Trempe mon caractère à l'égal du tien. Fortifie en moi l'ardeur belliqueuse, non pour me complaire dans la violence, mais pour conquérir la paix. Quand tu naquis de la tête même de Zeus, après que le divin boiteux Héphaïstos eut manié avec art sa double hache pour te libérer, n'as-tu pas revêtu la plus belle des armures, le discernement ? Ce don de ta mère, Métis, accorde-moi de m'en parer aujourd'hui. S'il existe une parenté entre toi et moi, épargne-moi la torture de l'irrésolution. Je ne puis me résoudre au parjure, mais convaincre ma mère paraît plus ardu que terrasser Méduse. Toutes les femmes sont-elles ainsi ? Si je lui obéis en suppliant Polydectès de me rendre ma parole, ne me renierai-je pas ?

La voix de Persée, timorée au début, s'était progressivement affermie. Elle s'exprimait maintenant avec autorité.

– Plutôt mourir ici, en sautant, que m'anéantir en me dérobant à mon devoir. Toi qui jamais ne succombas, même quand ta jambe fut souillée par le désir débordant d'Héphaïstos, tu me comprends, j'en suis certain. Résister. Travailler à vaincre. Lutter envers et contre tout si nécessaire. L'emporter. Avant d'obéir à Danaé, ne dois-je pas être le prince de cette Argos dont tu aimes le temple érigé en ton nom ? Dès mon retour en Argolide, j'irai m'y recueillir en ta compagnie – si tu le veux bien. Et avant cela, divine Athéna, ce n'est pas à Polydectès que je rapporterai la tête de Méduse, mais à toi.

Sur ces mots, Persée recula, s'assura de ses appuis et s'assit, jambes croisées. Il aperçut alors Héphaïstos le goéland. L'oiseau, vent de face, semblait indifférent aux rafales. Au-dessus du précipice, il avançait en jetant des regards à droite et à gauche. Il dépassa le monticule d'où le prince l'observait, vira de bord, et presque subitement, comme sujet à une urgence, se posa non loin. Il rabattit ses ailes sans les replier entièrement. Persée eut le sentiment qu'il lui montrait son ancienne blessure, ou que, se substituant à la chouette, l'animal préféré d'Athéna, il portait un message de la déesse. Il se leva et se dirigea vers lui.

D'un saut, Héphaïstos s'éleva dans les airs, et, immédiatement repris par les tourbillons, disparut derrière la falaise.

Le soir tombait. Persée ôta ses sandales et resta debout,

face à la mer qui brésillait. Il lui sembla se ficher dans le sol, comme une statue. Allait-il se pétrifier, comme les téméraires que glace le regard de Méduse ? Ainsi périrait Persée, prince d'Argolide apparenté à Zeus, petit-fils d'Acrisios, roi d'Argos, et neveu par alliance, bien involontairement, de l'ignoble Polydectès.

9.

Sans craindre d'affoler sa mère et d'aggraver davantage l'existence de Dictys, Persée ne rentra pas. Il préféra éviter de pénibles adieux. Il poussa jusqu'à la plage, aménagée en pêcherie, où il avait débarqué jadis dans les bras de Danaé. Abritée des vents du nord, sa situation en faisait un excellent havre. Il y passa la nuit, bercé par le clapotis de l'eau sur le rivage.

Il dormit peu, rêva beaucoup. D'oursins aux épines dorées comme les rayons du soleil. De casques de guerre surmontés de plumes de goéland. De serpents enturbannés sur la tête de sa mère. De sandales chaussées par un aigle. D'une épée embrochant les hommes de Sériphos, brandie dans un ciel sanguin. D'un char confectionné de peaux de dorade. De pétales d'asphodèles que le vent assemblait pour dessiner le mot « Athéna ». De la déesse en personne, dont les lèvres prononçaient le mot « Samos ».

À l'aube, il se rendit à Livadi. Le jour se levait dans un rougeoiement annonciateur de tempête. Il entra chez Glyphias et le réveilla pour savoir quand il pourrait appareiller. Le petit homme couperosé lui apprit que tout était prêt, bateau, rameurs, pilote et capitaine – Eimatón. Il suffisait de convoquer tout ce monde.

Son hôte, gêné, se comportait en homme qui cherche à

s'amender, sans toutefois reconnaître ses torts. N'avait-il pas participé au fameux dîner ? Il proposa du lait à Persée, des fruits, du vin, de la viande, des herbes et même de sa meilleure huile pour le voyage. Il prodigua aussi des conseils pour éviter les écueils, sans préciser dans quel sens il employait ce mot.

Glyphias clama sa sincérité avec des accents outragés. Il ne mentait pas. Un mélange d'innocence, d'audace et de modestie chez son visiteur le touchait. Une certaine fragilité aussi le séduisait, que malgré leur belle vigueur ses grands yeux trahissaient. Tout au moins pour qui savait déchiffrer l'âme des jeunes gens. Et Glyphias ne se trompait jamais.

Le commerçant appela un de ses esclaves, chuchota un ordre et, d'une voix cauteleuse, pria Persée de s'asseoir pendant qu'on prévenait l'équipage. Le temps de réunir les hommes et de charger des vivres, on pouvait bavarder un peu.

L'huilerie où vivait Glyphias s'étirait sur plusieurs niveaux. Un magasin de stockage et trois bâtiments affectés aux pressoirs prolongeaient deux maisons d'habitation, l'une tout en longueur et l'autre à deux étages. Aménagés en terrasses, les plans successifs des toits constituaient autant de postes d'observation, et du port et de l'arrière-pays.

Au plus fort de son activité, un remue-ménage incessant d'ouvrières et d'ouvriers, de négociants, de coursiers, de marins, de serviteurs du palais faisaient du lieu l'un des plus agités de Sériphos. Des cris, des insultes, des appels résonnaient bruyamment alors de pièce en pièce, au contraire de l'instant présent, d'un calme absolu.

Dans la petite cour intérieure à colonnades en marbre où il était reçu, Persée, déjà tout à son programme, organisait dans sa tête les grandes étapes de son périple. D'abord s'éloigner de l'île, avec cet Eimatón qui ne lui inspirait guère confiance ; découvrir ensuite l'antre de Méduse, dont il ignorait presque tout ; détruire le monstre, il ne savait trop comment ; revenir enfin à Sériphos, avec le trophée...

Il allait donner le change et causer avec le petit homme quand ce dernier effleura son genou des doigts. Persée ne bougea pas. La main tremblait presque. Elle finit par se détendre et se poser librement.

Glyphias, se croyant encouragé, sourit.

– Pourquoi ne pas rester un peu ici, avec moi ?

Persée demeura silencieux. C'était la première fois qu'un homme le touchait, hormis Dictys, et pour une tout autre raison. Il lui semblait qu'une espèce de poulpe rampait sur lui. Les taches de rousseur de Glyphias accentuaient la ressemblance. Des ventouses épousaient maintenant le bas de sa cuisse. Elles commençaient de la caresser. La retenue initiale cédait peu à peu. Le désir de l'un rencontra les premiers frémissements de l'autre. Enhardi, le marchand proposa de retarder le départ. Il attira le prince contre lui, le moment était venu de s'abandonner.

Glyphias avec douceur se pencha vers la bouche de Persée. Leurs lèvres se frôlaient déjà qu'une lame de poignard dressa entre elles une barrière infranchissable.

Le petit homme s'écarta d'un bond.

– Es-tu fou ?

Persée fixa sans rien dire l'amoureux éconduit, et rangea son arme. L'autre continua.

– Enfin, je ne te comprends pas. Cela ne te plaît pas ? Je suis peut-être allé trop vite... Je croyais que tu appréciais... Écoute, oublions cela. Laissons passer un peu de temps, et reparlons-en, veux-tu ?

Le serviteur envoyé par Glyphias revint. Avant la fin de la matinée, tout serait en ordre pour l'appareillage. Le maître le congédia, et, attendri, regarda Persée.

– Allons, il est encore temps d'annuler ce voyage. Si tu le souhaites, j'intercéderai auprès de Polydectès. De solides arguments le persuaderont. Et puis, entre nous, Méduse est bien là où elle est. Quel besoin a-t-il de cette tête ?

Devant l'indifférence du prince, Glyphias redoubla d'aménité. Il lui promit des conditions de vie dignes de sa beauté, des douceurs, et même des filles si cela venait à lui manquer. Pour finir, il lui fit cadeau de trois belles bagues, une émeraude, une agate et un onyx.

Le corps de Persée n'avait pas été insensible aux avances du marchand, et si ce dernier avait poussé plus haut sa main, il l'aurait aisément constaté. Il s'était rebellé contre une relation avec un complice du tyran. L'idée lui répugnait aussi de rompre sa promesse, et de devoir l'impunité à cet homme. Glyphias pouvait roucouler, il ne deviendrait pas son mignon.

Pour couper court à toute nouvelle tentative, Persée exprima le souhait de visiter l'huilerie. Le marchand s'empressa d'y répondre favorablement. Il en profita pour lui montrer aussi une chambre inoccupée, juste à côté de ses appartements, et précisa que l'ensemble communiquait par un petit vestibule.

Les deux hommes déambulaient entre les bâtiments quand un appel retentit. C'était Eimatón. Le capitaine avait déjà distribué les rôles à son équipage, et, à ce qu'il affirmait, on pourrait gagner le large avant midi. Cette nouvelle irrita Glyphias. Il ne pouvait cependant pas s'exprimer ouvertement sans encourir une trahison possible de cette grande gigue, capable de tout répéter à Polydectès.

Tandis que l'activité montait en régime dans l'atelier, la conversation entre les deux amis de Polydectès sautait d'un sujet à l'autre, sans s'arrêter à rien de consistant. Persée, lui, prêtait plutôt attention aux allées et venues des ouvriers de la fabrique.

Des captives traversaient la cour avec des fourre-tout qu'elles traînaient derrière elles pour effectuer on ne savait quel transvasement. De jeunes enfants les aidaient, sous le contrôle de surveillants à peine plus vieux, mais déjà embrigadés. Pour un oui ou pour un non ils avertissaient, houspillaient, menaçaient. Des esclaves nettoyaient les mortiers où seraient pilonnées les olives de la prochaine récolte, qui s'annonçait abondante, contrairement à la précédente. On préparait les sacs de crin en vue du premier pressurage auquel se consacreraient les plus compétents des employés. Deux d'entre eux assisteraient à ces opérations afin de rectifier d'éventuelles négligences, comme un maillage défectueux qui rendrait l'huile plus acide. D'autres ponçaient les bacs à décantation, où bientôt les marcs baigneraient dans l'eau chaude, et ce travail créait un bruit de fond régulier, fatigant.

On eût dit que tout ce monde s'occupait déjà des arrivages d'olives, alors qu'il faudrait attendre encore deux bons mois sans doute avant les gaulages et les premiers ramassages.

Eimatón et Glyphias devisaient toujours quand un de ses hommes héla le capitaine. L'équipage était prêt, le bâtiment armé.

Persée se leva et salua son hôte pour prendre congé. Celui-ci, dépité, à voix basse, lui recommanda la prudence, et lui souhaita haut et fort « bonne chasse ». Ce vœu n'était pas dépourvu de sincérité, mais il visait plus à s'attirer la bienveillance d'Eimatón qu'à favoriser l'entreprise du prince.

Glyphias se résigna à reconduire les deux visiteurs, tout en cherchant un prétexte pour prolonger l'entrevue. Il voulut sacrifier à Poséidon, pour obtenir un temps clément. Refuser eût été désobligeant.

Un taureau du plus beau noir fut conduit dans la cour

des autels. Un écuyer l'égorgea, recueillit son sang dans une jarre qu'il tourna vers le large. Il attira les faveurs du donateur en versant le liquide noirâtre aux reflets rouges dans une rigole qui, par un conduit de pierre, aboutissait directement à la mer. Les deux épaules furent ensuite grillées au-dessus d'un brasier que deux esclaves entretenaient en soufflant de tous leurs poumons. Ces prémices consommées, on proposa au voyageur et au capitaine de partager le reste de la nourriture dès qu'elle serait prête. Il faudrait encore attendre quelques heures pour la faire bouillir.

Persée déclina l'offre. Il remercia la compagnie, ne doutant plus des faveurs de Poséidon. Malgré l'effarement que provoqua chez lui cet affront à Glyphias, Eimatón n'osa pas contredire celui qui exigeait qu'on l'appelât « prince ». En un instant il venait de mesurer pourquoi Polydectès l'avait mis en garde : l'homme qu'il allait piloter n'était pas n'importe qui.

À quai, le bateau gîtait lentement sous l'effet d'une houle fatiguée. Le vent avait faibli au petit matin et ne repartait pas. Des vestiges de lames venaient mourir sur le parapet de gros blocs de pierre protégeant le ponton auquel était mouillé le navire : un beau croiseur, effilé comme une épée, long d'un sixième de stade, plus large que deux hommes allongés tête-bêche, bas sur l'eau, poupe et proue surélevées, avec un mât en cyprès déjà dressé. Profilé pour la course. Son nom, *Phéronia*, s'inscrivait sur le franc-bord, à l'arrière, en lettres orange stylisées.

Sans rien laisser paraître de son plaisir d'embarquer sur un tel navire, lui habitué à une coque de noix, Persée franchit l'appontement d'un pas résolu et en prit quasi possession. Il aurait présidé à la manœuvre si Eimatón ne s'était empressé de crier ses ordres.

Amarres larguées, le pilote sauta en dernier sur le pont et rejoignit son poste d'observation, à l'avant. Aussitôt qu'il le put, le chef de chiourme fit abaisser les quarante rames, et le bâtiment décrivit un arc de cercle vers le large. Le barreur, suivant les instructions du capitaine, évita l'ensablement, toujours possible en cet endroit du port si on se laissait refouler vers la plage. On attendrait d'avoir doublé le cap dit « aux dauphins » pour le déferlage de la grande voile rectangulaire, en drap de lin beige, bordée de lisières de cuir fauve, et reconnaissable entre toutes à son emblème de chouette.

Le *Phéronia* était déjà hors de portée quand Danaé se précipita sur l'embarcadère. Elle et Dictys avaient conclu, trop tard, à cet épilogue.

Elle hurla contre le vent. La silhouette de son fils s'amenuisait dans le lointain. Elle cessa de crier mais continua de l'appeler, à voix basse, à genoux, en répétant son nom comme une incantation. Quand elle se releva, elle ne vit plus que la ligne froide et pure de l'horizon. Elle ne serrerait plus jamais Persée dans ses bras. Il deviendrait une pierre au fond de son cœur. Elle se sentit orpheline.

Le prince ne regarda le sillage qu'après avoir quitté l'anse de Livadi. Il se refermait avec l'écume pour couture. Sans être grosse, la mer n'était pas calme. Le vent étésien forcirait sans doute vers midi, comme à l'accoutumée en cette saison. S'il soufflait du nord-est, il compliquerait la tâche.

Perdu dans ses pensées, Persée n'avait pas remarqué au-dessus de lui un goéland brun que montrait du doigt Eimatón. Quand il le vit, son visage s'illumina. Pour ne pas les dépasser, l'oiseau suivait une ligne qui le ramenait invariablement à la verticale du mât. Le barreur, observant à son tour ce manège, sourit. Il le signala aux hommes d'équipage, provoquant plaisanteries et commentaires amusés. Il était inhabituel de contempler de si près un de ces palmipèdes, d'ordinaires si prudents.

Le cri de Persée, « Salut à toi, Héphaïstos », sidéra

l'équipage. S'ils avaient pu éclater de rire, les rameurs ne s'en seraient pas privés, mais ils redoutaient une punition et ravalèrent leurs sarcasmes. Ils ne transportaient pas un prince, mais un fou.

Au moment où le port de Sériphos disparaissait derrière la côte, Persée jeta un dernier regard en arrière et vint s'installer au centre du bateau, où un siège était aménagé sur une des traverses d'écartement.

À bord, on s'était organisé pour une expédition dont nul n'aurait pu dire où elle se terminerait. Eimatón avait mis le cap à l'est, on n'en savait guère plus. Où allait-on ? Au moins ne se dirigeait-on pas vers les effroyables contrées de l'ouest ! Mais alors, pourquoi avoir entassé autant de vivres, mélanges farineux, biscuits, figues et raisins secs, huile, purées d'olives, fromages de chèvre et autres pots de miel ?

Des bruits couraient sur les bancs de nage, rendus vraisemblables par l'adjonction de détails difficiles à inventer. Celui-ci racontait qu'on emmenait cet homme aux allures de divinité dans une contrée encore inexplorée où résidaient des monstres se nourrissant de chair humaine. Celui-là prétendait que le chargement parlait pour la destination : on se dirigeait vers l'embouchure du Styx. Là, pas question de débarquer le prince. On s'enfoncerait avec lui dans les Enfers, où il faudrait bien continuer à ramer, mais cette fois sans repos et pour l'éternité.

Conscient de l'inquiétude qui gagnait les rangs, le chef qu'on appelait Auppos interrogea discrètement Eimatón sur le but du voyage. Le capitaine, qu'un trop long séjour à terre avait déshabitué des courses en mer, peinait à s'amariner. Il parlerait plus tard. Cet argument n'était guère convaincant, mais il permettait de gagner un peu de temps. Cela dit, il faudrait endiguer le mécontentement sans trop tarder, sous peine de risquer la mutinerie.

Le sacrifice rendu par Glyphias avait-il tempéré les

ardeurs de Poséidon ? S'agissait-il d'une parenthèse ou d'un changement d'humeur divine ? Toujours est-il que la tempête redoutée tournait à l'accalmie. C'était d'autant plus surprenant que très rare à cette époque de l'année. On entrait pas à pas dans la mauvaise saison, et bientôt naviguer relèverait de l'inconscience. Non seulement le froid rendrait impossibles de longs déplacements, mais la furie des flots les assimilerait à une visite aux Enfers. Pas question de manœuvrer au milieu des récifs avec des vents du nord à emporter les haubans. Pas question non plus de tenir un cap, sauf au sud, et encore, en redoublant d'efforts pour corriger la dérive. Impossible aussi de survivre en cas d'accident, à cause de la température de l'eau. Quant à espérer un sauvetage de fortune, grâce à quelque navire de passage, autant croire à la bienveillance du plus vindicatif des dieux, Arès. Qui s'amuserait à jouer sa propre vie au hasard ? D'ailleurs, nombre de bâtiments, déjà, étaient abattus en carène et confiés aux calfats. On bénéficiait d'une embellie, certes, mais pour combien de temps ?

Eimatón interrogea Persée. Le prince dévisagea cet homme longiligne, presque malingre mais bien campé sur ses jambes. Il se dégageait de lui un air étrange, un mélange de tristesse et de méchanceté. Il en imposait à l'équipage par des silences pesants assimilés à de puissantes réflexions, et se mettait soudain à gueuler de toutes ses forces, peut-être pour se rassurer lui-même. Cette fois, il chuchota, par défiance envers ses hommes, toujours à l'affût de la moindre nouvelle pour en grossir la portée.

– Samos, Eimatón. Nous allons à Samos.

– Je sais cela, prince, tu me l'as dit juste avant de partir... mais c'est que...

– Quoi ?

– Cela me surprend.

– Pourquoi ?

En guise de réponse, Eimatón braqua seulement les yeux vers l'ouest. Persée confirma.

– On dit que Méduse habite par là.

– On ne ment pas. Zeus me garde de jamais la rencontrer !

– Il te faudra bien pourtant me déposer chez elle.

Nouveau silence du capitaine.

Persée reprit.

– Écoute. Je me suis la nuit dernière entretenu avec Athéna, et j'ai appris d'elle que Méduse s'était retranchée dans Samos. Pour quelle raison, je l'ignore. Alors ne discute pas et mène-moi où je dois aller. Combien de jours nous faudra-t-il pour atteindre notre but ?

– Si nous ne tombons pas dans une bonace, avec ce maudit Borée, toujours imprévisible, nous devrons naviguer trois bonnes journées. À supposer, bien sûr, que rien ne vienne perturber notre marche, ni pirates ni bourrasques.

– Et pour débarquer ?

– Euh... la ville de Samos est située au nord, au fond d'un petit golfe. Pour bien faire, nous devrions remonter au-dessus de l'île pour y aborder par vent arrière.

Se croyant libéré de ce qui ressemblait à un interrogatoire, Eimatón retourna près du barreur. Persée le rappela.

– Parle-moi de Samos.

Le capitaine proposa au prince de se rendre à l'avant du bateau pour y deviser plus tranquillement. La soirée serait agréable, presque douce, l'allure conforme aux prévisions. Il délogea le guetteur, dont les scrutations ne s'imposaient plus, palpa le talisman qui pendait à son cou et livra tout son savoir.

– C'est une beauté, prince, une vraie merveille. Une montagne verdoyante la domine, sur les flancs de laquelle est née la divine Héra. Le blé n'y manque jamais, pas plus que le raisin et les figues. Surtout, je te recommande son vin doux et sucré. Un délice.

À cette évocation, Eimatón resta songeur. Persée, lui, ne pensait qu'au monstre.

– Vois-tu un endroit précis à Samos où pourrait loger Méduse ?

La question embarrassa le capitaine.

– Oui ou non connais-tu cette île ?

– C'est que... pas vraiment.

Ainsi, ce marin soi-disant éprouvé ne l'aiderait guère. Depuis le début, il subodorait une malveillance de Polydectès, et il en avait la quasi-preuve. Non seulement l'homme était indisposé après quelques heures de mer, mais sa science des îles semblait rudimentaire. Commandait-il vraiment ce navire, ou ne se trouvait-il à bord que pour exécuter les basses œuvres de son maître ?

Ces réflexions incitèrent Persée à redoubler de prudence. Trois jours durant, il resta éveillé. Il se méfiait trop de l'équipage, du pilote, du barreur, de cet Auppos à la mine de porc, et d'Eimatón, qui figurait mieux à la table de Polydectès que sur un pont.

On doubla Paros puis Naxos, et, n'eût été au large de Mykonos une flottille de pêcheurs un peu trop curieux, il n'arriva rien de spécial. Peut-être grâce à la vigilance du prince.

Le *Phéronia* contourna ensuite Samos par le nord, prenant le risque de s'engager dans le détroit séparant l'île de l'Asie Mineure, parages infestés d'écumeurs sans scrupules. On doubla néanmoins le cap Mycale sans que rien de fâcheux ne se produisît, et la ville s'affirma peu à peu.

Malgré son manque de sommeil, Persée était impatient d'en découdre.

10.

Les maisons blanches aux volets bleus et roses, regroupées au fond de la baie de Samos, révélaient des implantations par strates. Les plus anciennes, près du rivage, abritaient des pêcheurs. Dans les plus récentes, disséminées en sections de cercle sur les hauteurs, habitaient des artisans, des viticulteurs, des potiers, des métallurgistes, des paysans. Deux fortins symétriques assuraient la défense de la petite cité, qu'aucune citadelle ne dominait.

Fréquenté par de nombreux navires, le port de Samos était l'objet d'incessantes allées et venues. Le commerce y florissait comme la nature, exubérante. Les échanges et les accords s'arrosaient au muscat. On palabrait des heures durant, pour débattre, négocier, obtenir. Issus dans leur grande majorité de Cariens, les habitants, comme leurs ancêtres, ne laissaient rien au hasard. Tout se discutait, et on y discutait de tout. Trafiquants, pirates, revendeurs, mandataires, aventuriers, de Crète, d'Anatolie, de Lycie, d'Ionie, de Phrygie, de Troade, de Thrace et même originaires parfois de la mer Noire, tous y trouvaient leur compte. Cependant, à cette époque de l'année, le trafic se réduisait et les cales de radoub se remplissaient jour après jour.

L'arrivée du prince passa inaperçue. Seuls des enfants

oisifs, assis sur la jetée, jambes ballantes, assistèrent au mouillage du *Phéronia*. Avec d'autant plus d'intérêt qu'un goéland brun tournoyait au-dessus des arrivants.

Persée entendit des sonneries de cornes et des battements de tambourins, entrecoupés de tintements métalliques. Ça provenait de l'un des deux fortins. Des voix de femmes, tirant haut vers les aigus, tranchaient sur ce fond grave et entêtant. Des clameurs interrompaient les chants, montaient en prières vers les dieux, et tout reprenait de plus belle. Comme il cherchait à repérer l'origine de ces cantiques, il vit surgir une procession s'acheminant vers le port.

Des prêtresses vêtues de chitons blancs, seins nus, ouvraient la marche. Suivaient des prêtres agitant des baguettes de jonc sur un rythme accordé à la musique. Se pressaient à leur suite des hommes et des femmes de toutes origines, mélangés sans distinction apparente de statut social. Au centre du cortège, mains jointes sur leurs poitrines, quatre hiérodules soutenaient des épaules une imposante statue de bois. Ils oscillaient sous son poids mais conservaient à leur fardeau équilibre et stabilité.

La colonne humaine atteignait déjà la grève, sa queue encore perdue entre les pins et les chênes. Toute la ville devait être là pour une cérémonie dont Persée apprit qu'elle se déroulait une fois l'an. Depuis toujours. On rendait hommage à celle qui avait honoré l'île en y naissant, puis, bien des années après, en s'unissant ici même à Zeus, avant de l'épouser : Héra.

La file solennelle s'étira le long du port en direction d'une grande plage, distante de cinq à six stades du village. Derrière la statue de la déesse, d'autres femmes tenaient en main ses répliques miniatures. Juste devant Persée, l'une d'entre elles laissa tomber involontairement une de ces statuettes, sous des regards réprobateurs. Le prince la ramassa.

C'était une figurine de pierre, que la chute n'avait pas endommagée. Un visage impénétrable, un corps élancé, le buste recouvert d'un manteau à bandes larges et obliques, le bassin et les jambes enserrés dans les plis droits d'une tunique cylindrique. Il la tendit à la femme, qui la récupéra en rougissant, puis se mêla aux autochtones.

Quand le défilé s'immobilisa, les instruments se turent, tandis que les voix poursuivaient leurs invocations. Au signal d'un prêtre, les quatre porteurs avancèrent au milieu d'un véritable tunnel humain et déposèrent la déesse avec précaution sur le sol.

La grande prêtresse, aidée de trois femmes, fit alors entrer la divinité dans l'eau. De ses mains disposées en coupe, elle l'aspergea douze fois. Des coups de cymbales accompagnaient chaque aspersion. Puis le corps tout entier fut immergé, avant qu'Héra ne soit sortie du bain pour recevoir les présents de ses adorateurs, des fouaces cuites au four. Après quoi la divinité fut reconduite par les fidèles dans son sanctuaire et replacée au milieu de ses massifs d'ajoncs, avec une ferveur identique à celle qui l'en avait fait sortir.

De retour en ville, avec la foule rendue à ses travaux, Persée s'enquit des routes sillonnant l'île. Un gamin édenté lui montra du doigt un chemin partant du rivage et basculant vers le nord après la première colline. Au sommet, il jouirait d'une vue exceptionnelle sur la côte d'Asie, verrait les méandres de l'Imbrasos dans la plaine, et apercevrait une montagne puissante et boisée, l'Ampelos. S'il remontait le long du fleuve, il aurait le choix entre la route de l'ouest et celle du nord. La première mène au mont Kerkétéas, dont Héra goûte les cimes et où avec Zeus, parfois, elle s'emplit les poumons d'un air pur et sans pareil ; l'autre va vers le golfe de Vathy et les falaises abruptes où se perchent, on ne sait comment, platanes et châtaigniers.

Le prince apprit aussi du garçon que l'île s'appelait jadis Parthenia, « Vierge », en l'honneur d'Héra, que vit naître le fleuve Partheniós. Comme son jeune interlocuteur avait l'air au fait de tout, il en profita pour lui demander s'il avait entendu parler de Méduse.

À ce mot, l'enfant avec deux doigts écarta autant qu'il pût les lèvres de sa bouche, plissa les yeux et tira la langue en s'efforçant de souffler horriblement. Le petit sauta ensuite sur le quai, ajusta ses sandales et lui proposa de l'emmener jusqu'aux trois Gorgones.

Incrédule, Persée cherchait du regard un adulte à qui s'en remettre.

– Trois ?

– Viens ! Je m'appelle Alétios. Et lui, là-haut ?

– Héphaïstos.

L'enfant salua l'oiseau du bras et se mit en marche avec Persée. Le goéland les suivit.

Ils empruntèrent une route étroite qui gravissait en lacets la colline au creux de laquelle se lovait Samos. Le guide se plut à décrire la végétation, les masures, le relief, comme si rien au monde n'égalait leur splendeur, tout en précisant à l'étranger qu'il n'avait jamais quitté l'île.

Une heure plus tard, Persée découvrit le panorama annoncé. Le garçon pointa un plateau légèrement incliné, avec le mont Kerkétéas en découpe lointaine. On y était.

S'il s'agissait de l'antre de la Gorgone, Persée excluait de s'en approcher sans précautions. Se trouvait-il vraiment si près du but ? Comment était-il possible qu'un tel monstre habitât cette contrée sans effrayer personne, pas même ce gamin ? D'un autre côté, pourquoi Alétios l'emmènerait-il dans cet endroit sans raison ? N'avait-il pas réagi sans même réfléchir, comme si Méduse relevait de l'évidence ?

Bien sûr, il se battrait n'importe quand, même à l'improviste, mais cela ne l'empêchait pas de se préparer au combat. Se jette-t-on dans la gueule du loup comme un écervelé ? Il devait étudier la topographie, se familiariser avec les lieux, fourbir ses armes, poignard autant qu'épée, polir son bouclier, choisir une armure et des sandales propres aux déplacements rapides. Il jugea bon d'attendre la nuit. Il s'en ouvrit à son compagnon. Celui-ci, avec stupeur, le dévisagea.

– Tu n'es donc pas effrayé ?

– Quand j'étais petit, oui, mais maintenant, plus du tout.

L'expression amusa le prince. Alétios se sacrifiait-il gratuitement ? C'était incompatible avec l'amour qu'il témoignait à sa patrie. Se moquait-il de lui ? Tout dans son comportement témoignait du contraire. Avait-il vraiment l'intention d'affronter Méduse à ses côtés ? Sa taille et ses mains nues plaidaient à elles seules pour une autre hypothèse. Le désœuvrement était-il source de son inconscience ? Le plaisir du jeu ? Le défi ? Et si, au lieu de tout cela, ce petit bonhomme était tout simplement au service du monstre ? Si tel était le cas, il l'entraînait vers une mort certaine, avec des airs de ne pas y toucher. Comment la Gorgone s'y était-elle prise pour circonvenir ce gamin et l'utiliser comme un vulgaire instrument, il n'en avait aucune idée.

– Connais-tu Méduse depuis longtemps ?

– Depuis toujours.

Persée exigea d'être regardé dans les yeux.

– Comment est-ce possible ?

Le petit haussa les épaules et répondit.

– C'est mon grand-père.

– Explique-toi.

– Il n'y a rien à expliquer. Tu m'as demandé de voir la Gorgone, je t'y conduis, que veux-tu de plus ?

Ils s'engagèrent sur un terrain accidenté descendant et

montant à travers des masses rocheuses, au milieu de massifs de joncs, de seigle sauvage et de flouves odorantes. Dans l'air chaud de ce milieu d'après-midi, le chant obstiné des cigales emplissait l'espace. Embarquées dans un crescendo interminable, elles se livraient à une compétition dont Alétios assurait qu'une seule sortait toujours victorieuse. Il certifia que, bien avant les autres, elle s'essayait à des stridulations, et en chef qui donne le ton, entraînait peu après tout un peuple derrière elle. Le soir, c'était l'inverse, elle était la dernière à chanter, pour saluer la nuit. Et le garçon affirmait qu'il s'agissait de la même, inaugurant au matin le vacarme et l'éteignant de son autorité à la fin du jour.

Après un mamelon herbeux, et sans qu'Alétios l'ait annoncé, ils se trouvèrent juste en face du monstre.

Dès que Persée le vit, entouré de ses deux copies, il tomba à la renverse. Paralysé, le souffle coupé, il sentit le froid de la pierre l'envahir. Dans sa bouche, une salive pâteuse s'accumulait contre ses dents, serrées, soudées les unes aux autres. Il étouffait. Ses muscles se raidissaient. Son esprit s'engourdissait. Ses genoux brûlaient. Héphaïstos, tel un vautour, attendait sa chute. Il tâta ses mains. Ses doigts remuaient encore.

Plus pour longtemps, pensa-t-il.

Pourtant, il respirait toujours. Ses poumons ne se pétrifiaient pas. Et même, le retour de la vie le réchauffa. Il se releva, sous le regard mi-ahuri mi-réjoui du garçon, qui lui cria :

– Moi aussi, la première fois, j'ai eu peur. Presque autant que toi.

Sur ce, Persée parcourut le quart de stade environ qui le séparait des monstres : trois cariatides monumentales à l'entrée d'une caverne, sous l'avancée d'une voûte calcaire naturelle qu'elles semblaient supporter, plus grandes qu'un homme, figées mais redoutables.

Il lui fallut un moment pour rentrer en possession de tous ses moyens. Il osa enfin regarder en face l'horrible chose.

La fixité des yeux révulsés, l'épatement du visage aux lèvres distendues, aux pommettes aplaties, aux oreilles de bovidé, la langue pendante entre des défenses de sanglier, la chevelure serpentine, hydre nouant ses longs bras autour des écailles du cou et descendant jusqu'à la taille, d'où jaillissaient des ailes en or, les mains de bronze, tout en elle n'était que hideur, abomination et répugnance.

Alétios précisa que son grand-père, sculpteur à l'occasion, avait taillé dans la pierre ces pendants, mais personne n'aurait pu dire comment et pourquoi la Gorgone elle-même avait atterri là. Le vieil homme l'avait trouvée un jour, par hasard, et sans en rien dire autour de lui, il était venu régulièrement afin de lui adjoindre des compagnes. Avec son petit-fils, il rendait parfois visite aux trois chimères et leur parlait comme à des amies.

Alétios, pour la nième fois, s'efforça d'imiter les monstres, ce à quoi il ne parvenait d'ailleurs pas si mal avec ses canines isolées qui ressemblaient à des crocs. Le laissant à ses mimiques, Persée rejoignit le tertre d'où il avait précédemment découvert le spectacle hallucinant. Il s'assit.

Telle était donc Méduse. Une simple statue de pierre. Ignoble, certes, mais pas au point d'engendrer tant de craintes. Pourquoi les hommes et les femmes redoutaient-ils de croiser le regard de cette forme inerte, qu'une observation prolongée réduisait à une image grotesque ? Comment avait-il pu lui-même en être abusé ? Pourquoi donc Athéna l'avait-elle entraîné jusque-là ?

Rapporter la tête d'une statue ? Il serait ridicule. Qui à Sériphos accorderait crédit à cette histoire absurde : un prince qui part à la conquête de la célèbre Gorgone et qui revient avec une pierre ! Il fallait rentrer au plus vite, reconnaître sa déconvenue et reprendre en main la situation. S'il n'était pas trop tard.

Les tyrans, songea-t-il, ne respectent rien, aucune parole, aucun engagement. Il comprenait maintenant qu'on l'avait astucieusement éloigné. Reverrait-il jamais Eimatón ? Le faux marin avait dû saisir la première occasion pour filer.

Il se leva d'un bond, et appela Alétios. De son index barrant ses lèvres, ce dernier lui fit signe de se taire. Il se tenait à quelques pas de Méduse, la main entrouverte comme s'il essayait de s'emparer d'un papillon. Plié en deux, le gamin avançait avec une extrême lenteur. Il resta ainsi un moment, puis, vif, plaqua sa main sur le pied crochu en poussant un cri de joie. Il courut alors vers Persée, poing fermé.

– C'est la première que j'attrape.

Alétios ouvrit à peine la cage dans laquelle il retenait prisonnière une cigale. Le craquètement de l'insecte redoubla d'intensité. Quand les doigts s'écartèrent pour de bon, elle ne s'envola pas et s'immobilisa, silencieuse, au creux de la petite paume.

– Vois-tu, Alétios, cet animal ressemble aux hommes. Enfermés, ils aspirent à la délivrance. Libres, ils s'effraient de leur indépendance.

La phrase à peine achevée, la cigale décolla subitement et disparut dans les branches d'un chêne, comme pour marquer la limite de ces propos.

De retour au port, Persée chercha le *Phéronia*. À sa grande surprise, il était bien là. Partiellement hissé sur la plage, on l'entretenait. L'un enduisait de poix la coque sous la ligne de flottaison, l'autre nettoyait les gréements, un troisième ponçait les avirons de gouverne. Le capitaine, lui, devait boire quelque part en ville, peu soucieux du restant de l'univers. Le pilote et le barreur, assis sur l'appontement, pêchaient.

Alors que le prince se dirigeait vers eux, Alétios le tira par la manche et lui montra un vieillard qui, appuyé sur une canne de bois, marchait péniblement. C'était son grand-père, Isherpe, traits ravinés, peau plus que mate. Il courut l'embrasser. Persée proposa son bras. Le vieil homme les invita chez lui. Il habitait une masure en torchis, vaguement badigeonnée de chaux. Il y vivait seul avec son petit-fils, dont les parents avaient été massacrés par des forbans dans une rixe. Il venait du nord de l'Afrique.

Les mains tordues du vieil homme avivèrent chez Persée le désir de le faire parler. Qui lui avait inspiré un tel ouvrage ? Pourquoi s'adonner à ce travail pendant des années ? Pour quelle raison doter Méduse de jumelles ?

Une voix cassée répondit, au milieu d'un généreux sourire.

– Athéna, mon prince, Athéna ! Pour rendre moins solitaire l'existence de Méduse.

– Enfin, il ne s'agit pas de la Gorgone, seulement d'une statue.

– Ah !

Cette exclamation augmenta la curiosité de Persée.

– Tu ne me croiras pas.

– Dis toujours.

Le vieillard offrit du muscat préalablement coupé d'eau. Persée n'avait jamais goûté de cette liqueur douce et sucrée. Il en avala une demi-gorgée, prévenu des ravages qu'un excès de vin cause à l'esprit. Isherpe s'installa confortablement, comme pour se lancer dans un long récit.

– Jeune et déjà veuf, exilé, désireux de revoir mon pays, je m'étais engagé comme rameur sur une galiote. Le patron courait fortune en Méditerranée, de la mer Égée à celle de Thrace, de la Tyrrhénienne à celle d'Icare, au-delà de la Crète et plus loin encore, dans l'Extrême-Occident, où les devins affirment que se trouve le jardin des Hespérides. Moi, je ne les ai jamais vues, les pommes d'or.

– Et tu as visité les lieux ?

Le vieux sourit de plus belle.

– Non. Notre navire a seulement abordé aux côtes les plus lointaines, après un détroit pareil à une gorge, et au-delà duquel aucun être humain n'a jamais poussé. C'est une espèce de passage, un tunnel sans fin. Je crois qu'il ouvre sur Océan et sur l'île des Bienheureux, mais je ne suis pas allé voir, tu penses bien ! D'un côté du long chenal se dresse un énorme rocher, et de l'autre, un géant plus grand et plus haut que notre mont Kerkétéas. Ses épaules obstruent la vue sur des milliers de stades. C'est une barrière que nul homme n'a franchie. De ses bras écartés, il soutient le monde. On le nomme Atlas.

À ce point du récit, Isherpe marqua une pause. Avant de reprendre, il respira profondément, comme s'il devait surmonter les réminiscences d'un effroi.

– Gorgone se cache dans un de ses replis. Beaucoup de mes camarades n'en sont jamais revenus. J'imagine qu'ils gisent encore près d'elle, pétrifiés pour toujours.

Le revers d'une main hésitante essuya plusieurs fois des joues ridées, creusées par les attaques répétées du soleil. Il continua.

– Je dois la vie au regard d'une femme. Un iris gris aux reflets noirs. Je n'en ai jamais revu des pareils. Oui, l'immonde Gorgone l'a figée pour l'éternité, elle aussi. Pauvre Hanina.

Persée demeura songeur. Ainsi, Athéna ne l'avait pas orienté sans raison sur Samos. Il était impossible que la déesse ignorât l'existence de cette statue, sur l'île même où

Héra jadis avait vu le jour. Soucieuse de le préserver, elle avait voulu le préparer au vrai combat. Mais s'il avait succombé dans un premier temps à l'horreur d'un visage de pierre, comment réagirait-il devant la vraie Gorgone ?

Ne connaissait-il pas désormais, grâce à Athéna, l'apparence de Méduse ? Il se servirait de cet avantage le moment venu. Et par un hasard des plus dirigés, il venait aussi d'apprendre dans quelle direction partir à la recherche du monstre vivant. Samos n'était qu'une étape. Tout restait à faire.

Persée voulut se retirer sans bruit, rameuter son monde et quitter l'île immédiatement. Il présumait de ses forces. Il avait repoussé les assauts d'Hypnos pendant trois jours. Sa brève incursion dans les terres, et l'épreuve endurée au contact de la fausse Gorgone avaient achevé de l'épuiser. Il s'affala sur la couche d'ordinaire occupée par Alétios et sombra dans un profond sommeil dont il n'émergea que le lendemain, après une nuit d'une quinzaine d'heures.

Avant de partir, il remercia le vieux et son petit-fils de leur hospitalité. Ceux-ci alors lui adressèrent une requête inattendue.

– Mon grand-père et moi aimerions partir d'ici. Emmène-nous.

Les yeux d'Isherpe n'imploraient pas, ils écartaient tout refus. Tout valait mieux pour un marin que dépérir sur un rocher. Quant à ceux du petit, ils s'illuminaient à la seule idée d'un départ.

Persée faillit se lancer dans une de ces explications dont on sait par avance qu'elle ne réglera rien. Un vieillard et un enfant à bord, avec cette vermine prête à tout ? Même si on acceptait ces passagers imprévus, que faire d'eux par la suite ? Pourrait-il veiller sur leur sécurité sans négliger la sienne ? La nourriture ne manquerait-elle pas ? Évidemment, l'expérience du vieux pourrait l'aider à tracer une route sûre. Il ne voyait pas bien en revanche quel avantage il tirerait de la présence d'Alétios mais, pour les avoir éprouvés, il devinait les sentiments du garçon : le confinement sur une île, le souci de ne pas causer de peine à quelqu'un qu'on aime, et, malgré tous les arguments de la raison, l'irrépressible désir de liberté qui ne vous laisse aucun répit.

Il fut convenu qu'on se rejoindrait un peu plus tard, après que les deux voyageurs auraient réuni quelques effets, et le prince mobilisé capitaine et équipage.

11.

Persée n'eut pas à courir longtemps les rues pour tomber sur Eimatón. Celui-ci le salua d'un geste qui en disait long sur son état. Il avait passé la nuit à boire. Ses pupilles dilatées rendaient son visage encore plus repoussant.

Le prince retourna sur le quai et chargea le pilote de ramener cet ivrogne au plus vite. Il avertit qu'on lèverait l'ancre dès que chacun aurait regagné son poste.

Les hommes arrivaient, les uns avec au bras une fille ou un garçon, conquête de la nuit, les autres par grappes, se vantant de leurs exploits, se plaignant d'un séjour trop bref, de leur condition, du vin du pays et de leur peur de reprendre la mer. La nuit précédente, ils avaient assisté au lever d'Orion. La montée de cette figure aux étoiles rouges et bleues marquait d'ordinaire l'arrêt de toute navigation. Mieux valait demeurer à Samos jusqu'au retour de la belle saison.

Presque tous virent leur capitaine traverser le port en vantant, avec force gestes, les mérites de Zeus et d'Héra. On le porta pour lui éviter l'humiliation d'une chute sur les bordages.

Alétios et Isherpe se présentèrent en dernier. À la grande surprise des fidèles d'Eimatón, ils montèrent à bord comme s'ils appartenaient à la famille. Ils se postèrent momentanément à la poupe, pour faciliter la manœuvre de désensablage.

Restés sur la berge, les rameurs s'arc-boutèrent alors à l'arrière pour obtenir du vaisseau qu'il glissât dans l'eau, et, une fois lancé, profiter de l'absence de bastingage pour embarquer prestement.

Commandée par le second, qui avait confié son patron aux bons soins du chef de chiourme, le *Phéronia* s'éloigna pour une destination secrète, connue du seul Persée. Le pilote savait uniquement qu'il devait mettre le cap à l'ouest, et qu'après avoir laissé Patmos à main gauche, on passerait entre Amorgos à main droite et Astipaléa, puis au sud de Théra en direction de la Crète. Il n'imaginait d'ailleurs pas d'autre destination que la grande île, riche en plaisirs autant qu'en nourritures de toutes sortes. Il pensa que son chef en aviserait les hommes le moment venu.

Les invités du prince s'installèrent à l'avant, où l'espace manquait moins qu'ailleurs. L'un contre l'autre, têtes appuyées sur des cordages enroulés, ils calèrent leurs pieds contre les nervures en acacia de la coque, juste avant le poste de rangement où étaient entassées les vivres.

L'air vif annonçait la mauvaise saison. Il pénétrait les chairs et gonflait la voile, hissée peu après le départ pour bénéficier du souffle que Borée envoyait du nord-est. S'il risquait de glacer les hommes et les réserves, au moins favorisait-il la navigation. Par vent arrière, on s'écarterait assez facilement des côtes d'Asie Mineure pour filer vers la Crète. Après, ce serait l'inconnu. On s'interrogeait sur les intentions de ce prince aux yeux bleus, d'autant plus troublants qu'ils paraissaient se détacher du reste du visage, grave et habité par des préoccupations inaccessibles au commun des mortels.

La proue du *Phéronia* fendait l'eau avec une élégance de marsouin. De grosses vagues affluaient avec paresse dans son dos, soulevaient sa poupe comme Atlas eût saisi une montagne, et entretenaient un roulis nonchalant comparable aux oscillations d'une balançoire. Persée s'en délectait. Lui qui n'avait encore jamais connu de femme, il assimilait ce mouvement aux va-et-vient des corps mélangés. Avec lenteur, le bateau faisait l'amour avec la mer. Et le prince avec lui.

À bord, l'atmosphère s'alourdissait d'heure en heure. Les premiers signes d'une rébellion étaient apparus au large de Patmos. Plusieurs marins voulaient profiter de la proximité d'Amorgos pour y relâcher. Auppos provoqua la chiourme avec ironie. Il proposa en ricanant d'arriver sur l'île par l'est. Personne n'ignorait que les vertigineuses falaises de calcaire excluaient une telle approche, alors que de belles plages s'étiraient sur toute la partie sud. Le chef rétorqua aussitôt qu'il fallait profiter du beau temps pour viser le nord de Théra, cap impossible à tenir si les vents se levaient. Le ton monta. Eimatón, dessaoulé, prit résolument le parti de son subordonné, mais d'une façon telle que ce dernier se retrouva propulsé capitaine dans la tête des hommes. Ils ne s'adressèrent plus qu'à lui, malgré tous les efforts de celui qui venait de perdre son peu de crédit.

À partir de ce moment, le navire ne fut plus qu'une révolte en puissance. Celui-ci réclamait de l'eau, celui-là davantage de nourriture, cet autre du repos et tous maugréaient en permanence. Certains s'arrêtèrent même de ramer, tandis que le plus robuste, une force de la nature, menaçait de tout casser si on ne l'autorisait pas à choisir lui-même sa cadence. Les ordres contradictoires pleuvaient, les uns hurlés par le capitaine, les autres émanant de ceux-là mêmes qui devaient les exécuter. L'allure faiblissait.

Persée se garda d'intervenir. Il aurait pu jeter son autorité dans la balance, mais il aurait du même coup risqué la vie d'Isherpe et d'Alétios. Seul contre cinquante, en pleine mer, sans espoir de secours, que pouvait-il vraiment ? La vermine reculerait-elle devant un descendant des dieux, incapable de prouver sa filiation ? Rien de moins sûr. Il fallait seulement éviter que l'équipage s'emparât du navire et ne passât par les armes ceux qui le contrôlaient encore. Aussi le prince opta-t-il pour une attitude conciliante en allant rejoindre ses hôtes, autant pour les protéger que pour se désolidariser du capitaine.

Ce dernier chercha derrière lui une épée. Il s'en saisit, et, la brandissant devant ses hommes, les insulta, leur promettant une errance éternelle aux marches des Enfers s'ils désobéissaient. Il leur enjoignit de ne plus quitter leur poste, sous peine de mort. Ses paroles se perdirent dans l'immensité au lieu de convaincre leurs destinataires.

Le géant, avec une rapidité incroyable, se jeta sur Eimatón et le souleva comme un enfant, puis le fit tourner au-dessus de sa tête. Sous l'effet du mouvement qui s'accélérait, le capitaine vomit ses tripes, sous les hourras des mutins pourtant éclaboussés. Jeté enfin au sol, et malgré son état, l'imbécile eut la malheureuse idée d'appeler AupPos à son secours et de lui réclamer une autre arme. Ce dernier s'apprêtait à la lui lancer quand deux hommes le prirent par la taille et l'envoyèrent à la mer. Il tenta de s'accrocher à la coque, mais il reçut plusieurs coups de spatule et, le front ouvert, descendit s'offrir en repas aux poissons carnivores dont chacun pensait qu'ils croisaient dans les parages.

Enhardis par ce crime, excités par la perspective de prendre possession du *Phéronia*, l'équipage réclama la tête du commandant. Celui-ci, agenouillé, tremblait. Il suppliait qu'on ne l'envoyât pas régaler par le fond les monstres sous-marins, s'engageait à respecter les désirs des nouveaux maîtres de son bateau, proposait même d'aider au choix d'une route conforme à leurs vœux.

Persée, de l'avant, ne disait mot. Si les révoltés l'emportaient, comme c'était désormais à peu près certain, il devrait négocier son débarquement et affréter un autre navire. Sa neutralité préservait sa liberté. On n'oserait pas s'attaquer à lui. Il demeura spectateur.

Le géant prit Eimatón par les épaules et l'éleva jusqu'à sa hauteur, sous les grimaces railleuses de ses congénères. Une fois hissé comme une voile, le malheureux fut secoué pour être vidé de tout ce que son estomac contenait encore. Victime de sa bêtise et de l'acharnement de ceux qu'il méprisait, époumoné par l'épreuve, bras pendants, Eimatón s'efforça de relever la tête en un dernier sursaut. L'autre, le maintenant par le col d'une main, enferma ses joues entre son gigantesque pouce et le reste de ses doigts, puis, comme s'il effectuait un exercice, pivota brusquement. Le capitaine, le cou brisé net, tomba lourdement sur le plancher. Un silence de stupeur suivit l'exécution, et laissa place à une explosion de joie. Le corps alla rejoindre celui du chef de chiourme.

Le pilote et le barreur se mirent aux ordres de l'équipage et furent affectés aux sièges des deux rameurs qui les remplaceraient. Le géant et un de ses admirateurs vinrent alors en ambassade auprès de Persée. Sans doute impressionnés, ils restèrent à distance pour s'adresser à lui, et lui annoncèrent qu'ils se dirigeaient désormais vers Amorgos. Ils lui précisèrent qu'ils ne lui voulaient aucun mal, et que son attitude dépourvue d'arrogance depuis le départ de Sériphos lui valait la considération de l'équipage.

Le prince traduisit à part soi qu'il pourrait surtout rapporter gros. Il reprit position à côté de ses invités. Il apprit d'Isherpe qu'Amorgos était infestée de pirates et de bandits de toutes sortes.

On était sans doute encore dans la mer d'Icare, non loin peut-être de la nouvelle destination quand, sans prévenir, le vent forcit. Il tourbillonna, sembla souffler de tous les côtés à la fois. Dans la soirée, la houle avait laissé place à des lames dont les crêtes écumeuses déferlaient les unes sur les autres, à des paquets de mer qui arrosaient le pont et trempaient les vêtements, à de tels frémissements de la coque qu'on pouvait craindre à tout moment le naufrage.

En dépit des mesures arrêtées par le géant, successeur naturel de celui qu'il avait tué, les coups de boutoir de la tempête causaient dégât sur dégât. À la nuit tombante, plusieurs œillets d'écoutes avaient déjà cédé, provoquant la déchirure de la voile à sa base et interdisant son contrôle, malgré une manœuvre d'abaissement du mât, trop tardive. Un rameur se releva pour attraper un bout menaçant. Il fut projeté en l'air et disparut dans les fosses de Poséidon. Un autre, désireux de se préserver d'une gaffe désarrimée, eut la poitrine déchirée par sa pointe de bronze. Son hurlement sonna comme une sinistre prédiction. Il fut impossible de le soigner. Sous l'effet conjugué du sang perdu et du sel qui creusait la blessure, il rendit l'âme peu avant l'aube.

Inconscient de ces drames, Alétios dormait, pelotonné contre son grand-père. Le vieil homme s'efforçait de protéger son petit-fils et se tenait éveillé. Il avait dans son existence de marin subi cyclones et bourrasques, mais jamais succombé à la peur. Cette fois encore, en dépit de l'amateurisme d'un capitaine de fortune, il ne craignait rien. Attentif à la moindre embardée, soucieux d'une autre vie que la sienne, il songeait au royaume des ombres comme à un port. Là se terminerait son chemin après la dernière traversée. C'était peut-être pour cette nuit, ou pour le matin qui s'annonçait limpide et froid.

Persée sourit en voyant le gamin lové au creux du vieillard.

– En voilà un qui ne se doute de rien.

Isherpe à son tour esquissa un sourire.

– L'heure de notre séparation approche.

– Nous nous en sortirons. Haut les cœurs !

Isherpe fit un geste de dénégation.

– Tu te trompes sur mon compte, seigneur. Je ne redoute pas de descendre dans l'Hadès ; je regrette de ne pas voir grandir mon petit-fils.

Après un silence, il ajouta :

– S'il m'arrive quelque chose, je te le confie.

Persée ne sut quoi dire. Il regarda le garçon. Certes, il éprouvait pour lui de la sympathie, mais ce fardeau risquait de l'encombrer. Il ne bravait pas les éléments pour son plaisir mais pour mener à bien une entreprise commandée par les dieux. Il ne pouvait s'en détourner. Malgré la déception qu'il allait lui causer, il s'apprêtait à le dire à Isherpe quand une vague plus grosse que les autres manqua de renverser le navire cul par-dessus tête. Des cordages, des armes, des filets, des embouts métalliques valsèrent. Le mât, brisé d'un craquement sec, s'abattit d'un coup, tuant deux hommes et en blessant plusieurs autres. La majeure partie des vivres était ou perdue ou détruite. Dans la sentine, du sang se mêlait à l'eau saumâtre, dont le niveau atteignait déjà une cote dangereuse. On écopait à toute force, mais le fond de la cale se remplissait inexorablement.

Isherpe saisit le bras de Persée.

– Écoute. Je connais la mer et les bateaux. Celui-ci va couler. Il faut se préparer à mourir. Je suis blessé. Il me sera impossible de nager. Sans toi, Alétios ne s'en tirera pas. Ne l'abandonne pas.

Persée posa sa main sur celle de cet homme au regard avivé par les circonstances.

– Sommes-nous loin encore de l'île des Bienheureux ?

– Moi, non. Toi, oui. Je vais mourir, et tu devras parcourir une grande distance avant d'atteindre le détroit dont je t'ai parlé. Quand tu apercevras les montagnes d'un côté, le rocher de l'autre, tu ne seras pas loin du but. Mais attention ! Méfie-toi de chaque reflet, ce pourrait être une ruse de la Gorgone. Elle agit par surprise, et ne manque jamais sa proie. J'ignore d'ailleurs pourquoi elle procède ainsi. Peut-être pour apprendre aux hommes à voir au-delà de leurs mensonges et de leur vie.

Avant même que Persée ne s'exprime, Isherpe ajouta :

– Ne me demande pas où elle se cache, je l'ignore. Dans les replis d'Atlas, je te l'ai dit, mais où exactement, mystère.

Le vieillard laissa en suspens sa phrase. Les vagues continuaient d'assaillir un *Phéronia* bien mal en point. Il déployait ses derniers efforts pour échapper à son destin, plongeait du nez, ne parvenait pas à se redresser, s'inclinait, donnait de la gîte, geignait.

Isherpe déclara : « Nous sombrons. »

Sous la boule aplatie du soleil crevant l'horizon, les rameurs s'agrippaient à un reste d'épontille sectionné, aux pavois faisant office de bordage, aux éclisses de l'emplanture du mât. Certains, résignés, entraient dans la mort déjà mortifiés. D'autres luttaient avec l'énergie du désespoir pour s'accrocher à la vie et à tout ce qui flottait encore. Héphaïstos le goéland avait déserté. Les intempéries l'avaient sans doute forcé à regagner des zones plus clémentes.

Persée pressa Isherpe de réveiller Alétios. Le garçon n'eut pas le temps de comprendre ce qui lui arrivait.

Pris entre deux lames aux allures de raz de marée, le *Phéronia* poussa un dernier soupir, couvert par les cris des marins qui s'enfonçaient avec lui dans les profondeurs de la mer de Crète.

Le géant joua des coudes et des jambes pour se maintenir à la surface, mais une force irrésistible l'attira vers le fond. Il disparut avec ceux qui lui servaient d'appui, et bientôt il ne resta plus personne de l'équipage.

Persée tenait d'une main Alétios et de l'autre Isherpe. À trois reprises, la tête du prince fut submergée, entraînée par ceux qu'il essayait de sauver. Ses forces faiblissaient. Chacun des gestes brusques du gamin entamait davantage sa résistance. Il ne tiendrait plus longtemps. Alors, d'un coup, le vieux se dégagea. Impossible de le rattraper. Il coula presque aussitôt.

Alétios n'avait rien vu. Il se crut soudain aspiré dans un gouffre, battit furieusement des jambes, remonta, repartit sous l'eau, lança les bras en l'air, appela au secours, perdit connaissance.

À moitié asphyxié, prêt de succomber sous le déferlement continu des vagues, le prince adopta une posture de repos, que l'inertie du garçon servait. Sur le dos, il lui soutenait la nuque d'un bras, comme le lui avait appris Dictys, et de l'autre il s'efforçait de conserver un équilibre fragile. Il ne restait plus qu'à espérer une accalmie.

Ballotté en tous sens, Persée parvint tant bien que mal à régulariser son souffle. Rompu aux exigences de la nage sous-marine, il obstruait naturellement ses narines et sa bouche, mais il rythmait difficilement sa respiration sur les offensives de la mer déchaînée.

Quand Alétios revint à lui, il recommença de s'agiter, au péril des deux vies. Il fallut toute la dextérité du prince pour le ramener à la raison. Il valait mieux se taire et se reposer. Il avait, au moment du naufrage, sauvegardé un bout de tissu et quelques gâteaux, réduits à l'état de bouillie. Avec le premier, il confectionna deux turbans pour se protéger du soleil. Des autres, il fit des repas, plus que frugaux, mais destinés à ne pas laisser le palais brûler et la langue enfler.

Après une journée entière, exténué, Alétios s'endormit. Sa tête pesait sur le coude engourdi de son sauveteur. Persée, lui, s'interrogeait sur leur exacte position. Les étoiles brillaient d'un éclat inhabituel sans guère fournir d'indications fiables. À cette époque de l'année, la lactescence du ciel indiquait approximativement l'axe nord-sud au début de la nuit, avec sa croix qui, à cette heure, paradait au zénith. Il en conclut que les courants le faisaient dériver vers le delta du Nil, s'il se trouvait déjà au sud de la Crète, ou vers la grande île elle-même s'il ne l'avait pas encore dépassée.

Dans ce dernier cas, il lui aurait fallu à peine trois jours de navigation pour apercevoir la pointe de Sériphos. La reverrait-il jamais ? Sans embarcation, avec cet enfant à charge, à contre-vent, tenter de remonter vers l'île de son enfance relevait de l'absurde. Si, au contraire, la Crète formait barrage derrière lui, la situation était désespérée. Il aurait depuis Amorgos filé droit sur Kassos ou Karpathos, après avoir franchi la grande passe entre Anafi et Antipaléa, et au lieu de le pousser vers l'ouest, les courants l'entraînaient vers le sud. Plus aucun obstacle ne l'arrêterait. Il disparaîtrait avec son protégé, privé de sépulture. Son âme condamnée à l'errance éternelle, aucun être humain ne soupçonnerait même sa fin. On le chercherait parmi les victimes de Méduse, ou on retrouverait son corps et celui d'Alétios aux confins d'un autre monde, sur une de ces inclémentes côtes d'Afrique, trop lointaines pour espérer y aborder vivant.

Cette idée le désola. Non qu'il redoutât la mort et son

cortège de privations – à commencer par l'atrophie des nerfs et des muscles condamnant, aux Enfers, toute initiative à l'échec –, mais il ne reviendrait jamais en vainqueur devant Polydectès. Danaé tomberait dans la pire des servitudes, celle du bon plaisir de son maître. Dictys continuerait sa vie d'esclave. Le mal triompherait.

Persée eut tout à coup le sentiment que l'ire de Poséidon faiblissait. La distance entre deux creux s'allongeait, les risées s'espaçaient. Hélas, la bonne nouvelle arrivait trop tard. L'engourdissement de ses membres gagnait maintenant son esprit. Il ne parvenait plus à raisonner. Tout s'appesantissait en lui, sa volonté, sa mémoire, sa conscience. Il ne s'endormait pas comme chaque soir, il accédait à un autre univers, où tout se mélangeait confusément. Des animaux à tête de goéland gris, tous boiteux, y vivaient en bonne intelligence avec des femmes difformes. Certaines possédaient jusqu'à trois têtes, d'autres, avec leurs doigts surnuméraires, écarquillaient leurs yeux multicolores. Des pétrifiés hurlaient muettement, suppliaient qu'on les libérât de leur carcan de pierre. Des dauphins arrangés en cerceaux de feu brillaient dans le fond d'Océan. Des étoiles de mer filaient comme dans le ciel en laissant derrière elles de longs sillages sanguinolents. Des poulpes estropiés dansaient. Des asphodèles pâles abandonnaient au fil de l'eau des traînées laiteuses. Il entrevit Zeus pénétrer sa mère, et assista à sa propre naissance. Il sortait des entrailles de Danaé, accompagné d'une pluie d'or, la bouche déformée par un cri silencieux.

Ses lèvres maintenant tremblotaient. Il réclama une parole consolatrice à la Crète, et une caresse à l'Afrique. Ces deux terres pouvaient bien lui accorder cette faveur : n'était-il pas Persée, fils de Zeus et petit-fils d'Acrisios, mortel et immortel à la fois ? Au ciel, il demanda un baiser. Qu'il se penche donc sur lui, l'enveloppe de son châle noir, le réchauffe de son souffle nocturne et le mène dans des contrées terminales.

Le ciel l'embrassa. La Crète lui parla. L'Afrique passa une main dans ses cheveux. Sans ouvrir les yeux, Persée sourit. Il lui restait à entamer sa descente vers les abîmes. Il suffisait pour cela de larguer la dernière amarre, le fil invisible qui le retenait encore à la surface et qui allait se casser d'un instant à l'autre.

– Persée ? Réveille-toi ! Persée, je t'en supplie. Persée ? Ne m'abandonne pas. Persée ?

12.

D'un coup, le soleil entra dans la pièce où se tenaient Alétios et un homme d'âge mûr. La violence des rayons lumineux enflamma le crépi jaunâtre du mur. Elle provoqua un grognement du prince. Son regard, d'abord lourd et surpris, devint curieux. Où se trouvait-il ? Que faisait-il dans ce lit ? Qui était cet homme au visage buriné, attentif ?

Alétios répondit à ces interrogations silencieuses.

– Je te présente Garoustios. Nous sommes chez lui, et vivants grâce à lui. À Poséidon aussi bien sûr, qui n'a pas voulu de nous.

L'homme raconta comment il avait aperçu, lors d'une promenade en bord de mer, les deux naufragés. Il avait sauté dans une chaloupe, et, malgré les déferlantes, réussi à les récupérer. C'était tout juste, car le jeune criait et l'adulte, inerte, coulait déjà. Enfin, ils étaient là, et tout allait bien.

Persée exprima sa reconnaissance à son sauveteur. Celui-ci hocha la tête et ouvrit les paumes des mains pour signifier que n'importe qui aurait agi de la sorte.

– Peut-être, mais toi, tu l'as fait.

Les yeux bienveillants de l'homme se plissèrent.

– Bienvenue à Amnisos[1].

– Nous sommes donc en Crète ?

– Eh oui ! Remercie notre île de barrer la mer Égée, sans quoi vous auriez été jetés loin vers l'ouest, toi et ton fils, sans espoir de retour.

– L'ouest, c'est précisément là où je me rends, et j'ai bien l'intention d'en revenir. D'ailleurs, je vais avoir besoin de ton aide. Pardon de te mettre de nouveau à contribution, mais ce naufrage hypothèque mes chances de parvenir à bon port, et il me faut un bateau.

– As-tu des moyens ?

– Ma parole.

– J'ai peur que cela ne suffise pas.

Persée se raidit.

– Je suis prince, et apparenté à Zeus.

Garoustios ne se départit pas de son sourire.

– Tu es ici dans la patrie même de Zeus. Je te montrerai la caverne du mont Ida où Rhéa l'a caché pour le soustraire à la brutalité de son père, le terrible Cronos, et où nous procédons à des cérémonies avec des prêtresses originaires de Naxos.

– Je crains de manquer de temps.

Garoustios dévisagea cet étranger au port altier. Quelle préoccupation l'habitait ? La tragédie vécue la veille l'avait-elle choqué au point de l'éloigner de la réalité, ou appartenait-il à un monde refusé aux mortels ? Il eut la conviction qu'il ne recueillerait aucune confidence de ce personnage hors du commun.

– Je ne doute pas de ton ascendance mais, en ces temps troublés, les marchands sont plus exigeants et moins disposés à prendre des risques.

– Les Crétois, frileux ?

1. Aujourd'hui, Héraklion.

– La Crète n'est plus ce qu'elle fut. Depuis que la dynastie des Minos a disparu, et que les ruines du palais de Cnossos trônent sur les morts, il ne se passe pas un jour sans que de nouvelles exactions ensevelissent la paix sous des blocs de haine. Jadis, cette île vivait sereinement, sans citadelle fortifiée, ouverte sur le monde comme sur autrui. Elle n'échangeait pas seulement des marchandises avec le Khémet, elle dialoguait avec lui. Elle brillait au milieu de la mer comme un joyau ornant le doigt de Poséidon, lançait la mode, dominait ses voisins de ses armes et de son art, inventait de nouvelles musiques, se parait d'éternité. Sans doute autant de bonheur a-t-il offensé les dieux ! De nos jours, Arès a planté sur son sol ses graines de discorde et la zizanie règne dans les cœurs comme sur les esprits. L'air même, aujourd'hui, s'imprègne d'animosité. On s'observe en coin et chacun se défie de tous. La lutte pour le pouvoir conduit les seigneurs à enfreindre nos lois les plus sacrées. Les femmes, naguère honorées, sont désormais ravalées au rang des hommes. Les taureaux peut-être inspirent encore du respect, mais les jeunes prêts à les affronter aux jeux se raréfient, ou échouent dans leurs tentatives. Le dernier, au début de la belle saison dont nous sortons, s'est empalé sur les cornes de la bête.

Persée acquiesça de la tête, mais il devait néanmoins trouver au plus vite un capitaine assez hardi pour l'emmener à destination.

– En connais-tu un de bon ?

Garoustios à son tour se froissa.

– Tous les marins crétois sont excellents. Pas d'asile ici pour la médiocrité.

Persée rectifia.

– Je voulais dire alliant expérience et détermination, audacieux, téméraire, même.

– Pour prendre la mer à cette époque, voilà des qualités

indispensables. Je crois que j'ai une idée. Gournia n'est pas très loin, et nous devrions y dénicher ton bonheur. Nous irons demain.

– Non, tout de suite.

– À ta guise. Le temps de prévenir mes employés.

La maison de Garoustios ouvrait sur la plaine. Deux magasins sans étages, où s'entassaient des jarres, s'adossaient à la demeure principale. Les trois constructions s'appuyaient sur des blocs parfaitement équarris et juxtaposés, sans mortier ni scellements. Leur calcaire d'un gris bleuté, au grain fin, était doux. Les terrasses à redents se touchaient.

Persée pénétra dans le premier entrepôt, où un aveugle s'activait sur un tour. Il façonnait une amphore à trois anses, en stéatite noire, dont il peaufinait le col par un mouvement du poignet qui se prolongeait dans ses doigts, lesquels semblaient appartenir encore à l'objet avant de s'en détacher. L'homme, sans s'interrompre, salua les visiteurs et prévint son maître qu'il pourrait bientôt s'adonner à la décoration des articles en souffrance.

– Ces étrangers font halte chez nous pour peu de temps. Je dois m'occuper d'eux. Pour l'instant, je les accompagne chez ton cousin Saphaïs. Si on me demande, je ne tarderai pas.

La tête du tourneur opina, et elle s'inclina de nouveau vers son travail, comme si elle y voyait.

Persée ramassa une coupe et en admira les dessins. Ils représentaient des fleurs blanches très finement reproduites, plus vraies que nature.

– Des narcisses blancs des sables. Ils te plaisent ?

– Beaucoup.

Garoustios en fit cadeau à Persée. Touché de cette attention, le prince désira visiter l'autre bâtiment.

Il comportait une grande et unique pièce, subdivisée en

carrés que délimitaient des murets d'albâtre à mi-hauteur, enchâssés dans des montants de bois. À l'intérieur de chacune de ces cases, un homme ou un garçon sculptait minutieusement des sceaux en pierres dures, brunes, bleu nuit, sang-de-bœuf. Destinés à des seigneurs locaux et à des prêtres, on les taillait avec des burins effilés à pointe biseautée ou plate, sur lesquels on frappait à coups secs et répétés au moyen de petits maillets encapuchonnés de toile.

Avec une loupe en cristal de roche, Garoustios examina au hasard une des pierres, et en apprécia le pourtour d'un doigt. « Encore trop d'aspérités », jeta-t-il, puis, se retournant vers les visiteurs, d'un ton désolé :

– Difficile d'intailler sans risquer l'éclat.

Par contraste, il saisit un cachet sur lequel il avait travaillé récemment. D'un beau rouge foncé avec des veinures noires, il figurait un taureau, cornes levées. Un garçon effectuait une pirouette par-dessus son dos, comme un acrobate expérimenté.

L'artiste alors se lança dans un commentaire passionné, à l'intention tout à la fois de ses apprentis, pour leur éducation, et des visiteurs, pour vanter les mérites de sa production.

– Cette scène, je l'ai vue si souvent ! Que d'adolescents ont sauté ainsi au-dessus de l'animal sacré, prenant un appui rapide pour mieux rebondir et se retrouver derrière la bête. Mais l'élan ne suffit pas. Il faut de la souplesse, de la vitesse d'exécution, et un peu de chance aussi. Mes acheteurs raffolent de cette figure. J'ai appris à en rendre la vigueur avec mon père, qui tenait du sien la même technique. J'ai seulement adapté ses principes, perfectionné l'outillage, et recréé ce dont mon grand-père était le plus fier, l'intaille en ivoire. Comme eux, ce que j'aime le plus, c'est l'imprévu, le particulier, le trait original. On ne réussit pas toujours.

Garoustios désigna du doigt un de ses élèves.

– Celui-là ira loin. Il innove. Il a déjà fait un chat et un canard sauvage, des poissons, des lionnes s'attaquant à la croupe d'un taureau, des sangliers, des chiens hurlant après des moutons, des poulpes. Je préfère les visages humains, mais je m'incline devant le talent.

Les deux hommes et l'enfant partirent ensuite pour Gournia.

Au sortir d'Amnisos, la plaine se resserrait peu à peu pour mieux se faufiler entre deux chaînes de montagnes. Jusque-là, elle s'élevait en pente douce, telle une voie percée par les dieux pour accéder à leur antre. Des groupes de cèdres et des bosquets de pins décoraient un paysage parsemé d'arroches aux épis jaune pâle, de chénopodes et de céraistes aux fleurs blanches déjà défraîchies. Un grand silence enveloppait la campagne. Des essaims d'étourneaux voletaient soudain en formation compacte avant de se poser presque aussitôt et de recommencer leur manège.

Devant la carcasse d'un char tordu et abandonné sur le bord de la route, Garoustios signala qu'il s'agissait d'un des nombreux débris qui jonchaient l'île depuis une catastrophe remontant à des années, bien avant sa naissance. Une vague gigantesque avait submergé la quasi-totalité des villes proches de la côte.

Le gamin demanda si elle dépassait la hauteur des montagnes, entre lesquelles la route se frayait un passage.

– Cela s'est déroulé il y a fort longtemps. Pour ruiner une grande partie de l'île, le raz de marée devait être considérable. Mon grand-père m'a raconté qu'une formidable explosion avait ébranlé le ciel, et assombri les jours pendant des mois. Après que la foudre de Zeus se fut abattue sur Théra, Poséidon, joignant ses forces à celles de son frère tout-puissant, avait lancé une muraille liquide à l'assaut de la mer Égée. Plus impénétrable que les fortifications de la plus sûre des citadelles, elle avait déferlé sur nous à une vitesse vertigineuse. Quand elle buta sur les premiers escarpements de l'île, elle les enjamba dans un vacarme assourdissant, et se déchira en deux ailes titanesques ressoudées après leur passage. Une pluie de mer s'abattit sur la Crète, tuant hommes et bêtes, balayant masures et villas, emportant moellons et blocs, brisant colonnes et toitures, descellant dallages et soutènements, dévastant tout.

À peine Garoustios achevait-il sa phrase qu'une apparition fournit la preuve de ce qu'il avançait. Il pointa un index.

– Tenez ! Voilà Cnossos. Enfin, ce qu'il en reste.

Les ruines d'une immense acropole bâtie au confluent de deux vallées, dominée par de hautes collines blanches et nues, se dessinaient comme un voile mortuaire jeté sur la nature.

Malgré l'impression lugubre qui émanait du site, une sorte de grandeur l'habitait. Un cataclysme venu de nulle part s'était repu de la ville, certes, mais une force étrange s'exhalait encore des lambeaux de sa splendeur passée. Malgré sa difformité, la cité détruite continuait d'irradier le paysage de sa gloire. Quelque chose d'indéfinissable perpétuait la magnificence des Minos, en dépit de la destruction du palais dynastique.

Dans leur fureur, les dieux avaient épargné certaines zones et ravagé des pans entiers du palais. Persée songea que ni la colère de Zeus ni l'assistance ô combien efficace de Poséidon n'avaient eu entièrement raison de Cnossos. Pour ainsi s'opposer à la volonté des dieux, il fallait que la puissance royale fût considérable.

Il restait quelques stades à parcourir. Le chemin se rétrécit pour épouser l'étroite vallée du Kairatos avant de s'élargir et de déboucher sur Cnossos.

Des façades exposées au nord, que longeait ou traversait la chaussée empruntée depuis Amnisos, il ne demeurait presque rien. Des murs éventrés, des solives rompues, des amas de pierres, des dalles de gypse éparpillées alentour, des blocs de calcaire cassés, et même des bouts de fresques gris clair avec des dessins de couleur ocre, enfoncées dans le sol, à moitié recouvertes de terre. De ce qui avait dû être une salle à piliers ne restait qu'un embrouillamini de poutres en bois partiellement calcinées. Quant à la grande cour centrale dont seul subsistait l'autel, majestueux, décoré d'une ceinture de cornes de taureaux, elle paraissait une esplanade de jeux maintenant qu'elle ne remplissait plus sa fonction de lieu de rassemblement et de culte. Son côté sud tenait encore debout.

Après avoir dépassé les salles royales, obstruées par des madriers provenant de la toiture, Persée reconnut sur sa gauche des magasins d'huile, fort semblables à ceux de Glyphias à Sériphos, quoique beaucoup plus imposants, et, moins d'un demi-stade plus loin, il se trouva face aux ateliers du rez-de-chaussée, presque parfaitement conservés, avec des rangées de récipients et de marmites scellés, bien entendu vides.

Le prince contempla ces bâtiments déserts, pivota et observa longuement les décombres d'un palais dont il fallait parfaitement connaître la configuration pour s'y retrouver. La disposition des pièces évoquait un parcours dont nul, hormis l'architecte, n'aurait pu déchiffrer la structure. Garoustios le lui confirma.

– On raconte que Minos confia la construction de cette merveille au plus grand des architectes vivant alors, Dédale. Je n'en sais pas plus. Mais si tu veux vraiment aller à Gournia, ne tardons pas trop.

Persée, toujours suivi d'Alétios, qui ne le lâchait pas d'une semelle, engloba une dernière fois les lieux du regard.

– Dictys m'a parlé d'un homme aussi grand que le grand Minos – Sisyphe. Lui aussi érigea un chef-d'œuvre, une tour de marbre qui fend le ciel, et les dieux ne lui laissent aucun répit. Faut-il donc être un dieu pour édifier une demeure imprenable, indestructible, imperméable au temps ?

Quittant l'acropole désolée, les trois voyageurs descendirent par une rampe d'escalier intacte, et, avant d'entrer dans la ville reconstruite, ils croisèrent en contrebas des habitants.

Contrairement à la première impression, une incontestable activité animait la ville. Des marchands, des vagabonds, des esclaves, des femmes accompagnées d'enfants, des porteurs d'eau, des palefreniers, des orfèvres, des menuisiers, des paysans l'occupaient, tout un monde affairé qui témoignait du repeuplement de la cité après sa destruction.

Ce fut pour Persée l'occasion de constater combien on respectait Garoustios. Si on adressait aux étrangers des regards suspicieux, on le saluait, lui, et on le complimentait sur ses œuvres. Une femme l'apostropha en regrettant qu'il ne grave pas des sceaux ni ne dessine des jarres pour les pauvres, pour ceux qui ne pouvaient payer le prix de ces magnifiques objets connus des nantis d'un bout à l'autre de l'île. Il promit de s'y consacrer, dès que le temps lui pèserait moins.

Les yeux violets de cette femme occupaient tout son visage. Ses cheveux épais, noués en un chignon approximatif, pendaient par mèches folles sur ses tempes et sur sa nuque. Elle portait une jupe plissée d'un beau bleu, échancrée vers le bas, et un chemisier blanc à manches courtes, galonné de fils d'or. Cette tenue, bien plus naturelle que celles en cours à Sériphos ou à Samos, charma le prince. D'autant que les cordelettes du corsage ne demandaient qu'à être délacées.

Persée entra en conversation avec la belle, et, lui avouant sa fatigue, accepta son invitation de faire halte chez elle pour la nuit.

Avant la fin du repas, composé de côtes de mouton rôties assaisonnées d'huile, d'herbes et de miel, accompagnées du vin local, Alétios dormait déjà. La maison n'ayant que deux pièces, Garoustios s'allongea sur un lit près du gamin, et conclut que le prince, lui non plus, ne dormirait pas seul.

Persée regardait sans mot dire la maîtresse de maison. Elle lui prit les mains et les posa sur sa poitrine. La rondeur des seins épousa les paumes princières, qui se décidèrent enfin à défaire le corsage. Ayant compris qu'elle était sa première femme, elle l'encouragea d'une voix douce et le guida dans les étapes successives menant les deux corps au plaisir.

Les ébats répétés des deux jeunes gens ne troublèrent pas le sommeil d'Alétios mais, au matin, Garoustios avait l'air d'un complice, heureux du coup réalisé.

Le trio prit congé de l'hôtesse et suivit la route de Gournia. La ville se situait à plus de trois cent cinquante stades de Cnossos. Il faudrait bien deux jours de marche soutenue pour l'atteindre.

La campagne ne ressentait pas encore vraiment les atteintes de la mauvaise saison. Certes, le champ des cigales s'affirmait moins tôt dans la matinée, et s'arrêtait avant la nuit ; contrairement à la période chaude, le fond de l'air fraîchissait, les chênes perdaient déjà leurs feuilles, les aiguilles de pins craquaient nerveusement sous les pieds, signe de leur sécheresse avancée, mais le paysage conservait sa douceur. Aussi fut-il possible de dormir sous la voûte étoilée.

Au petit matin, une pluie fine réveilla tout le monde. Le ciel fermé, des brumes hasardées au-dessus des cèdres, un vent froid soufflant en rafales, une atmosphère chargée d'humidité, le sol détrempé, collant aux semelles, tout rendit la fin du voyage pénible.

À la fin de la matinée, au fond d'une étroite vallée s'élargissant vers la mer, une colline se dressa, surmontée de masses compactes et comme collées les unes aux autres pour se réchauffer : Gournia.

On distinguait à peine la ville derrière le rideau pluvieux qui n'avait cessé de tomber la journée durant. Grise dans la grisaille ambiante, elle semblait endormie ou paralysée.

Peu à peu cependant, les masses opaques sur ses flancs se métamorphosèrent en maisons. Elles se serraient les unes contre les autres, et quand Persée entra dans la rue principale, il crut s'aventurer dans un souterrain. En dépit de son étroitesse et de son pavement mal ajusté, l'artère centrale touchait au faîte de la butte. Pour y progresser, il fallut jouer des coudes au milieu de la foule.

Garoustios s'arrêta devant une maison, et salua l'homme qui regardait passer le monde sur le seuil de sa porte. L'autre, le fameux Saphaïs, lui répondit cordialement et lui proposa d'entrer, avec ses compagnons.

Dans la modeste demeure, on but à l'amitié, aux souvenirs de jeunesse, à l'espoir d'un rétablissement de la royauté propre à rendre son éclat d'antan à la Crète. Enfin on en arriva aux désirs de Persée, qui exprima lui-même ses besoins, le type de navire qu'il souhaitait armer, le nombre d'hommes nécessaires et le temps présumé de navigation.

Le capitaine, étonné de telles précisions de la part d'un homme qui avait tout d'un prince et rien d'un marin, s'enquit de la destination finale. Son interlocuteur évoqua l'ouest extrême, là où la mer se rétrécit comme un fleuve pour se jeter dans les contrées inexplorées d'Océan.

L'homme ne cilla pas, mais sa décision était prise. Jamais il n'emmènerait ce fou. Il poursuivit la conversation sur un ton badin et, pour justifier son refus, argua de la saison, des intempéries, de la violence de Poséidon et autres facteurs dissuasifs. La seule chose qu'obtint Persée fut le nom d'un pilote qui devait quitter prochainement la ville pour le sud.

L'homme en question accepta de prendre à son bord le prince jusqu'en Libye, où il devait livrer du miel. Après quoi, il rejoindrait le delta du Nil, où il passerait l'hiver, et tirerait vers les villes de Phénicie pour enfin revenir à Gournia. Pas question de se dérouter. Il ajouta que c'était son dernier voyage de la saison, et que plus tôt on partirait, mieux cela vaudrait.

Quand le marin vit le sceau que Garoustios avait offert la veille à Persée, il dit que le vingtième de son prix conviendrait comme paiement du voyage.

Pendant les discussions qui aboutirent à la conclusion du marché, il ne fut pas une seule fois question d'Alétios. Ce dernier imaginait embarquer avec celui qui dorénavant lui tenait lieu de père. Mais au moment d'appareiller, le prince lui signifia qu'il restait à terre. Le garçon supplia, en vain. Garoustios le prendrait dans un de ses ateliers pour faire de lui un artiste – s'il travaillait assidûment. Alétios essaya une dernière fois de retourner la situation.

– Quand Garoustios a parlé de moi comme de ton fils, tu ne l'as pas démenti.

– Précisément, je veux ton bien.

Sans autre explication, Persée embrassa l'enfant et sauta sur le pont de son nouveau navire – mot d'ailleurs mal venu pour parler d'une barcasse à peine plus grande que le caïque de Dictys, et dont le prince doutait qu'elle pût jamais gagner le large.

Cependant le pilote sortit du golfe de Gournia, doubla le cap Samonion, et, laissant à main droite le mont Diktè, mit le cap sur Syrte.

13.

Par vent arrière de nord-est, avec une houle plus débonnaire que menaçante, le bâtiment fila plein sud.

Par méfiance à l'égard d'un étranger sur qui les bruits les plus divers couraient en ville, le silence régnait à bord. Les uns pensaient que cet homme séjournait pour le moment sur terre, mais résidait le reste du temps sur une île sortie en une journée des entrailles de Cronos, longtemps avant la naissance de Zeus. D'autres que c'était Zeus lui-même, déguisé, qui visitait les lieux de son enfance, en souvenir des temps heureux. Pour d'autres encore, il s'agissait d'un roi égyptien venu inspecter incognito les côtes où il prévoyait avec son armée de débarquer prochainement, afin de s'emparer des richesses locales.

Parcourir les cinq mille stades séparant la Crète de la Libye prit cinq jours. Contrairement aux mises en garde entendues à Gournia et aux prévisions d'un devin consulté avant le départ, la navigation se révéla presque agréable. Certes, la température chutait le soir, et les nuits devenaient froides, mais Poséidon daignait ne pas en rajouter. Peut-être Athéna lui avait-elle fait valoir que son protégé s'adonnait à une tâche de la plus haute importance et méritait du repos avant de futurs grands efforts.

Persée restait la plupart du temps à la proue et jouissait

de son spectacle préféré, l'étrave tranchant la mer en deux et la plaie cicatrisée presque aussitôt en sillage. S'il avait pu, il se serait posté à califourchon à l'avant, pour mieux goûter son plaisir, comme il le faisait naguère sur la barque de Dictys. Les pieds nus effleurant l'eau du talon, il aurait alors essayé de dénombrer les centaines de gouttelettes qui aspergeaient l'écume en s'y perdant, ballet répété indéfiniment et pourtant chaque fois renouvelé. Et au milieu de ces éclaboussures, troublé par l'onde mais penché au-dessus d'elle, se profilait son visage, mosaïque ondoyante et brouillée.

Ce reflet faisait écho à ses propres pensées. Il avait quitté sa mère et l'île de son enfance pour dénicher cette damnée Méduse dont il se moquait dans le fond éperdument. Il la détruirait pour tenir sa promesse, mais il avait hâte de retrouver Sériphos et d'y vivre une vie paisible.

Détruire, détruire, toujours détruire... Pourquoi fallait-il donc que sa vie fût marquée au sceau de la destruction ? À peine sa mère le met-elle au monde qu'Acrisios les bannit d'Argos, elle et son rejeton. Dictys les arrache-t-il aux flots, il tombe en esclavage. Isherpe à Samos lui vient-il en aide, il périt en mer. Pourquoi engendrer la mort quand on désire le bien ? Comment extirper le mal sans meurtrir ceux qu'on aime ? Faut-il renoncer à vaincre les démons pour épargner ceux qui les hébergent ?

Pourquoi les dieux le lançaient-ils dans cette aventure ? Lequel avait forcé la barrière de ses dents pour lui dicter sa fanfaronnade au sujet de Gorgone ? Arès ? Probablement pas, car ce grand belliqueux, cet infatigable querelleur, ce faiseur de guerres ne l'avait pas confronté à des armées redoutables mais à des individus isolés. Héphaïstos ? C'aurait été lui faire injure que de l'imaginer prendre ombrage du goéland gris, lequel avait d'ailleurs disparu du ciel au large de Samos. Forger requérait tout son temps, et il ne se livrait certainement pas à ce genre de facéties. Poséidon ? Il n'était pour rien dans la beuverie organisée par Polydectès. Le roi des immortels en personne ? Il avait bien trop à faire pour consacrer, ne serait-ce qu'un instant, à de telles balivernes. Restait Héra. Lui reprochait-elle sa naissance, preuve d'infidélité supplémentaire de son mari, le grand Zeus ?

Le nom d'Hermès vint aussi à l'esprit de Persée. Hermès, le héraut de son propre père, Zeus, à qui ses talonnières ailées permettent de franchir en un saut les plus grands espaces, l'intermédiaire suprême, le dieu d'entre les dieux, le plus habile à démêler ou à embrouiller les fils auxquels pendent les mortels, l'accompagnateur des âmes dans l'Hadès. Mais que voulait-il exactement, ce gardien des larrons en tout genre et des voyageurs, ce bienfaiteur du commerce ? Lui assurer sa protection au-delà des mers connues, ou le conduire jusqu'à l'île des Bienheureux, autant dire mettre un terme à son périple ? Le chaperonner dans sa course pour mieux contrôler sa descente au royaume des morts ?

Si tel était le cas, ne valait-il pas mieux rebrousser chemin ? Rien n'interdisait de revenir en Crète, de récupérer Alétios et de retourner à Sériphos. Une fois sur place, il suffirait de tuer Polydectès pour se libérer de la dette contractée sottement.

Cette dernière idée séduisit Persée. Certes, le vent de bout ne faciliterait pas le changement de route ni la remontée, mais on renoncerait au besoin à la voile et on ramerait. Après tout, les hommes se reposaient depuis le départ, et, n'était la surveillance de leur cargaison, il s'agissait plus d'une croisière que d'un travail.

Le raisonnement ne tenait guère car, suivant ses calculs, le rivage des Syrtes ne tarderait pas à se dégager de l'horizon. De fait, l'aube pointait quand un marin cria « Terre ». Le prince, comme ses compagnons de voyage, en chercha vainement confirmation. L'étendue bleu marine, comme un tapis couleur de ciel, obstruait tout. Et puis, commandé par l'insistance du regard, un trait minuscule se révélait enfin, suspendu dans l'espace.

Quand le port de Syrte fut en vue, la bonne humeur avait gagné l'équipage depuis un bon moment. Sauf drame de dernière heure, on accosterait bientôt, sans avarie, marchandise en parfait état et cœurs soulagés. On trouverait à s'occuper sur place, le capitaine l'avait promis, et on attendrait le retour de la belle saison en se livrant à des activités lucratives. Se louer, travailler pour des seigneurs locaux, enseigner les rudiments de la navigation aux Libyens qui le voudraient, pourquoi pas ?

Une fois la voile amenée, le pilote ordonna l'abaissement du mât et laissa le bateau courir sur son erre. Il vint s'ensabler doucement sur la grève où des enfants et des pêcheurs l'accueillirent avec force gestes et cris de bienvenue.

Aussitôt à terre, Persée prit congé poliment de l'équipage et le félicita pour son sang-froid. Les hommes s'inclinèrent bas. Ce prince avait navigué comme un marin expérimenté, sans se mêler à eux, certes, mais aussi sans exiger la moindre faveur. Il s'était sans histoires adapté aux conditions précaires de la traversée. Chacun se sentait rehaussé par sa fréquentation d'une espèce de dieu. Quant au capitaine, il négocia auprès d'un de ses amis la contrepartie de la bague présentée par Persée, ce qui lui permit de recevoir son dû, et au prince de disposer de monnaie d'échange.

Persée découvrit le paysage avec étonnement. Pour décrire le bout du monde, il se servirait dorénavant de ce qu'il voyait. À l'infini, des dunes, du sable, pas d'habitations, pas d'arbres – ou si peu. Sous un soleil de plomb, malgré l'heure matinale, une fine poussière en suspension dégradait les teintes végétales jusqu'à les fondre en une atmosphère safranée.

Sur ce fond sans vie apparente se détachait une maison de pisé, rose pâle, branlante, petite, surmontée d'un toit en terrasse débordant d'ajoncs secs. D'où lui venait son sentiment qu'il y glanerait des renseignements précieux ?

Une vieille femme le fixait, du seuil de sa porte. Elle ressemblait un peu à sa mère, vieillie : de la douceur et de la fermeté imbriquées, un cou dégagé sur une nuque un peu raide, un menton haut tenu, les marques du temps barrant son front et creusant ses joues, de la générosité dissimulée derrière une attitude hautaine.

Aux premiers mots de Persée, elle soumit l'étranger à l'inquisition de ses yeux gris mâtinés de noir.

– Mon nom est Persée, j'arrive de Crète. J'ignore tout de ton pays. Je dois continuer mon voyage par la terre. Connais-tu un guide sûr pour me mener vers l'ouest ?

– Que cherches-tu ?

Le prince hésita. Devait-il s'ouvrir à une inconnue ? Il demeura évasif.

– Cette contrée, paraît-il, touche au bout de l'univers.

La femme le toisa, dubitative.

– Tu es bien jeune pour me mentir.

Piqué au vif, Persée réagit promptement.

– Je suis prince.

– Cela n'autorise pas le mensonge. Et même, cela devrait le proscrire.

La femme le fit entrer. Elle poussa devant lui un des deux tabourets qui composaient son mobilier, avec un lit et une table faite d'une planche posée sur deux blocs de pierre. Elle lui tendit une coupe de raisins secs et le dévisagea.

Persée se servit, et attendit que son hôtesse s'exprimât.

– Tu t'adresses à la plus malheureuse des mères. Mon

désespoir a l'âge de mes filles... trois beaux bébés dont les dieux me privèrent peu après leur naissance. Je ne les ai pas revues depuis des années. Elles doivent aujourd'hui être de jolies femmes.

Cette dernière phrase laissa la vieille pensive. Elle ne pleurait pas, malgré ses paupières humides. Elle resta prostrée un moment avant de reprendre.

– Peut-être pas belles, mais séduisantes. Les méchants affirment que j'ai mis au monde des êtres monstrueux.

Persée manifesta le plus grand intérêt à cette évocation.

– Toi, tu retrouveras mes petites filles, tu les ramèneras, j'en suis certaine. Je lis cela dans tes beaux yeux bleus. Personne ne les approche, elles inspirent trop de crainte, mais toi, je le sais, tu iras jusqu'à elles, et tu leur parleras. Tu leur diras de revenir auprès de leur mère. Je ne leur en veux pas d'être parties. Oui, tu leur parleras, et tu leur diras de revenir auprès de leur mère.

Ces répétitions étonnèrent Persée. De qui parlait-elle ? Quelque chose lui dit qu'il atteignait son but. Cette femme n'évoquait-elle pas trois monstres ? Et si, contrairement au dire d'Isherpe, la Gorgone et ses deux sœurs ne se terraient pas plus à l'ouest, mais non loin de là ?

Comme une personne seule qui divague à haute voix, la femme continua.

– Oui, tu les retrouveras et tu les ramèneras.

Le prince opina de la tête, ce qui déclencha la fureur de l'étrangère.

– Que sais-tu de cette histoire ? Pourquoi ce geste ridicule ? Tu ne t'imagines tout de même pas que je vais te faire confiance ! Ah, ça non ! Dehors !

Persée se leva. Il fut immédiatement réprimandé.

– Non, reste ! Et promets-moi que tu les ramèneras.

– J'y consens volontiers, mais donne-moi plus de détails. Où dois-je aller ? Comment les trouver ?

La vieille le regarda longuement. Elle semblait paralysée. Tout d'un coup, avec l'air de révéler un secret, elle murmura :

– Près du lac Tritonis.

– Où ?

– Près du lac Tritonis.

– Oui, mais où, près du lac Tritonis ?

– Près du lac Tritonis.

Voyant qu'il n'obtiendrait plus rien, Persée abandonna la pauvre femme à ses antiennes.

Il bouscula sans le vouloir un marin, qui maugréa « vieille folle », sans s'arrêter. Le prince le héla et lui demanda où se trouvait le lac Tritonis. L'autre lui adressa un regard chargé de frayeur et lui lança, en accélérant le pas :

– Oublie ce mot, si tu veux vivre. Crois-moi.

Il suffit pourtant à Persée de suivre la piste empruntée par une caravane qui venait d'entrer dans Syrte et qui, assurément, avait dû s'abreuver en route quelques heures auparavant. Il ne tarda pas à repérer le lac, sans en distinguer la totalité, vu sa taille.

Rien ne bougeait, hormis des masses de roseaux dont le friselis régulier trahissait un faible remous. Figés comme des statues, des dattiers baissaient leurs bras en signe de soumission.

Persée éprouva un début de peur. Que faisait-il dans cet univers hostile ? Il n'eut guère le temps de répondre. Une sorte de grognement attira son attention. Craignant un monstre aquatique, il s'accroupit et scruta les environs, une main sur le pommeau damasquiné d'ivoire de son épée, l'autre sur celui en argent de son poignard.

Le bruit se manifesta de nouveau, cette fois derrière lui.

Redoutant de croiser le regard mortel, le prince n'osa se retourner. Il songea aussi que, s'il n'agissait pas rapidement, il mourrait comme un lâche.

Avec soudaineté, il s'allongea au milieu des roseaux et chercha une protection pour ses yeux. À ce moment précis, une voix sourde l'interpella.

– Pourquoi te caches-tu ? N'aie pas peur ! Nous ne te ferons aucun mal. Il y a si longtemps que nous n'avons pas eu le plaisir de nous entretenir avec un jeune et séduisant mortel.

Le prince était convaincu qu'il s'agissait de Méduse. Sa manière de s'exprimer prouvait qu'elle était accompagnée. Dès qu'il lèverait les yeux sur elle, il cesserait de respirer. Et, à envisager les lieux, aucune échappatoire ne se présentait. S'il tentait de fuir, il devrait courir à découvert. On le rattraperait vite.

Tapi, il serrait ses armes avec l'intention de se jeter subitement sur le monstre, pour exploiter l'effet de surprise. Il faudrait frapper avec force, à la gorge, et sans trembler. S'il parvenait à couper la tête de la Gorgone du premier coup, il était sauvé. S'il échouait, au moins Hadès ouvrirait-il sa porte à un homme d'honneur, non à un poltron.

Sur un ton conciliant, la voix répéta son invitation. Tel un félin qui s'apprête à jaillir sur sa proie, Persée courba le dos, banda ses muscles, expulsant l'air chargé d'angoisse qu'emmagasinait sa poitrine. Il se releva d'un bond. La lame de son épée siffla et vint heurter un bras dressé en guise de défense. Une main preste jeta au loin le poignard. Par réflexe, Persée commit l'irréparable. Il leva les yeux.

Ce qu'il vit alors le paralysa.

Devant lui se tenait une créature d'une monstruosité inimaginable. Trois têtes se dégageaient d'une espèce de buste énorme et rebondi, adipeux, lui-même vissé à un bassin monté sur deux jambes féminines, assez bien proportionnées en comparaison du reste. Trois paires de bras, ballants, achevaient de donner à cet être polymorphe l'aspect d'une hallucination. Un seul visage se présentait de face, les deux autres de profil. Une peau rugueuse et ravinée obstruait tous ses orifices, hormis la bouche, large, dont les lèvres livides, partiellement tuméfiées, touchaient aux extrémités des joues. Une dent unique, imposante, mordait ce qui faisait office de menton.

D'abord glacé d'horreur, Persée retrouva peu à peu son esprit et ses sensations. Il allait parler quand la voix reprit.

– Laisse-nous te contempler à nouveau.

La bête pivota maladroitement et montra une autre de ses faces. Celle-ci ne comportait qu'un œil, disposé verticalement. Il fendait la figure comme une hache un tronc. Des excroissances de chair le limitaient, en haut comme en bas, et des cils épais, gras, recourbés vers l'intérieur, l'obligeaient à cligner souvent.

Le prince, à peine revenu de son émotion, détaillait discrètement son interlocuteur – ses interlocutrices, dut-il admettre, après qu'elles lui eurent présenté successivement leurs trois horribles faces.

– Je m'appelle Enyo. Voici Péphrédo et Dino.

Une oreille au lobe rose, dessinée finement, et un nez dissymétrique, aux narines épatées, plaqué sur une peau croûteuse, occupaient le plus clair du dernier visage.

Les trois femmes partageaient ainsi leurs sens. La partie qui détenait la parole continua.

– Aucun homme ne s'aventure jamais par ici. Nous effrayons même les oiseaux. Qui t'a renseigné sur nous ?

Persée fournit l'explication attendue. Un rire caverneux secoua le monstre.

– Cette vieille folle ? Elle croit que nous sommes ses filles. Sache que notre père s'appelle Phorcys, et qu'il est le frère de notre mère, Céto. Cette stupide Hanina n'est pour rien dans cette affaire.

À ce nom, Persée réprima un sursaut. Il avait donc rencontré celle dont Isherpe avait perdu la trace.

La créature effectua un tiers de tour, et, reprenant sa posture initiale, enchaîna.

– Et que traques-tu ?

Mal à l'aise, mais décidé à n'en rien laisser paraître, Persée adopta un ton détaché.

– Je me suis égaré. Les flots m'ont jeté sur la côte de Libye, et, croyant m'avancer vers l'ouest, je me suis engagé dans le désert.

De nouveau l'œil l'observa, puis la bouche reprit.

– Et pourquoi l'ouest ? Là-bas, le soleil jamais ne se couche. Les âmes ont fui ces contrées lugubres et inhabitées.

Malgré son air effroyable, la créature ne semblait guère agressive. À tout moment néanmoins, elle pouvait s'emporter, le piétiner, l'anéantir. Il se méfia.

– On m'avait assuré que j'y croiserais une femme dont on m'a vanté les attraits.

Le trio tangua sur sa base, comme s'il s'apprêtait à danser.

– Racontars que tout cela. Nous te répétons que personne ne vit sous ces horizons funestes. Et puis, un bel homme comme toi doit-il rêver de femmes aussi lointaines ?

– Cette femme-là est différente des autres.

– Ce sont toutes les mêmes ! Avec leurs yeux elles attirent, avec leurs parfums elles ensorcellent, avec leur sexe elles enferment. Leurs voix sont pareilles à celles des sirènes, leurs cheveux ressemblent à des serpents, leurs cuisses évoquent les mâchoires dont se sert Héphaïstos dans sa forge. De leurs seins jaillit un lait à quoi seul se compare le sperme.

Persée se replia sur une position qu'il crut de nature à gagner du temps.

– J'aimerais seulement parler avec elle.

– Est-ce là ce qu'il convient de faire avec les femmes ?

Sur ce, le monstre partit d'un éclat de rire tonitruant.

Persée réfréna son envie de lui sauter à la gorge. Un instant, il imagina lui arracher l'œil. D'un coup de poignard ajusté, il ferait sortir le globe de sa cavité, et le jetterait à l'eau. Il menacerait alors cet être innommable de ne lui rendre son bien qu'en échange de la précieuse information.

Il saisit son bronze, et, le pointant dans la direction de la créature, il avança courageusement. Celle-ci le raisonna.

– Tu n'obtiendras rien de nous par la force. Considère ta faiblesse, tout prince que tu es. Veux-tu que nous t'écrasions d'un simple coup de talon ? Réfléchis.

– Que suggérez-vous ?

– Ne sommes-nous pas à ton goût ? Avec nous, tu pourrais faire d'une pierre trois coups.

L'allusion était claire. Elle convainquit Persée d'essayer la méthode douce.

14.

Le soir tombait sur le lac Tritonis, que la brume enveloppait d'un voile diaphane. Les crapauds s'interpellaient avec des coassements sinistres. La fraîcheur de l'air engourdissait peu à peu la nature. Le temps, suspendu, planait au-dessus des rives, inertes.

Persée accepta de passer outre sa répugnance. Il accorderait le plaisir désiré.

La masse féminine, avec lenteur, s'allongea sur le sol, et, soucieuse de présenter ses jambes le mieux possible, parut presque humaine. Rendant hommage à chacune de ses composantes comme s'il s'agissait de conquêtes successives, le prince la combla d'aise par trois fois.

Après cet acte surhumain, l'épuisement eut raison de lui. Il sombra dans un profond sommeil. Etaient-ce les dieux qui s'emparaient de son esprit, pour lui indiquer la marche à suivre, ou devait-il vivre, en rêve, son destin ?

Dans un ciel aux miroitements pourpres, un aigle noir fond sur un goéland gris, le percute, lui brise une aile, le récupère dans sa chute et le dépose par terre afin de s'en repaître. Le palmipède crie, mais son bec se détache déjà de son poitrail déchiré. Le rapace aux yeux d'airain saisit ce relief sanguinolent. Il veut l'ingurgiter, s'y empale. Le cartilage maculé le transperce et le découpe comme une figue trop mûre. Le prédateur gît piteusement, les serres tendues vers un nuage d'étoiles. De leurs extrémités s'échappe un liquide blanchâtre et visqueux qui tombe en pluie drue. Cette espèce de sperme se répand à la surface du sol et gagne le voisinage du lac, puis le lac lui-même. L'eau, après l'air, devient opaque. Des vapeurs d'amour parfument l'atmosphère de leur âcreté. Plus rien ne bouge. Et soudain, trouant le manteau neigeux, jaillit une tête montée sur un buste ailé. Des serpents emmêlés en guise de chevelure. Un plastron d'écailles sur la poitrine. Des défenses de sangliers. Des mains de bronze au bout de bras démesurés. Un naseau écrasé d'où s'exhale un souffle pestilentiel. L'apparition garde les paupières closes. Elle ressemble à une statue. Alors, venus de nulle part, des milliers d'hommes accourent. Petits et grands, ils prennent position comme des ifs le long des rives. Ils portent des armures de cuir décorées d'ivoire. Des lanières lacées en torsades autour de leurs mollets montent élégamment de leurs sandales. Certains sont munis de javelines, d'autres d'arcs et de flèches, de poignards et d'épées. Des boucliers polychromes les protègent. On ne distingue pas leur visage. Des casques surmontés de plumes d'ibis, çà et là, dénotent sur les cimiers polis. Des plaques de métal protègent les nez. Un prince au port altier se tient au milieu de ces combattants prêts à en découdre. Vers l'animal humanoïde, contrairement à ses compagnons, il ne pointe pas ses armes, mais ses yeux. Son regard fixe le spectre avec intensité. Rien ne l'en détourne, ni les reptiles aux ondoiements échevelés, ni les ailes dorées battant l'air par saccades, ni les ongles de bronze posés sur des seins aux tétons d'argent cerclés de diamants. Tous les soldats se préparent à lancer leur projectile. Que leur chef cligne des yeux, et cela déclenchera les hostilités. Celui-ci hésite avant l'irréversible. Ce n'est pas la peur qui l'étreint, mais une certitude : personne n'en sortira indemne. Enfin il se résout à donner son ordre muet. D'un seul mouvement, les guerriers visent leur cible. À peine ébauchent-ils ce geste que le monstre relève ses paupières, dévoilant des orbites vides. Deux fosses dont les parois terreuses conduisent au bout du monde. Deux trous noirs. Deux cavernes étroites et sans fond. Une force irrésistible arrache leurs yeux à tous les hommes. Des milliers de globes désorbités se bousculent en flottant comme des balles attirées par une main divine, et viennent se loger dans les deux réceptacles creux. Leur empilement diffuse une lumière incandescente dont la blancheur étincelle. Tout s'est passé si vite que le prince n'a pas esquissé le moindre geste. Ses paumes sont venues en renfort pour lui éviter l'aveuglement. Il les écarte. Autour de lui, tous les hommes sont pétrifiés.

Cette vision suspendit brutalement le cauchemar dans lequel Hypnos avait entraîné Persée, comme au cœur d'un labyrinthe. Encore sous le coup de ce rêve étrange, il s'éveilla par étapes. Pendant un moment, il resta à mi-distance de la pleine conscience et de l'imaginaire pur. Dans cette demi-réalité, il crut discerner les dépouilles du massacre. Confondues avec leurs stèles funéraires, alignées sur plusieurs stades, elles entouraient leur général. Ce dernier lui ressemblait. Prostré au milieu d'un champ de pierres, il avait donné l'assaut, et sortait seul vainqueur de la mort.

Une couverture épaisse réchauffait Persée, disposée avec soin par il ne savait qui. Il se trouvait dans un enfoncement rocailleux, à l'abri d'un vent acéré qui soulevait du sable en rafales. Il n'était pas seul.

Des paroles s'échappaient d'un œil rivé sur lui, sorti de nulle part. « As-tu bien dormi ? » Inégalement, pensa-t-il. « Pour notre compte, aucune nuit ne nous avait jusqu'à présent apporté un tel repos. Sois-en remercié. »

Le prince ne parvenait pas à retrouver pleine conscience. La voix reprit. « Nous avons réfléchi. Nous allons te confier le plus impénétrable des secrets. Il fera de toi un homme différent de tous les hommes. Jusqu'à présent, beaucoup de malheureux n'ont pas eu ta chance. Ils ont cru triompher de l'horreur en se détournant d'elle. Ils y ont laissé leur vie. Toi, tu vivras. Parce que tu as su dépasser le dégoût que nous inspirons, nous te donnons accès au plus inaccessible des biens. »

La voix marqua une pause. Persée, le visage enfoui dans ses mains, cherchait vainement en lui de la lumière.

La voix reprit, montait par à-coups et résonnait en lui comme un appel. « Que Méduse existe ou pas, son enchantement creuse un sillon mortel au fond de l'âme, obstrue les poumons, garnit de pierres les chambres de l'esprit, jusqu'à paralyser la volonté. Tout homme, s'il voyage hors de lui, peut croiser le regard qui le tue. Toi, tu affrontes des contrées inaccessibles aux mortels. »

Jusque-là, Persée s'interrogeait sur la Gorgone. Sa mère l'avait mis en garde, mais ses dires ne reposaient que sur des bruits. Elle rapportait des faits non avérés. Polydectès et ses acolytes n'en savaient guère plus. Ils répandaient une rumeur. Quant à Isherpe, il avait sculpté à Samos une forme reproduisant les assertions d'une pauvre d'esprit. Pour la première fois, la réalité se dévoilait enfin. Le triple monstre fournissait une description si proche du songe qu'il en fut bouleversé. Il venait de rencontrer Méduse, sans conteste possible.

Il transpirait maintenant à grosses gouttes. Il s'appuya sur la paroi sablonneuse et manqua défaillir. En quoi le monde onirique différait-il des autres mondes, celui des vivants et celui des morts ? Quel indice lui permettrait d'en juger ?

La voix ne le quittait pas. « Écoute, prince, écoute bien.

Tu nous as transformées. Oh, bien sûr, nous ne deviendrons jamais belles, et il y a fort à parier qu'aucun autre homme n'accomplira cet acte aussi bien que toi – si même il s'y décide. Vise nos bras trop longs, nos poitrines dilatées, nos affreux visages privés des plus simples attraits. Tout cela par la faute de Méduse. Elle assistait à notre naissance, et un seul de ses coups d'œil suffit à nous damner. Nous sommes sorties déjà vieilles du sein maternel, presque mortes, et pour cette raison bannies aussitôt. Notre mère nous refusa son amour, réservant le peu dont elle disposait à cette créature qui, elle aussi, l'avait ensorcelée. Et comme si cela ne suffisait pas, elle nous chargea de garantir la virginité de celle qu'elle osait appeler "votre sœur". Ainsi, non seulement elle nous répudiait, mais elle nous déniait aussi le droit d'exister. Nous fûmes exilées sur cette terre aride où nous nous cachons du mieux que nous pouvons afin d'assumer notre tâche ingrate. »

La voix ne s'arrêtait pas, comme si un conciliabule intérieur, interdit au commun des mortels, avait chez le monstre dégagé une fois pour toutes le chemin de la vérité.

« Nous n'avons jamais connu d'homme, et maintenant que, grâce à toi, nous avons découvert le plaisir de l'amour, nous ne voudrions pas te perdre. Puisque notre anatomie ne t'a pas découragé, que tu as su nous prendre pour des femmes, nous allons faire de ce jour le plus important de ta vie. Après, tu ne verras plus rien comme avant. Il suffit d'un rien pour aborder Méduse : une arme tranchante et dure comme une obsidienne pour lui imposer silence ; des sandales pour te mouvoir plus vite qu'Hermès lui-même ; un sac pour emporter ton butin. Comment obtenir tout cela ? Notre père avait confié ces objets aux Nymphes du Styx, mais nous les avons récupérés. Ne nous demande pas comment. Nous ne pouvons te révéler tous nos secrets à la fois. Tout à l'heure, quand nous en aurons fini avec toi, tu trouveras ces objets à nos pieds. Il te suffira de gratter le sable. Les sandales ne sont pas de ces chaussures doublées de plomb qu'on impose aux athlètes pour les mettre à l'épreuve dans les concours de saut, mais des sandalettes à l'empeigne si basse que tu ne les sentiras même pas aux pieds. Rien à voir avec les souliers communs. Leur semelle est si souple que tu pourras sauter plus haut que n'importe quel mortel. Quant à l'arme, c'est une faucille au manche de corne incrusté d'émaux. Que te faut-il encore ? Ah oui, l'endroit où trouver ce qui t'obsède. Tu n'auras qu'à te diriger vers l'occident. Lorsque tu atteindras les contreforts d'une haute montagne, plus imposante que celles qui bordent ce désert au sud et à l'ouest, sache que tu entreras sur le territoire de Méduse. Tu devras franchir des ravins, suivre des sentiers en bordure de précipices, descendre au fond de vallées sinueuses, emprunter des cols étroits, traverser des rivières, éviter les terrains de chasse des chats sauvages, endurer des nuits glaciales et des jours ténébreux, te garder des chacals et des lions, en un mot parcourir des étendues pareilles à celles qu'un homme peut découvrir en lui. Quand, après un chemin de crête long et pénible, tu distingueras au loin la côte et le bras de mer qui ouvre sur Océan, tu seras proche du terme. En contrebas, tu apercevras aussi, coincée entre des parois rocheuses abruptes, une interminable allée sinuant au milieu de cèdres plus que centenaires. Bordée de pierres – autant d'âmes pétrifiées –, elle aboutit à la caverne où réside notre sœur. Souviens-toi : il n'existe pas de seconde chance avec elle. »

Maintenant revenu à lui, Persée se retourna, et ausculta un amas pierreux aux contours vaguement féminins. L'œil était froid, les lèvres de la bouche dures, le nez cassé, l'oreille brisée en plusieurs morceaux. Le reste du corps, comme les visages défaits, avait la consistance du roc.

Plus il observait cette forme, moins il distinguait les

apparences de l'être avec lequel il aurait juré s'être entretenu. Devant ce gros rocher, il crut qu'il perdait la raison. Rêvait-il encore ? Avait-il jamais rêvé ?

Il fouilla le sol du pied et, sans y croire, déterra une poche en lin contenant de vieilles chaussures et un outil rouillé pour faucher le blé. Etaient-ce là les instruments de sa victoire ? Il observa ces vestiges d'un bivouac, symboles de son dialogue irréel avec une puissance protéiforme. Quelque chose en lui avait changé, mais il ne savait pas quoi exactement. Peut-être cette espèce de peur de la mort qui depuis son enfance le travaillait sourdement, et qui désormais ne tournait plus en lui.

Il quitta le lac Tritonis pour Syrte. Là, il tenterait de persuader un capitaine de le mener à destination. Avec l'aide de Zeus, il rentrerait aussitôt après à Sériphos, pour y arborer son trophée.

Il marchait depuis plusieurs heures quand il rencontra des chameliers qui regagnaient le port libyen. Quoique ignorant leur dialecte, il finit par s'entendre avec ces nomades. Les gestes, certaines sonorités communes à leur langue et à la sienne rendirent la communication possible. Il apprit de ceux-là mêmes qui allaient la conduire qu'une caravane quitterait la Libye en direction de l'ouest, pour ravitailler des implantations phéniciennes disséminées le long de la côte méditerranéenne. La grande majorité de ces hommes venaient de la somptueuse Ugarit, les autres de la non moins riche Alalakh. Quelques-uns s'étaient joints à eux au cours du voyage. Un superviseur du nom d'Esaqmrou, envoyé par le grand monarque Ammishtamrou, conduisait le groupe et commandait aussi à des nobles d'autres villes phéniciennes, délégués par leurs maires.

Aristocrate, éduqué à la cour, lettré, propriétaire de

chars, appartenant aux « gens du roi », comme il aimait à le répéter, ce notable expliqua au prince que lui et ses compagnons avaient longé en bateau la côte phénicienne depuis Tyr jusqu'à la hauteur de Megiddo, où l'on célébrait encore chaque année, après des décennies, l'éclatante victoire du pharaon Touthmosis III sur ses ennemis coalisés.

L'intention des caravaniers était de doubler le delta du Nil et de prendre ensuite par les terres afin d'inspecter les comptoirs, mais les intempéries les avaient contraints à changer leur plan. Ils avaient dû traverser plusieurs déserts, dont le Sinaï et celui de Libye, en marchant sur plus de sept cents stades.

Esaqmrou ajouta qu'une fois parvenus à Syrte, et après avoir récupéré leurs forces, ils organiseraient une expédition vers le golfe de la Petite Syrte. Là, ils verraient bien. L'objectif était d'atteindre Gadir [1], leur plus extrême avancée, sur l'autre rive de la Méditerranée. Soit ils couperaient par la montagne pour se rapprocher du dernier passage avant Océan, soit ils suivraient la côte, et en profiteraient peut-être pour créer de nouveaux établissements.

Pour le prince, c'était inespéré. Il ignorait presque tout des lieux, ne détenait que des informations très générales sur le pays où il se rendait. Et encore, peu fiables. S'il pouvait se joindre à ces hommes, sa tâche s'en trouverait simplifiée d'autant.

Il examina cette troupe d'apparence paisible et disparate. Les premiers regards de ces chameliers, commerçants mais aussi guerriers, avaient trahi de la méfiance. Le dialogue aimable instauré entre leur chef et l'étranger les avait par la suite rassurés. Et puis, quelle menace réelle présentait un homme seul face à une centaine de robustes gaillards

1. Aujourd'hui, Cadix.

décidés à tout pour la gloire et le rayonnement de leur souverain ?

Très vite, le prince itinérant fut traité en ami. À Syrte, il voulut revoir Hanina. Il la chercha vainement. Les habitants interrogés lui répondirent qu'ils ne connaissaient personne de ce nom. Il eut beau la décrire, assurer qu'il avait parlé avec elle peu de jours auparavant, rien n'y fit. La maison de la vieille folle était bien là, mais un pêcheur et sa famille y logeaient, paraît-il, depuis des lustres.

Était-il possible que Hanina fût un songe ? Persée ne démordait pas de sa version. Il avait réellement discuté avec elle. Perdait-il la tête ? Un instant, il pencha pour cette hypothèse. Son aventure amoureuse avec le monstre du lac, son funeste cauchemar, cette femme introuvable...

Ce fut un gamin qui lui fournit l'explication. Il avait vu la vieille investir la maison, momentanément vide, fort peu de temps avant le débarquement de Persée. Elle appartenait à cette catégorie de vagabondes qui vont de ville en ville, et dont les haltes plus ou moins durables ne forment que les étapes d'une longue errance. À Syrte, on ne l'avait aperçue que pendant quelques heures. Le soir même, chassée à coups de pierres par des enfants, elle avait disparu. Le garçon ajouta « vers l'ouest » et ne fournit aucune précision supplémentaire.

Quelques jours plus tard, la caravane s'ébranla. Invité à s'y incorporer, Persée avait accepté, non sans offrir en échange sa participation aux travaux quotidiens – vérification des marchandises, entretien des bêtes, ravitaillements d'eau, surveillance, de jour comme de nuit, contre d'éventuels agresseurs, soins aux blessés, distribution de nourritures, protection contre les tempêtes de sable, négociations commerciales, évaluation des risques, organisation des campements, repérage des chausse-trapes, neutralisation des reptiles, mais aussi informations croisées sur Ugarit et sur Sériphos, seule terre grecque à propos de laquelle il pouvait disserter longuement.

Il fut aussi question, pendant ces longues journées à dos de chameau, ou lors de veillées, des Corinthiens, des Mycéniens, des Thébains émigrés à Ugarit, à Tyr, à Alalakh, à Byblos. On comparait l'art pictural, les procédés employés par les scribes, la forme des lettres comme celle des monuments, les obligations des seigneurs à l'égard de leur maître, la tonte des moutons, les productions de miel et d'olives, l'importance et le nombre des fonctionnaires palatins, la puissance des dieux et bien d'autres choses encore.

Persée découvrit ainsi la grandeur d'Ugarit. Elle semblait sans égale. Il mesurait son opulence aux récits de ses interlocuteurs et sa magnificence à la flamme qu'allumait dans leurs yeux son évocation. Peut-être Tirynthe ou Argos rivalisaient-elles avec ces villes aux noms étrangers, mais Sériphos ne soutenait pas la comparaison. Sa mère avait dû lui décrire les deux cités glorieuses du Péloponnèse, qu'elle estimait supérieures à toutes les autres, Pylos comprise, mais il n'en conservait aucun souvenir.

Un soir, avant de s'endormir après une discussion sur les mérites respectifs de Baal et de Zeus, il se jura de retourner en Argolide et de monter un jour sur le trône dont son grand-père, Acrisios, l'avait jusqu'à présent écarté.

La mauvaise saison battait son plein. Quand le soleil brillait, il ne parvenait pas à sécher une steppe que de fortes pluies avaient rendue grasse et même bourbeuse par endroits. La route longeait la côte et offrait des panoramas somptueux. Côté nord, la mer, lionne endormie ou furieuse ; côté sud, le désert, dragon invisible, capable de tout engloutir, hommes, animaux, ustensiles et sans doute aussi les âmes. Là, l'infini bleuté ; ici, des dépressions lacustres et quelques rares collines rompant la monotonie du paysage. Dans les deux cas, le regard s'épuisait à imaginer des limites à ces immensités.

Il fallut plus d'un mois pour atteindre la Petite Syrte. La troupe établit son campement dans une oasis qu'une colonie de Phéniciens occupait depuis peu. Le site s'appelait Gabès. Lové au cœur d'un détroit, il constituait l'aboutissement d'un grand et large couloir, entre mer et montagne, reliant les plaines au littoral.

Les besoins locaux, l'intérêt stratégique et commercial du lieu invitaient les voyageurs à s'installer. Nombreux furent ceux qui réclamèrent à leur chef d'y séjourner un temps avant de reprendre leur marche. Contrairement à l'aridité des steppes, où, au dire des résidents, la fréquence du gel pouvait tuer, la douceur du climat favorisait les cultures et offrait un véritable havre pour attendre des jours meilleurs.

Esaqmrou ne ménagea pas ses efforts pour obtenir de Persée qu'il demeurât avec lui pendant cette pause de plusieurs mois. On lui démontra que les rigueurs de l'hiver finiraient par le tuer, s'il n'écoutait pas la sagesse des Berbères. Les exemples ne manquaient pas de téméraires pris dans les glaces, d'audacieux congelés découverts trop tard, d'irresponsables à jamais enfouis dans les entrailles d'Atlas. Cette insistance emporta les dernières hésitations du prince.

Les mois passèrent sans incident notable. Persée les mit à profit pour apprendre l'écriture de ses hôtes. Elle courait à l'inverse de la sienne, de droite à gauche. Il en comprit rapidement les règles, et découvrit des proximités avec celle en cours à Sériphos, enseignée par Dictys. Il adopta des mots et, en échange, suggéra l'emploi de certains des siens à ses nouveaux amis.

À mesure que les jours défilaient, il s'interrogeait sur les propos du monstre, lors de son escapade au lac Tritonis. Les paroles prononcées par les trois êtres qu'il appelait des femmes, avec réticence, tournaient dans sa tête comme une rengaine : « Une arme tranchante et dure comme une obsidienne pour lui imposer silence ; des sandales pour te mouvoir plus vite qu'Hermès lui-même ; un sac pour emporter ton butin ». Pourquoi cette créature avait-elle disparu au moment où elle lui révélait son secret ? N'existait-elle que dans son cerveau ?

Il avait examiné de nombreuses fois les trois objets récupérés en Libye. La besace ne présentait aucune particularité, sinon sa capacité, plus grande que les sacs ordinaires. Le bronze de la faucille, ébréché, la rendait tout juste propre, et encore, à récolter des épis. Il ne voyait pas comment l'employer à une décollation. Quant aux sandales, il pouvait les porter, certes, mais elles ne différaient guère de celles qu'il utilisait d'habitude. En quoi ces trois attributs lui procureraient-ils une supériorité ? N'avait-il pas pour lui, déjà, la force, la ruse et la détermination ?

Un soir qu'il se plaisait à imaginer sa bataille contre la Gorgone, Athéna lui apparut. Pour mieux s'adresser à lui, elle avait revêtu l'apparence d'une chouette et le fixait de ses yeux pers. Rappelant des petits boucliers, ils reflétaient le visage du prince avec une grande netteté.

La déesse lui parla d'affrontements sans ennemis, de leurres, d'illusions, de fausses protections recouvrant les corps privés d'âme, de vérités dénudées. De victoire sur la mort.

Au réveil, Persée fut incapable de démêler ces paroles. Leur télescopage formait un galimatias incompréhensible.

15.

Aux premiers signes de la belle saison, Persée prit congé de ses hôtes et remit à leur chef la bague d'onyx que lui avait offerte Garoustios, lequel, pour n'être pas en reste, équipa le prince du mieux qu'il pût : couvertures, boissons, fromages, miel, galettes et autres victuailles. Il lui attribua aussi deux hommes, natifs des steppes et recrutés sur place, pour l'accompagner où bon lui semblerait.

Le prince entama ainsi la dernière étape de son périple, du moins le pensait-il.

Avant d'atteindre les premières pentes des hauts plateaux de l'Atlas, il fallut presque trois semaines de marche vers l'ouest. Il se nourrissait des vivres emportées mais aussi de ce qu'on dénichait sur place, fèves, pois chiches, mil cultivés ici et là par des paysans regroupés dans de petites exploitations, ouverts aux échanges, soucieux de rendre service et curieux des étrangers. Les populations croisées, désireuses de prendre langue avec lui, constituèrent les seuls freins, pacifiques, à la progression du prince.

Quand enfin se profilèrent les contreforts de l'Atlas, Persée contempla dans les lointains les cimes qui le défiaient, points de suture du ciel et de la terre. Les deux porteurs, eux, comparaient la chaîne à un géant agenouillé pour soutenir le monde. Le point culminant, invisible encore, représentait la tête, tandis que les deux bras s'élançaient vers la Méditerranée. Malgré sa naïveté, et bien qu'aucune vue générale ne fût possible, l'image frappait.

De fait, les massifs emboîtés les uns dans les autres évoquaient mieux des cascades de muscles que des amoncellements de roches. Au nord se devinait la mer, où le désert venait mourir, épuisé par sa course à travers l'Afrique. Il plongeait, à perte de vue, dans les profondeurs du sud et de l'est, d'où était venue la caravane. Et, à l'ouest, fermant l'horizon, s'étendait l'interminable épine dorsale de l'Atlas.

Cette vision pouvait décourager. Les crêtes fuyaient de loin en loin, pour la plupart enneigées, avec, ici et là, quelques aiguilles pareilles à des lames de poignard pointées vers les cieux. L'ensemble se détachait dans l'espace comme une guirlande découpée par des enfants, décor trouant l'univers pour mieux asseoir son équilibre. Des forêts touffues se dressaient sur les flancs des montagnes, badigeonnées à la poussière d'émeraude. Dès que l'œil s'attardait sur le tapis compact de conifères, il distinguait un dégradé de verts allant du turquoise au jauni en passant par le grisé, rubans dessinés par un maître coloriste à la surface des versants exposés au soleil.

Au milieu de ces splendeurs, Persée cherchait un détail, un signe par lequel se révélerait la présence de la Gorgone.

Comme il se remettait en marche, après une nuit glaciale, l'un de ses guides l'alerta. D'une vallée encaissée, bordée de minuscules champs plantés d'orge et de blé, comme souvent dans ce pays, montaient par à-coups des sons déformés par la distance.

Les trois hommes scrutèrent les lieux du regard. Des cognassiers et des grenadiers en fleurs témoignaient d'un climat plutôt doux. Coincé entre des forêts de cèdres qui le surplombaient l'endroit respirait la quiétude. Des chèvres et des ânes broutaient çà et là une herbe rare le long d'un maigre ruisseau. Des casemates en pisé s'accrochaient à la pente.

Un coup de trompe retentit, suivi de battements sourds. Persée chercha d'où provenait cette musique rauque aux battues régulières. Il dépassa des yeux le premier plan de maisons et, à une distance d'un stade environ, distingua le début d'une combe.

Où donc avait-il déjà vu ce paysage ? La description faite par le monstre féminin aux trois têtes lui revint en mémoire : il avait franchi des ravins, suivi des sentiers en bordure de précipices, longé des vallées sinueuses, emprunté des cols étroits, traversé des rivières, évité les terrains de chasse des chats sauvages, enduré de grandes variations de température, et n'avait par bonheur croisé ni chacals ni lions. Il se trouvait bien au bout d'un chemin de crête long et pénible, et, avant de s'enfoncer dans les profondeurs de l'Atlas, il avait discerné la côte et le bras de mer qui ouvre sur Océan. Ne voyait-il pas, droit devant lui, entre des parois rocheuses abruptes, une route au milieu des cèdres ? Et elle était bordée de pierres. Tout concordait.

La musique s'amplifia. Tout à coup, surgis de nulle part, deux cortèges débouchèrent à flanc de pente et se fondirent en une procession unique au pied de la montagne. Des femmes traînaient derrière elles une espèce de queue de bovidé, que trois d'entre elles soutenaient péniblement, tandis que d'autres tenaient, pour le présenter au ciel, un couple d'ailes dorées qui oscillaient sous le vent. Quatre hommes portaient un coffre. D'autres, vêtus de leurs armures, mimaient à chaque pas le lancé de leurs javelines. D'autres encore, épées levées, assénaient des coups dans le vide, comme pour écarter des esprits.

Au milieu de la file, une femme sanglotait. Ses pleurs épousaient presque le rythme imprimé par les musiciens à cette marche macabre. Tout juste devant elle, des prêtresses à demi dénudées encadraient un jeune garçon d'une dizaine d'années, dont les mains étaient liées dans le dos. Chaque fois qu'il baissait la tête, quelqu'un la lui redressait.

La foule s'arrêta devant une anfractuosité de la falaise. Persée jugea que c'était peut-être l'entrée d'une caverne où résidait un dieu. De fait, les ailes d'or et l'énorme queue disparurent au fond de cette grotte, avec le coffre. Le silence tomba d'un coup.

On approcha le garçon du trou noir dont, depuis son poste d'observation, le prince ne distinguait que le seuil. Ça ressemblait à une gueule entrouverte, prête à tout absorber, d'où pouvait jaillir n'importe quoi.

De la caverne alors monta une prière prononcée d'une voix rageuse. Elle invoquait Baal Hammon. Le prince apprit plus tard qu'elle avait imploré le dieu pour obtenir qu'il assurât, une fois encore, vie et prospérité à la petite cité voisine. L'assistance se prosterna. Quelque chose glissa sur le sol et, l'instant d'après, vaincu par une force supérieure, le garçon parut pétrifié sur place. On aurait dit une pierre.

Une longue main, écailleuse, sortit de la caverne et l'arrosa d'un liquide visqueux. À peine achevait-elle cette besogne qu'une autre main approcha un flambeau et transforma la victime en torche humaine. Un cri déchira l'espace, mais le hurlement cessa presque aussitôt. Une odeur âcre de chair brûlée gagna l'atmosphère. Les habitants du village, envoûtés, ne s'en allèrent qu'une fois le corps calciné, tordu, méconnaissable. Deux paysans disposèrent les restes du supplicié sur le bord de l'allée où venait de se dérouler la scène.

L'assemblée se dispersa, sans hâte.

Persée venait d'assister à son premier sacrifice humain.

Ses compagnons de route venus d'Ugarit lui avaient détaillé le culte de Baal, mais il n'imaginait pas que celui-ci pût avoir cours en un lieu si reculé. Il se retourna vers ses deux aides, qui ne manifestèrent aucune surprise. Ils lui demandèrent seulement s'il désirait continuer.

Le chemin sinuait au milieu du village et le dépassait, en direction d'un des rares cols permettant la traversée du haut Atlas. L'emprunter exposerait certes à la curiosité des villageois, la boue, la neige, les pentes abruptes, les pluies fréquentes, tout s'opposerait alors à une progression régulière, mais il aurait été absurde de se priver d'une telle voie de pénétration.

Persée, lui, savait que le voyage s'arrêtait ici. Il décida de descendre vers le village, suivi de ses gardes, qui crurent à un choix sage et sensé.

Seuls des enfants accueillirent les trois hommes, avec des sourires muets. L'un d'entre eux, plus hardi que les autres, s'approcha et répéta des gestes de dénégation, comme s'il voulait dissuader les visiteurs de poursuivre plus avant. Ses deux protecteurs expliquèrent à Persée qu'il valait mieux déguerpir.

Le prince hésita. Les jeunes, maintenant décrispés, lançaient des apostrophes incompréhensibles pour un Grec, dont le sens ne pouvait cependant échapper à quiconque. Ils révélaient une frayeur qu'accentuaient leurs yeux sombres, marqués par la dureté des temps.

Alors qu'il écartait des mains la petite nuée, Persée avisa, debout adossé à un arbre, un vieil homme, grand et digne. Il se dirigea vers lui tandis que les Berbères s'efforçaient de calmer les enfants.

Le vénérable vieillard ressemblait vaguement à Isherpe, et Persée crut même qu'il s'agissait d'un parent. Son visage émacié, maigre, évoquait déjà une tête de mort. Il paraissait regarder fixement devant lui. Le vieillard, aveugle, s'exprimait lentement, dans une langue inconnue du prince.

Sans s'inquiéter de ces probables imprécations, Persée marcha résolument vers les premières maisons. Le vieil homme le rattrapa et, avec de grands gestes, voulut le retenir. Il vociférait maintenant des insultes. Un des guides le repoussa violemment et le trio entra dans le village.

Aucun bruit ne s'échappait des maisons, comme si plus personne ne les habitait. Persée frappa, sans succès, à plusieurs portes. Il finit par en défoncer une. Dans la pénombre, il distingua une forme féminine, prostrée sur un tabouret, coudes sur les genoux et visage dans les mains. Elle ne réagit pas. Il reconnut la mère du garçon offert à Baal Hammon.

Le prince, ému, regarda la femme et songea que ce pourrait être sa mère. Il s'accroupit à côté d'elle et, avec l'espoir qu'elle le comprendrait, lui parla.

– Pourquoi cette horreur ?

La femme le dévisagea. L'étranger ne paraissait pas agressif. D'une petite voix, brisée par la douleur, elle répondit dans une langue fort proche de la sienne.

– Tu as donc tout vu ! Va-t'en. Tu es jeune, beau, ne reste pas ici si tu ne veux pas faire ton malheur. Fuis. Vite.

Ccs adjurations produisirent un effet contraire à celui recherché.

– C'était ton fils, n'est-ce pas ?

Les lèvres murmurèrent un timide « oui ».

Persée ne douta plus de l'identité du monstre qui avait opéré. Il s'agissait bien de Méduse, l'affreuse Gorgone. On avait choisi le petit au hasard, et on l'avait emmené devant la grotte transformée en autel pour satisfaire le dieu sanguinaire. Et là, sous les yeux de sa mère, l'enfant avait été supplicié, comme tous ceux qui l'avaient précédé, dans la longue série des sacrifices effectués au retour de la belle saison. Chaque fois, un pauvret devait mourir pour le bien-être du village, et chaque fois, Méduse s'en chargeait.

– Peux-tu me décrire celle qui l'a tué ?

La terreur, en un éclair, embrasa le visage de la femme. Elle se mit à trembler.

– Non... Personne ne le peut. Seules des prêtresses qualifiées, sélectionnées, peuvent l'approcher sans risque. Les autres, tous les autres, encourent la mort dès qu'ils croisent son regard.

La femme retomba ensuite dans sa prostration et ne dit plus rien. Persée se retira discrètement. Une fois dans l'unique rue du village, désertique, il la suivit jusqu'à une grande allée qui aboutissait au repaire du monstre.

Il plaça les Berbères de part et d'autre d'un pont jeté sur une rivière qui agrémentait la vallée de son chant. Puis il enfila ses sandales d'attaque et saisit fermement la serpe extraite de la besace. Il avança vers l'antre de Méduse, à l'abri de son bouclier poli.

Redoublant de prudence, il se déplaça en zigzag, s'arrêtant de rocher en rocher. Il prenait garde, chaque fois, d'effleurer seulement le sol, pour bénéficier de l'effet de surprise.

En même temps, il réfléchissait à la tactique finale qu'il lui faudrait appliquer. Comment la Gorgone allait-elle se comporter ? Fondrait-elle sur lui ou se contenterait-elle de le maintenir hors de portée ? Comment exploiterait-elle sa vitesse de déplacement ? Quel rôle jouaient les serpents au-dessus de sa tête ? Ses ailes lui permettaient-elles vraiment de voler ?

Persée se tenait maintenant à un quart de stade environ de la vaste caverne. Il s'apprêtait à l'assaut quand il perçut, dans l'ombre, une sorte d'ondoiement. Il s'attendit à voir paraître l'abominable figure. Une bouffée d'air gelé bloqua sa respiration. Il frissonnait. Ce n'était pas la peur qui le paralysait, mais une puissance surhumaine, quelque chose qui montait en lui, se diffusait dans son corps comme du poison. Ses genoux flageolèrent. Il résista. Il ne fallait pas s'offrir en victime à l'ennemi mais agir en guerrier, se battre.

Les pensées du prince ne circulaient plus aussi agilement dans son cerveau. Elles se solidifiaient. La Gorgone, invisible pourtant, agissait-elle déjà ? Sa force résidait-elle dans sa capacité à inhiber l'adversaire avant même d'avoir combattu ?

À ce moment précis, une lumière éblouissante illumina la grotte de l'intérieur. Son incandescence aurait aveuglé un aigle. Alors, avec une espèce de nonchalance, sortit la plus monstrueuse des créatures qu'un homme pouvait imaginer. Persée oublia tout. Il contempla l'horreur en face.

Des serpents mêlés à la chevelure épaisse ondulaient au-dessus d'une tête aux yeux sans pupilles, étincelants de leurs décorations périphériques, et venaient se nouer sous un menton équipé de défenses de sanglier. Certains des reptiles glissaient jusqu'à la taille qu'ils ceignaient en sifflant. Les extrémités de la créature étaient recouvertes d'écailles verdâtres. Une longue queue de bœuf aux reflets gris-bleu et des ailes dorées complétaient le tableau.

Le monstre resta planté devant ce prince grec et le contempla, sans agressivité apparente.

Comment ses attributs, précédemment portés par des prêtresses, pouvaient-ils désormais appartenir au corps de Méduse ? Par quel miracle s'en était-elle revêtue ?

Persée n'eut pas le temps de répondre à ces questions. Un cobra glissa prestement derrière la nuque de la Gorgone et reparut au-dessus de son front. Immobilisé soudain, menaçant, il fixait celui qu'il avait choisi pour cible.

Le prince, plus rapide qu'un éclair, se protégea de son bouclier, au moment où l'animal crachait son venin. La bête alors dégringola de son perchoir et s'enfuit. Le monstre, lui, tout comme le garçon paralysé avant d'être brûlé, hurla en vacillant, les mains portées à ses yeux.

Persée en profita pour lui sauter à la gorge, et d'un formidable coup d'épée, la lui trancher.

La Gorgone s'effondra. Les derniers soubresauts l'agitèrent, tandis que des serpents sortis du coffre placé à l'entrée de la grotte rampaient dans le sang de leur maîtresse.

Triomphant, Persée s'empara de la tête gisante. Il resta interdit. Il s'agissait d'un masque aux dessins multicolores, avec des lianes pour cheveux, et deux pierres précieuses percées en leur centre à l'emplacement des yeux. C'était par ces trous minuscules que le venin du cobra, renvoyé par la surface polie du bouclier, avait pénétré jusqu'au visage. Persée ôta le déguisement, collé presque à la peau.

Malgré les globes oculaires rougis, comme consumés par le poison qui les avait atteints, il reconnut ce visage. C'était celui d'Hanina. Et comme à Syrte, elle ressemblait, en plus âgé, à sa propre mère.

Tout se bouscula dans son cerveau. Que faisait-elle ici ? Comment avait-elle rejoint cet endroit perdu, et pour quelle raison ? Que signifiait cette mascarade ? Quel office remplissait-elle ? S'agissait-il de la véritable Méduse, ou d'une grotesque imitation, qui s'adonnait pourtant aux plus terribles sacrifices ? Pourquoi les habitants de ce village du bout du monde s'en remettaient-ils à elle pour s'attirer les bonnes grâces de leur dieu ?

Persée s'assit à côté de sa victime et contempla le masque sanguinolent. Son rictus, ses pierres brillantes que les rayons du soleil faisaient miroiter, sa surface en plaques de cuivre martelé, sa chevelure aux aspects serpentins, tout confirmait les descriptions qu'il avait recueillies, aussi bien à Sériphos qu'à Samos.

Il s'interrogeait sur le sort à réserver au cadavre quand

il entendit des cris. Alerté par il ne savait qui, tout le village accourait. Les hommes en colère brandissaient haut leurs armes. Des javelines fusèrent. Il eut à peine le temps de jeter le masque dans sa besace et de s'enfuir dans les bois.

Quand les villageois découvrirent les restes macabres de leur prêtresse, ils poussèrent de grands cris. Puis, après un moment d'hésitation, ils déléguèrent une dizaine d'entre eux qui s'en retournèrent au village aussi vite qu'ils étaient venus.

Quelques instants plus tard, ils revenaient en poussant devant eux les deux Berbères, appréhendés sans ménagement. Devant la dépouille de celle qui avait péri des mains de leur chef, ils les accusèrent sans leur laisser le temps de se défendre. Et, telles des furies, ils transpercèrent les poitrines des malheureux, avant de les couper en deux et de brandir leurs têtes en signe de révolte.

Une fois leur vengeance accomplie, ils se mirent à la recherche de Persée. Celui-ci, qui avait assisté impuissant à l'exécution de ses guides, s'enfonça dans les profondeurs de la forêt, sans trop songer à la direction qu'il prenait.

Une battue s'organisa presque aussitôt. Trois groupes se formèrent, l'un demeurant sur place pour couper toute retraite au fuyard, les deux autres lancés à la poursuite du gibier humain en prenant de part et d'autre de la montagne.

Deux stades à peine, peut-être un peu plus, séparaient le fugitif de ses poursuivants. Faire face au nombre eût été suicidaire. Illusoire aussi de se tapir avec l'espoir de n'être pas repéré. Il était par ailleurs irréalisable de remonter vers un endroit sûr et d'attendre que ces gaillards surexcités retrouvent leur calme.

Au-delà de la cédraie que traversait maintenant le prince

s'étendaient de grandes zones enneigées. Même avec du temps, il était exclu d'effacer toute trace de ses pas sur le sol meuble. On le dépisterait comme un vulgaire sanglier. Quant à parlementer, il n'en était pas question. Il aurait succombé sous les piques et les poignards avant même d'avoir articulé une phrase. Les bruits se rapprochaient. Il regarda vers l'arête sommitale. D'ici peu, il avancerait à découvert, et serait facilement repérable.

La nuit tombait. Une chouette quitta sa branche et plana jusqu'à la zone dégagée, se saisit d'un mulot et revint se poster dans son arbre. Persée y déchiffra un message d'Athéna. Il s'engagea dans la neige fraîche, en marquant bien la belle couche vierge. Aussi vite qu'il pût, il marcha à reculons, en prenant soin d'épouser ses empreintes. Revenu sous le pin qu'habitait le rapace, il l'imita et monta le plus haut possible au milieu des ramures. Il se cala contre le tronc et pria la déesse, qui lui avait inspiré cette ruse, de confondre ses ennemis.

Ces derniers dépassèrent l'arbre et s'arrêtèrent, interloqués, au point où se volatilisaient les pas. Incrédules, ils restèrent un bon moment sur place comme si leur patience avait la faculté de faire apparaître leur proie. Et puis, découragés, ils repartirent vers le village en commentant cette invraisemblable disparition, qu'ils attribuèrent à un dieu inconnu.

16.

Seul, frigorifié, craignant qu'un des villageois à l'affût ne donne l'alarme au premier bruit suspect, Persée retint son souffle et ne trouva pas le sommeil. Athéna, d'ailleurs, ne le quittait pas. La déesse n'avait pas craint, en terre étrangère, de venir à son secours. Fermant les yeux, il lui adressa les paroles muettes que lui dictait sa reconnaissance : il ne lui remettrait pas la tête de Méduse, comme promis, mais le masque de sorcier qu'il avait arraché à cette mystérieuse Hanina. « Ce te sera un bouclier supplémentaire », conclut-il, sans mettre un terme à ses interrogations silencieuses. Au contraire.

De qui avait-il coupé la tête ? De Méduse ? Allons donc ! Tel qu'on lui avait dépeint le monstre, il était ridicule de le réduire à un être humain déguisé. Certes, la vue du masque déclenchait la frayeur, mais pas au point de statufier l'impudent – il en avait fait lui-même l'expérience. La renommée de la bête immonde ne pouvait pas reposer sur ce seul artifice. Que personne avant lui n'ait réussi à la vaincre lui parut par ailleurs invraisemblable. Il lui avait suffi d'un peu d'audace pour en venir à bout.

Peut-être la Gorgone, la vraie, par précaution, s'était-elle repliée en quelque endroit inaccessible ? Dans ce cas, comment avait-elle appris qu'il la traquait ? Et puis, dotée de ses protections, qui craignait-elle ? S'était-elle réfugiée en un lieu secret pour envoyer à sa place une doublure ? Dans quel but ? Éprouver la tactique de l'adversaire ? Peut-être, mais le calcul ne témoignait pas d'une grande subtilité : qui lui relaterait le combat maintenant ? Certainement pas les villageois du coin. Se pouvait-il, en fin de compte, que Méduse appartînt à l'imagination des hommes ?

L'esprit de Persée butait sur cette dernière question. D'autres points demeuraient obscurs. Le cobra, d'abord. L'animal avait agi comme sur ordre. Tandis que ses congénères s'enfuyaient, lui l'avait visé de son venin, sans doute pour mieux l'offrir ensuite aux coups de sa maîtresse. Sans son réflexe salvateur, il parcourrait en ce moment les profondeurs de l'Hadès. Sa semence dépensée près du lac Tritonis, ensuite. Qui l'avait reçue ? Rien n'attestait la réalité de ce triple monstre dont il gardait si vive encore l'image en pensée. Quant à Isherpe, il ne lui en voulait pas. Il avait dû succomber aux charmes d'Hanina, et tailler les rochers de Samos à l'image de ses descriptions.

La nuit étoilée diffusait une légère clarté au-dessus des cimes. Le fil des montagnes découpait l'horizon. Un air froid tombait du ciel. Persée crut que le jour ne se lèverait jamais. Derrière la ligne de crête, il vit soudain se répandre une lumière pâle. Et, tel un oisillon crevant sa coquille d'œuf, le disque lunaire jaillit. Il monta vivement dans les cieux, jusque-là impénétrables. Du sang coulait de l'astre et s'étalait en plaques derrière lui. Sa surface ne présentait pas son aspect habituel. Des torsades semblaient s'en échapper, pareilles à des cheveux de femme arrangés en nattes. Il ne s'agissait pas de la lune, mais de la tête ensanglantée de la Gorgone. De son cou mutilé sortit un cheval ailé, qui le fixa longuement, comme s'il reconnaissait en lui son maître. Il battait de la queue et semblait s'adresser à lui par des mouvements de l'encolure qu'accompagnait sa crinière. Celle-ci s'effilochait le long de nuages translucides. Les ailes déployées de l'apparition lui donnaient une envergure triple ou quadruple de celle des plus grands rapaces. Il s'envola et disparut aussi vite qu'il était apparu, suivi d'un géant qui n'en finissait pas de s'extraire de sa gangue funèbre. Ce dernier brandit une épée d'or et s'élança lui aussi dans le vide pour s'évanouir dans l'espace.

Le jour pointa, dissipant la somnolence dans laquelle Persée venait de sombrer. Il profita des restes d'obscurité pour filer. Avant de franchir le col qui ouvrait sur l'arrière-pays, il regarda une dernière fois la contrée qu'il quittait. Les forêts et les vallées s'étageaient en plans successifs, dominées par la ligne brisée des montagnes qui incisaient le ciel. Les ultimes rougeurs de l'aube s'évaporaient. Les champs de neige, dénudés par un voile d'ombres glissantes, basculaient dans la blancheur.

De l'autre côté, le panorama changeait du tout au tout. Aux chênes verts et aux cédraies succédait, sans continuité, une végétation où rien ne concurrençait l'armoise et l'alfa. La steppe semblait commencer sur ces hauteurs. Au loin, une brume jaunâtre annonçait le désert.

Persée s'avança vers ces territoires arides avec l'intention d'infléchir son itinéraire dès que possible. Il n'avait plus sur lui qu'un bijou, qu'il espérait négocier pour s'équiper au mieux et rejoindre un port sur la Méditerranée. Il en était fort loin, et l'expérience de l'aller ne le rassurait guère. Avec les caravaniers, il avait dû écarter des agresseurs, certes isolés, mais armés jusqu'aux dents et peu disposés au dialogue. Comment se défendre contre des adversaires à l'aise sur un terrain pour lui hostile ? Comment parlementer dans une langue méconnue ? Comment dissuader des hommes sans vergogne de s'attaquer à un voyageur dont l'apparence trahissait les origines princières, en dépit de ses efforts pour les dissimuler ?

Malgré tout, après avoir dévalé des pentes stériles, Persée s'engagea dans des plaines désertiques. Il n'avait pas marché deux heures qu'il rencontra des Berbères. Surgis de nulle part, méfiants, ceux-ci l'abordèrent avec leurs armes prêtes à servir. Grâce à leur chef, la communication s'établit. Il s'étonna qu'un étranger voyageât seul. Le prince ne mentit pas : il avait perdu ses guides. Son interlocuteur feignit de ne pas saisir. Raconter par le menu le désastre vécu dans l'Atlas aurait nourri les soupçons de ces autochtones. Expliquer pourquoi il avait été impossible de soustraire ses hommes à la barbarie eût été reconnaître implicitement une complicité de meurtre. Persée s'en tint à une version qui satisferait tout le monde : pour le protéger d'une bête sauvage, ces valeureux s'étaient interposés au prix de leur vie.

Le chef s'inquiéta des honneurs funéraires réservés à ces braves, qui appartenaient, révéla-t-il, à la même tribu que lui. Le prince le rassura en précisant qu'il avait prié ses dieux pour que leurs âmes fussent hébergées dans l'île des Bienheureux. Cela parut contenter le Berbère, qui envisagea néanmoins d'envoyer deux de ses hommes se recueillir sur leurs tombes. Persée l'en dissuada, arguant du caractère par trop imprécis de ses indications.

Contrariés par cette information, les nomades regrettèrent que des prières sur place ne puissent être dites, afin d'obtenir de Néphtys, la sœur d'Osiris et d'Isis, la protection des deux disparus.

Persée désirait gagner le golfe de la Grande Syrte et embarquer pour Sériphos. Le chef proposa de le conduire jusqu'à la côte, d'où appareillaient des navires de commerce. Là, on en trouverait bien un qui ferait route vers cette ville. Pour salaire de son propre accompagnement, il ne voulait rien. Arrivés à bon port, lui et ses hommes profiteraient d'échanges possibles avec des marins. Il céderait des œufs d'autruche et de l'ivoire, acquerrait du cuivre en provenance de Crète et, avec de la chance, de l'émeri originaire de Naxos.

Sans commenter un plan qui lui convenait, Persée monta sur le dos d'un dromadaire, et le groupe se mit en marche. Le voyage se déroula sans incident notable.

À Syrte, le chef berbère entra en contact avec un navire phénicien et obtint l'émeri qu'il convoitait contre de l'ivoire. Ses œufs d'autruche rebutèrent le capitaine, qui refusa de les acheter au prétexte qu'il ignorait leur provenance, rien ne lui garantissant que les pondeuses ne fussent pas sacrées. Le même homme expliqua en détail à Persée que ses chances d'embarquer pour Sériphos étaient nulles, à cause de l'insécurité qui régnait dans les Cyclades. Des pirates écumaient les eaux depuis la mer Égée, et rejoindre le large équivalait à entrer sans détour dans le royaume des morts. Le prince eut beau insister, rien n'y fit. Et il ne fallait pas compter sur d'autres occasions, car plus aucun marin ne s'aventurerait loin des côtes. Si un Phénicien le lui disait, il pouvait le croire.

Persée interrogea des habitants et dut se rendre à l'évidence : personne ne le conduirait à Sériphos. Il songea bien à acheter une embarcation, mais il lui faudrait naviguer seul. Autant dire que sa méconnaissance des vents et des marées de la région le condamnait à se perdre en mer.

Dépité, il se sépara des Berbères, comme convenu, lesquels se dirigèrent vers Mataría[1] pour contourner le Delta. Au moment où il allait chercher un gîte pour la nuit, il

1. Aujourd'hui, Héliopolis.

croisa le marin qui avait parlé d'Hanina comme d'une « vieille folle ». Il l'interpella.

– Te souviens-tu de moi ?

L'autre le toisa.

– Non.

– Je t'ai demandé un jour où se trouvait le lac...

– Tritonis ! Ah oui, je me le rappelle maintenant. Et puisque tu es encore vivant, c'est que tu as renoncé à cette folie.

Persée ne le démentit pas.

– Dis-moi, j'ai rencontré une femme ici, lors de mon dernier passage.

– La vieille folle ? Elle était encore là il y a peu.

Le prince peinait à croire ce qu'il entendait.

– Mais... quand ?

– Ce n'est qu'une vieille folle, je te dis. Elle va et vient au gré des vents.

– C'est impossible, voyons.

Un homme passa. Le marin le prit à témoin.

– Voilà un étranger qui court après la vieille folle. Sais-tu où elle se cache ?

Le type, sans s'arrêter, jeta :

– Hanina ? On l'a vu à Chemnis. Si elle pouvait se perdre dans les marécages du Delta ! Ah, si seulement le Nil pouvait nous en débarrasser !

Persée ne savait plus quoi dire. Son interlocuteur essaya de le rassurer.

– Allons, ton voyage t'a épuisé. Tu as besoin de repos. Viens chez moi. Nous parlerons tranquillement de cette pauvre âme.

Une fois chez l'inconnu, le prince lui assura qu'il avait vu personnellement la dépouille d'Hanina dans le haut Atlas, une quinzaine de jours auparavant. Le marin lui rétorqua que c'était possible, et que cela expliquait même pourquoi elle se trouvait en ce moment à Chemnis.

– Cette ville fut le théâtre d'un miracle dont tous les nomades et tous les Égyptiens te parleront. Nout, la déesse du ciel, mit au monde un fils qu'elle appela Osiris, et cela, malgré Rê – que son nom soit à jamais honoré ! – qui l'avait condamnée à la stérilité. Mais Thot, le dieu à tête d'ibis, depuis sa résidence d'Hermopolis, inventa, pour tourner la malédiction, cinq jours supplémentaires que ne couvrait pas la sentence prononcée par Rê. Cinq enfants naquirent ainsi du ventre de Nout : Osiris, Haroeris, Seth, Isis et Néphtys. Devenu adulte, Osiris épousa sa sœur Isis et succéda à son père Geb. Avec l'aide généreuse de sa femme, il transmit aux hommes le savoir de l'agriculture, la connaissance de la terre et de ses fruits, l'ordre universel et le respect des dieux. Mais son frère cadet, Seth, invita Osiris à un banquet au cours duquel, avec ses partisans, il réussit à l'enfermer dans un coffre et à le jeter au fleuve.

Ce détail toucha Persée. N'avait-il pas été lui-même abandonné aux flots dans des conditions analogues ? Il ressentit de la compassion pour ce dieu trahi par un proche.

– Isis retrouva le cadavre sur la côte phénicienne, tout près de Byblos, là même où celui qui te parle est né. Grâce au roi de Byblos, Isis parvint à ranimer le corps de son époux, et s'unit à lui. De cet amour posthume naquit Horus. Craignant la vengeance de Seth, Isis, avec son enfant et le cercueil d'Osiris, se réfugia dans les marais du delta du Nil, à Chemnis.

Le marin, guilleret, conclut.

– Ta vieille folle recommence peut-être l'histoire. Elle se croit sans doute l'égale d'une déesse. Seulement je te préviens, si tu veux la revoir, fais vite, car Seth découvrit la cachette, et, après avoir dépecé le corps de son frère aîné, il le dispersa en quatorze morceaux. Pas moins.

La suite de l'histoire n'intéressait pas Persée. Il sollicita l'hospitalité pour la nuit, l'obtint, se coucha, et s'endormit comme une masse. Le lendemain, il quitta Syrte en direction du Delta, avec des chameliers qui allaient à Qadès, au nord de la côte phénicienne[1].

À la différence de son voyage vers l'ouest, Persée traversa ce que les nomades appelaient « la mer de sable », un désert interminable, soulevé par places et surchargé de monticules ralentissant la marche. Il lui fallut à peu près le même temps pour voir enfin se dessiner le cordon de dunes ceignant le Delta qu'il en avait dépensé pour atteindre, dans l'autre sens, le haut Atlas. Cette fois, il endura le *khamsin*, ce vent qui doit son nom aux cinquante jours durant lesquels il dessèche tout, gorges, terres et aliments. Le marin de Syrte l'avait prévenu : si l'entrée dans la belle saison coïncide avec de fréquents orages en Méditerranée, elle s'accompagne aussi de cette lutte entre les souffles divins venant du nord et ceux qui remontent du sud.

De fait, contrairement à ce qu'il avait maintes fois observé à Sériphos, où les arbres ne se défeuillaient qu'à l'arrivée de la mauvaise saison, ici, c'était le contraire.

Avant de pénétrer dans l'immense delta, les caravaniers indiquèrent au prince la direction de Chemnis et suivirent quant à eux la route de la mer Rouge, qui contournait la riche dépression.

Persée avança vers la cité. Des paysans le saluaient, lui proposaient leur assistance, lui offraient à boire et à manger, sans lui demander d'où il venait, qui il était, où il se

1. Aujourd'hui, Israël.

rendait et pourquoi. Des enfants firent même un bout de chemin avec lui. L'un d'entre eux, sourire aux lèvres, édenté comme un vieillard, les cheveux hirsutes et la langue bien pendue, l'entretint des dieux du Nil, surtout d'Horus, à tête de faucon, le renseigna sur les abords de la ville à l'intérieur de laquelle il proposait de le guider, le mit en garde contre les insectes porteurs de maladies, lui apprit qu'il avait raté de peu la pluie, tombée la veille en rafales, et qui ne reparaîtrait plus avant des mois, l'assura de son aide en cas de danger, lui suggéra de porter d'autres vêtements, plus discrets, lui indiqua où il pourrait s'en procurer, lui promit de lui apprendre les langues parlées dans les parages, de lui montrer chaque recoin du Delta s'il le souhaitait, lui désigna les animaux sacrés, dont il décrivit les habitudes, lui rappela qu'on devait le plus grand respect aux chats, libres d'aller où bon leur semble, le complimenta sur sa prestance et bien d'autres choses encore, jusqu'à ce que Persée l'interroge sur une certaine Hanina.

À ce mot, le gamin s'arrêta net. Il regarda l'étranger, inspira comme s'il prenait de l'élan avant de sauter, puis, tout étonné, lança :

– Tu connais Hanina ?

– Toi aussi, apparemment.

– Bien sûr ! C'est ma grand-mère.

Persée n'arrivait pas à le croire.

– Conduis-moi chez elle.

– Tu sais, son esprit, parfois, vagabonde et sort de sa tête. Il ne faut pas y faire attention. Mais c'est une bonne grand-mère.

Arrivé au seuil d'une grande et large tente, dont de grosses pierres fixaient les pans, le prince attendit que son éclaireur prévienne de sa visite, puis, convié, entra.

Des tapis de laine couvraient le sol. De l'huile parfumée brûlait dans des coupes, embaumant l'air. De la fumée en suspension s'accrochait aux parois de toile. Une séparation de lin coupait l'habitat en deux.

Le voilage s'écarta.

La sidération de Persée amusa les enfants qui entouraient une vieille femme. C'était Hanina. Invraisemblable et pourtant vrai. Là, devant lui, se tenait celle qu'il avait tuée de ses propres mains.

Il recula d'un pas. Son cœur battait fort. Cette femme-là, contrairement à l'autre, il n'osait pas la regarder. Elle ne semblait d'ailleurs pas lui prêter attention et lissait des cheveux très longs. Ses yeux brillaient d'un éclat diamantin.

Persée allait se présenter quand elle prit la parole.

– Bienvenue chez nous, étranger.

Le visiteur exprima une légère déception.

– Ne me reconnais-tu pas ?

La femme ne réagit pas et continua de caresser le cou d'une petite fille qu'elle tenait sur ses genoux.

– Nous nous sommes croisés, récemment, à Syrte. Et plus tard aussi, dans les profondeurs de l'Atlas.

Cette fois, la vieille riva ses yeux dans ceux de l'homme qui s'adressait à elle et, à voix basse, elle divagua.

– Vois cette pauvre petite, dont le corps ressemble si peu aux nôtres, avec sa queue de rat, ses crocs de lynx, ses écailles de poisson, ses oreilles de chauve-souris. Comment faire pour l'apaiser ? M'aideras-tu ?

La gamine en question n'avait rien d'anormal, et le prince commença de comprendre pourquoi on appelait Hanina la « vieille folle ». Il envisageait déjà de repartir quand celle-ci reprit de plus belle.

– Pourquoi donc Amon-Rê transforme-t-il toutes les filles en monstruosités ? Qu'attend-il donc, Min, le dieu noir de Coptos, le dieu de la procréation, lui dont la couleur symbolise la renaissance, pour intervenir et octroyer à tous une seconde vie ? Faut-il pour cela qu'Anubis, lui qui a momifié le cadavre d'Osiris, agisse avant lui ?

En dépit de ce délire, Persée l'entreprit tout de même sur l'Atlas. Soudain redevenue lucide, elle prétendit n'avoir jamais dépassé Syrte, point le plus éloigné, à l'ouest, de ses territoires de chasse. Elle appelait ainsi les espaces qu'elle parcourait à la recherche de remèdes propres à corriger les difformités de ses filles. Quant au reste, elle expliqua aimablement qu'il ne fallait pas la confondre avec sa sœur jumelle, Mounia, qui vivait recluse dans ces contrées sauvages, exilée pour sa laideur. Après quoi, elle se lança de nouveau dans des imprécations dont nul n'aurait pu dire à qui elle les destinait.

L'ubiquité de Hanina s'expliquait. Comment n'y avait-il pas songé ? Tels les deux jumeaux, Hypnos et Thanatos, l'un donnant le sommeil, l'autre la mort, les deux sœurs pouvaient, chacune à sa manière, briser une vie. Persée sortit, sans que la femme, emportée par ses divagations, s'aperçût de son départ.

Dehors, il fut rejoint par son jeune guide. Ce dernier lui confirma qu'il fallait éviter toute navigation pour l'instant, que de toute façon il n'existait aucun port dans le Delta, que seulement à Memphis il verrait des navires, et quc tout compte fait il ferait mieux de rester ici, avec sa grand-mère et ses petits-enfants.

Persée l'interrogea sur d'autres voies possibles de retour à Sériphos. Le garçon lui confirma que les harcèlements et les raids hittites condamnaient tout passage par le désert du Sinaï, par la côte et même par ce qu'on appelait la « route des rois », reliant Mataría à Aqaba et de là remontant vers Amman et Damas. S'il voulait rejoindre Tyr, Ugarit ou Byblos, il lui faudrait remonter toute la vallée du Nil, dépasser Napata, la capitale du pays de Koush, et tenter de traverser la mer Rouge à partir du port d'Adoulis [1], au royaume d'Axoum [2]. Il pourrait longer alors l'autre rive et rejoindre Aqaba par le sud, avant de filer vers la Phénicie. Mais il fallait prendre garde aux Axoumites et à leurs souverains. On racontait sur eux les pires choses.

En conclusion, le gamin ajouta :

– Que Ouadjyt, la déesse cobra du Delta, soit avec toi au pays de Nekhbet, la déesse vautour du nord.

1. Aujourd'hui disparue. Le port se trouvait au sud de l'actuel port de Massaoua, en Érythrée.

2. Aujourd'hui, séparé en deux pays depuis la scission en 1993 de l'Éthiopie et de l'Érythrée.

17.

Comment un garçon aussi jeune pouvait-il en savoir autant ? De nombreux échanges devaient exister entre les peuples de la mer Rouge – Égyptiens, Koushites, Axoumites et sans doute aussi Sabéens –, les uns et les autres remontant ou descendant la vallée du Nil pour des raisons militaires, commerciales ou inavouées. Telle fut la déduction de Persée. Il avait, quant à lui, entendu parler de ce couloir magnifique par Dictys, qui ne l'avait jamais vu, et par Isherpe, qui avait dû le parcourir, et qui avait décrit un long jardin comprimé entre deux déserts, sur une distance de plus de six mille stades, l'un ouvrant sur les immensités de l'ouest, l'autre s'élevant avec indolence vers la mer Rouge.

À son débarquement sur le sol africain, la connaissance du Khémet se limitait pour Persée à des bribes de conversation saisies dans les couloirs du palais de Polydectès, à l'enseignement très général de Dictys et aux jugements du céramiste et peintre crétois Garoustios sur les artistes du cru.

Grâce à ses compagnons de voyage phéniciens, il avait progressé dans l'art de se faire comprendre. Le hasard des rencontres avait élargi sa connaissance des divinités égyptiennes. Il en était reconnaissant à l'hospitalité de ses hôtes successifs, égaux des Grecs sur ce point. Mais plus que tout peut-être, il se félicitait de sa propre indulgence à l'égard des mœurs et de certaines croyances locales. Quelques-unes méritaient même d'être adoptées.

En tout état de cause, il se pliait aux circonstances et acceptait le détour forcé à quoi elles l'obligeaient. Après les plaines bourbeuses du delta s'ouvrit devant lui le pays intérieur. Il emprunterait l'axe fluvial pour atteindre Adoulis, une cité dont on lui confirma en chemin qu'elle entretenait sur la mer Rouge un trafic maritime intense.

Il dut communiquer par gestes avec le marinier qui le transporta sur sa felouque, et qui avait consenti à l'embarquer peu après Mataría. L'homme lui désignait des temples, des villes, des vallées, autant de sites dont Persée s'imprégnait les yeux. À certains endroits, le Nil submergeait les plaines à perte de vue, effaçant son lit. À d'autres, il semblait contenu dans des limites étroites, comme n'importe quel fleuve grec.

Sa mère avait rapporté à Persée combien l'Asopos pouvait devenir tumultueux, et comment, un jour, il avait failli engloutir le roi de Corinthe, le fameux Sisyphe, alors accompagné de sa nièce, Tyro. Mais s'il débordait de son cadre, il ne noyait pas les environs comme ici, où tout succombait à la loi nilotique.

Des villages juchés sur des berges sèches, à l'abri des inondations, dominaient des terres aménagées en terrasses, dont on devinait les agencements, parallèles et perpendiculaires au fleuve, sur les deux rives. Des canaux d'irrigation, dont le prince découvrit ultérieurement que leur usage était strictement réglementé par la police pharaonique, striaient la campagne de loin en loin. Ils composaient une géométrie affleurante dans les lignes de laquelle s'écoulait un flot poussif. Des rangées de saules et des buissons de myrtes découpaient des plans successifs d'où la vue rebondissait. Sous un soleil écrasant, des tamaris accrochés aux dunes côtières brisaient la monotonie de l'espace. Des figuiers géants constituaient ici des masses nourries, là des files étirées pour souligner un faible dénivelé.

Le pays semblait subordonné au bon vouloir du Nil comme d'autres à celui d'un dieu. D'ailleurs, un Égyptien de la caravane phénicienne avait affirmé que sa patrie baignait dans la transpiration des mains d'Osiris, ce dieu agraire, fils du dieu Terre et de la déesse Ciel. Lors d'une longue veillée, l'homme lui avait raconté comment le monde était né. De même que le Nil, au moment de sa crue, ne laisse plus apparaître que des buttes éparses, l'univers avait connu un sort semblable à celui du Khémet. Le Noun désignait l'océan liquide préexistant à toute chose et à tout être, à partir d'un tertre originel. Le monde et ses habitants émergèrent du réveil du Noun, enfin conscient de sa puissance. Voilà pourquoi, soutenait ce chamelier, les mers et les cours d'eau proviennent de lui, même s'il se situe dans le monde d'en haut, où Rê navigue, visible le jour, invisible la nuit, sauf pour les morts, revivifiés par ses rayons à chacun de ses passages. Cela expliquait aussi pourquoi le Khémet était un don du Nil, comme on le lui avait répété plusieurs fois depuis qu'il parcourait le nord de cette Afrique où la Gorgone était censée se cacher.

Sans se départir d'un large sourire découvrant ses dents jaunes maculées de noir, son pilote lui montrait par gestes les vastitudes immergées. Et il jouissait du spectacle comme s'il le découvrait pour la première fois, lui que l'âge avait dû mener sur ces eaux depuis des décennies. Dans chaque port, il saluait des amis, des fellahs venus remettre des céréales ou des objets aux agents du pharaon, d'autres mariniers aussi, qui sillonnaient la grande artère avec la même gaieté apparente.

Les cités défilaient : Guiza, Memphis, Maghagha, Minia.

Peu après cette dernière, le pilote, avec l'accord de son passager, embarqua deux hommes, dont l'un, originaire d'Anatolie, réfugié avec sa famille au Khémet pour fuir la famine et les exactions d'envahisseurs, parlait à peu près la langue du prince. Il nomma les régions et les villes auxquelles ils faisaient halte pour se ravitailler. Lui-même allait jusqu'à Thèbes [1] et se proposait de lui tenir compagnie jusque-là, non seulement par plaisir, mais aussi pour lui éviter des tracas éventuels avec les agents du pouvoir, certes tolérants, mais toujours prompts à suspecter les étrangers de tirer profit des produits locaux, sans contrepartie valable.

À l'approche d'une ruine située sur la rive droite, le pilote tourna le dos résolument, invitant tout le monde à l'imiter. Persée eut le temps de noter que le site s'adossait à de hautes falaises et que cet amphithéâtre naturel devait s'étendre sur une trentaine de stades. Il n'en restait à peu près rien. Cela lui rappela Cnossos et son palais abandonné aux ravages du temps.

L'Anatolien lui recommanda de ne pas regarder cette ancienne ville, rendue au désert, et lui en expliqua la raison, à voix basse, pour que les autres n'entendissent rien. Le pharaon Néferkhépérourê Aménophis IV l'avait fait construire et l'avait élevée au rang de capitale de son royaume, délaissant Thèbes. Il avait recruté des équipes d'architectes et de travailleurs n'ayant aucune attache avec les temples, et par conséquent affranchis des traditions hiératiques thébaines. Beaucoup prétendaient qu'ivre de pouvoir, illuminé, il avait récusé tous les serviteurs d'Amon, et que, s'identifiant au disque solaire, il avait été jusqu'à

1. Aujourd'hui, Louxor et Karnak.

changer de nom pour se faire appeler Akhenaton. Sa femme, la belle Néfertiti, ses serviteurs personnels, ses généraux, des prêtres, des fonctionnaires – chanceliers, trésoriers, magistrats –, la cour, les artisans, les médecins, les soldats, les ouvriers, les embaumeurs, les esclaves, tout un peuple quitta la capitale pour s'installer en ce lieu surgi de rien et retourné au néant. Horemheb et ses successeurs en ordonnèrent la destruction définitive. Et depuis le retour à Thèbes du fils d'Akhenaton, Nebkhépérourê Tout Ankh Amon, tout homme ou toute femme qui se rendrait dans cette ville ou la regarderait, même de loin, toute personne qui nommerait ce pharaon voué à l'oubli serait immédiatement mise à mort.

Une fois le site disparu, l'embarcation retrouva sa bonne humeur. À l'arrière, le pilote reprit ses discussions avec l'autre passager, un Koushite heureux de rentrer chez lui, après plusieurs années passées dans l'armée, à la frontière du nord-est. Il avait essuyé une dernière attaque au sud du Sinaï et n'en revenait pas d'être encore vivant.

L'Anatolien parla de sa famille, de son épouse, d'origine grecque, de ses enfants restés avec elle à Memphis, l'endroit le plus sûr pour abriter de paisibles jours, du trajet qu'il avait parcouru en longeant la côte phénicienne, malgré les échauffourées inévitables en ces temps troublés. Né hourrite, son allure hittite l'avait plusieurs fois sauvé de ceux qui le croyaient des leurs, son faux air égyptien lui épargnant d'être désigné à la vindicte de leurs ennemis. Enfin, il arriverait bientôt à Thèbes, réglerait ses affaires et repartirait dès que possible. Il s'appelait Zoïs.

Après Siâout[1], plusieurs jours de navigation furent encore nécessaires pour atteindre Dendérah. Cette ville paraissait minuscule à côté du temple voué au culte d'Ha-

1. Aujourd'hui, Assiout.

thor, la déesse de la joie et de l'amour mais aussi la patronne de la Montagne et la maîtresse des pays lointains, y compris le Sinaï. Là, des policiers interrogèrent le marin. Celui-ci ne pouvait rien dire de ses passagers, si ce n'est qu'ils respectaient la loi en vigueur et se comportaient en honnêtes gens. Grâce à Zoïs, Persée convainquit facilement la police qu'il allait à Thèbes, la plus puissante des cités sur terre, avec des intentions pacifiques.

Alors que leur embarcation s'apprêtait à repartir, le prince avisa sur la jetée un homme qui vendait des plantes, parmi lesquelles une liane intrigante. Elle s'enroulait sur elle-même et portait des petites boules en grappes. Le vendeur s'efforçait de céder sa marchandise en répétant que son *luffa* donnait les meilleures éponges de tout le Khémet. À ces mots, Persée ouvrit de grands yeux. Il était donc possible d'obtenir d'un végétal ce que la mer accordait avec parcimonie. Zoïs lui expliqua comment, avec la pulpe fibreuse desséchée du fruit, on aboutissait à un produit souple et d'emploi facile. Il fut convenu qu'il lui en montrerait à Thèbes, où abondaient les marchands de ce bien précieux.

Ce seul fait attira cependant l'attention de la milice royale. Un homme qui ne connaissait pas le *luffa* était suspect. L'insécurité croissante obligeait à vérifier ses origines. Dans le Delta, on avait dû récemment repousser des envahisseurs, ou présumés tels, navigateurs surgis d'on ne savait où. S'il appartenait à ces peuples avides et sanguinaires, il aurait à en répondre devant le tribunal ambulant.

L'interrogatoire se déroula en présence de Zoïs, utilisé comme interprète.

« Que fait cet homme à proximité de la capitale ? Il s'y rend pour en admirer la splendeur. N'est-ce pas un agent ennemi ? Seul, ne parlant qu'une langue étrangère, le Khémet n'a rien à en craindre. Que sait-il des peuples de la mer ? Rien du tout. D'où vient-il ? De Sériphos. Où est-ce ? Une île très loin d'ici, paisible. Que fait-il à bord ? Il veut tout juste arriver à Thèbes. A-t-il prononcé le nom défendu ? Absolument pas. À proximité du lieu en question, il a scrupuleusement observé la règle qu'on connaît. A-t-il regardé du côté est, à la hauteur de la ville interdite ? Mais non, il ignore même qu'elle a existé. Quel est ce masque ridicule qu'il transporte dans sa besace ? C'est un objet trouvé, sans aucune signification et sans importance. Pourquoi le conserve-t-il alors ? Un souvenir de voyage. Pourquoi son sac contient-il aussi une serpe et des sandales ? Des effets personnels, rien de plus. Où logera-t-il à Thèbes ? Il compte demander le gîte à un habitant. »

Zoïs ne traduisait pas fidèlement les réponses du prince, pour écarter tout soupçon quand le propos ne lui paraissait pas de nature à contenter les agents du pharaon. Il y parvint tant bien que mal en ajoutant pour finir que Persée avait été victime de Bédouins qui l'avaient pourchassé pour le détrousser, qu'il était entré au Khémet par le nord-est, et que, dans l'impossibilité de rebrousser chemin, il descendait vers le sud pour traverser la mer Rouge et remonter chez lui, en Lycie. Loin de présenter un danger, il cherchait ici asile. Par surcroît, il ne cessait de répéter que les Égyptiens sont le plus accueillant et le plus hospitalier des peuples.

Non sans avoir pesté contre tous ces réfugiés qui arrivaient pour fuir la famine, on les laissa libres de poursuivre leur itinéraire.

À l'est, la chaîne Arabique, taillée en falaises, bordait le fleuve. Elle succédait aux plateaux de la grande dépression débouchant sur le Delta, et le Nil, moins large, comme un serpent, se faufilait entre elle et le désert.

À l'ouest, la forêt obscure des sycomores barrait la vue. D'innombrables lotus ornaient les berges d'une longue chevelure blanche et bleue. La plaine inondée revêtait tantôt l'aspect d'une étendue sans limites où surnageaient, ici et là, quelques îlots chapeautés par un pommier ou par un grenadier, tantôt présentait le visage d'un jardin entouré d'eau, où s'épanouissaient poireaux, indigotiers, carthames et dattiers.

Et puis, après un long virage, le lit du fleuve s'élargit, partagé en plusieurs bras par des îles de sable. On pouvait croire que son cours se terminait par un grand lac emprisonné entre de hautes montagnes. D'un côté, la chaîne Libyque se détachait en éperon aux parois abruptes, comme planté au milieu de l'axe fluvial ; de l'autre, moins proche et moins accentuée, la chaîne Arabique profilait ses pics aigus, ses pentes douces venant mourir aux bords du Nil. Ce vaste cirque fermait l'horizon. Sur la rive droite, prolongée par une banlieue de terres cultivées, adossée à la base du massif montagneux, bâtie en plans étagés comme des plateaux sortis de la roche, lumineuse au milieu des poussières ocre en suspension, décorée de palmiers, une grande ville s'étirait. Thèbes.

Persée admira la métropole fameuse, au nom identique à cette cité de Béotie dont lui avait maintes fois parlé sa mère, la ville aux Sept Portes, la forteresse inexpugnable dont Sisyphe avait franchi un jour les murs, pour en repartir vainqueur, sans avoir même combattu.

Le plus frappant était qu'aucune enceinte n'enfermait cette Thèbes-là. Si les autres peuples doivent assurer la sécurité de leurs frontières, pas celui-ci : ceinturé de déserts, il faut endurer des solitudes mortelles avant d'atteindre sa vallée luxuriante. Impossible de s'en prendre au Khémet, songea Persée, sans une organisation à toute épreuve, hors de portée de quelques bandes agressives ou d'hommes dispersés. Seule une armée pouvait espérer vaincre la faim et la soif avant de lancer un quelconque assaut contre ce royaume.

Les seuls murs qu'on distinguait protégeaient les temples royaux consacrés à Amon et à Mout son épouse, la déesse vautour protectrice des reines, mais aussi à Montou, le dieu de la Guerre à tête de faucon, installé à Thèbes bien avant le couple précédent.

Le bateau dut manœuvrer entre les ibis avant de venir à son mouillage. Certains de ces oiseaux sacrés décrivaient de grandes figures dans l'air avant de se poser en formation, devant la foule ébahie qui se pressait sur le quai.

Persée remercia le pilote et prit congé du Koushite, avec lequel il regretta de n'avoir pu communiquer, avant de s'engouffrer en compagnie de Zoïs dans la cité. Ses rues étroites ressemblaient à celles de Sériphos et à bien d'autres villes de la Crète. Édifiées avec des briques de limon, parfois surchargées de boue séchée, les maisons se touchaient. La chaleur montant du sol et tombant du ciel écrasait l'âme et le corps. Une lumière bleue laiteuse trouait la demi-nuit dans laquelle s'enfonçaient des ruelles dont on aurait juré qu'elles ne menaient nulle part. Les parfums dégagés par les étalages d'épices imprégnaient l'atmosphère. Des conversations s'entremêlaient sans discontinuer. Ici, un commerçant proposait des dattes rouges ou brunes, récoltées mûres depuis peu, avec leur peau brillante encore. Là, pour prouver la qualité de son produit, un autre malaxait du henné dans une jarre, et la poudre d'écorces broyées lui jaunissait les mains jusqu'aux poignets. Un peu plus loin, un troisième vantait les mérites du *mesnah*, ce bois qui, taillé, sert à blanchir les dents. D'autres vendaient de l'huile, du vin, de la filasse de chanvre, du lin, de la toile, du mil, du sorgho et même des perches du Nil, dont le pharaon lui-même, paraît-il, raffole.

Il n'était pas question de mettre le pied sur l'autre rive, où s'allongeait la nécropole thébaine. Des monticules troués témoignaient du grand nombre de monarques ensevelis sous la montagne. À son pied, un village. Habitaient là tous ceux qui étaient chargés de l'entretien des tombes royales, ainsi que les embaumeurs. Personne n'avait le droit de s'y rendre, hormis les riverains, et bien sûr les fonctionnaires auxquels ils devaient rendre compte.

Persée désira se recueillir dans un temple. Zoïs lui rappela que le sanctuaire divin était réservé aux prêtres. Les profanes pouvaient en faire le tour, accéder à la première cour, mais pas au-delà. Sauf les jours de procession, où était organisée sa sortie publique sur une barque portative spéciale, il n'était pas possible de voir la statue du dieu. Suivant la proclamation des prêtres spécialisés dans la détermination de l'heure et de la date de ce service, aucune cérémonie n'était prévue avant des semaines.

Entraîné par Zoïs, Persée se présenta devant le temple d'Amon. On accède à l'entrée principale, orientée vers le Nil, par une allée bordée de sphinx. Des oriflammes multicolores flottent au vent sur de grands mâts encastrés dans la maçonnerie massive du portail. Des statues colossales, elles-mêmes flanquées d'obélisques, l'encadrent. L'imposant bâtiment, au contraire des maisons, est entièrement construit de pierres. Un pylône, porte aménagée dans la haute muraille de briques crues, ouvre sur une cour fermée des quatre côtés, elle-même donnant sur une salle à colonnes, interdite à toute personne étrangère au clergé. Pas question d'approcher les édifices annexes, et l'autel, contrairement à l'usage en Grèce.

Le prince contempla les parois décorées de dessins géométriques, de lotus bleus épanouis ou entrecroisés avec des lotus blancs, mais ressortit accablé. Les dieux du Khémet devaient être surpuissants pour exiger des hommes de tels édifices, tutoyant le ciel. Leur masse en imposait. Par comparaison, les temples d'Athéna lui parurent humains et légers.

Une fois dehors, il retrouva une respiration plus naturelle. À l'intérieur du premier rempart, il avait ressenti une oppression qui se dissipait peu à peu, mais dont il garda longtemps le souvenir. Il ne s'en ouvrit pas à Zoïs, qui ne tarissait pas d'éloges sur la splendeur thébaine et sur les siècles pourvoyeurs de tels joyaux. Celui-ci se lança dans des commentaires enthousiastes.

– Sais-tu qu'Amon possède plus de propriétés que n'importe lequel des Égyptiens le plus riche ? Des champs, des troupeaux, des carrières, des mines, des paysans, des esclaves qui le servent et travaillent sur ses domaines pour les faire fructifier, sans compter les redevances et le trésor qu'alimente le pharaon ? Sais-tu que son temple détient des terres jusqu'en Asie ? Qu'il commande à une flotte et à des hommes d'armes ? Et je ne te parle pas des scribes qui lui sont attachés, ou des administrateurs chargés de gérer son patrimoine, dont on commence à dire qu'il dépasserait les ressources du trésor royal.

L'Anatolien entraîna son compagnon par le bras pour lui chuchoter que l'homme qui passait, là, juste devant eux, était un prêtre.

– Il n'en a guère l'allure.

– Pas le premier prophète, ni même un lecteur. Un purificateur. Je le connais. Dans le civil, il travaille le bois. On dit qu'il n'a pas son pareil pour sculpter le sycomore. Il doit certainement se rendre à son service. Certains l'envient. Moi, je le plains. Tu n'imagines pas combien sa vie est réglée, dans le temple. Pendant leurs trois mois d'enfermement, tête rasée, pas de relation sexuelle, aucune distraction, des ablutions deux fois le jour et deux fois la nuit ! Tout cela pour accompagner le culte divin rendu par le roi.

– Comment sais-tu tout cela ?

Zoïs adopta un air de conspirateur.

– Je fréquente plusieurs prêtres. L'un d'entre eux m'a renseigné. Je le soupçonne de l'avoir fait exprès, en présence de son fils aîné, pour l'encourager à suivre la même voie. Il m'a raconté que l'intérieur du temple ressemble en tout point au monde humain. Des étoiles ornent son plafond. Son occupant divin nous protège des puissances destructrices. Il est donc indispensable de le maintenir en bonne santé. C'est à quoi se consacrent ses serviteurs. À l'aube, ils préparent la nourriture d'Amon, avant que le premier ouvre sa chambre, le naos, dans laquelle se trouve sa statue en or. Ils chantent et déposent les offrandes sur un autel, puis lavent le dieu, l'habillent et le parfument. Ils répètent au coucher du soleil leurs actes du matin. Après quoi, l'accès à la chambre sacrée est verrouillée jusqu'au lendemain.

Ce récit confirmait à Persée le caractère exceptionnel du dieu thébain. Contrairement à Zeus, il ne se manifestait pas sous des formes diverses, pour séduire les femmes ou plus simplement se divertir, mais demeurait dans un enclos sévère, fermé aux hommes, une cité interdite. Il imaginait Zeus capable de sourire. Pas Amon. Le roi de l'Olympe aimait s'absenter, disparaître, résider en des lieux connus pour la douceur de leur climat ou la détente qu'ils procurent. Il ne voyait pas Amon voyager. Le premier aimait le nectar et l'ambroisie. C'était un bon vivant. Le second semblait d'une austérité à toute épreuve.

Le soir, Zoïs emmena son compagnon chez le marchand avec lequel il venait traiter affaire. Ils dînèrent avec leur hôte et sa famille, puis, à son invitation, s'installèrent dans sa maison. Laisser repartir ses convives après le repas, sans leur offrir l'hospitalité, eût été pour l'homme un déshonneur. Persée pensa que, sur ce point, le Khémet et la Grèce se valaient.

18.

Dans Adoulis accablé de chaleur et de tristesse, le roi et la reine d'Axoum tenaient conseil.

Les puissants du royaume, ministres du culte ou généraux, avaient pris place à leur côté. De nombreux hommes en armes surveillaient les rues pour prévenir d'éventuels attroupements, interdits jusqu'à nouvel ordre. Toute la ville était suspendue au jugement que le tribunal axoumite s'apprêtait à rendre.

Dans la grande salle du palais du gouverneur, momentanément occupée par les monarques et leur suite, des torches brûlaient à longueur de journée, des encens se consumaient dans les pièces attenantes et des pleureuses officiaient déjà, anticipant le verdict. Le malheur planait sur la famille royale comme un vautour au-dessus d'un mourant.

Les ravages que des tempêtes à répétition causaient au pays motivaient ce rassemblement inhabituel. On pressait le roi d'agir. Des centaines de morts, des troupeaux décimés, des habitations détruites, des digues défoncées, des famines, des pestes dévastaient le royaume. Comment continuer à vivre, servir les dieux et contribuer à la magnificence royale dans ces conditions ?

Un grand prêtre d'Amon avait accepté d'enquêter

d'abord et de fournir la solution ensuite. Après nombre d'interrogatoires, et des sacrifices de taureaux, il était parvenu à sa conclusion. L'heure de l'expiation approchait.

Le juge s'avança calmement vers les souverains et s'inclina bas. Puis, se relevant et se tournant avec la même lenteur affectée vers l'assistance, il la toisa, avant de s'adresser au roi.

– Ô puissant maître d'Axoum, toi le glorieux Céphée, pardonne à l'impudence bien involontaire de mes paroles. La mission que j'ai reçue de toi me pèse plus encore au moment de t'en rendre compte... Je...

Le roi l'invita fermement à s'exprimer sans crainte.

– Je sais d'où vient le désespoir de tes sujets, et je connais son remède. Que ton épouse Cassiopée, ici présente, ne me blâme pas de la vérité que j'étale ici devant tous.

Et, s'adressant à la reine, l'homme servit sa vérité.

– Ô très gracieuse majesté, qui peut rester insensible à ta beauté ? Qui, moi le premier, nierait que nulle femme ne peut soutenir la comparaison avec toi, hormis ta fille Andromède, absente. Le noir de ta peau resplendit mieux que ces étoffes précieuses portées aujourd'hui par tes courtisanes. Les formes de ton corps sont le plus bel écrin dont un mortel puisse rêver. Quant à ton parfum...

– Nous ne t'avons point sollicité pour vanter les charmes de ma femme.

Le prêtre ferma les yeux, acquiesça, garda un instant le silence après cette apostrophe de Céphée, et reprit.

– Je me dois de les rappeler, seigneur, si tu veux débarrasser ta province du monstre qui la désole.

Le roi, troublé, avança le buste.

– Que veux-tu dire ? Quel monstre ?

– Crois-tu que de simples tempêtes puissent à ce point saccager une côte et ses habitants ? Non, pas plus que des ouragans ou des tremblements de terre. Seul un animal monstrueux peut se déchaîner ainsi et se complaire dans le mal. À condition qu'un dieu lui en ait donné l'ordre. Et c'est ce que je viens t'apprendre.

L'assemblée retenait sa respiration. Cassiopée était livide. L'homme continua.

– Quand la reine s'est jugée plus belle que n'importe quelle créature, terrestre ou marine, elle a gravement offensé les divinités.

Une rumeur parcourut l'auditoire. Certains regrettaient la méprise de leur souveraine sans formuler leur désapprobation. D'autres, au contraire, réprouvaient l'audace du prêtre, mais contenaient leur indignation. L'incertitude se dissipa peu à peu quand la reine elle-même confirma ces dires.

– Oui, moi la fille d'Arabos, je me suis comparée à la plus rayonnante des déesses, et je n'ai pas craint de me proclamer plus belle qu'elle.

L'aveu de Cassiopée, prononcé avec une ombre de fierté, revêtait un caractère diffamatoire supplémentaire. Cette fois, le murmure s'intensifia. Les notables d'Axoum n'osèrent pas adresser de reproches à haute voix mais n'en pensèrent pas moins. La fautive devait payer.

La reine, consciente de la défaveur de ses sujets, se leva, et, d'une voix décidée, déclara :

– J'accepte par avance l'arrêt que prendra mon mari et me soumets à sa volonté. Qu'il ordonne mon bannissement ou ma mort, et je ne me déroberai pas.

Elle s'en remettait ainsi au roi seul, façon d'écarter tout autre jugement. Le prêtre parut fort contrarié.

– Majesté, Amon n'exige pas le sacrifice proposé par ta noble épouse. Pour arrêter le mal, il faut punir la reine en la privant de ce qu'elle a de plus cher.

À peine achevait-il cette phrase que Cassiopée hurla.

– Non ! Pas cela ! Qu'on prenne ma vie, mais pas celle d'Andromède.

Puis, implorant son mari :

– Ne permets pas cela. Pas notre fille !

Une voix forte et soudaine appuya la supplication de la reine.

– Moi, Phinée, frère de Céphée, je donne raison à Cassiopée. Qu'elle seule souffre de son arrogance, et non sa progéniture.

Cette intervention provoqua l'ire de Céphée. En même temps, elle déclencha une vive effervescence dans la salle. On ne savait plus que penser. Si le propre frère du souverain accablait sa belle-sœur, qui la défendrait ? Et cet homme n'était pas n'importe qui : il avait plusieurs fois sauvé le royaume en terrassant des ennemis redoutables.

Le prêtre en profita pour revenir à la charge, cette fois en interpellant toute l'assistance.

– La colère divine réclame du sang. Apaisez-la ! Offrez au monstre marin de la chair douce.

Les larmes gagnaient Cassiopée, brisée, effondrée sur son trône, déjà vaincue, résignée.

Dans un combat qu'il savait d'arrière-garde, Céphée tenta de substituer à Andromède une autre victime expiatoire. Les jeunes filles ne manquaient pas qui pouvaient calmer les dieux. Phinée approuva cette proposition. Le prêtre présenta un argument décisif.

– Andromède se dérobe à notre vue. Qu'elle paraisse puisqu'il s'agit d'elle. Je ne l'ai encore jamais vue. Je serai donc impartial.

On envoya quérir la fille unique des souverains.

Ses parents prétendaient protéger sa beauté des regards en la confinant dans un appartement du palais, d'où jamais elle ne sortait. Craignant qu'un audacieux l'importune ou n'attente à sa pureté en leur absence, ils l'avaient emmenée avec eux. Invisible durant tout le voyage, elle n'avait pas paru en public depuis son entrée dans Adoulis et demeurait dans sa chambre.

Quand elle se montra, ceux qui ne la connaissaient pas ne purent réprimer leur émotion devant sa grâce. De longs cheveux noirs divisés en deux cascades brillantes descendaient de sa tête sur sa délicate poitrine. Des yeux plus purs que des émeraudes illuminaient son visage. Un timide sourire leur répondait. La hauteur du cou dégageait des épaules que soulignait un chiton beige à liseré noir, découpé au carré juste au-dessous de ses fines salières. Il se dégageait de sa personne de la douceur et une grande bonté.

Le prêtre d'Amon, lui seul, conserva sa froideur. Certes, il n'avait encore jamais admiré une telle merveille, mais l'oracle était formel. Elle devait mourir. Il en administra la preuve aisément.

– Je suis venu de l'oasis de Siouha, près du delta du Nil pour dévoiler cet oracle. Amon, le dieu bélier, qui commande à l'eau et à la fécondité, lui la plus juste des divinités, parle par ma voix. Je pensais qu'il était possible de substituer à votre fille, ô parents malheureux, une autre victime propitiatoire, mais devant ce que je vois, je suis contraint de déclarer qu'aucun autre cadeau ne pourrait mieux amadouer les dieux et sauver ainsi le royaume d'Axoum.

Des gardes se saisirent d'Andromède, qui ne se départit pas de son demi-sourire mélancolique. Phinée tenta de s'interposer, mais Céphée lui enjoignit de s'écarter, sous peine d'une lourde condamnation. Contrevenir aux exigences divines, lui rappela son frère, l'exposerait au châtiment suprême.

Phinée alors rappela leur promesse au roi et à la reine. Andromède lui était destinée. Le désir d'un homme ne surpasse pas la volonté d'un dieu, rétorquèrent-ils. Il devait renoncer à ses prétentions sur leur fille. Ils s'engageaient enfin à l'élever encore davantage dans la hiérarchie s'il consentait à ne pas troubler la cérémonie par laquelle ils sacrifiaient leur propre amour. Pour lui, Axoum ne regorgeait-il pas de beautés ? Plus rien ne pourrait désormais infléchir le destin.

Le lendemain, après que le prêtre d'Amon eut indiqué les détails à observer pour se conformer aux vœux divins, une procession emmena la princesse. Des pleureuses l'entouraient, précédées de prêtresses et de prêtres dont les chants rythmaient les pas. Le souverain et son épouse venaient immédiatement derrière, suivis de tous les nobles et de ceux dont les charges représentaient quelque importance dans le royaume. Des soldats fermaient la marche. L'étiquette axoumite ne prévoyait dans ce cas aucun accompagnement musical, ce qui accentuait le caractère solennel de l'événement.

La triste colonne se dirigea vers le nord d'Adoulis. Le chemin du bord de mer épousait les sinuosités du relief. Tantôt large, tantôt étroit, il commandait à la file humaine, qui s'étirait ou se contractait dans son déplacement comme une chenille. À partir d'un promontoire dominant la mer Rouge, il se frayait un passage entre des rochers massifs et plantés là comme des statues. On eût dit des pierres dégringolées des hautes terres voisines. L'une d'entre elles, massive, avait échoué sur une sorte de plateau avancé, sous lequel s'engouffrait la houle, avec des claquements sourds. Le voyage de la princesse se terminerait là.

Quatre anneaux de bronze avaient été scellés en hâte dans la paroi verticale et presque lisse du rocher. Sur injonction du prêtre d'Amon, la princesse y fut attachée par les chevilles et par les poignets. Il la dévêtit lui-même, afin que le monstre censé la dévorer pût, à peine sorti de l'eau, s'adonner à son terrible festin.

Cassiopée, une dernière fois, pressa contre elle sa fille en pleurant. Cette dernière affichait toujours un air de courage résigné. Elle ferma les yeux, plus pour échapper à d'impudiques regards que par crainte de la mort. Elle acceptait de mourir avant d'avoir vécu. Elle entrerait dans la nuit sans peur, mais avec les regrets de celle qui ne connaît presque rien de ce qu'elle quitte, sans ignorer ce qui l'attend. Céphée embrassa le front d'un être qu'il immolait pour le bien de son peuple. Il songea que la cruauté divine l'emportait sur celle des hommes, puisqu'on exigeait de lui plus que d'un dieu.

Et la troupe, abandonnant la princesse à son sort, s'en retourna vers Adoulis.

Sa torture n'arracha pas une seule plainte à Andromède. Derrière son sourire énigmatique, la jeune fille ne daigna pas même baisser les yeux sur cette armée impatiente d'en finir avec une malédiction dont elle seule supportait la responsabilité. Certains déploraient la mesure, mais ils ne s'étaient pas interposés.

Proie désignée d'un monstre qui jaillirait de l'onde et ne se montrerait sans doute que pour l'engloutir en une bouchée, Andromède aperçut à ses pieds des coraux rutilants. Son bourreau les écraserait-il pour s'emparer d'elle ? Soudain, alors que son esprit se perdait dans le ruissellement berceur des vagues, elle entendit un bruit de pas. Elle en cherchait encore la provenance quand une voix l'interpella.

– Ne crains rien.

Elle reconnut Phinée. Pourquoi son oncle revenait-il sur le lieu du supplice ? Il se campa devant elle et posa une main sur sa bouche.

– Ne parle pas, on pourrait nous entendre. Qui ? Je ne sais pas. Je me méfie de tout. Je suis venu pour te libérer.

Il se colla sans pudeur à elle. Cette attitude le rendit plus odieux encore à la princesse. Depuis qu'elle était devenue pubère, elle avait dans l'enceinte du palais royal croisé les regards de cet homme que sa popularité, née de la gloire militaire, avait transformé en quasi-héros. Elle détestait sa suffisance. Chaque fois que, sur elle, il portait ses yeux, trop saillants au milieu d'un visage taillé au poignard, elle ressentait sa concupiscence comme une atteinte à sa dignité.

Avec une détestable assurance, il examina ses liens pour en éprouver, affirma-t-il, la solidité, avant de prendre du recul et de contempler sans retenue la malheureuse. Il la détaillait, de haut en bas et de bas en haut, goûtant chacune des étapes où s'arrêtaient ses yeux avec une gourmandise ignoble.

– Que tu es belle, Andromède ! On devrait adorer ton corps comme celui d'une déesse.

– J'attendais une abomination. Voilà pire encore ! Les hommes comme toi ravagent plus un pays que les monstres des oracles. Que tu profites des circonstances pour donner libre cours à ta convoitise montre qui tu es. Jamais tu n'obtiendras de moi la moindre faveur. Pas même la satisfaction de lire désormais du refus sur mon visage. Tu peux faire de moi ce que tu voudras, je ne m'y opposerai pas. Sache pourtant que chacun de tes actes, je le hais de toute mon âme. Sache aussi que je ne suis déjà plus dans ce corps que tu aimerais pénétrer. Ton pauvre plaisir, il te faudra le voler, comme le font ces brigands que tu fais exécuter quand tu les arrêtes.

L'appétit aiguisé, Phinée s'approcha de nouveau.

– Tiens ta langue, belle Andromède. Si je voulais, ici, maintenant, je pourrais t'obliger à tout.

– Eh bien, qu'attends-tu ?

– Crois-tu que ta passivité me découragera ?

– On ne bataille pas avec un lâche. Je suis à toi. Il te suffit d'entrer en moi quand tu voudras.

Phinée, déstabilisé, changea de tactique.

– Je ne te prendrai pas avec ton accord, Andromède. Du temps de ta splendeur au palais, tu ne daignais pas même me jeter un regard. Aujourd'hui que tu n'es plus rien qu'une bête offerte en immolation pour calmer ces imbéciles, je ne me laisserai pas intimider par ta soumission. Révolte-toi !

Andromède ferma les yeux et sourit.

– Viens...

Phinée hurla.

– Cesse ! J'exige que tu m'aimes. Je suis Phinée, le frère de ton père, le faible et crédule Céphée. Pendant le procès, j'ai plaidé pour toi. Moi seul me suis opposé à la sottise de ce prêtre d'Ammon qui en veut à ta beauté pour se venger de sa propre laideur. J'ai soutenu Cassiopée, quand elle a réclamé pour elle-même le sort qui t'échoit.

– Tu as donc désiré la mort de ma mère. C'est complet.

Sentant qu'il n'arriverait à rien, Phinée proposa un marché.

– Je vais retourner à Adoulis et obtenir de mon frère que tu sois à moi. Il ne peut pas me le refuser, j'ai sauvé par trois fois au moins son royaume.

À ces mots, et sans rien ajouter, Phinée s'éclipsa.

À peine avait-il disparu que la princesse, qui avait surmonté sa honte au prix d'un effort extrême de sa volonté, s'effondra en larmes. Son oncle avait joui visuellement de sa nudité. En cela, il avait enfreint la première des règles de l'honneur. Certes, en croyant l'abaisser, il s'était lui-même avili, mais elle avait subi un affront que la mort seule du coupable réparerait.

Peu à peu, la nuit écrasait tout. Venu avec le vent de la plaine littorale, un parfum d'eucalyptus se diffusait dans l'air avec légèreté. Un silence pesant s'abattit sur la nature.

Les bras et les jambes d'Andromède lui pesaient. Elle commençait d'avoir froid et faim. Et, alors qu'elle redoutait de ne pas montrer un visage serein dans l'épreuve, elle réalisa qu'elle pourrait bien mourir d'inanition et de sommeil avant même de servir de repas à son dévorateur. Dès cet instant, elle ne pensa plus à l'avenir, mais à son passé.

Elle avait grandi à la cour. Seule, au milieu de servantes qui ne lui laissaient pas un instant de liberté, elle avait découvert la vie par personnes interposées. L'aridité du désert, la douceur des oasis, l'âpreté de l'hiver dans les montagnes, le gel dans les villages d'altitude, la pureté de la neige, les forêts de genévriers recouvrant les pentes abruptes des hauts plateaux, les longs étiages des rivières coupés de crues subites, les pluies estivales propices aux cultures céréalières, les steppes orientales peuplées de pasteurs, les gazelles réfugiées dans la savane où les lions s'en repaissent, les hommes et leurs désirs, l'art de les attirer comme de les repousser, celui d'allumer leurs braises et celui, non moins délicat, de les entretenir sans les embraser, elle ne les connaissait que par les récits de son entourage. Par les pierres précieuses dont on la parait, elle jugeait des mines royales. Aux coloris du couchant sur la mer, elle n'avait eu accès que par des peintures. Et les senteurs du sol après l'ondée, elle n'y goûtait qu'au travers d'onguents préparés pour elle seule.

Maintenant, elle faisait face à un horizon sans lendemain. Elle aurait voulu s'asperger le visage de cette eau salée qui, affirmait-on, virait au rouge quand certaines algues pourrissaient. Rougirait-elle aussi, comme la mer à ses pieds, au moment de descendre dans les entrailles du monstre qui, peut-être, du fond des abîmes, la guettait déjà ?

Les moiteurs de l'air l'étouffaient. Une sueur mortelle commençait de la tremper. Elle se remémora l'histoire de ce marin dévoré par un gigantesque poisson, digéré puis régurgité, vomi sur le rivage, asphyxié à demi, et qui prétendait avoir survécu en se nourrissant des viscères de la bête, la forçant ainsi à se délester d'un repas indigeste.

Dans une des chambres du palais, une mosaïque où dominaient l'indigo et le bleu nuit représentait une de ces créatures maléfiques, d'une taille d'au moins dix hommes mis bout à bout, la queue plus grande que la gueule, avec deux orifices dorsaux d'où s'échappaient des jets écumeux. Toute petite, elle redoutait de passer à proximité de cette pièce, certaine que le monstre ne ferait qu'une bouchée d'elle. Plus âgée, elle n'osait toujours pas affronter cette image. D'ailleurs, dans des conditions qui corroboraient cette thèse, une jeune fille avait disparu en mer. Elle faisait partie du chargement d'esclaves destinées aux souverains d'Axoum, qu'un capitaine convoyait pour le compte de Phinée, par temps calme. Le navire filait sans heurt vers Adoulis quand, crevant la surface, un dragon avait failli renverser le bateau. De sa queue, il avait fauché la pauvre fille, qui n'avait même pas eu le temps de crier. Elle avait été happée comme une mouche. Quelques tourbillons, et plus rien. L'une des rescapées, peu après affectée au service proche de la princesse, lui avait conté les horribles détails de ce drame.

Privée de tout espoir d'évasion, Andromède en vint à souhaiter sa fin. Ses membres engourdis devenaient des extrémités lointaines qu'elle ne sentait plus. Elle les regarda successivement, comme pour prendre congé de ce qui l'avait soutenue jusque-là. Dans sa poitrine, elle entendit les appels de la mort. Elle ferma les yeux pour mieux s'abandonner à la douceur d'un départ sans retour. Après tout, n'avait-elle pas toujours aspiré à la liberté, aux voyages ? Confinée entre des murs blancs, n'avait-elle pas rêvé d'autres pays ?

Un roulement de tonnerre la tira de sa torpeur. Le ciel, encore d'un bleu vif quand Phinée s'était déshonoré devant elle, se chargeait de nuages gris gonflés de boursouflures noires. Le soleil, absorbé par ce rideau sinistre, jetait vainement ses derniers éclats. La mer, nerveuse, tournait au violet. Un éclair déchira l'espace, puis un deuxième et un troisième, comme si les cieux se brisaient en mille morceaux. Et d'un coup, des trombes d'eau grêlèrent la surface des vagues et le rocher tragique.

Andromède chercha des yeux l'endroit d'où la bête responsable de ce déchaînement allait émerger. Elle était prête.

Alors, d'une voix faible, elle se mit à chanter doucement. Non pour amadouer son bourreau ou couvrir le vacarme des éléments, mais pour montrer à l'univers et aux dieux comment meurt une princesse axoumite.

19.

Après plusieurs jours passés à Thèbes, au cours desquels il accumula des renseignements sur le royaume d'Axoum, et sur les moyens de s'y rendre, Persée repartit par le Nil avec Syène [1] pour but.

Au-delà de cette cité, la première cataracte compliquait singulièrement la navigation. Il continua donc par les déserts montagneux de l'est. En face de Syène, avait prévenu Zoïs, il verrait l'île d'Éléphantine, le grand centre commercial et militaire. Là il trouverait guides, équipements et vivres. Qu'il n'oublie pas que le port d'Adoulis se trouvait à plus de six mille six cents stades vers le sud, et qu'il lui faudrait franchir de hautes montagnes avant de pénétrer en Axoum. Heureusement, il ne risquait pas d'être bloqué par les neiges, comme ç'aurait été le cas en mauvaise saison.

Un moment, Persée envisagea de renoncer. La lassitude le gagnait. Il eut le sentiment que s'il se lançait dans ce nouveau voyage, il ne reverrait jamais plus Sériphos. Non qu'il éprouvât de la peur, mais la course interminable à laquelle il était contraint érodait sa résistance. Qu'allait-il encore endurer ? Reviendrait-il à temps pour éviter à sa

1. Aujourd'hui, Assouan.

mère et à son père adoptif l'humiliation de se soumettre à Polydectès ? N'était-il pas déjà trop tard ? Pourrait-il offrir à Danaé les bagues d'améthyste et de cornaline si réputées de la ville égyptienne, qu'il avait acquises en échange de quelques jours d'enseignement du grec auprès du fils d'un riche boutiquier ?

Quand il engloba du regard les carrières de granit gris et rouge de Syène, et qu'il se tourna vers le sud pour entamer sa descente vers le royaume d'Axoum, il s'interrogea sur les bornes de ce continent qu'il parcourait depuis des mois et des mois. Où cela finissait-il ? Faudrait-il s'engager toujours plus avant, sans espoir de repos ? Existait-il même un point où la terre s'arrêtait ? Se pouvait-il qu'elle s'insérât dans le ciel comme un de ces pylônes égyptiens dans un temple ? Persée s'imaginait marchant le long de cette allée royale menant à l'empire des dieux. Il arrivait tout droit devant la porte principale, s'immobilisait à son seuil, attendait que Zeus l'appelle par son nom. Alors, avec une lenteur majestueuse, aux sons des trompettes et des tambours, il pénétrait dans ce monde sans frontières comme s'il foulait un nouveau destin.

Au lieu d'écouter Zoïs, de côtoyer le grand désert de Nubie, sur sa droite, et de couper obliquement vers Adoulis, il suivit les conseils des chameliers qui le conduisaient et se dirigea tout droit vers l'est, où étaient de grandes mines d'émeraude.

Bien lui prit de longer ainsi la côte. Il apprit plus tard, par des Bédouins, que des escarmouches ne cessaient de se produire à l'est de la Nubie entre des autochtones et leurs maîtres égyptiens, liées à l'existence de réserves d'or comparables à celles du désert Arabique, plus au nord. Mieux valait éviter ces parages.

Quand il atteignit enfin la mer, après de longues journées à dos de chameau, il huma un air certes moins parfumé d'iode et d'herbes que celui de son enfance, mais cent fois plus doux à ses poumons que celui, sec et chaud, qu'il respirait depuis son arrivée au Khémet. Et puis, contrairement à ses craintes, la mer Rouge était bleue, comme toutes les mers.

Après plusieurs jours encore de marche sur un sentier comprimé entre le rivage et les montagnes austères qui le bordaient, la caravane contourna un piton rocheux et, certes assez loin mais déjà bien visibles malgré la pluie qui tombait drue, apparurent les premières habitations d'Adoulis.

Là, Persée remercia vivement ses guides et se sépara d'eux. Tandis qu'ils prenaient la route de la capitale, il se dirigea vers le port.

Avec sa besace pour seul bagage et un peu d'eau, il demeurait confiant. Depuis son arrivée dans ce pays étranger, au milieu de peuples et de peuplades imprévisibles, au cœur d'un royaume voué à des dieux inconnus, Athéna ne l'avait jamais abandonné. N'était-ce pas elle qui, bravant les intempéries, la canicule aujourd'hui, les grands froids hier, l'avait toujours épaulé ? Que Zeus en personne ait été informé des interventions de la déesse, il n'en doutait pas. S'y était-il opposé ? Pas le moins du monde. Persée leur en fut à tous deux reconnaissant. Il se promit, dès que possible, de leur offrir, à l'un et à l'autre, un sacrifice marquant.

Il songeait encore à cette offrande quand il arriva sur un promontoire que prolongeait une avancée rocheuse. Comme un écho faible aux grondements du tonnerre qui rebondissaient de loin en loin, il crut entendre une voix humaine.

Ça venait du bord de mer. Le ressac brutal dans les anfractuosités rocheuses couvrait par instants ce chant fragile. Persée scruta les environs. De là où il était, il distingua les fragments d'une chevelure qui flottait au vent.

La monodie s'interrompit. La voix demanda si quelqu'un venait. Persée ne bougea pas et répondit en grec. À sa grande surprise, la voix inconnue lui parla dans sa langue. Elle réitéra sa question.

– Oui, un voyageur exténué qui cherche du repos.

– Reste où tu es. Ou plutôt, va-t'en.

– Et pourquoi cela ?

– Il n'y a ici qu'une pauvre femme condamnée à périr.

Andromède, comprenant que l'étranger allait passer outre, anticipa.

– N'avance pas ! Reste derrière ce rocher. J'y suis rivée. Personne ne peut plus rien pour moi. Éloigne-toi. Par pitié !

– Je te délivrerai.

Andromède l'implora de ne rien en faire.

– Tu ne dois pas approcher. Je suis la princesse d'Axoum, fille du roi Céphée et de la reine Cassiopée. J'expie le crime de ma mère.

– Du sang royal coule dans mes veines aussi. Je m'appelle Persée, et je veux contempler celle dont la voix m'émeut.

– Je suis nue.

L'honneur prescrivait le respect d'une princesse, mais, d'un autre côté, ce même sentiment commandait à Persée de porter secours à qui se trouvait en péril. La nuit, qui peu à peu enveloppait tout, fournit une occasion de sortir de ce dilemme.

– Il fait noir désormais, princesse. Je te promets de ne rien regarder d'autre que tes yeux. Tu pourras ainsi vérifier que je tiens ma parole. Et si j'y déroge, que la colère de Zeus me foudroie dans l'instant.

Depuis un moment, la pluie avait cessé. Le ciel, en partie dégagé, brillait de cette infime luminosité qui précède l'apparition de la lune. Des étoiles s'allumaient une à une dans une voûte céleste lavée de ses impuretés.

Le silence d'Andromède signifiait acquiescement. Persée se glissa dans l'ombre le long du rocher, puis, une fois devant elle, s'exécuta.

Il ne s'attendait à rien de tel. Ce fut comme si une boule incandescente le pénétrait en lui déchirant la poitrine. Une lumière d'émeraude l'envahit. Un dieu venait de verser un liquide brûlant dans le cristal de sa vie. S'il avait voulu détourner le regard, il n'y serait pas arrivé. Tout s'annihilait, l'espace, le temps, son âme.

Andromède, quant à elle, fut immédiatement transportée dans un autre monde. Elle n'aurait su dire pourquoi, mais celui qui se tenait devant elle sans porter atteinte à sa nudité appartenait à une race à part.

– Andromède, j'ignore qui tu es, mais le restant de ma vie, je le passerai à t'aimer.

Elle inclina la tête et posa son front sur le cou de Persée.

– On m'a parlé de l'amour. Cela existe, tu en es la preuve, ce soir... Hélas.

– Hélas ?

– Oui, car notre première rencontre sera aussi la dernière. Je dois mourir. Ah, Persée, pourquoi t'es-tu montré à moi ? Je me résignais sans peine. Je n'ai jamais éprouvé de peur à l'idée de mourir, mais, maintenant, quelque chose en moi vient de changer. Je ne saurais dire quoi. Mon supplice n'est pas de mourir, mais de ne plus vivre. Pourquoi n'avoir pas continué ton chemin ? Je serais partie dans l'ignorance de ce sentiment jamais éprouvé.

Le prince ferma les yeux et recula. De sa main, il apprécia les liens de la prisonnière. Sur le métal qu'Héphaïstos aurait vaporisé d'un seul souffle, un homme pouvait s'acharner des heures, sans succès. Gardant les paupières closes, il déclara, solennellement.

– Ô Athéna, toi qui m'as permis de ne pas succomber au regard de Méduse, et qui me soumets à celui d'Andromède, que ma prière t'atteigne. Inspire-moi une conduite. Guide-moi dans les ténèbres où mon esprit s'égare. Ne me refuse pas ton aide, une fois encore.

Ce disant, il se tourna vers la mer, et resta silencieux. Puis, revenant vers Andromède, il l'informa de sa décision.

– Je te veux pour femme, princesse d'Axoum, et je t'épouserai dans la ville d'Adoulis. Les dieux m'en soient témoins !

Andromède, d'une voix brisée, s'efforça de ramener son soupirant à la réalité.

– Tu perds la raison. Je suis condamnée à être dévorée par le monstre qui saccage les côtes d'Axoum et désole ses campagnes. C'est l'arrêt formel de l'oracle d'Amon. Ni toi ni les dieux ne pouvez vous y opposer. Je te l'ai déjà dit : il vaut mieux que tu t'en ailles.

Persée accompagnait chacune de ces phrases de dénégations de la tête.

– Tu ne sais pas à qui tu parles.

– À un homme qui, s'il reste ici, finira dans le ventre du dragon, comme moi.

– Tu divagues. Je ferai mon affaire de cette bête-là aussi.

Persée songea en souriant qu'il n'avait pas encore vaincu ce genre d'animal dissimulé dans les profondeurs de la mer. Il reprit.

– Écoute-moi. Monstre ou pas, je te sauverai, fût-ce contre toi-même. Tu m'appartiendras et je t'appartiendrai, voilà ce que les dieux décrètent par ma bouche.

Après l'orage, le bord de mer exhalait des parfums terreux. La nuit étoilée déposait sur le rivage une lumière douce.

Persée tenta de briser les liens de la princesse, mais la

lame de sa serpe se brisa net au premier coup. Il observa le manche en souriant et dit :

– Combien d'heures faut-il pour rejoindre Adoulis, en marchant bien ?

– Avant-hier, quand je fus clouée à ce rocher, nous en avons mis 6.

– C'est bon. Je me rends auprès de tes parents, les convaincs et reviens te chercher.

– Les convaincre de quoi ?

– De m'accorder leur confiance, et leur fille.

Andromède obtint de Persée qu'il ne la quitte pas avant l'aube. Il resta contre elle, bras et jambes écartés pour mieux épouser son corps, et pour mieux la protéger du froid. Les deux jeunes gens s'embrassèrent pendant le temps qui restait jusqu'au lever du jour.

Avant que Persée ne parte, Andromède lui apprit quel était le protocole à la cour et lui précisa que ses parents et son oncle, Phinée, parlaient le grec. Des Hellènes s'étaient installés dans certaines villes axoumites, surtout à Adoulis, où leur communauté était respectée pour son ardeur au travail et son goût artistique. Leur langue avait acquis droit de cité.

Quand, devant le palais d'Adoulis, une voix forte, essoufflée, cria que « le prince Persée d'Argolide désirait voir les nobles souverains du grand royaume d'Axoum », les gardes ouvrirent et conduisirent le visiteur dans la salle de réception des monarques.

On y accédait par un long couloir découvert à colonnes décorées de feuilles d'or, dont la lumière, au matin, se reflétait sur les murs d'albâtre et sur le sol en marbre.

Averti, le roi Céphée accueillit l'hôte et lui souhaita la bienvenue, en grec effectivement. Persée s'inclina et, après un éloge du royaume et de ses maîtres, il exposa le motif de sa démarche.

– Seigneur, à moins de deux heures de marche, j'ai quitté la plus belle créature qu'un dieu puisse concevoir et un mortel imaginer. Je te parlerai sans détour car le temps presse. Je veux épouser ta fille.

Stupéfait, Céphée se leva d'un bond. Quoi ! Cet étranger se permettait d'interférer dans ses affaires ?

– Et qui t'envoie défier ainsi l'oracle d'Amon ? Au nom de qui t'exprimes-tu avec tant d'impudence ? Ignores-tu que ma fille a trahi la confiance paternelle et plongé sa mère dans le désespoir ?

Persée ne pouvait relever ce mensonge. C'eût été vouer sa requête à l'échec. En même temps, accepter ce terrain pour monter à l'assaut réduirait ses efforts à néant. Il opta pour une solution intermédiaire, qui ménageait l'avenir, sans s'inscrire dans la logique du roi.

– Seigneur Céphée, la résignation conduit-elle au bonheur ? Accepterais-tu de te soumettre sans combattre ? Les plus avisés parmi les plus grands généraux rêvent de la paix, non de la seule victoire. Et s'ils emportent le gain sans lutte, ne triomphent-ils pas doublement ? Quand notre esprit accepte la défaite avant même d'avoir engagé la bataille, il n'offre pas seulement ses biens à l'ennemi, mais aussi son âme. Si j'avais un trésor et qu'on le convoitât, je me battrais de toutes mes forces, jusqu'à ma dernière goutte de sang, pour le conserver. Que la convoitise vienne d'un homme, d'une bête ou d'un dieu.

Se rasseyant, Céphée dévisagea le jeune prince. Ses mots sonnaient juste. Ces belles paroles ébranlèrent en lui la certitude d'avoir agi sagement.

– Je t'entends. Ce franc-parler ne me déplaît pas...

– Moi, il m'enchante.

Cassiopée, entrée discrètement depuis peu dans la pièce,

n'avait pu réprimer le cri de son cœur. Elle vint s'asseoir à côté de son mari et salua de la tête le visiteur.

Celui-ci s'inclina, sans détourner les yeux du beau visage. La beauté de la reine annonçait celle de sa fille. Même cou allongé, mêmes pommettes légèrement saillantes, même chevelure épaisse, même attitude empreinte d'élégance et de détachement. Hormis l'âge, seuls différaient le front, peut-être un peu moins haut, et les yeux, splendides aussi, mais tirant sur le turquoise et teintés d'une tristesse indéfinissable.

Cette ressemblance troubla Persée. Il réalisa qu'il dévisageait la reine et adopta un comportement plus protocolaire.

Céphée le présenta.

– Il s'appelle Persée, vient de Grèce, veut lier sa vie à celle de notre fille...

Cassiopée sourit avec bienveillance et finit la phrase.

– Et vient ici pour obtenir ton consentement.

Comme s'il lui était nécessaire de rappeler sa prééminence, Céphée reprit, avec une ombre d'irritation.

– Dans cette pièce même, j'ai rendu hier un jugement. Devrai-je le remettre en cause aujourd'hui ?

À cette seule question, Persée comprit que les défenses du roi s'abaissaient. Il ne l'interrompit cependant pas.

– Le peuple ne comprendrait pas que pour sauver ma fille, fût-ce en remettant son existence entre les mains d'un prince digne d'elle, je me détourne de ses attentes. Un roi ne doit pas seulement rayonner de sa gloire, il doit aussi garantir la sécurité à ses sujets et à tous ceux qui lui réclament assistance. Comment abdiquer cette responsabilité sans m'exposer au mépris des dieux ? Puis-je ne pas défendre mon peuple contre les démons qui l'assaillent ? Ne dois-je pas exterminer ce monstre qui ruine mon pays et le labeur des Axoumites ? Le grand prêtre l'assure : il faut qu'Andromède paie pour nos erreurs.

Ayant presque oublié la présence de Persée, mais invité par cette présence même à revoir sa position, Céphée semblait réfléchir à haute voix. Il retournait aussi le bronze dans la plaie. La reine, elle, confrontée de nouveau à l'insupportable, se décomposait.

Le prince choisit ce moment pour soumettre sa proposition.

– Majestés, les seigneurs d'Axoum ne peuvent se déjuger. Pour plaire au peuple, si empressé dans ses opinions et si changeant dans ses croyances, vous avez opté pour la mort de la belle Andromède. Je vous propose de soulager le pays de son fléau, et de sauver votre fille.

À ces mots, Cassiopée releva la tête, et dans ses yeux embués perça une faible lumière. Céphée voulut en savoir plus. Persée résuma.

– En échange d'Andromède, j'élimine le monstre censé se repaître d'elle.

– Et comment t'y prendras-tu ?

Persée envisagea successivement la reine et le roi, puis, d'un air assuré, répondit.

– C'est là mon secret.

– Et quelle certitude aurons-nous que tu ne nous auras pas trompés ?

– Depuis combien de temps le royaume est-il la proie de tempêtes ?

– Les orages destructeurs et les raz de marée se succèdent depuis plus de quarante jours. On ne compte plus les marins perdus en mer. Nombre de paysans ont été emportés. Des centaines de bœufs, de taureaux, de moutons et de veaux ont disparu sans laisser de traces.

Persée, sûr de son fait, calmement, dit :

– D'ici deux jours, ces cataclysmes auront cessé.

Cassiopée, ragaillardie, aurait presque embrassé ce jeune homme aux allures de héros. Quant à Céphée, il ne parvenait pas à croire que les choses fussent aussi simples. Puisque cet étranger refusait de fournir des détails sur sa façon de procéder, le doute ne se dissolvait pas totalement dans la tête du roi.

Persée savait qu'il fallait au plus vite retourner auprès d'Andromède, avec l'espoir que rien ne lui serait arrivé entre-temps. Les dangers ne manquaient pas. Il ne craignait aucun monstre, et, pour lui, aucun cruel festin ne menaçait la princesse, mais des bêtes sauvages pouvaient s'en prendre à elle, comme aussi des hommes, des rôdeurs prêts à commettre n'importe quel abus. Par ailleurs, il lui avait fait boire un peu d'eau douce, mais elle n'avait pas mangé depuis bientôt deux jours, et c'était une raison supplémentaire de se hâter.

Il fut remis à Persée de quoi vêtir Andromède et des nourritures propres à la rassasier. Il emporta aussi une espèce de burin dans un métal inconnu, ramassé sur un champ de bataille, aux côtés d'un cavalier hittite désarçonné et près de mourir. Le soldat qui l'avait récupéré jurait que le moribond appelait cela du « fer ». En tout cas, il s'agissait d'une arme à toute épreuve. On l'avait remisée dans le magasin des réserves sans s'en servir. Puisqu'il fallait briser des chaînes de bronze, pourquoi ne pas essayer cet instrument-là ?

Persée enfourna le tout dans sa besace et vola jusqu'à sa bien-aimée. Sur le chemin, il ne vit pas défiler le paysage, auquel il prêtait peu d'attention, mais son destin, comme si Zeus ou Athéna le lui présentaient pour mieux lui rappeler son devoir. Jeté par la mer sur une île des Cyclades, il avait grandi sans rien savoir du monde que les enseignements d'un père adoptif du nom de Dictys. Sa quête de la Gorgone l'avait conduit aux extrémités de l'univers où il n'avait rien trouvé qu'une prêtresse sanguinaire. Il avait dû s'enfoncer dans les profondeurs du Khémet pour éviter les bandes armées qui infestent les abords du Sinaï. Et maintenant il courait sur le bord d'une mer, mais ce n'était pas la Méditerranée. Il allait terrasser un monstre, mais ce n'était pas la Gorgone. Il rejoindrait bientôt une femme belle comme une déesse pour la délivrer d'un démon, mais ce n'était pas sa mère.

Plus il approchait du rocher fatidique, plus il redoutait un drame. Il avait laissé la jeune fille trop longtemps. Il ne se préparait rien dans le ciel, et Persée songea que ses observations de la nuit précédente se confirmaient déjà. À proximité du lieu de détention, il cria plusieurs fois ; « Andromède. »

Le silence répondit seul à ses appels.

20.

Andromède dormait-elle, ou bien Thanatos avait-il déjà œuvré ? Persée se précipita et brisa violemment les entraves qui écartelaient la jeune femme. Elle s'affaissa dans ses bras. Il l'adossa au rocher, la recouvrit d'une tunique pourpre, vêtement d'apparat qui pouvait bien être en même temps son linceul. Sur le ravissant visage, il versa de l'eau douce.

La lumière des émeraudes brilla de nouveau. Le prince s'attendait à y lire le soulagement de la délivrance. Il y discerna au contraire de la frayeur. Muette, Andromède ne regardait pas son libérateur. Quelque chose provoquait chez elle de l'épouvante. Il pensa qu'elle délirait, s'efforça de la tranquilliser en lui souriant et en lui prodiguant des paroles de réconfort. La peur ne se dissipait pas. Il se retourna et en saisit la raison.

Un énorme aileron de requin rôdait près du rivage. La marée, pourtant faible en mer Rouge, avait dit Zoïs, favorisait les évolutions du squale aux abords de la plate-forme rocheuse sur laquelle se tenaient les deux jeunes gens. L'eau léchait maintenant la base du rocher, rendant le sol glissant. En jetant au loin les chaînes, Persée avait tout à l'heure dérapé, se blessant au talon sur un corail qui affleurait. Le sang avait dû attirer le prédateur, fâché d'être cantonné à l'impuissance.

Dans l'esprit d'Andromède, il en allait tout autrement. À peine revenait-elle à la conscience que la menace tant redoutée prenait forme. Que cet animal ne pût s'éjecter hors de son milieu, et qu'il fût incapable de l'atteindre, cela ne revêtait aucune importance. La princesse ne raisonnait pas, elle tremblait. Elle hurla contre Persée, croyant que celui-ci l'avait détachée pour mieux l'offrir aux dents du carnassier.

Il fallut un bon moment pour qu'elle se ressaisît. Alors, épuisée physiquement et mentalement par deux jours d'épreuves, elle se cala dans les bras de son sauveur et ne bougea plus.

– Tu n'as rien à craindre. Ce requin ne peut rien contre toi. Tu es libre désormais. Repose-toi, nous partirons bientôt ensemble.

Persée garda contre lui la princesse endormie jusqu'à son réveil. Quand elle se fut extraite du royaume d'Hypnos, elle sourit à la seule vue du prince penché au-dessus d'elle.

– Où suis-je ?

– Avec moi.

Elle palpa ses poignets, puis ses chevilles, et du bout des doigts effleura les zones où des ecchymoses en forme de bracelets striaient sa peau. Elle ne souffrait pas de ces contusions, mais les jugea peu esthétiques.

Persée lui prit les mains et embrassa leur paume.

– Il n'y paraîtra plus pour notre mariage.

Les grands yeux verts en ébauche d'amande exprimèrent une joie mêlée de surprise. Persée raconta son aller et retour à Adoulis, l'entrevue avec ses parents, l'accord conclu et les quarante-huit heures dont il disposait pour terrasser le monstre.

Andromède se pressa plus encore contre cet homme,

pareil à un dieu, qui parlait de vaincre l'invincible. Avec une pointe de doute dans la voix, elle l'interrogea.

– Et quand célèbrerons-nous cette union ?

Cela dépendait des règles de bienséance de la cour. S'il n'avait tenu qu'à lui, Persée ne se serait rendu à Adoulis que pour y embarquer avec elle à destination de Sériphos en Méditerranée.

– Dès que cela sera possible.

– Alors, tout de suite !

Persée caressa le front d'Andromède et les deux amoureux s'enlacèrent fiévreusement. La bouche du prince, tout habitée des lèvres de la princesse, plongea ensuite dans ses cheveux, où elle se perdit longuement. Les mains de la jeune femme cherchèrent avec une lenteur exquise le membre durci de celui qui allait devenir son premier amant. Elles s'y posèrent avec délicatesse, et, peu à peu, le comprimèrent pour le préparer au réceptacle où il viendrait bientôt se loger. Et tandis qu'elles simulaient un mouvement de va-et-vient, il s'abandonnait à cette douceur en lui embrassant les seins.

Le parfum naturel d'Andromède évoquait le miel et le jasmin. Jamais auparavant le prince n'avait été guidé à ce point par ce qui le faisait homme. La perspective de la jouissance parcourait les fibres de son être, exacerbait son sexe et annulait en même temps toute perception. Il aurait été incapable de dire s'il disposait toujours de sa virilité, ou s'il en était privé soudainement. Le ciel disparut. La mer et les rochers aussi.

Andromède se déplaça insensiblement. Ses mains lâchèrent leur appui et vinrent frôler les cuisses du prince, augmentant encore, s'il était possible, son excitation. Quand il entra en elle, elle en favorisa l'avancée en serrant son cou entre ses jambes.

Alors, avec une lenteur entrecoupée d'accélérations, les

deux amants, qui ne s'appartenaient plus, cessèrent pour un temps de ressentir les pesanteurs de l'existence. La nuit les recouvrit de son châle noir. Les étoiles suspendues aux cieux baignaient d'un semblant de clarté l'univers transformé en chambre d'amour. Abandonnés, ils restèrent longuement sans mot dire l'un contre l'autre. Jusqu'à ce qu'Andromède rompît le silence pour connaître le plan de Persée. Comment braverait-il le monstre ?

– Il n'est pas nécessaire de se préparer à cet affrontement.

– Je ne comprends pas.

– L'oracle d'Amon a traversé le Khémet, du Delta jusqu'au royaume d'Axoum, en passant par la Nubie et par Thèbes. Moi aussi. Amon est sans doute un grand dieu. Zeus aussi. Le prêtre n'a pas seulement déposé la parole de son maître dans l'oreille de tes parents, mais aussi dans leur esprit. Je ne puis les retourner contre eux-mêmes, et je ne m'y essaierai d'ailleurs pas. Aussi ai-je interrogé Zeus, et il m'a parlé.

Persée marqua un temps d'arrêt. Andromède l'écoutait avec une extrême attention. Elle avait entendu bien des choses sur ce Zeus, par une de ses captives originaire d'une île lointaine. On le décrivait comme un dieu puissant et tonnant, nullement représenté comme les divinités du Khémet et d'Axoum avec une tête de bélier, tel Amon, ou une apparence de vache comme Hathor, mais se rapprochant d'Horus, le dieu du Ciel.

– Quand je t'ai découverte, à l'instar de Prométhée, enchaînée, offerte aux pires génies, ceux du déchirement de l'âme, j'ai sondé le maître des dieux, et, grâce aux enseignements de Dictys, j'ai pu déchiffrer son message.

Persée désigna de son index pointé la lune et une étoile toute proche, fort brillante, avant de poursuivre.

– Il y eut jadis, en mer Égée, un rapprochement identique dans les cieux. Suivant Dictys, il inaugura une période de bourrasques et de tempêtes qui durèrent presque une saison entière. Cela se termina par un raz de marée meurtrier. Les mêmes dégâts que sur cette côte se produisirent.

– Mais comment apaiser la colère de ce dieu ?

– Poséidon seul commande aux flots ; vois comme il est paisible désormais.

– Ne va-t-il pas se réveiller ?

– Non, il vaque à d'autres occupations et ne se préoccupe plus de toi. Ton sacrifice n'aura pas été vain, mais ta mort aurait été inutile. Tu es sauvée.

Andromède se redressa, et embrassa fiévreusement Persée. Une fois encore, le temps s'évapora et l'espace se dilua dans l'infini de la voûte étoilée. Il n'y eut bientôt plus que deux corps fondus en un seul être dont toutes les coutures étaient soudainement gommées.

Le lendemain matin, les deux amants se rendirent à Adoulis. Or, sur la route, un événement de prime abord anodin marqua profondément Persée. Il n'en saisit pas immédiatement l'importance, mais il agit en lui comme un révélateur.

Alors qu'ils franchissaient le lit asséché d'un ru, un cobra plus long qu'un homme leur barra le passage. L'animal cherchait certainement à boire. Dérangé par le bruit des pas, il se lova, dardant les intrus de ses yeux agressifs.

Andromède, de la main, arrêta net Persée. Elle semblait pétrifiée. Il n'en était rien, elle adoptait la seule attitude propre à diminuer le danger.

Le serpent les fixait avec une intensité de statue qui rappela au prince celle de la pseudo-Méduse. Andromède savait, pour s'en être cent fois entretenue avec son chasseur attitré au palais, que peu de temps sépare cette immobilité de l'attaque fulgurante, suivie de la paralysie respiratoire et de la mort. Elle n'ignorait pas non plus que l'agresseur se jette sur sa victime après l'avoir aveuglée de son venin, craché à une vitesse foudroyante. Aussi, avec une lenteur digne d'un crocodile, yeux mi-clos, elle s'empara du bouclier de Persée, puis, avec la célérité du reptile qui se rue sur sa proie, elle présenta la face polie de l'objet devant le cobra. Celui-ci cracha. Aussitôt Andromède se précipita, empoigna l'animal derrière la tête, et le jeta dans la besace de Persée, qu'elle referma aussi bien qu'elle pût.

Elle se tourna vers le prince, sidéré. Il venait de comprendre la raison de sa victoire contre Mounia.

– Je tiens cette technique de Shim'rôn. Les cobras guettent ce qui brille. Tes yeux, comme les miens, sont pour eux des excitants. Leur venin brûle, on est comme paralysé. Tu connais les étoiles, et moi le sol. Nous devrions nous marier.

Les deux jeunes gens rirent gaiement, et reprirent leur marche. Peu de temps après, ils se présentaient devant les murailles d'Adoulis. Quand les sentinelles reconnurent Andromède, leurs cris alertèrent toute la cité.

Avant même que le couple ne parvienne au pied du palais, des Axoumites descendirent dans les rues en hurlant. Ils invectivaient celle qui osait enfreindre l'arrêt divin et insultaient son compagnon. Des femmes pleuraient déjà, certaines des malheurs qui bientôt s'abattraient de nouveau sur la ville, sur elles et sur leurs familles. Des hommes s'armaient de pierres pour lapider les sacrilèges. Il fallut l'intervention musclée de la garde royale pour arracher le couple à la vindicte populaire.

Au palais, on leur tourna le dos. Opprobre du royaume, la princesse inspirait un rejet sans appel. Étranger aux lois d'Axoum, le prince attisait l'hostilité. L'apparition de

Céphée mit fin aux démonstrations de dédain, mais n'éteignit pas le feu qui se propageait dans les cerveaux.

Conduite à ses appartements, Andromède s'y reposa, et reçut la visite de ses parents. Elle leur pardonnait d'autant plus aisément leur décision de la sacrifier qu'elle était désormais bien plus que leur fille. Sa relation avec eux, elle s'en rendit compte aussitôt, avait changé. Ils l'avaient mise au monde, mais sa naissance véritable datait de la veille, et revenait à Persée.

Peu après, devant le Grand Conseil exceptionnellement réuni, le monarque expliqua les données de la situation, en présence de sa femme, mais en l'absence des deux intéressés. Depuis la veille, le monstre n'avalait plus personne et n'occasionnait plus aucun dommage. Persée avait respecté son engagement. Il se devait d'honorer le sien. Le mariage aurait lieu dans les trois jours.

Phinée, arrivé en retard, le visage couvert de sueur et de rage, interpella le roi d'une voix rageuse.

– Quand finira cette mascarade ? De qui se moque-t-on ici ? Suffit-il d'une journée de répit pour donner ton bien le plus précieux à cet étranger ? Doit-on payer un menteur ? C'est plutôt la mort qu'il mérite. Et la moins noble de toutes, par pendaison. Comme un cochon.

Céphée, pris de court, craignant la puissance nuisible de son frère, cherchait ses mots. Cassiopée, elle, répliqua vivement.

– Chacun sait ici, Phinée, que ton intérêt seul guide tes paroles, et non celui de ma fille et du royaume.

Phinée hurla.

– Et quelle honte y a-t-il à défendre sa cause ? N'ai-je pas, souvent, fait converger le bien du pays et le mien ? Tu parlais, Céphée mon frère, de tenir une promesse. Te souvient-il de la tienne à mon égard ?

Céphée, baissant la tête, confirma.

– Oui, nous t'avons promis Andromède, mais...

– Alors au nom de quoi se dédire aujourd'hui ? Elle est à moi, et rien ne m'y fera renoncer.

Cassiopée à son tour haussa le ton :

– Tu n'en veux qu'à sa chair. Persée, lui, a prouvé son amour pour elle.

Un seigneur de haut rang intervint.

– Le roi devrait convoquer les deux jeunes gens. Nous y verrions plus clair en les interrogeant.

Quelqu'un risqua.

– C'est là un sage conseil.

Phinée tonna.

– Pas plus que de déposer les armes devant un adversaire venant t'occire, imbécile !

Et, ce disant, Phinée se dirigea vers la sortie.

Avant de quitter la pièce, il dévisagea les seigneurs assemblés, puis, avec mépris, lança.

– S'il ne tenait qu'à vous, le royaume de mon frère tomberait entre les mains de ses pires ennemis. Votre Persée a libéré Andromède, exposant notre peuple à la colère des dieux. Vous êtes maudits parmi les maudits. Que les foudres coalisées d'El, de Baal et d'Amon s'abattent sur vos têtes, sur vos familles, sur vos bétails. Que votre corps pourrisse dans le désert que sera devenu Axoum par votre faute !

Phinée parti, le roi, reprenant contenance, s'efforça d'amoindrir ces exécrations et plaignit son frère pour sa peine légitime. Cette indulgence provoqua la colère de Cassiopée, mais la reine se contenta d'exprimer sa désapprobation sans relancer la polémique.

Alors Céphée fixa la date des festivités. Elles auraient lieu trois jours plus tard, ce qui laissait le temps au Conseil, comme certains de ses membres l'avaient souhaité en privé, d'apprécier les dires de Persée. Naturellement, si de nouvelles destructions et de nouveaux carnages survenaient, la cérémonie serait annulée, Persée décapité, Andromède reconduite à son rocher.

Devant le peuple massé sur l'esplanade principale d'Adoulis, un héraut annonça que le prince Persée d'Argolide avait vaincu le monstre responsable du malheur d'Axoum, et qu'en échange de ce haut service rendu, le roi lui accordait sa fille.

Adoulis se prépara donc au mariage.

Le lendemain, tout paraissait calme dans la cité. Persée, désireux de visiter la ville, se fit conduire dans ses rues étroites, descendit jusqu'au port, conversa sur la jetée avec des marins, grecs, anatoliens, phéniciens, égyptiens.

Qu'on appelât « Rouge » cette mer qu'ils sillonnaient avec bonheur, même pour accomplir des missions dangereuses ou sans aucune liberté de manœuvre, cela importait peu. Comme les autres, il s'en exhalait des senteurs iodées, elle moutonnait les jours de grands vents, elle bleuissait au matin, et reflétait à perte de vue, le soir, les rougeoiements des montagnes qui la bordaient. Par-dessus tout, à écouter les pêcheurs interrogés, elle regorgeait de fonds magnifiques, surtout le long des côtes, où s'épanouissaient une faune et une flore dans tous les dégradés de jaune, de bleu, d'ocre, de violet, d'orangé, de vert et même de noir. Un univers bariolé dont Persée n'avait aperçu que des miettes jusque-là. Il lui tardait de reprendre pied sur un navire et de naviguer sans plus voir la terre à l'horizon.

Un pêcheur lui proposa de l'emmener sur l'île qui faisait face à Adoulis. On se retrouverait le lendemain à l'aube.

Au lever du jour, Persée embarqua, muni de la besace dont il ne se séparait jamais, et au fond de laquelle reposait encore le cobra capturé par Andromède, qu'avait nourri entre-temps Shim'rôn, son dresseur de reptiles.

Le pêcheur lui présenta quatre hommes qui désiraient, comme lui, effectuer cette promenade en mer. Le quatuor, bizarrement, portait armes et plastrons protecteurs.

Le bateau s'écarta de l'appontement et prit de la vitesse sous la brise. Les poumons de Persée s'emplirent de cet air pur et vivifiant.

Le marin ne tarissait pas d'éloges sur l'un de ses congénères, un hardi capitaine qui lui avait rapporté l'exotique perroquet qui depuis lui tenait compagnie à bord. Il l'avait capturé lors d'un voyage vers le sud d'où il devait rapporter divers résines, encens et myrrhe, commandés par la nécropole thébaine, mais aussi or, ivoire, épices, aromates, parfums, bois précieux, et autres animaux étranges.

Il fallut peu de temps pour atteindre l'île en question. Quand l'embarcation vint mourir sur le sable, et que le prince voulut en sauter, les quatre hommes se jetèrent sur lui et lui entravèrent les mains avec des cordes de chanvre.

La complicité du pêcheur ne faisait aucun doute. Ce dernier conduisit le petit groupe vers une maison isolée, ayant pris soin de se munir du sac du prisonnier, qu'il remit à celui qui leur souhaita la bienvenue.

C'était Phinée. L'oncle d'Andromède savourait son triomphe. Il tenait à sa merci le fameux héros, l'élu, le félon qui, profitant de son statut d'étranger, contrevenait aux règles les plus sacrées.

Il le toisa.

– C'est donc toi ! Qu'as-tu de plus que les autres ? Tu es beau, c'est vrai, mais à quoi cela te sert-il, désormais ? À mieux mourir ?

Tandis que Phinée s'adressait à lui, Persée défaisait ses liens avec patience. Cela aussi, Dictys le lui avait appris.

Jeu d'enfant pour un pêcheur que de démêler des cordages entortillés.

Son vainqueur apparent continua.

– Tu t'es permis de délivrer ma nièce en croyant libérer le royaume de mon pauvre frère. En voilà un que sa femme gouverne ! Mais ce ne sera pas mon cas, crois-le bien. Et maintenant, passons à tes derniers moments. Comment préfères-tu mourir ?

Persée ne daigna pas ouvrir la bouche. Ses liens avaient cédé, mais il conservait une position soumise, pour donner le change.

Phinée s'emporta.

– Vas-tu parler, chien d'étranger ?

Le prince jugea que la colère de Phinée manquait encore de violence pour servir son plan. Il utilisa l'insolence comme excitant.

– Dans mon pays, rien n'égale en valeur un étranger. Quand on ne connaît pas quelqu'un, on peut lui attribuer tous les mérites, lui reconnaître toutes les vertus, respecter en lui l'inconnu. Car, vois-tu, quand un homme s'expose au jugement d'autrui, qu'il se dévoile, comme tu le fais devant moi en ce moment, on ne peut plus après sa chute restaurer l'estime qu'il suscitait.

Le piège opéra parfaitement. Phinée se déchaîna. Les injures se mirent à pleuvoir, il postillonna, tempêta, frappa l'air de ses poings et finalement gueula un ordre à peine compréhensible.

– Sa tête !

Les quatre soldats obligèrent Persée à se pencher en avant pour présenter son cou à l'épée de leur maître. Celui-ci levait déjà son bras quand il vit la besace. Il s'interrompit.

– Tu pensais m'acheter ?

Persée alors, sans changer de position, répondit calmement.

– Oui, seigneur, mais je mesure mon erreur. Pardonne à mon arrogance.

Avec un large sourire, Phinée saisit le sac.

– Que renferme-t-il ?

– La tête de ma dernière ennemie.

– La tienne lui tiendra compagnie dans un instant. Une femme ? Cela ne m'étonne pas de toi. Joli trophée pour un héros ! Vous ferez un beau couple.

Tout en riant de sa plaisanterie, Phinée d'un signe de tête enjoignit à ses hommes d'ouvrir le sac. Le malheureux qui s'exécuta entrevit le masque porté par Mounia au moment de sa mort, mais pas le cobra. Le venin le pétrifia, sous les yeux ahuris de ses camarades et de leur chef, juste le temps nécessaire à Persée pour s'emparer de l'arme de Phinée, et embrocher ses sbires.

Le prince alors, jetant son épée au loin, dit à l'oncle d'Andromède qu'il ne lui voulait aucun mal, que lui seul pourrait succéder un jour à son frère sur le trône d'Axoum, et qu'il souhaitait s'entendre avec lui pour ne pas nuire aux parents de sa future femme.

Phinée opposa un rictus dédaigneux à cette proposition, et les deux hommes regagnèrent la ville.

21.

En dépit du peu de temps dont disposaient les Axoumites pour se préparer à la cérémonie, celle-ci donna lieu à un extraordinaire engouement.

Des messagers avaient parcouru le pays, et on entendait d'autant mieux la nouvelle que le monstre n'opérait plus d'exactions. Ce prince étranger l'avait bel et bien supprimé.

On ne se pressait pas seulement pour participer aux réjouissances, mais aussi pour admirer la beauté d'une princesse dont le visage était resté si longtemps caché. Et on affirmait que celle de son futur époux méritait aussi le déplacement.

Adoulis en fête se décora de rubans, de panneaux de bois figurant les mariés sous un dais formé de fleurs de myrte, de poteries garnies de fruits le long des routes, de feux de joie, d'oriflammes, de vœux de bonheur inscrits sur les murs des maisons, de flambeaux brûlant toutes les nuits, de figues et de dattes offertes dans des paniers d'osier aux passants par les administrateurs royaux, de statuettes fabriquées en hâte pour célébrer la gloire du roi et de la reine.

Aux peintures faciales des jeunes et des hommes répondaient les efforts vestimentaires des femmes, dont parures et bijoux rehaussaient les robes, des plus modestes comme des plus riches. Avec leurs harnachements multicolores, les chevaux semblaient sortis d'un cercueil pharaonique. Un ancien esclave évadé, affecté naguère à l'entretien des tombeaux de la vallée des Reines, à Thèbes, avait obtenu asile au palais en échange de ses secrets. On lui devait le galbe des rosettes, des palmes, des croix dont on ornait les bêtes, qu'il rendait fières de ressembler à leurs maîtres.

Les souverains portaient leurs habits de grand apparat, tuniques plaquées de feuilles d'or, colliers en ivoire, châles bleus incrustés de perles, diadème surmonté de plumes de vautour pour la reine, coiffe de cuir noir en plumes d'aigle pour le roi.

Entourés des seigneurs d'Axoum et des notables de la ville, avec le peuple amassé derrière eux sur l'esplanade palatine, les parents d'Andromède saluèrent et firent annoncer leur fille.

Celle-ci, conformément à la tradition axoumite, marchait pieds nus. Elle témoignait ainsi de son attachement à la terre de ses ancêtres et s'engageait à ne pas la trahir. Sa robe blanche, relevée seulement d'un liseré d'or le long des ourlets qui découpaient sa poitrine en la soulignant, contrastait avec sa peau, brillante de l'huile dont on avait enduit les parties nues, par pudeur. Elle n'arborait aucun autre bijou que ses yeux, qui pouvaient enflammer n'importe quel homme, et, prétendait-on, les femmes aussi.

Quand elle parut, l'assistance l'acclama. Elle sourit avec timidité, comme si elle seule ignorait le pouvoir de son charme. Puis elle s'installa sur un siège en sycomore sculpté de fleurs de lotus, agrémenté d'une couronne de jasmins au-dessus du dossier, à l'intérieur de laquelle vint s'inscrire sa tête, comme une étoile garnie de rayons odorants.

Ce fut alors au tour de Persée d'entrer en scène. Quatre femmes le portaient. Elles le déposèrent sur le sol comme si elles accouchaient d'un nouveau-né, symbole du renoncement féminin à cet homme. De son visage, on ne distinguait que les yeux bleus, éclatants, à travers un masque jaune, emblème du soleil, présent d'Horus. On eût dit deux pointes de ciel au milieu d'un premier jour. Avec l'accord exprès de Céphée, il avait revêtu la tunique rouge des princes d'Axoum, attribut de la charge que pourtant il n'exercerait pas.

Une simple déclaration du roi concrétisa l'union des jeunes gens.

– Andromède ici présente, mon unique enfant, ma fille chérie, princesse d'Axoum, voici l'homme que je t'ai choisi pour mari. Que la blancheur de sa peau n'abuse ici personne. Il est prince et mérite, plus que quiconque, d'épouser notre plus beau joyau. Que les dieux associés à votre alliance veillent sur l'existence qu'ils vous accordent. Que votre vie les glorifie. Qu'Amon et Baal unissent leurs pouvoirs en vous pour élever vos âmes vers eux. Que la noblesse ne soit pas seulement sur vos fronts ni attachée à vos noms, mais imprègne aussi chacun de vos actes.

Puis, tendant les bras vers Persée, il prononça la phrase décisive.

– Prince d'Argos, ma fille est tienne.

Cette proclamation, énoncée en grec, par égard pour l'hôte ainsi distingué, déclencha une formidable acclamation alors même que le traducteur la tournait dans la langue du peuple.

L'homme commença la phrase, mais avant qu'il ne l'ait achevée, une flèche lui transperça la gorge.

Elle venait d'un des remparts, vers lequel tous les yeux cherchèrent en vain l'archer, qui s'était dérobé aussitôt. Une autre surprise attendait la foule, interdite.

Avec des hommes d'armes, Phinée fit irruption sur le parvis d'où, à la stupéfaction générale, Persée avait disparu.

L'oncle d'Andromède se précipita sur sa nièce, lui prit la main, la leva, et hurla.

– Bien peu suffit pour mettre en déroute les ambitions du traître auquel vous alliez livrer l'héritière du royaume. Voyez son courage ! Où se trouve-t-il ?

Phinée, d'un coup d'épée, souleva brièvement la robe de la mariée.

– Ici ?

Encouragé par quelques rires, il fit mine d'examiner la poitrine palpitante.

– Là ?

Ce fut un déferlement, une hilarité générale.

– Volatilisé. Envolé comme un fétu de paille. Ou bien alors, dissimulé dans les nuages.

Tout le monde scruta le ciel. Alors, se tournant vers les souverains accablés, Phinée imposa sa loi.

– Céphée mon frère, et toi Cassiopée, chère belle-sœur, je suis las de vos manigances, et de votre peu d'empressement à tenir vos promesses. Je déclare nul et non avenu le mariage auquel il vient d'être procédé. Il heurte Amon parce qu'il est contre nature. Un lâche ne peut convoler avec la noblesse axoumite. Il ne détient aucun droit sur la descendance d'un peuple dont la pureté inspire aux dieux mêmes le respect. Nous ne nous laisserons jamais dicter notre loi par un étranger.

Avant de poursuivre, il marqua un temps d'arrêt propre à lui attirer l'adhésion générale. Puis, fort d'un soutien écrasant, il continua.

– Jamais, moi vivant, je ne permettrai qu'on viole impunément l'héritage de nos ancêtres. Céphée n'a pas su interdire une telle honte. Il ne mérite plus de régner sur Axoum.

Des hommes à la solde de Phinée encadrèrent le roi et la reine. L'usurpateur s'assura que plus rien désormais n'entravait son coup d'État, et, triomphant, bomba le torse avec encore plus d'orgueil qu'à l'ordinaire.

– Moi, votre nouveau monarque, je prends pour épouse Andromède. Avec votre approbation, que j'exige !

Il l'obtint, sans mal. Non que le peuple la lui accordât spontanément, mais par peur des représailles, en cas de refus. Pas un des présents n'eut le courage de contrer ce coup de force, alors que Phinée ne disposait en tout et pour tout que d'une poignée d'hommes, qui, armés jusqu'aux dents, faisaient illusion. Il faut dire que la perspective de la fête avait conduit à relâcher la surveillance militaire habituelle, et qu'on ne se rend pas à un mariage dans son armure de guerre.

Quand des soldats travestis en vache, en mouton, en aigle avaient investi les deux salles où se préparait la garde royale, celle-ci avait cru à une farce. Elle ne réalisa la forfaiture qu'enfermée dans un souterrain d'où il lui fut impossible de s'échapper. Phinée avait dirigé lui-même l'opération, menée en moins de temps qu'il n'en faut pour la raconter.

Les dirigeants et les notables d'Axoum ignoraient quel sort le nouveau pouvoir leur réservait. Ils furent fixés rapidement : ils vivraient jusqu'au soir, pas plus.

Les circonstances avaient favorisé les vocations tardives. Plusieurs hommes du peuple, ralliés au soulèvement, s'occupèrent des prisonniers avec d'autant plus de zèle qu'ils tenaient enfin l'occasion de se venger de quelque injustice perpétrée par l'un ou par l'autre.

La douzaine de détenus fut menée dans une des salles du palais dont la porte unique facilitait le contrôle.

Peu après, un soldat prétendit vérifier qu'aucun poignard n'avait été dissimulé par les captifs. On ne voyait pas son visage, et il resta dans l'ombre pour ne pas le dévoiler.

L'homme attira l'attention de Cassiopée d'un geste de la main, et, presque aussitôt, invita au silence la reine en barrant ses lèvres de son index. Celle-ci, reconnaissant alors Persée, poussa un petit cri.

À l'extérieur, une voix demanda :

– Tout va bien ?

– Parfaitement.

Céphée à son tour s'approcha du prince, et, appliquant la consigne, chuchota :

– Que fais-tu là ?

– Je me cache.

– Phinée a donc raison de te qualifier de...

Persée coupa le souverain.

– N'en dis pas plus, seigneur, tu m'insulterais gravement. Et tu me compliquerais horriblement la tâche en m'interdisant d'aimer le père de ma femme.

– Tout cela est fini, jeune prince, je ne suis plus rien, ma fille est la proie d'un homme sans loi, et toi tu fuis.

– Non, Majesté. Écoute-moi.

Persée confia son plan au roi. Il hurlerait pour que ses « camarades » ouvrent la porte. Il en bousculerait deux, tandis que tous les prisonniers se précipiteraient sur la dizaine d'autres, en faction à plus ou moins faible distance. L'essentiel était de récupérer leurs armes et de profiter de la surprise pour sauter sur Phinée.

Ainsi fut fait. Les seigneurs d'Axoum, avec leur monarque ayant repris son rôle, déboulèrent alors sur l'esplanade en criant comme des sauvages. Plusieurs de ceux qui les avaient trahis se rangèrent aussitôt à leurs côtés.

Dans le palais en ébullition, on chercha Andromède et Phinée. En vain. Certains juraient que la princesse, désespérée, s'était jetée du haut d'un rempart. D'autres affirmaient qu'ils avaient vu l'oncle et la nièce enfourcher un cheval et galoper vers le sud. D'autres encore n'en démordaient pas : Phinée avait traîné sa victime dans son repaire, malgré les hurlements de celle-ci, qui avaient d'ailleurs retardé la fuite du renégat.

La garde royale, libérée, fouilla chaque recoin, sans succès. Cassiopée, déjà, se lamentait sur le sort de sa fille. Céphée demeurait perplexe. Si des fuyards pouvaient ainsi disparaître à sa barbe, c'est que les dieux les secondaient, les inspiraient même, et dans ce cas, la poursuite lui paraissait perdue d'avance.

Consulter Persée se révéla impossible. Le prince, une fois encore, avait disparu. N'écoutant qu'Athéna, il s'était lancé à la poursuite de Phinée, non vers le sud, mais à l'opposé, suivant une intuition qu'il attribua sans hésiter à la déesse. Il courait. Il volait. Il se sentait l'âme d'Hermès. Comme le messager de Zeus, il livrerait la mort à qui la méritait. « Dussé-je détruire le monde entier, pensa-t-il sur le chemin du bord de mer, je m'y emploierai jusqu'à ce que je retrouve Andromède. »

Athéna, une fois de plus, ne lui avait pas menti. Quand il arriva près du rocher connu, il entendit des pleurs couverts par une voix de brute.

– Je ne suis pas, moi, de ceux qu'on abuse, comme ton père. Je sais très bien que Persée ne viendra jamais à bout du monstre dont parlait l'oracle d'Amon. Quelques jours de répit ne prouvent rien. Vous avez monté tout cela ensemble. Les menteurs finissent toujours par payer.

La princesse, de nouveau attachée aux quatre pitons fixés dans le roc, à bout de forces, niait de la tête, mais la grossièreté de son tortionnaire ne faiblissait pas.

– Si tu ne peux être à moi pour la vie, douce Andromède, tu n'appartiendras à personne d'autre. Mais le démon ne te dévorera pas que je n'aie pris mon plaisir auparavant.

Ce disant, Phinée s'approcha de sa victime et s'apprêtait à déchirer ses habits. Sa main empoignait déjà la robe partiellement défaite, maculée de poussière et de boue, quand Persée s'avança dans son dos et le héla.

– Arrière, vermine !

Phinée fit volte-face, prêt à trucider celui qui, depuis son arrivée, contrait ses entreprises.

Il resta le bras levé, prostré, quand il vit devant lui un bipède ignoble à la chevelure serpentine. Ébauchant un mouvement de recul, il dérapa sur le sol glissant et vint s'empaler sur l'épée accusatrice pointée sur lui.

Afin que son ennemi avant de mourir n'ignorât pas qui le tuait, Persée ôta le masque récupéré sur Mounia. Puis, lentement, il le rangea dans son sac.

Andromède, évanouie avant même l'intervention de son mari, n'avait pas assisté à la scène. Persée lui ôta ses liens et, la prenant dans ses bras, se dirigea vers Adoulis.

Là, au milieu des traîtres pendus à des potences, l'ordre rétabli, la cité tout entière l'ovationna. On lui jeta des fleurs, on agita des fanions, on chanta le retour de la princesse et la joie envahit de nouveau le beau visage.

Remise de ses émotions, reposée, Andromède apprit, au cours du repas du soir, avec ses parents, comment Persée était venu à bout de son oncle. La manière dont il s'était éclipsé à l'issue du mariage, quand Phinée avait un moment pris l'avantage, intriguait Cassiopée.

– Majesté, la vitesse d'exécution équivaut bien souvent à un avantage décisif. La tournure des événements ne me laissait guère de choix. Si je restais au milieu de vous, j'allais à la défaite et à la mort avec certitude. Aussi me mis-je à quatre pattes pour me faufiler entre les robes et les jambes. Je parvins à gagner un souterrain, repéré la veille par hasard, où je me croyais en sécurité. Par malchance, les acolytes de Phinée, ou ceux qui volaient au secours de son éphémère victoire, firent descendre la garde royale dans ce couloir obscur et sans issue. Je me collai à un pan de mur, et, au moment où le dernier des geôliers de fortune ressortait pour rejoindre son poste, je me substituai à lui.

– Mais l'homme ?

– Qu'Amon ait pitié de lui. Mes mains savent serrer fort un cou quand il faut. Je suivis les conjurés. Je les dénombrai vite. Leur organisation me confirma dans l'hypothèse d'une action improvisée. Il fallait donc les prendre de court. Je préconisai à l'un de leur soi-disant chef d'aller vérifier qu'aucune arme n'avait pénétré dans la salle où étaient retenues vos majestés. Je dus le persuader, car il m'assura que personne n'avait gardé quoi que ce soit, ni épée ni poignard. Je lui signalai que l'un des insurgés jouait double jeu, puisque je l'avais entendu non seulement dénigrer Phinée, mais aussi proposer de remettre des bronzes aux condamnés, avant l'exécution, qui devait avoir lieu le soir même. Convaincu, il me chargea de cette tâche. Tu connais la suite, tu l'as vécue.

La relation des faits rendait les événements parfaitement clairs. À un détail près, concernant Phinée.

Le roi opina de la tête.

– Tout de même, il s'agit de mon frère. Certes, le désordre de son esprit l'a poussé aux dernières extrémités, mais l'idée de ne pas récupérer son corps pour lui rendre un dernier hommage me contrarie.

– Si les courants marins le ramènent vers Adoulis, il te sera possible de le repêcher. Si les vents tournent, j'ignore ce qu'il adviendra de lui. Peut-être a-t-il déjà été avalé par un requin ou par un de ces poissons dont regorge cette mer, à ce qu'on dit.

Ce furent les derniers mots de Persée avant de regagner l'appartement d'Andromède, où les jeunes mariés se retirèrent pour leur dernière nuit à Adoulis.

Le sommeil ne les gagna pas immédiatement, d'autant

que le corps de la princesse exhalait son parfum de jasmin, augmenté des senteurs sucrées d'une crème que les bouilleurs d'onguent avaient spécialement préparée pour elle. Persée parcourut le beau corps de sa langue, faisant halte ici, revenant là, honorant de son attention des recoins intimes, savourant le satiné des cuisses comme la douceur des seins.

Andromède goûtait ces préludes en entretenant leur ferveur par d'imperceptibles mouvements des hanches ou du buste. Par jeu, elle se privait, elle aussi, de l'usage de ses mains. Et, sans se soucier des dieux qui réglaient une chorégraphie aussi minutieuse et aussi subtile, les deux amants se fondirent l'un dans l'autre, d'abord avec précaution, puis avec frénésie.

Après cette preuve réciproque de leur amour, tel un enfant blessé, Persée abandonna sa main à celle, fraîche et réconfortante, de sa femme. Il s'ouvrit à elle.

– Quand ma semence a pénétré en toi, je suis mort un instant, ma pure Andromède. Mon âme unie à la tienne se souciait peu alors de mon membre et de ton vestibule d'amour. Nous étions l'un à l'autre sans détour, hors de ce monde qui toujours s'interpose entre ceux qui s'aiment. Ah, si nous pouvions immortaliser cet acte, nous serions des dieux. Le temps s'évaporerait.

Andromède acquiesça.

– Nous devrions essayer de dormir enlacés.

– As-tu déjà songé qu'Hypnos, le maître des nuits et des songes, ne se montre jamais à nous ? À peine dormons-nous qu'il se joue de notre âme comme si nous étions des poupées. Crois-tu qu'il revête ses innombrables déguisements pour mieux nous tromper ? Comment savoir si son frère jumeau, le sournois Thanatos, ne se substitue pas à lui, au dernier moment ? Le premier t'entraîne comme si de rien n'était dans des abysses insondables, et le second en profite pour t'interdire de remonter à la surface. Le royaume d'Hadès referme alors ses portes d'airain pour toujours, et, frappé d'impuissance, te voilà emprisonné chez les ombres, ombre toi-même.

Andromède jugea que ces propos, délivrés à haute voix, ne s'adressaient à personne d'autre qu'à Persée lui-même.

Celui-ci continua.

– Pourquoi donner la mort quand on veut seulement défendre la justice et l'honneur ? Ô ma belle et douce Andromède, les dieux gouvernent mon destin, comme celui de chaque homme, certes, mais pourquoi parsèment-ils ma route de meurtres et de destructions ? Quand Zeus me pardonnera-t-il ?

Cette fois, la princesse intervint.

– Mais de quoi ? Ne songe plus à Phinée. Ses agissements l'exposaient à la plus sévère des punitions. N'a-t-il pas encouru la colère des dieux et des hommes ?

– Dois-je toujours corriger le monde ? Je suis las, Andromède, fatigué de me battre pour extirper l'horreur qui gît dans l'esprit des mortels. C'est là un travail que les dieux seuls devraient accomplir.

La princesse prit la tête de Persée et l'amena sur sa poitrine. Elle lui caressa la nuque.

– Tu ne m'as pas dit pourquoi tu es venu ici, à Adoulis, toi un prince du Péloponnèse.

Que répondre ? La vérité ? Laquelle ? Tout d'un coup, la question pourtant simple de son épouse se dressa comme une montagne devant Persée. Il articula des propos étranges.

– Après mon départ de Sériphos, à cause de ma mère, j'ai poursuivi la Gorgone aux yeux assassins. On l'appelle Méduse. Je l'ai vaincue, comme les autres monstres dont les hommes s'entourent. Son regard transforme en pierre ceux qui le croisent. Si je n'avais pas osé l'affronter, Hadès m'accueillait aussitôt. J'ai tué le regard par le regard, Andromède.

Il releva un peu la tête.

– Avant de te connaître, depuis ma rencontre avec la Gorgone, j'errais justement de regard en regard. Et comme si j'avais trop longtemps contemplé le soleil, je voyais un point noir au milieu de chaque visage. Depuis, tout a changé. Comme si le seul fait de m'être exposé à la hideur du sien avait métamorphosé le mien. Les hommes parviennent si bien à maquiller leur pensée, mieux que les femmes leur peau. Ne détourne jamais tes yeux de moi, Andromède, je t'en supplie. Ton regard annule en moi celui de Méduse. Tu es la vie ; elle est la mort.

La respiration de Persée s'alourdit. Il marmonna.

– Je ne veux pas que tu me prennes pour un destructeur, Mounia... Hermès aux sandales ailées m'a possédé pour mieux te perdre... Sa volonté à la place de la mienne... son bras pour le mien... son épée, pas la mienne... sa serpe de faucheur, pas la mienne... Pourquoi ai-je accepté de suivre les conseils de la triple femme ? Voici ta tête, Mounia, je te la rends. Si elle ne se revisse pas sur ton cou, nous te ferons du cobra un collier, pour mieux la recoller... on ne verra plus la plaie... Et puis voici ton masque. Ne le porte plus en ma présence, je pourrais de nouveau t'arracher les yeux...

Ces divagations d'un esprit sombrant dans le sommeil ne renseignèrent pas mieux Andromède que ses récits précédents.

22.

Le lendemain matin, de bonne heure, le palais fit ses adieux au couple princier.

Voyant que les yeux de Cassiopée se voilaient d'un nuage de mélancolie, Persée s'inclina devant la souveraine et, un genou à terre, déclara :

– Moi, Persée, prince d'Argolide, je jure par Zeus que j'offrirai à Andromède, la plus douce et la plus belle des femmes, un royaume digne d'elle, où règneront la paix et la félicité.

Tout le monde ensuite descendit vers le port où l'on sacrifia des bœufs en hommage à la grandeur d'Amon.

Après l'immolation, les mariés embarquèrent avec leur suite, captifs et captives dévoués, escorte militaire, cuisiniers, chameaux et aussi, sur l'insistance de Persée, le spécialiste des cobras, Shim'rôn.

La galère équipée de voiles qui les emmenait fut applaudie par le port en liesse qui l'accompagna de « hourras » répétés. Tous les Axoumites présents, à commencer par Cassiopée et Céphée, suivirent le navire des yeux jusqu'à ce qu'il s'évanouisse dans les lointains.

Le capitaine fit route vers la pointe sud du Sinaï. La mer Rouge, clémente, et un petit vent du sud favorisèrent le voyage. Les Hittites, peu rompus aux combats maritimes, ne se montrèrent pas. La pacification de Canaan depuis la reconquête sur les Hyksôs de son territoire et de toute la Mésopotamie par le grand Touthmôsis III n'empêchait pas les rixes continuelles entre les roitelets de la région et le Khémet. Au nord, les fréquents accrochages avec l'armée égyptienne débordaient sur l'Empire mitanni ; au sud, ils s'inscrivaient dans le triangle du Sinaï, et, par intermittence, mordaient sur le delta du Nil.

L'insécurité générale de la région côtière plaidait pour un trajet balisé à l'intérieur des terres, celui qu'on appelait « la route des Rois ». Elle allait en ligne droite ou presque d'Aqaba jusqu'à Damas, en passant par Amman, laissant la mer Morte à main gauche, mais elle présentait l'inconvénient majeur de s'écarter par trop du littoral, et d'obliger à un grand détour le voyageur désireux de rejoindre un port.

Persée convainquit ses guides d'emprunter la route des Rois jusqu'à la mer Morte, et, en déviant vers l'ouest, de rejoindre le port méditerranéen de Gaza. Pour la suite, on aviserait le moment venu.

Au matin du sixième jour, les contreforts du Sinaï se dessinèrent dans la brume, et, dans la foulée, le capitaine entra dans le golfe étroit qui, à l'est, longeait ce grand désert. Le couple princier débarqua au bout de ce couloir et la caravane entama sa marche vers la pointe sud de la mer Morte.

Là, malgré les mises en garde, Andromède voulut éprouver les sensations qu'une de ses servantes, capturée naguère dans la région, lui avait rapportées. Prenant soin de ne pas exposer ses yeux à l'eau, elle se baigna. Son corps flotta comme une pulpe de luffa. Sur le dos, elle leva les bras, comme pour invoquer les dieux, et conserva son équilibre. Elle parvint même à relever ses genoux, sans baller. Quand elle se retourna, elle oscilla un moment avant de constater qu'elle ne pouvait pas nager, comme on le lui avait appris, parce que son bassin et son torse remontaient vers la surface, entravant tout mouvement. On dut l'aider à sortir. Une fois dehors, il fallut dépenser beaucoup d'eau douce pour la laver de son sel.

Pendant ce temps, un soldat fut envoyé en éclaireur vers Gaza. L'homme avait parcouru les lieux un nombre de fois incalculable et devinait même les menaces avant les animaux. Il revint cinq jours plus tard, comme convenu, et son état renseigna mieux que de longs discours sur les périls encourus. Ceux qui l'avaient attrapé lui avaient fait grâce de la vie, mais elle ne lui servirait plus à grand-chose. Persée crut qu'il sortait tout droit du lac Tritonis. On lui avait arraché la langue, crevé les yeux, découpé les oreilles, obstrué le nez, brisé les bras. Comment il avait retrouvé la caravane, cela resta un mystère pour tous. Le malheureux, incapable de fournir la moindre information, vu son état, aurait agonisé pitoyablement si Andromède n'avait ordonné qu'un cobra nourri et choyé par Shim'rôn abrégeât ses souffrances.

À l'évidence, il valait mieux éviter le chemin de Gaza. Assinissias, le chef militaire de l'expédition, préconisa de conserver la mer Morte à main droite et de remonter plus au nord. Il connaissait mieux que personne la région, pour y avoir grandi, pour s'y être battu avant d'émigrer en Axoum, où il avait conquis la confiance des souverains. Il proposa de contourner les zones les plus dangereuses en passant par une petite cité dénommée Jérusalem. Personne ne s'y intéressait, et elle préserverait l'anonymat des voyageurs.

Andromède en avait entendu parler chez ses parents par des marchands, mais s'ils en vantaient la vitalité, ils en moquaient l'ambition. Assinissias précisa que son plus grand avantage résidait dans la diversité de ses habitants.

On s'y fondait mieux qu'ailleurs dans la foule sans y être inquiété par des curieux. D'après lui, c'était le moyen le plus sûr de redescendre ensuite sur Gaza, ou, si les circonstances l'imposaient, de monter jusqu'à Tyr.

La progression vers Jérusalem s'effectua sans difficulté majeure, à l'exception de quelques ennuis occasionnés par des hors-la-loi semi-nomades, révoltés contre l'oppression égyptienne, qui survivaient à la lisière des cités en cherchant à se faire embaucher comme mercenaires, et dont il fallut acheter la neutralité.

Assinissias expliqua en cours de route à Persée que, contrairement aux murs en talus de Sichem, de Megiddo, de Jéricho ou d'Hasor, qui ménageaient des portes à étranglements successifs, pour le passage des chars, les remparts de Jérusalem la ceignaient d'un seul bloc. Certains arguaient d'un retard architectural, ou d'une faiblesse défensive, mais, d'après le général axoumite, ils se méprenaient sur les raisons d'un tel choix. Pour réagir à une attaque, même soudaine, la ville disposait de tout le temps nécessaire. Sa situation géographique déterminait son option stratégique. Les autres cités devaient s'organiser pour des ripostes avec des attelages. Pas elle.

De fait, quand la cité à l'horizon se dévoila, point de convergence de collines désertiques, ornée d'une ceinture de montagnes aux pics enneigés, elle parut inaccessible et comme habitée par les dieux.

Il se dégageait du site un climat étrange, quelque chose que Persée n'avait jamais constaté ailleurs. Des casemates aux toits enchevêtrés, comme attachées aux rayons du soleil que filtraient d'épais nuages, flottaient entre ciel et terre. Les alentours, plongés dans l'ombre, accentuaient l'effet de suspension. La ville se détachait des monts avoisinants avec dignité, sans qu'on pût dire exactement pourquoi. C'était une atmosphère générale qui tout à la fois l'enveloppait et s'en dégageait.

Quand la caravane se présenta devant les remparts, la seule présence d'Assinissias déclencha l'ouverture des portes. Celui-ci emmena le couple princier chez un de ses parents, où il put se reposer.

Persée vérifia plus tard les propos du militaire. Dans cette petite cité se croisaient Grecs émigrés, Hittites ayant déposé les armes, Sémites divers, Syriens installés, Philistins venus de la mer, esclaves évadés parmi lesquels des Hébreux, des Araméens, des Assyriens ou des Phéniciens, qu'infiltraient presque sûrement les agents du pharaon.

Tout ce monde cherchait à s'affranchir du joug égyptien mais gardait à l'égard du Khémet un respect mêlé de crainte qui incitait chacun à guetter des jours meilleurs. Assinissias expliquait d'ailleurs à qui voulait l'entendre, non sans imprudence, que le Khémet ne parviendrait jamais à conserver le contrôle de pays plus vastes que son propre territoire. Comment, soutenait-il, venir à bout de bandes, ici un jour, un autre là, qui jaillissent du désert comme des mirages, disparaissent au moindre revers, resurgissent à la première occasion, toujours insaisissables et qui vous harcèlent sans relâche ? Et quand on lui opposait que les pharaons dominaient cette partie du monde depuis toujours, comme un de leurs jardins périphériques, hormis quelques parenthèses somme toute éphémères, il rétorquait sans se démonter que le temps ne comptait pas en la matière, et que, semblables aux dieux qui ne se préoccupent pas de leur mort, puisqu'ils ignorent de quoi il retourne, les ennemis des Égyptiens finiraient par l'emporter, dussent-ils dépenser autant de vies qu'on peut construire de phrases avec quelques lettres de l'alphabet phénicien, pourvu qu'on sache les arranger les unes avec les autres.

Lors de sa halte en Crète, Persée avait évoqué avec Garoustios les talents de certains artistes orientaux. Il ne s'étonna donc pas de voir plusieurs céramistes modeler des poteries noires, lustrées, incrustées d'une pâte blanche originaire du Nord, et de travailler à créer l'illusion du métal par un polissage très soigné des engobes. Des Cananéens s'étaient taillé une belle réputation dans la teinture pourpre, et entretenaient des relations suivies avec des Phéniciens, fournisseurs du colorant. C'est d'ailleurs devant l'une de ces échoppes que Persée prit langue avec un des pêcheurs de la précieuse marchandise, un certain Naèram.

Natif de Tyr, l'homme suggéra d'attendre sur place deux fois dix jours encore et de lui louer ses services. L'idée de passer par Gaza ne lui parut pas des plus judicieuses, vu les événements. Plusieurs marins avaient disparu, pour des raisons obscures. Sur place on prétendait qu'ils se livraient à un trafic interlope, mais lui penchait plutôt pour un conflit commercial, où la jalousie jouait son rôle. Contester leur suprématie aux Phéniciens conduisait leurs concurrents à des actions peu compatibles avec l'honneur.

Persée entendit ces propos comme un plaidoyer en faveur d'un embarquement à Tyr. Renseignements pris, il semblait effectivement plus sage d'éviter Gaza, même s'il fallait ajouter plusieurs jours de marche pour atteindre la cité phénicienne.

Le jour dit, Persée quitta Jérusalem avec sa femme, tous deux satisfaits de se remettre en route et de sortir de ce refuge provisoire. Ils envisagèrent un moment de remonter par le Jourdain, mais les risques d'agressions organisées sur l'une ou l'autre rive étaient trop grands. Aussi préférèrent-ils aller avec une petite escorte jusqu'à Tyr. Sauf un début de tempête de neige, peu après leur départ, rien ne les arrêta plus jusqu'à la Méditerranée.

Quand la mer se profila au loin, Persée ressentit les appels du large. Il s'efforça de retenir dans ses poumons l'air vivifiant comme un nectar. Le torse bombé, le nez levé, il fit sourire Andromède, qui lui compara le chien de son père, toujours à humer la moindre odeur.

– Ta comparaison ne me blesse pas, au contraire. Qu'y a-t-il de plus fidèle qu'un chien ?

Il venait de prononcer cette phrase avec un brin d'ironie, tempérée par un regard où son amour perçait. Andromède le serra dans ses bras et les jeunes gens s'adonnèrent à des démonstrations de tendresse, sans se soucier de ce qui les environnait.

Devant l'immensité d'un bleu uniforme, la princesse avoua sa fascination. Elle découvrait enfin cette étendue sans limites qui devait toucher aux extrémités du monde. Persée le lui confirma. Elle traverserait le plus gigantesque des déserts, un univers liquide dont les îles grecques constituaient les seules oasis. Et plus on approchait de Tyr, plus le sentiment d'infini grandissait.

Sur son île imprenable, la ville offrait les meilleures conditions de sécurité. La côte toute proche formait une espèce de digue à laquelle semblaient s'adosser ses habitations. Pour un peu, on aurait confondu le port avec un bateau près d'appareiller.

Au bas des remparts, appendice mural de rochers affleurants, un liseré d'écume renforçait encore cette impression. Au nord-ouest, une cuvette naturelle constituait une anse idéale, invisible depuis la terre, où venaient mouiller les navires. C'est là qu'était amarré celui de Naèram, l'*Ékoundi*. Au premier coup d'œil, il ne valait pas le *Phéronia*, mais, songea Persée, celui-ci avait sombré avec son équipage.

Sur la jetée, des acheteurs étudiaient du regard les produits déversés par les pêcheurs. Les affaires se traitaient à la criée. Des ouvriers entassaient les murex dans des bacs, avant de les transporter dans les magasins où d'autres concasseraient les coquilles épineuses, pour extraire le colorant sécrété par le mollusque. On laisserait ensuite macérer le liquide visqueux dans des petits bassins.

Des vapeurs surnageaient, imprégnées d'odeurs écœurantes. Des monceaux de débris calcaires rejetés plus loin témoignaient d'une activité incessante. Des espaces réservés au séchage des tissus trahissaient les commandes, déterminant les durées d'exposition au soleil, du violet au rose en passant par le cramoisi et le rouge orangé.

En raison des difficultés de la récolte, le prix des étoffes pourprées s'élevait rapidement. Aussi, des hommes en armes assuraient la garde, jour et nuit, des établissements les plus riches, dont les rois, les nobles, les prêtres et autres puissants constituaient la clientèle.

Grâce aux relations de Naèram, Persée acquit deux tuniques destinées à sa mère et à Dictys. Il en offrit une à Andromède, du plus beau pourpre. Mais le prince ne s'arrêtait pas à Tyr pour faire des achats. Il enjoignit au capitaine de se préparer au départ.

Malgré le respect que lui inspirait son futur passager, le Phénicien attira son attention sur les conditions atmosphériques, et sur l'impossibilité, comme il le craignait, de prendre Sériphos pour cap.

– Il est encore trop tôt dans la belle saison pour échapper au gros temps. Tu le sais aussi bien que moi, seigneur. Si nous faisions route au nord-ouest, nous risquerions de passer sous la Crète, et de ne jamais remonter les courants pour atteindre ton île. Affronter la haute mer serait suicidaire. Il va falloir caboter.

– Nous perdrons beaucoup de temps.

– Est-il préférable d'écourter ta vie et celle de ta magnifique épouse, ou de naviguer un peu plus longtemps ?

Ça ne se discutait pas.

– Quand levons-nous l'ancre ?

– Demain, si tu l'ordonnes.

On consacra le dernier jour aux préparatifs du départ. Andromède choisit les deux servantes qui l'accompagneraient, tandis que son mari vérifiait le chargement de ses objets précieux, au premier rang desquels sa besace et son bouclier. Il appela Shim'rôn, qui devait, lui, s'en retourner à Adoulis, avec le gros de l'escorte axoumite. Il lui demanda de lui confier un de ses chéris en parfaite santé, repus suffisamment pour demeurer inerte un long moment. Le dresseur choisit son plus beau spécimen, et lui dit adieu comme s'il se séparait d'un ami. Le serpent rejoignit le masque de Méduse dans le fond du sac.

Informée, Andromède ne dit rien avant la fin de la journée, mais après le dernier repas du soir, sur la terrasse qui dominait la mer et où, allongé sur une chaise longue, il rêvassait, elle questionna Persée sur ses intentions.

– Les dieux seuls, douce épouse, pourraient, si tel était leur désir, satisfaire ta curiosité.

Dans la faible clarté qu'entretenait un quartier de lune, la princesse scruta le visage de son mari. Il ne ressemblait à aucun autre homme. Bien sûr, son enveloppe corporelle ne le distinguait pas radicalement des mortels, en dépit de sa stature et de sa beauté, mais une force unique se dégageait de lui, surhumaine. Ses yeux bleus aux reflets d'or, grand ouverts, méditaient, comme happés par les lointains. Un filet de lumière s'y réfléchissait, tache lumineuse à peine ébauchée, venue du ciel et dispersée dans l'espace. Ses épais cheveux dessinaient, au-dessus de son front et autour de son cou, un casque d'ébène. Ses lèvres sensuelles ne remuaient pas, mais tout parlait en lui un langage divin.

Andromède se blottit contre lui et jugea l'instant propice aux confidences.

– Je ne sais rien de ta mère.

Persée sourit.

– Aucune femme, hormis toi, ne l'égale en beauté.

– La verrai-je bientôt ?

– Oui, si Poséidon favorise notre voyage, et si nous arrivons à temps pour l'arracher aux griffes du tyran qui règne sur Sériphos.

– Et ton père ?

Persée marqua une hésitation, puis, comme s'il reconstruisait péniblement une mosaïque incomplète, il s'efforça de répondre.

– Ma mère habitait une prison de bronze, dans le palais de mon grand-père, à Argos. J'y suis né. La première image que je conserve est une pluie d'or – ou peut-être me l'a-t-on raconté. Elle s'infiltrait par les interstices de la toiture, et heurtait le sol, où elle dessinait une auréole éclatante. Danaé affirme que ce fut là le sperme divin à qui je dois la vie.

– Quel mortel aurait pu, comme toi, vaincre le monstre d'Axoum ? À l'idée de ta seule présence, il s'est dilué dans la mer Rouge. N'est-ce pas la preuve d'un pouvoir supérieur ?

– Crois-tu si exceptionnel d'affronter le danger en face ? Je ne connais pas d'autre moyen de le dissoudre. On ne s'en affranchit jamais en le fuyant. Il guette en permanence.

Andromède lui caressa la joue.

– C'est cela qui fait de toi un dieu.

– N'importe quel guerrier de valeur aurait agi de la sorte.

– À la guerre, pas devant une puissance monstrueuse.

N'as-tu point, auparavant, exercé tes talents de façon similaire ?

Question troublante née de l'intuition féminine. Certes, tuer Méduse n'était pas à la portée de n'importe qui mais, précisément, il savait, lui, que sa victoire sur la Gorgone relevait plus de la lucidité que du courage.

– Oui, mais dans les deux cas, la même technique a opéré.

Comme si cet argument s'était transformé en substance dormitive, Persée plongea presque aussitôt après dans un profond sommeil, dont il n'émergea que le lendemain, à l'aube.

Il constata que sa femme n'était plus à ses côtés. Levé d'un bond, il éprouva une peur inexplicable. Et si Zeus, fâché de ses sentiments relâchés, s'était vengé sur la princesse ? Il la chercha partout, avant de se rendre sur le port, où personne ne fut capable de le renseigner. Un marin, risquant sa vie sans s'en douter, ébaucha un sourire moqueur. À cette heure matinale, un mari ne devait pas courir les rues après son épouse. Si Persée n'avait pas eu l'esprit ailleurs, cette insolence aurait été châtiée d'une mort immédiate.

De retour chez son hôte phénicien, le prince estima qu'il était parfois plus difficile de punir une attitude impudente que d'éliminer un monstre hideux.

Il hurla. Andromède lui répondit le plus naturellement du monde. Elle se trouvait au dernier étage. Incapable de s'endormir, elle avait contemplé le ciel et les étoiles pendant la plus grande partie de la nuit. Contrairement à la terrasse, le toit supérieur offrait un panorama dégagé. Et elle avait scruté Sériphos. Persée lui assura qu'elle n'apercevrait l'île qu'à sa proximité.

– L'architecte de mon père prétend que plus haut est l'édifice, plus loin porte la vue. Avec une tour montant au ciel, on verrait le bout du monde.

Sur cette affirmation, à laquelle Persée ne sut quoi riposter, le couple descendit vers le port, où l'équipage et les serviteurs attendaient, prêts au départ.

Une petite brise facilita la sortie, et le navire s'éloigna de Tyr dans le matin naissant. À l'est, l'horizon épousait les dentelures de l'interminable ligne des montagnes. Les premiers rougeoiements de l'aurore viraient au rose, avec un éclaircissement progressif vers l'ouest, où le bleu et le jaune pâle s'affirmaient timidement. Sur la bande côtière, où les ombres fuyaient en soulignant les contours des maisons, des forêts, des champs cultivés, la nuit capitulait. Il ne lui restait plus que la mer, où elle jetait ses dernières forces, entamées par le recul du noir d'encre qui cédait au bleu, encore profond mais bientôt étincelant.

Et puis, d'un coup, tel un éclair qui embrase tout, le soleil creva la barrière brune des cimes et fit tout voler en éclats. Jusque-là discrètes, effacées, les collines s'enflammaient de lumière. La terre, le ciel et la mer sortaient de leur torpeur avec exubérance et paraissaient négocier leurs frontières avant de s'arrêter à leurs nouvelles limites.

Depuis le large, le couple avait en silence assisté à cette flambée, avec une ivresse comparable à l'amour. Et la cérémonie terminée, il avait résolument fixé les yeux au-delà de la proue du bâtiment, là où, dans les brumes de l'inconnu, se dessinait son avenir.

23.

Si les circonstances l'avaient permis, Naèram aurait contourné Chypre par le sud et visé la côte de Lycie ou de Carie, en doublant Rhodes, pour éviter les courants qui risquaient de le drosser au delta du Nil. La prudence et un fort vent de sud-ouest l'incitèrent plutôt à mettre le cap sur la grande île. Son indépendance politique et son isolement lui épargnaient de pencher du côté des rois hittites d'Anatolie ou de celui des pharaons du Khémet. Cette neutralité, respectée par les deux partis, en lui assurant la paix, préservait son commerce. Par surcroît, le capitaine pourrait livrer des colorants au comptoir phénicien d'Enkomi-Alasia, et s'entendre avec des compatriotes pour acheminer, lors de son retour, des lingots de cuivre à Ugarit ou à Tyr.

Après deux jours de navigation, et une halte d'une journée dans le centre incontesté de l'industrie cuprique, où Persée échangea quelques mots en langue ugaritique avec des artisans locaux, eux-mêmes pourtant rompus au grec, l'*Ékoundi* reprit sa route en direction de Rhodes.

À proximité de l'île, une tempête faillit mettre un terme au voyage. Le bateau gîtait fortement. Des paquets de mer giflaient hommes et choses. L'équipage se taisait tandis que Persée réconfortait Andromède, malade au point de supplier qu'on l'achevât. Elle jura qu'elle ne reprendrait plus jamais la mer, que si elle réchappait de cette aventure, elle rendrait grâce à Baal en lui offrant son âme et bien d'autres promesses encore. Persée lui caressait la tête. Lui-même peu à l'aise, insuffisamment amariné, luttait contre la nausée qui le gagnait en s'efforçant de ne penser à rien.

Naèram, arc-bouté à l'aviron de gouverne, les yeux fixés sur la voile carrée, dont il craignait le déchirement, murmura une prière au dieu de Tyr.

– Ô divin Melqart, puissant maître de mes pères, toi qui sais tout, qui pénètres tout, qui comprends tout, vois ma détresse et agis pour mon bien. Je n'ai pas seulement un chargement de valeur, mais aussi des passagers de marque, plus précieux que mes marchandises. Ne déchaîne pas contre nous tes fureurs. Si je n'ai pas su te plaire, n'en tiens pas responsables mes compagnons. Veuille étendre ta paix sur cette mer dont tu nous as toi-même doté !

Le capitaine manœuvrait comme il pouvait pour épauler les vagues et ne pas dessaler. Il n'était plus question de choisir un itinéraire mais de sauver sa peau. Ignorant où exactement il se trouvait, Naèram scrutait la surface en guettant les récifs éventuels. Il profita d'une faible éclaircie pour repérer l'entrée d'une petite baie. Avec un peu de chance, il parviendrait à s'y laisser dériver. Il invita tout le monde à se masser à l'arrière pour faciliter son approche. Ainsi allégée de la proue, l'*Ékoundi* avançait hardiment, tel un cheval qui lève l'encolure pour franchir l'obstacle.

Melqart dut entendre le Phénicien, à moins que ce ne fût Baal qui s'apitoyât sur le sort d'Andromède ou Poséidon sur celui de Persée. Toujours est-il que le navire fila comme une flèche jusqu'à la plage de Xanthos, où ceux qui le virent s'échouer crurent à l'arrivée d'un poisson ivre, projeté à grande vitesse vers sa mort.

Il n'y eut aucun blessé. Les contusions de tel ou tel

provenaient de chocs en mer, non de l'abordage. Le bâtiment, lui, avait souffert, et il exigerait certainement des réparations avant de repartir.

Équipage et passagers se dirigèrent vers la forteresse de Xanthos, capitale de la Lycie, pays sur lequel régnait le successeur de Iobatès, Bellérophon.

Sur le chemin de la citadelle, au milieu des bourrasques, Andromède contre lui, Persée se réjouissait de cette rencontre avec un roi aux exploits connus de tous. Il s'entretiendrait enfin avec un être issu d'immortels. Certes, le maître de Xanthos ne descendait pas directement de Zeus, mais il appartenait à une lignée divine qui comptait Ouranos, Japet, Prométhée, Deucalion, Hellèn et Eolos. Dictys, lui-même neveu de Sisyphe, aimait à rappeler sa parenté avec Bellérophon, le petit-fils du grand roi.

Persée n'ignorait presque rien de la jeunesse de ce prince qui avait grandi à Corinthe, où Dictys l'avait souvent croisé, mais dont il avait dû s'exiler sur ordre de Sisyphe, à la suite du meurtre – involontaire, clamaient ses défenseurs – d'un certain Belléros. Pourquoi il était devenu roi de Lycie, cela il l'ignorait. On rapportait que logé chez Prœtos, à Tirynthe, il avait tenté de circonvenir son épouse, la reine Sthénébée, félonie punie avec indulgence du seul bannissement.

Naèram, lui, racontait les histoires qui couraient à propos de ce roi étrange. Monté sur un cheval ailé du nom de Pégase, il franchissait n'importe quel précipice comme s'il enjambait un ruisseau, pourchassait n'importe quoi et n'importe qui, pour le seul plaisir d'éprouver la résistance de ce qui s'opposait à lui. On prétendait aussi qu'il avait tué ses propres enfants et abandonné sa femme à une vindicte populaire que sa cruauté avait provoquée. D'aucuns affirmaient qu'il ne s'agissait pas d'un homme, mais d'un être surnaturel, et ils en fournissaient la preuve : ni rivé au sol, comme les mortels, ni élevé dans les airs, comme les immortels, il se mouvait dans l'entre-deux, par la vertu de Pégase. On disait encore qu'il avait un soir engrossé toutes les femmes de Xanthos, sous les yeux ahuris de son épouse légitime. La scène s'était déroulée dans la vaste plaine qui s'étend à l'est de la ville. Les unes après les autres, il les prenait, petites et grandes, minces et enrobées, laides et belles, appétissantes ou rebutantes.

L'ouverture de la porte principale de la citadelle mit fin aux élucubrations du capitaine.

Quand les gardes informèrent leur chef de la présence d'un prince et d'une princesse divinement belle parmi les rescapés, celui-ci s'empressa d'avertir le palais, où on lui ordonna de restaurer leur suite et de les inviter à se rendre au mégaron.

Dans la grande pièce, une femme, triste, les reçut avec les honneurs que son rang devait au leur.

– Mon nom est Philonoé. Bienvenue à vous deux. Que cette maison soit la vôtre durant votre séjour.

Sans attendre que les étrangers se présentent, elle ajouta :

– Vous voudrez bien excuser mon mari. Il s'est retiré dans ses appartements.

Persée jugea que cette manière n'était pas d'un roi, et il lut dans les yeux de la reine que son époux s'était plutôt retiré du monde.

– Je suis Persée, prince d'Argos, et voici mon épouse, la princesse axoumite Andromède. Nous allons à Sériphos, mais nous avons été contraints de faire halte chez toi. Que Poséidon et Eole en soient remerciés, puisqu'ils nous permettent de connaître la femme du grand Bellérophon, et de découvrir sa beauté.

Philonoé sourit en baissant la tête. Quand elle la releva,

elle resta sous le charme des émeraudes plantées au milieu du visage d'Andromède.

– Peu d'hommes, princesse, soutiendront une telle lumière. Persée doit être d'une espèce à part.

Elle avait prononcé cette dernière phrase avec de la mélancolie dans la voix, comme si elle renvoyait à une expérience personnelle douloureuse. C'est du moins ce que Persée en déduisit.

Au cours du repas qui suivit, Philonoé expliqua que Bellérophon, en succédant à son père à elle sur le trône de Lycie, s'était attelé à un travail titanesque, afin de rendre au pays sa splendeur. Non que Iobatès, dont elle gardait tendrement le souvenir, eût failli à la tâche, mais la multiplication des menaces et les guerres menées en son nom avaient eu raison de lui. Heureusement, son mari avait vaincu un monstre terrifiant qui ravageait la région, la Chimère. Il s'était par la suite attaqué aux Solymes, les pires ennemis de la Lycie, avait affronté aussi les Amazones et des pirates redoutables qui écumaient les côtes de Carie. Le tout avec l'aide de son plus fidèle ami et complice, Pégase. Nul ne savait d'ailleurs qui du maître ou de la bête redoutait plus une séparation.

Bellérophon avait inauguré son règne par une reprise en main autoritaire et imprimé sa marque sur le royaume avec une détermination redoutable. Ces temps derniers, il vivait reclus, au bord de l'épuisement, voilà pourquoi il ne paraissait pas à ce dîner.

Andromède plaignit le roi, et avec douceur exprima sa sympathie à Philonoé. Persée, lui, était convaincu que la reine mentait.

Le lendemain matin, alors qu'il visitait les écuries royales, il voulut admirer la fameuse monture du roi. Un palefrenier, contre toute raison, soutint qu'elle vivait jour et nuit aux côtés de son maître, dans une des salles du palais qui lui était spécialement réservée. L'homme et l'animal ne se quittaient plus. Interrogé, craignant pour sa vie s'il parlait, le serviteur se contenta de répéter les paroles de la souveraine. Elle affirmait qu'on devait respecter une volonté qui ne portait nullement atteinte à la gloire et au rayonnement de la Lycie. Le prince déchiffra pourtant dans ses yeux un message que le pauvre involontairement laissait percer : un grand roi ne doit pas seulement assurer la sécurité de son royaume et de ses sujets, il doit aussi paraître et briller de sa personne.

Persée revint au palais avec des sentiments mélangés. Quelle différence établir entre ce genre de disparition et la mort ? Les funérailles, se dit-il. Si Bellérophon chevauchait Pégase aux Enfers, il n'avait pu dissimuler son corps aux habitants de Xanthos. Aurait-il quitté la cité ? Pour quelle destination ? Si tel était le cas, comment Philonoé pouvait-elle régner seule, sans la garantie de son mari ?

Le prince en était là de ses réflexions quand il entendit des cris. Un bébé réclamait furieusement à manger. Il apprit qu'il s'agissait du troisième enfant du couple royal, dénommé Hippolocos. Cela expliquait les traits tirés de Philonoé. Elle venait d'accoucher, et se remettait de sa grossesse. L'absence du père intrigua Persée d'autant plus.

Il rejoignit la reine dans la pièce où sa nourrice allaitait l'enfant. Le visage du petit disparaissait dans le sein généreux de la captive, qu'il tétait goulûment. Ses poings serrés témoignaient de sa concentration pour ne rien perdre du précieux liquide.

– Vois, prince, comme cette poitrine laiteuse enveloppe mon fils. Il s'y réfugie. N'est-ce pas d'ailleurs le plus magnifique des royaumes ?

Puis, s'adressant à son fils en lui caressant la nuque, elle prolongea une espèce de méditation, destinée sans doute à elle seule.

– Profite bien de ces instants, petit Hippolocos, ce seront peut-être les meilleurs de ta vie.

La reine se tourna vers Persée, émue aux larmes, parut attendre de lui un soutien, et l'invita d'un geste à passer dans une pièce attenante. Ils empruntèrent un vestibule, décoré de feuilles d'acanthe dorées, qui ouvrait sur le petit mégaron, où ils s'isolèrent.

– Majesté, quelle douleur te torture au point de ne plus entrevoir que des ténèbres en plein jour ?

Philonoé leva les yeux vers le prince et fut envahie par la lumière bleue d'un regard aux allures de ciel. Elle eut le sentiment d'être arrachée à ce monde où elle rampait. Elle garda le silence. Persée respecta cette pudeur. Alors qu'il allait s'excuser, elle anticipa.

– Ne regrette pas ta question. Une reine n'est pas une femme comme les autres. Elle ne s'appartient plus. Même son corps doit se soumettre aux exigences de sa charge. Mes pleurs étaient ceux du peuple, non les miens.

– Son dernier-né, le roi Bellérophon ne le connaît pas encore, n'est-ce pas ?

Philonoé acquiesça de la tête.

– Et il ne vit plus à Xanthos.

La reine fixa Persée d'un air maternel.

– Qui es-tu donc, prince, et d'où te vient ta clairvoyance ?

– Depuis un certain jour au cœur de l'Atlas, j'ai appris à regarder la vérité en face. Le malheur ne siège pas dans la réalité des choses et des êtres, mais dans leur négation. Je préfère une grande souffrance à un mensonge protecteur. Tout est question de temps, Majesté.

Il y eut un silence pesant, comme si les dieux s'employaient à ratifier cette position radicale. Philonoé le prolongea, incapable de libérer son secret. Persée l'admit.

– Ta poitrine est une prison pour tes mots. Ne leur fais pas violence, je suis patient.

Les senteurs du matin accompagnaient l'entrée du soleil dans la pièce. Ses rayons allaient droit sur la mosaïque où un banc de poissons argentés tentait d'échapper à un prédateur aux reflets violâtres. La scène frappa le prince par son réalisme. Il observa certains détails, notamment les mâchoires du carnassier, et s'en amusa.

– Il n'existe pas de tels animaux dans les mers. Du moins, à ma connaissance. Ces dents sont celles d'un requin, et cette gueule celle d'une baleine. Cette brave bête ne goûte pas à ce genre de mets.

– Une brave bête, cette horreur ?

Le cri de Philonoé contrastait avec son attitude précédente. Elle exprimait sans doute une sourde peur, commune aux mortels qui avaient navigué.

– L'apparence, Majesté, trompe souvent. Nous ne voyons pas ce que les dieux distinguent d'emblée, audedans et au-dehors de nous. J'ai croisé des monstres plus humains que des hommes, et des hommes plus abominables que cette Chimère dont ton mari est venu à bout. Aux frontières du monde, en ces contrées où, dit-on, nulle lumière ne pénètre, et où seul un œil neuf perçoit l'indiscernable, j'ai rencontré le plus terrible des regards. Il pouvait dissoudre en moi la vie, conduire mon âme à la ruine, inverser le bien et le mal, me fermer les portes de la vérité, me détruire en me remplissant d'illusions.

– De quoi me parles-tu ?

– De la Gorgone. De Méduse.

Philonoé couvrit son visage de ses mains. Persée continua.

– Oui, j'ai tué la plus grande menteuse que Gaïa ait

jamais portée sur ses épaules. Sa tête repose désormais au fond de ma besace. Je la rapporte à Sériphos pour l'offrir à Athéna, comme je le lui ai promis.

Cet aveu confirma Philonoé dans la surhumanité de son interlocuteur.

– Prince, viens à mon secours.

– J'y suis.

La reine s'abandonna, dignement, mais sans retenue.

– Mon mari n'est plus ici, tu l'as justement deviné. Au lendemain de la cérémonie qui officialisait notre union, mon père, Iobatès, mourut. Bellérophon l'avait déjà destitué quand il lui succéda, siégeant sur le trône en héritier avant l'heure. Le triomphe le changea. Il ne lui suffisait plus de régner, il désirait tout régenter. Certes, son action contribua, de l'avis général, à rendre sa puissance à la Lycie, et le nom de Bellérophon étincelle encore dans les esprits comme sur les pays les plus reculés. Mais pour cela, que de maux imposés ! Et, comme le vulgaire exagère tout, on ne cesse d'inventer des histoires à son sujet en lui attribuant autant de vices que de vertus. Même son cheval attise l'imagination.

– Je sais cela.

– Et puis un jour, mon époux se jugea l'égal des dieux. La mort de notre premier fils et de notre fille explique peut-être cette folie.

La reine marqua une pause, et, sans rien dire, fit comprendre à Persée qu'aucune douleur ne dépasse la perte d'un enfant. Elle reprit ensuite le cours de son récit.

– Il exigea qu'on lui attribuât les prémices de toute immolation, avant même de servir Zeus. Il devint colérique, méchant, dédaigneux envers tous. Il ne versa pas une larme à la mort d'Isandros ni à celle de Laodamie, nos deux petits. Et il choisit le jour où je lui annonçais l'existence dans ma chair de notre cadet pour m'informer qu'il quittait Xanthos. Je n'obtins de lui qu'une seule chose : qu'il nommât ce fruit avant de partir. Et comme les chevaux comptent plus que tout à ses yeux, il a opté pour Hippolocos. Maintenant, voilà deux saisons que je suis sans nouvelles de celui dont dépend ma sécurité.

– Un danger te menace-t-il ?

– Quoique je sois la fille de Iobatès, les Lyciens me tiennent rigueur d'avoir épousé un homme inhumain. J'avais prévenu Bellérophon. Il croyait qu'on l'aimait parce qu'on lui rendait les hommages dus à une divinité, mais on ne compte plus ceux qui, dans cette ville, se réjouiraient de sa mort.

– Voilà pourquoi tu fais croire à sa présence.

– Si ses sujets apprenaient sa défection, plus rien ne les arrêterait. Pour se venger de leur maître, absent, ils élimineraient celle qui en incarne l'existence. Son invisibilité, qu'on attribue à une de ses lubies, me permet de gagner du temps.

– Je comprends. Sais-tu quelle direction il a prise ?

– Celle de la Thessalie, celle des dieux.

– Pensait-il donc gravir les pentes de l'Olympe ?

– Oui, et à l'heure qu'il est, peut-être s'y trouve-t-il déjà. Ou alors il m'a menti et a rejoint ma sœur, Sthénébée, qui a jeté sur lui son dévolu depuis longtemps.

Philonoé posa sa main sur l'épaule de Persée et appuya son front sur sa poitrine.

– Je t'en supplie. Je crains pour sa vie. On ne défie pas impunément Zeus et les siens. Même à cheval. Toi seul peux nous sauver.

Persée garda la reine contre lui et réfléchit. Partir à la poursuite de Bellérophon était impossible. Non seulement ce roi serait fondé à rejeter toute ingérence dans sa vie, mais le mont Olympe se trouvait au nord de la Thessalie, presque en Macédoine, au-dessus de la ville de Larissa. Fort loin de Sériphos. Ne devait-il pas se consacrer d'abord à ses propres affaires ? Il y avait maintenant plus de trois ans qu'il avait quitté Livadi et chaque jour supplémentaire lui semblait une éternité. Non que l'île de son enfance l'attirât pour elle-même – il avait découvert des mondes infiniment plus riches et plus attrayants depuis – mais il redoutait le pire pour sa mère et pour son père adoptif.

– Il est des hommes, Majesté, que les triomphes détruisent. Je crains de ne pouvoir obtenir de ton mari qu'il renonce à son projet, ou qu'il revienne ici en roi responsable. Je te propose plutôt d'embarquer avec nous. Emmène ton fils et prends tes affaires. Nous te mènerons où bon te semblera.

Un serviteur, envoyé par le capitaine phénicien, avertit justement le prince que le bateau serait bientôt en état de reprendre la mer.

Philonoé hésita. Poursuivre sa vie en paix, comme une simple femme, lui parut désirable, mais elle n'examina pas longtemps ce rêve. Reine de Lycie, elle irait jusqu'au bout de son destin.

– Je te remercie. Je ne suis pas assez courageuse pour cesser d'être reine et redevenir une femme.

Persée s'inclina. Il ordonna ensuite qu'on se préparât au départ. Il dut encore convaincre Andromède. L'idée de se retrouver à nouveau ballottée de droite et de gauche comme d'arrière en avant la rendait malade par avance. Elle envisagea même de rester aux côtés de Philonoé.

Pendant tout le temps où il avait relâché à Xanthos, Naèram avait surveillé les calfats qui s'affairaient autour de son navire. Équipés d'une spatule et d'un maillet, ils obstruaient méticuleusement le moindre trou avec de la poix et des fibres de roseaux. Tous les interstices des planches, tous les joints du pont et toutes les parois de la coque y passèrent, tandis que des cordiers changeaient les gréements.

Le séjour du prince et de la princesse en Lycie avait ainsi duré juste le temps de réparer les avaries de l'*Ékoundi*, quelques jours.

Quand le bâtiment fut prêt, il quitta le port de Xanthos par un excellent vent de sud-ouest qui le mènerait à Sériphos rapidement. Si tout se déroulait comme prévu.

24.

La belle saison s'annonçait bien à Sériphos, et le lin abondant. Plus que des autres cultures, la richesse de Polydectès en dépendait largement. Une bonne récolte accroîtrait sa domination sur l'île. Dans le cas contraire, il devrait réduire son train de vie, pallier les manques par des achats coûteux, et réprimer encore plus durement la fraude sur les grains.

Les champs, couverts d'une floraison bleue, répondaient au ciel. Avec la récolte, on confectionnerait des plastrons et des dossières de cuirasses, des voiles pour les navires, des cordages, des toiles de tente pour la guerre, de la lingerie et des draps pour les plaisirs du lit, des linceuls pour les ensevelissements, des filets pour divers usages, des rideaux pour se protéger du soleil et même des supports communs pour l'écriture.

Sur la suggestion de son contrôleur en chef, le tyran avait accepté de venir en personne s'en rendre compte. Avec Digabion l'ossu et Gorgire le frisé, ses pourvoyeurs de vierges et de soldats, accompagné d'une vingtaine d'hommes en armes, escorte sans laquelle il ne se déplaçait jamais, Polydectès parcourut la riche plaine qui descend vers le port de Livadi.

Gorgire profita de l'occasion pour tenter d'obtenir de

son maître, une fois supplémentaire, un privilège qu'il entendait réserver aux constructeurs navals et aux calfats, essentiels à son activité.

– Seigneur, tes agents exigent trop de ces deux catégories. Livrer le lin qu'on attend d'eux les oblige à interrompre un travail indispensable à ta sécurité. Pour satisfaire aux quantités de graines ou de filasse, ils s'endettent et ne se consacrent plus assez au radoubage de nos navires ou à l'étude et au lancement de nouveaux croiseurs. Je te conjure de les exempter de cette charge. N'y as-tu pas consenti pour tes armuriers ?

La réplique de Polydectès cingla.

– Dans un instant, Digabion me demandera, lui aussi, de le dispenser de cet impôt, pour augmenter sa fourniture de filles. Tu sais bien, espèce de crapule, que le lin est la base de tout. Désires-tu que nous continuions à dépendre de ces infâmes Phéniciens de Tyr ou de Byblos ? Je veux que Sériphos se libère de ces chiens qui nous vendent leur fret à double ou à triple prix.

Gorgire allait poursuivre son plaidoyer. Polydectès l'arrêta net.

– Ne te fatigue pas, je connais tes arguments. À force d'augmenter la pression sur les paysans et leurs seigneurs, je risque la ruine par épuisement des uns et des autres.

Gorgire acquiesça de la tête. Polydectès reprit, sur un ton cette fois moins conciliant.

– Veux-tu y remédier ? Rapporte-moi donc moi plus de captifs, mon bon Gorgire, et fais-en des soldats. Nous nous en servirons pour nous emparer du lin d'autrui.

Cette conclusion imposa le silence. Voyant l'air minable de son acolyte, le tyran ajouta :

– Ne crois pas que j'écarte tes propositions sans y réfléchir. Mais tu choisis mal ton moment. J'ai d'autres pensées en tête.

Chacun savait à quoi il faisait allusion : il ne songeait plus qu'à Danaé. Cela ne l'empêcha pas d'interroger un des paysans qui vérifiait les plantes, fleur après fleur. Voyant s'arrêter devant lui le maître de l'île avec ses redoutables amis et une petite armée dont la seule présence l'effrayait, l'homme tremblait comme une feuille. Ce comportement plut à Polydectès.

– Eh ! Ton avis sur la récolte à venir.

L'autre, affolé, chercha ses mots.

– Il est encore un peu tôt... Mais ça vient bien. Ah, si on n'avait pas consacré tant de graines à faire de l'huile ou des bouillies médicamenteuses à l'automne... Enfin, ça ira... d'ici trente ou quarante jours, on aura de beaux épis... Vois, seigneur, comme les pétales sont larges... c'est signe qu'on pourra facilement arracher les tiges... pas comme l'an dernier, où elles se brisaient dès qu'on les touchait...

Le paysan aurait bien continué, mais sa lenteur fatiguait déjà la patience de Polydectès, que de toute façon les détails n'intéressaient guère, et il disparut avec les siens, comme il était venu.

Avant de rejoindre le palais, le groupe passa près du temple dédié à Athéna. Édifié sur un monticule, il dominait la mer, devant laquelle il se dressait avec une sérénité que ne troublaient ni les tempêtes, ni les pluies, ni la sécheresse. Calée au fond d'une colonnade, appuyée comme pour se reposer contre un dossier de romarins et de genêts, la déesse semblait méditer, yeux grands ouverts.

Des murs à mi-hauteur, tapissés de lierre et de clématites, délimitaient l'enceinte sacrée. Deux autels en vis-à-vis, où les prêtres sacrifiaient des animaux, paraissaient des mains tendues. Le temple, de forme rectangulaire, assez allongé, affichait ses couleurs vives, où l'emportaient le vert, le rose et le bleu. Ses piliers, en pierres brutes mais fines, soutenaient un toit plat orné aux quatre coins des répliques de la divinité.

Des moineaux se chamaillaient pour des miettes éparpillées sur le sol en terre battue. Des soldats gardaient les abords du sanctuaire. Leur mission tenait en trois mots : interdire tout passage. Quiconque enfreignait l'ordre de Polydectès encourait la mort-sur-le-champ. Car, depuis que Dictys et Danaé s'y étaient réfugiés, les habitants de Sériphos se voyaient refuser le droit de rendre tout hommage à la déesse.

Polydectès garantissait ainsi, comme jamais auparavant, l'inviolabilité du lieu. Il héla le chef des sentinelles que les piaillements des oiseaux distrayaient.

– Rien de neuf ?

– Non, seigneur, pas la moindre plainte, ni le plus petit mouvement.

Le tyran se contenta d'une moue dubitative et se dirigea vers le palais sans rien ajouter. Il était à bout. Si les réfugiés ne se livraient pas, il trouverait bien une ruse pour les obliger à sortir d'un temple transformé en tanière. Enfermés depuis des mois, leurs réserves devaient être épuisées, ou presque, et l'heure de la reddition approchait. Ils avaient passé la mauvaise saison protégés par la déesse, mais ils allaient manquer d'eau et forcément se découvrir. Plus question de sortir la nuit, comme ils s'y étaient une fois risqués, profitant de l'inattention des soldats chargés de leur surveillance – lesquels disposaient désormais, dans l'Hadès, de tout le temps nécessaire pour méditer sur leur coupable relâchement.

Dans ses appartements, Polydectès se changea, revêtit une tunique rouge cousue de fils d'or, et alla directement sur la terrasse, d'où il pouvait contempler la mer, mais aussi voir le temple d'Athéna. Il le regarda, et serra les dents. Tandis qu'un serviteur déposait des fromages secs et des olives sur un trépied, il murmura : « Ils sont peut-être morts là-dedans ! » Comme l'esclave tardait à se retirer, Polydectès crut qu'il l'espionnait. Il lui ordonna de répéter ce qu'il venait d'entendre. L'autre imita maladroitement un cri de mouette, en montrant du doigt l'animal qui flottait au-dessus des rochers surplombant le rivage. Polydectès se souvint alors que, pour s'assurer du silence de cet homme, affecté à son service personnel, Scymaros, le fournisseur des esclaves mâles, lui avait fait couper la langue. Il lui signifia d'un geste de la main qu'il pouvait reprendre son office.

Pour le repas de midi, les amis du tyran se retrouvèrent à sa table, Digabion, Gorgire, Scymaros, Glyphias le maître huilier, et Agliotès tout auréolé de son nouveau pouvoir de second de Polydectès. Le maître chevrier avait manœuvré avec succès après la mort d'Esthène, accusant de manigances le majordome Choëme au moment où celui-ci croyait toucher au but en devenant le bras droit du maître. La disparition en mer d'Eimatón avait favorisé ses projets en écartant un rival possible, mais trop naïf. Des quatre prétendants à ce titre envié, seul Glyphias avait représenté une véritable menace. Les autres, occupés à leurs affaires, souvent éloignés de l'île pour accomplir leurs tâches, exposés aux aléas de la rapine, risquaient à chaque sortie de perdre leur influence ou d'encourir les reproches habituels, manque de vierges, d'esclaves ou de soldats.

Glyphias, lui, régnait sur un produit clé dans l'économie de Sériphos, et il avait plusieurs fois tenté d'éliminer Agliotès, mais la beauté de cet ennemi lui avait coûté la victoire. Il ne s'était jamais résigné à lui nuire parce qu'il en était secrètement amoureux. Aussi, quand Agliotès s'affirma comme le successeur possible de Polydectès, Glyphias en conçut presque de la joie. Après tout, il assurait ainsi la pérennité de sa propre position. Les autres ne pouvaient pas en dire autant.

Après les formules de politesse et les déclarations d'amitié, Agliotès entama les échanges en suggérant que des mesures fussent arrêtées contre les fraudeurs de lin. On en connaissait qui détruisaient certaines surfaces, pour n'avoir pas à en livrer les produits au palais. Il exigeait contre eux la mort pour le fautif et le doublement de ses impôts, à charge pour ses survivants de s'en acquitter. À défaut, on confisquerait ses biens, surtout sa femme et ses filles.

Des rires complices répondirent au visage hilare de Polydectès. Ce dernier félicita Agliotès pour sa proposition, et l'adopta immédiatement.

La conversation aborda plusieurs thèmes économiques et militaires, et le plus épineux de tous, le sort de Dictys et de Danaé. De fait, le tyran se leva brusquement et tempêta contre ses affidés.

– Bande de lâches ! Incapables tous autant que vous êtes ! Depuis quand vous ai-je demandé de mettre fin à l'humiliation que je subis, et que je ne supporte plus ? Au moins deux saisons. Combien de temps devrai-je encore endurer cette honte ?

Penauds, ils se levèrent les uns après les autres et se dirigèrent vers la sortie. Agliotès pensa rester. Ce fut Glyphias que Polydectès garda auprès de lui.

Les autres partis, les deux hommes allèrent sur la terrasse. Là, le tyran prit les épaules du plus humain de ses fidèles, et, les yeux presque humides, se plaignit à lui.

– Ne peut-on faire une exception ?

– Tu sais bien qu'un sanctuaire est sacré. Tu t'exposerais à de terribles représailles si tu profanais la demeure d'Athéna. D'ailleurs, personne ne te suivrait dans cette folie. Nous tenons tous à la vie et aux délices que, grâce à toi, nous goûtons ici. Crois-moi, renonce à ce projet.

Glyphias fit asseoir Polydectès et prit place à côté de lui sur une chaise longue. Il ajouta :

– Qui demande asile aux dieux ne peut être inquiété.

Polydectès, abattu, ne luttait déjà plus.

– Que lui ai-je fait ?

– Les femmes sont imprévisibles, et on ne peut guère s'attendre avec elles qu'à des déceptions. C'est d'ailleurs pourquoi je préfère les hommes. On les devine aisément. Pas les femmes. Depuis le premier jour, Danaé fuit.

– Mais pourquoi se réfugier ainsi, avec mon frère en prime ?

– Pour échapper à son destin.

– Je ne lui voulais pas de mal. Suis-je responsable de la mort de son fils ?

Glyphias resta songeur un moment avant de répondre de façon indirecte.

– Ah ! le séduisant Persée ! Quel dommage que la vanité d'un si beau garçon lui ait été fatale.

– Il te plaisait, n'est-ce pas ?

– Mieux que ça ! J'aimais particulièrement ses yeux, et aussi, te l'avouerai-je, ses réticences. Cela redoublait en moi le désir de le conquérir.

– Toi seul peux me comprendre, cher Glyphias. Les autres croient qu'il suffit de claquer des doigts pour obtenir gain de cause, et que cela seul apporte le plaisir. Mais non ! Depuis que Danaé s'est refusée à moi, je ne trouve plus de sel au corps des filles que Digabion rabat vers le palais jour après jour. Leurs caresses m'ennuient. Crois-tu qu'elle finira par céder ?

S'il mentait, Glyphias n'ignorait pas qu'il paierait son mensonge après le temps des confidences.

– J'ignore qui du fils ou de la mère est le plus entêté. Si Danaé ressemble à son rejeton, elle aura préféré bêtement périr dans l'antre d'Athéna. Tu as fait l'impossible pour la sauver d'elle-même.

Glyphias n'eut pas le temps d'achever sa phrase. Des cris montaient depuis l'esplanade. Aussitôt après, des bruits de pas résonnèrent bruyamment dans le mégaron. Agliotès déboula sur la terrasse comme un cabri, essoufflé, haletant.

Polydectès ne bougea pas.

– Eh bien quoi ? Quel taon t'a piqué ?

Avant même qu'il ait répondu, Gorgire et Digabion arrivaient eux aussi, trempés de sueur.

Agliotès ne prononça qu'un seul mot, mais qui fit sensation.

– Persée.

Glyphias, avec un demi-sourire, s'approcha de son compère.

– Quoi, Persée ? Il est mort ? Nous le savons.

L'autre répliqua aussitôt.

– Non, vivant.

Polydectès, le regard fixé sur celui d'Agliotès, persifla.

– Vivant, ou revenu de chez les morts ?

Personne ne rit. Digabion, puis Gorgire confirmèrent la nouvelle, sans affoler nullement leur chef.

– Allons donc ! Eh bien, qu'il paraisse !

Agliotès reprit la parole.

– Seigneur, ce matin j'étais chez Glyphias pour une affaire en cours. Je suis passé par le port, sans rien remarquer d'anormal. Mais, en repartant, j'ai aperçu au loin une voile phénicienne. Je ne m'en suis pas étonné plus que cela, car le retour de la belle saison relance le commerce. Renseignements pris, personne ne connaissait ce navire. J'ai oublié ce détail, jusqu'à ce que je te quitte, avec Scymaros, Digabion et Gorgire, au milieu de notre repas. À peine avions-nous franchi la porte de la forteresse qu'un marin accourait pour nous apprendre le débarquement de Persée, avec une femme noire d'une grande beauté, paraît-il, qui répond au nom d'Andromède. Le gars, rémunéré pour ses espionnages quotidiens, m'a précisé que la population acclamait le prince et son épouse.

Goguenard, Polydectès lança :

– C'est le comble. Et en plus de tout, le coquin est marié.

Redevenu grave, il distribua ses ordres.

– Vous tous, restez avec moi. Où est Scymaros ?

– Il surveille l'entrée du palais.

– Seul ?

– Non.

– Très bien. Agliotès, préviens-le qu'en aucun cas Persée ne doit entrer avec une arme. Placez des hommes devant chaque passage. Rappelez ceux qui se trouvent devant le temple d'Athéna. Je veux que toutes nos forces soient sur le qui-vive. Envoyez à ce petit présomptueux une ambassade pour le convier au banquet que vous ferez préparer pendant mon entrevue avec lui au mégaron. Nous allons réserver à ce prince les honneurs dus à ses manières. Mais qu'il ne se doute rien. Pas de zèle, compris ?

– Ne vaut-il pas mieux laisser des gardes près du temple, au cas où il s'y arrêterait ? Il serait contraint de se battre avec des hommes aguerris, et il y laisserait des forces.

– Tu raisonnes en guerrier, Agliotès, pas en stratège. Ressemblerais-tu à Esthène ? Lui aussi ne songeait qu'à l'action immédiate. Si je te suivais, Persée risquerait de renoncer à s'en prendre au temple, devant le nombre. Il descendrait en ville et mobiliserait tous les mécontents – et ils sont nombreux, si j'en crois tes rapports. Malgré nos troupes, nous aurions à lutter contre tout Sériphos. Veux-tu prendre les devants ?

Agliotès baissa la tête.

– C'est bon ! Obéis, et ne pose plus de questions idiotes.

Toutes les dispositions étaient prises. Soudain, le portier lança un « Qui va là ? », retentissant dans l'enceinte aux aguets, devenue silencieuse comme un tombeau. Ce n'était qu'un messager. Il demandait à voir Polydectès, pour lui remettre une lettre de son maître, le prince d'Argolide, gendre des souverains du royaume éthiopien d'Axoum, de son nom grec, Persée.

L'homme traversa les cours successives menant au mégaron, et tendit à celui qu'il appela « Majesté » un document. Le destinataire le lut à haute voix : « *De Persée à Polydectès, salut. Je me suis engagé à t'apporter la tête de Méduse. Elle est dans ma besace. Je la déposerai à tes pieds ce soir.* »

Le tyran faillit s'emporter.

– Pourquoi pas maintenant ?

L'homme, humblement, répondit que son mandant tenait au préalable à revoir chez lui sa mère et Dictys, auxquels il réservait la primeur de ses embrassades.

Polydectès entrevit immédiatement le parti qu'il pouvait tirer de cette intention. Certes, Danaé s'efforcerait de convaincre son fils des persécutions dont elle avait été l'objet en son absence, et Dictys abonderait dans le même sens, mais il y voyait aussi une occasion inespérée de faire sortir ces deux obstinés du temple. Compte tenu du sort qu'il réservait au prince, il ne doutait pas de son subterfuge.

– Tu diras à ton maître que je me réjouis de son retour. Il arrive juste à temps. Je pensais le fêter dès maintenant, mais, selon son vœu, j'attendrai ce soir. Et mes amis aussi. Qu'il prenne son temps, retrouve sa famille, et nous rejoigne avec elle pour le dernier repas du jour.

L'homme allait se retirer, quand Polydectès ajouta, négligemment :

– Dictys et Danaé ne sont pas chez eux, mais dans le temple d'Athéna que tu as dû apercevoir en montant.

Après quoi, il réunit autour de lui une espèce de conseil de guerre et arrêta les rôles de chacun pour la réception criminelle. Scymaros avait pour mission de désarmer le héros accompagné de sa famille, sans le tuer. Pour obtenir raison de cet entêté, il suffirait de refermer derrière lui comme un barrage la garde qui l'aurait salué à son arrivée. Glyphias était chargé d'aller le chercher sur l'esplanade et de l'amadouer, au besoin. Il le complimenterait sur son corps, embelli sans doute par la maturité. Il devrait l'émouvoir, si possible, et endormir en tout cas sa vigilance. Gorgire, en habitué des femmes, s'entretiendrait avec l'épouse et la mère du prince, pour faire diversion. Digabion, que craignait Dictys, s'attacherait à rassurer le pêcheur pour mieux le neutraliser, le moment venu. Quant à Agliotès, il se tiendrait à côté de lui, Polydectès, pour forcer le prince à diviser son attention. Et quand il remettrait la tête de Méduse, il suffirait de se jeter sur lui pour le capturer.

Le tyran ne précisa pas pourquoi il ne souhaitait pas la mort du prince immédiatement. Seul Glyphias en devina la raison. Une fois en son pouvoir, Persée servirait d'otage. Ou Danaé se plierait enfin à ses désirs, ou elle verrait sous ses yeux périr le fils à peine retrouvé. Quant à Dictys, on ne savait pas encore à quoi il l'utiliserait, mais qui se souciait sérieusement de ce détail ?

Polydectès se retira dans ses appartements et y resta enfermé jusqu'à la tombée du jour. Quand Agliotès vint le chercher pour mettre en place le plan, il le garda un instant avec lui.

– Crois-tu vraiment que cet effronté a tué la Gorgone ?

– Je suis certain du contraire.

– La durée de son voyage, pourtant...

– Tu l'as entendu comme moi : il revient avec une

épouse. Il nous nargue. Son compte à lui réglé, nous nous occuperons d'elle. Son chéri n'a pas plus combattu de monstre que moi. C'est un prétentieux, qui présente bien, je te l'accorde, et habile, sans conteste. Je me souviens encore de sa résistance lors du dîner que tu donnas ici même, et au cours duquel tu finis par l'aviner. Tes ruses alors l'emportèrent facilement sur les siennes. Je suis confiant.

– Un jour que j'eus avec lui une altercation, devant sa mère, il argua de ses antécédents divins.

– N'importe qui peut soutenir n'importe quoi.

– Il semblait sincère.

– Je vois que le doute rôde et commence de ronger ton esprit. Persée est revenu. Il mourra. Tout est prêt pour l'envoyer dans l'Hadès. Cinquante hommes lui sauteront dessus à mon signal. Je me charge de tout.

Polydectès marqua un temps. Devait-il mettre cet imbécile dans la confidence ? Son empressement n'allait-il pas tout gâcher ? Il jugea préférable de tempérer son ardeur, sans lui révéler son plan final.

– Tu as raison. Mais n'entreprends rien sans un signe de tête de ma part.

– De quel genre ?

– Pareil à celui de Zeus, quand il agrée une prière.

25.

Le soir enveloppait déjà la citadelle quand, devant les remparts, une voix réclama passage. Le portier scruta la demi-obscurité dans laquelle restait le visiteur. La lumière de sa torche révéla un paysan armé d'une houlette au bout de laquelle pendait un sac. Il lui demanda son nom.

– Ouvre à Persée, on l'attend.

À l'intérieur de la muraille, le rustre ôta l'espèce de couverture qui dissimulait une tunique princière. Il arborait un plastron de cuir incrusté d'ivoire, des épaulières assemblées de fines plaques de bronze, des protège-poignets en lamelles d'argent, des sandales nouées au-dessus du mollet, une épée au côté, sous une ceinture elle aussi en cuir. Il prit en main sa besace et se délesta de son bâton.

Immédiatement, Scymaros surgit. Il venait de l'armurerie, laquelle jouxte les magasins de céréales. Quatre gardes l'encadraient. Quand il vit les parures guerrières, il s'en étonna.

– Bienvenue à toi, Persée. Mais pourquoi cet attirail ? Tu es un ami, et c'est en ami que je t'accueille. Polydectès m'a envoyé au-devant toi pour te dire combien il brûle d'impatience de te revoir.

Devant l'absence de réaction, Scymaros enchaîna, en jetant un regard au sac.

– Voilà ton présent ? Nous pensions que tu viendrais avec les tiens. Ils étaient invités aussi. Il paraît que tu es marié. Mes félicitations.

Comme Persée n'ouvrait pas la bouche, il fallut changer de registre.

– Écoute, je te le répète, personne ici ne te veut du mal. Tu le sais, on n'entre pas au mégaron armé. Donne-moi ton épée, je te prie.

– La voilà.

Devant les gardes stupéfiés, la lame entra dans le ventre de Scymaros et en ressortit tout aussi vite. Ils eurent à peine le temps de réagir. Chacun recevait son content de bronze et s'affalait en râlant.

Persée ne jugea même pas utile de les achever. Il emprunta aussitôt le couloir qui menait à la petite cour par laquelle il accéderait au mégaron sans s'exposer à d'éventuels obstacles.

La présence des soldats, maintenant trucidés, témoignait à l'évidence d'une organisation méticuleuse, destinée à le supprimer. Pour bénéficier de l'effet de surprise, il lui fallait agir prestement. Il tirerait avantage d'une nuit sans lune, et d'un léger vent qui obligeait à prendre soin des torches.

Il se faufila jusqu'au mégaron, sans croiser Glyphias, alerté par des cris en provenance de l'entrée, où on venait de découvrir, baignant dans leur sang, les corps de Scymaros et de ses sbires. Le marchand d'huile arrivait de l'esplanade, où il s'était préparé à rencontrer le prince.

Quand Persée parvint au seuil de la grande pièce, les hommes d'armes le cherchaient dans la direction opposée. Le temps de se retourner, il entrait en s'annonçant.

Agliotès se trouvait sur la terrasse, avec Gorgire et Digabion. Polydectès fit face.

Glyphias déboucha du vestibule tout essoufflé, s'apprêtant à avertir ses amis. Quand il vit Persée, il s'arrêta net. À la faveur de la pénombre dans laquelle demeurait une partie de la pièce, le prince jeta sa besace par terre, à mi-distance entre lui et le tyran. Ce dernier recula vivement, comme s'il craignait d'être atteint par ce projectile.

– Voici ma promesse : Méduse est à toi.

Encore sous le choc de l'imprévu, Polydectès essaya néanmoins de recouvrer contenance. Il recula d'un pas, méfiant, tandis que ses obligés, lentement, formaient un demi-cercle autour de lui.

– Merci... Merci beaucoup. Dans ce simple sac ?

Le mutisme du prince l'apparentait à une divinité. Il fallait affaiblir ses défenses. Puisque rien ne se déroulait comme prévu, Polydectès improvisa, dans un silence pesant.

– Je te reconnais bien là. La langue parfois nous engage sans notre assentiment. Tenir une promesse de cette nature est d'un dieu. Je m'incline devant toi, Persée. Remarque, je ne doutais pas de ton succès. Malgré les rumeurs sur le naufrage du *Phéronia* et la mort de mon brave Eimatón. Même après trois années, je gardais confiance. Alors, dis-moi, comment t'y es-tu pris ? On raconte que la Gorgone pétrifie sur place tous ceux qui la regardent... enfin, qui la regardaient. Elle a perdu son pouvoir, j'espère, avec sa tête.

Polydectès essayait de déclencher avec le sien, gauche, le rire de ses complices. En vain. Il poursuivit.

– J'ai demandé qu'on prépare un festin pour fêter ton retour. Promets-moi de ne m'épargner aucun détail. Comment tu l'as repérée, le moyen employé pour en venir à bout, la durée du combat, ta tactique, je veux tout savoir. Et aussi la description des lieux. Ressemblent-ils aux Enfers ? Cela dit, ni toi ni moi n'y sommes allés voir, pas vrai ?

Et, sans que le prince, resté de marbre, l'y ait invité, Polydectès aborda une autre question, plus délicate.

– Pour ne rien te cacher, je n'ai pas encore épousé Hippodamie, la fille d'Œnomanos... Un concours de circonstances... Mais, je te rassure, ça ne saurait tarder. Figure-toi que ce fourbe a repoussé la course à plus tard – aveu de son exclusive, n'est-ce pas ? Avec ce que tu m'apportes, je triompherai facilement.

Pendant toute son intervention, le tyran avait observé son hôte du coin de l'œil. Celui-ci demeurait impassible, telle une statue. Un fol espoir le traversa : et si la tête de Méduse, avec un peu de chance, agissait encore, contre son bourreau ? Mais non, les yeux du prince balayaient la pièce, comme s'ils cherchaient à prévenir une attaque. L'évocation d'un mariage provoquait-il cette réaction ? Avait-il touché le point sensible ? Il jugea son adversaire à sa portée.

– As-tu revu ta mère ? Sous l'influence de mon pauvre frère, elle s'est imaginé que j'en voulais à sa vie. Ils se sont réfugiés tous deux dans le temple d'Athéna, et rien ni personne n'est parvenu à les en faire sortir. Comme nous tous, je respecte les sanctuaires, et jamais je n'attenterai à l'intégrité de ceux qui cherchent protection en ces enceintes sacrées.

Persée coupa sèchement.

– Oui ou non, acceptes-tu mon cadeau ?

Décontenancé, Polydectès hésita. Agliotès grogna quelque chose qui voulait sans doute dire « non », mais son maître, dévoré de curiosité, répondit gaillardement.

– Avec plaisir !

Il délégua Digabion, lequel s'avança, s'accroupit et ôta le lacet de cuir avec précaution. Il écarta le col du sac et, d'abord interloqué, pouffa presque aussitôt de rire. Se redressant, il réussit à glisser entre deux hoquets :

– Vous ne devinerez jamais... Un masque. Un ridicule masque. Voilà ce que rapporte le grand Persée !

Et il repartit de plus belle dans sa crise d'hilarité. Polydectès alors se pencha au-dessus du sac pour récupérer l'objet. Il poussa un hurlement atroce, colla par réflexe ses mains contre ses yeux, comme pétrifié. Il n'eut pas le temps de comprendre ce qui lui arrivait. L'épée de Persée l'embrochait, et avec lui Gorgire, imprudemment placé en enfilade.

Aucun des gardes à la porte n'osa entrer. Les cris de leur seigneur les avaient glacés comme s'ils avaient eux-mêmes contemplé l'horreur. Agliotès et Digabion, tremblants, supplièrent Persée, ou, ils ne savaient plus, Méduse, de leur faire grâce. Persée tonna.

– Enlevez cette besace de la pièce, imbéciles.

Digabion voulut s'y employer. À son tour, il abandonna la vie au bout du bronze qui lui déchira le ventre. Agliotès, entrevoyant son sort, se mit à genoux, en signe de soumission, implorant des mains comme une de ses figures égyptiennes qu'avait vues Persée à Thèbes.

– Je t'en conjure, prince, je n'ai jamais été qu'un comparse. Ma vie, ce sont les chèvres. Ne me l'enlève pas. Qui s'occuperait de ces pauvres bêtes ? Polydectès était un monstre, tu l'as châtié. Je puis te servir. Je serai auprès de toi comme je fus à ses côtés, je...

Sa tête roula dans la besace, éclaboussant le masque, et s'immobilisa contre le cobra de Shim'rôn, qui l'aspergea de son restant de venin.

De tous, seul Glyphias n'avait pas bronché. Il n'estimait pas assez son existence pour la marchander. Son regard, à cet instant précis, exprimait une acceptation courageuse.

– Tu peux me tuer. Je ne me changerai pas. Je suis comme je suis. Je prie seulement Hadès qu'il m'accorde aux Enfers de fréquenter de jeunes éphèbes.

Persée le considéra. Cet homme s'occupait à longueur de journée d'olives et d'huile. Avec ses bajoues couperosées, les crans de ses cheveux et ses yeux globuleux écarquillés lui donnaient l'allure d'une chouette. Sa fréquentation d'Athéna et cette ressemblance avec son animal préféré inspirèrent de l'indulgence au prince, ou peut-être de la commisération.

Persée appela les gardes, et, sur un ton qui ne souffrait pas la désobéissance, leur notifia de nettoyer le mégaron, et des cadavres et du serpent, car il comptait y réunir les notables de Sériphos.

La présence de Glyphias lui facilita la tâche. Il constituait une sorte de garantie de continuité pour les hommes, lesquels se dispersèrent pour diffuser la nouvelle dans l'île. Persée congédia ensuite le marchand d'huile. Celui-ci resta un moment sans bouger, puis, sceptique sur son sort, disparut.

Bientôt instruite de ces événements, la population salua par des acclamations une vengeance qu'elle qualifia de juste. Du port, une foule s'aggloméra et grossit en montant jusqu'au palais. Devant ses portes, elle devait concentrer tout Sériphos, ou presque.

En tête du cortège, et parmi les plus enthousiastes figuraient Kérastomidès le céramiste, et sa femme, Olitéa. Lui n'avait guère manifesté de chaleur à l'égard de l'ancien pouvoir, ni ne s'était d'ailleurs aventuré à des critiques trop marquées. Son commerce l'incitait, affirmait-il, à ne pas militer en faveur de positions tranchées. Elle, en revanche, n'avait jamais caché ses sentiments envers Dictys, et beaucoup conservaient en mémoire son intervention auprès de Polydectès, quand personne ne savait plus où trouver le pêcheur. Avec imprudence, et une incontestable témérité, elle avait refusé de se rendre chez le premier sans obtenir des nouvelles du second. Et jamais depuis la disparition de

Dictys elle n'avait dérogé à cette règle. C'était à ce couple d'amis que Persée avait confié Andromède, dès son débarquement. Et c'est avec lui qu'elle avait rejoint son mari au palais.

Après que le prince se fut présenté en triomphateur devant le peuple, et eut invité chacun à reprendre son service, il reçut les notabilités de Sériphos. Assemblées dans le mégaron, elles écoutèrent son premier discours de maître de l'île. Il fut très bref.

– Polydectès a cessé de vivre. Avec son départ pour l'Hadès s'inaugure une ère nouvelle pour notre cité. Vous aspirez à la paix. Vous méritez un roi noble. Je vous garantis les deux.

Tout le monde allait congratuler Persée quand Olitéa, s'avançant, provoqua un malaise.

– Quel prince es-tu donc pour oublier ta mère et Dictys ?

Il y eut un silence, mi-réprobateur mi-étonné. Persée se campa devant tous avec autorité.

– Les amener ici, avec moi, eût été trop risqué. Si j'échouais, je les condamnais à l'humiliation et à l'infamie.

Après un léger temps d'hésitation, l'assistance, enhardie par la femme de Kérastomidès, lança :

– Allons les chercher !

Tous, derrière Andromède et Persée, descendirent alors vers le temple d'Athéna. Devant le sanctuaire, la foule s'arrêta et attendit que le prince, besace à la main, y pénétrât, seul. Quand la voix de Persée résonna dans l'enceinte sacrée, la porte du temple s'ouvrit, d'abord lentement, puis avec résolution.

Danaé, à peine affaiblie par une longue réclusion volontaire, en sortit, frappée de stupeur. Elle ne tarda pas à ouvrir grand les bras. Et, sous les yeux de Dictys, ému, la fille d'Acrisios et son fils se serrèrent longuement l'un l'autre en s'embrassant.

Ce fut au tour de Dictys de laisser libre cours à son affection. Persée le garda contre lui, et ils se tapèrent les épaules mutuellement, comme deux vieux amis.

Danaé étudiait les traits de celui qu'on donnait pour mort depuis longtemps, comme si elle le voyait pour la première fois.

– Le soir, en m'endormant, je luttais contre les mauvaises pensées en imaginant tes pérégrinations. Je me disais : non, il survivra. Je ne le reverrai peut-être plus, mais rien n'aura raison de lui. Et maintenant, te voilà. Que tu es beau ! Oh, je ne dirais pas que la nuit, réveillée par un cauchemar, je balayais mes doutes d'un revers de la main. Je mourais d'inquiétude, parfois, en songeant à tes déboires possibles, mais je reprenais le dessus, souvent grâce au concours d'Hypnos. Et puis tu es parti si vite, sans nous prévenir. Je me revois encore crier vers ta silhouette, à l'arrière du navire, et ne recueillir que mes propres plaintes en écho... J'ai pleuré si souvent... Sans Dictys, je serais morte mille fois, de chagrin ou d'inanition. Rends-toi compte : il a organisé notre approvisionnement chaque jour, grâce à la complicité de gamins qui trompaient la vigilance de nos gardiens, je ne sais trop comment.

Dictys prit Danaé par le bras.

– Réjouissons-nous, et remercions Athéna de sa bienveillance.

Persée voulut apprendre de son père adoptif les raisons d'un enfermement qui aurait pu leur coûter la vie, à lui et à Danaé.

– Ce fut volontaire. Le filet tissé par mon frère se resserrait autour de ta mère. Il ne songeait qu'à la soumettre à ses plus vils instincts. Je l'ai convaincue de nous retirer dans ce temple inviolable, au moins pour gagner du temps.

C'était la seule solution. Polydectès n'aurait reculé devant aucun crime pour aboutir à ses fins.

Persée opina de la tête, et, se retournant pour signifier à la foule que les conversations privées se terminaient, il appela Andromède.

– Je vous présente mon épouse, Andromède.

La rayonnante noirceur de l'Axoumite rendit muets d'admiration Dictys et Danaé. Passé le choc d'une telle beauté, ils embrassèrent la jeune femme en lui souhaitant chaleureusement la bienvenue. Sans s'étonner qu'elle maîtrisât leur langue, ils la questionnèrent aussitôt sur les conditions de sa rencontre avec leur fils, sur son pays et sur ses parents.

Persée repoussa cette relation à plus tard et signala qu'il devait s'entretenir avec les seigneurs de Sériphos. Il pria ceux-ci de convoquer tous les habitants de l'île pour le soir, afin d'offrir une hécatombe, ici même, à Athéna. Il ajouta qu'il remettrait un présent personnel à la déesse.

En fin d'après-midi, tout Sériphos offrait son hommage à la protectrice du héros. Cent bœufs furent conduits devant l'autel, où, les uns derrière les autres, ils furent abattus par des écuyers munis de bronzes effilés. Le sang qui coulait à flots des gorges s'écoulait dans des coupes, puis était versé dans des vasques de pierre, près des brasiers où allaient rôtir les meilleurs morceaux, réservés à Athéna. Dans de grands faitouts de pierre commençaient de bouillir les restes comestibles destinés, eux, d'abord aux prêtres sacrificateurs, ensuite aux seigneurs, aux administrateurs, aux citoyens et enfin aux co-habitants.

Des fumées, repérables de loin, s'élevaient en tourbillonnant vers les cieux, tandis que le feu crépitait sous une sauce composée de sang et d'herbes aromatiques dont on l'arrosait sans discontinuer.

Avant de distribuer les portions aux uns et aux autres, suivant l'ordre de préséance, Persée prononça une allocution dont, au début, personne ne devina le sens.

– Habitants de Sériphos aujourd'hui réunis devant le temple d'Athéna, rendons grâce à la déesse pour ses bienfaits. Que ce sacrifice lui agrée, en témoignage de notre reconnaissance. Elle ne m'a pas seulement protégé de mes ennemis, elle a aussi permis que je revienne pour vous libérer d'un oppresseur. Quand, dans l'adversité, je l'appelais à mon secours, elle ne rechignait pas à m'encourager. Et maintenant, elle me dicte de vous dire ce qui est bon et bien pour notre île.

Afin d'accorder à ses propos plus de poids, Persée marqua un temps d'arrêt. Déjà son auditoire se préparait à l'ovationner. Non seulement on le recevrait comme roi, mais Andromède régnerait avec lui comme s'il l'avait choisie parmi les filles à marier de Sériphos.

– S'ils y souscrivent tous deux, je donne pour souverains à notre cité Dictys et Danaé.

Tous les visages trahirent d'abord de l'incrédulité, mais comment douter du sérieux de ce prince aux allures divines, dont la prestance en imposait à chacun ?

La surprise avalée, on se tourna vers Dictys, dont la stupeur initiale se transformait en consentement embarrassé. Il n'était rien, il devenait tout. Il ne réalisait sans doute pas ce qui lui arrivait. On estima néanmoins qu'il pourrait faire un bon roi, après une période d'adaptation.

Danaé, quant à elle, recouvra instantanément cette fierté qu'elle avait partiellement perdue pendant son exil, sans trahir cependant de satisfaction vaniteuse. Princesse d'Argos bannie par son père, elle retrouvait naturellement son statut, après des années d'obscurité. Par la magie de son pouvoir, son fils lui restituait son destin et annulait sa proscription.

L'assistance accepta sans réserve la décision du prince et l'entérina en lançant plusieurs « hourras ». Dictys s'avança, et livra sa première déclaration. Elle entraîna un rire général de soutien.

– Danaé, ma reine, m'acceptes-tu pour époux ?

Danaé embrassa Dictys en signe d'accord, et, dans une atmosphère d'allégresse et de félicitations mutuelles, on chanta et on dansa.

Le repas finissait de cuire. Des fumets savoureux invitaient à la consommation. L'air imbibé de parfums adoucissait les peines, les misères et les rancœurs. Persée alors monta sur un rocher plat et, spontanément, obtint silence.

– Mes amis, je dois m'acquitter d'une promesse, et j'entends le faire devant vous. Je m'étais engagé à rapporter ici même la tête de Méduse à celui qui ne valait pas mieux qu'elle. Vous le savez, cela requérait l'appui des dieux. Hadès m'a prêté aux moments opportuns son masque d'invisibilité, me dérobant à l'ardeur de mes ennemis. Hermès m'autorisa, lui, à l'imiter. J'ai pu me déplacer aussi vite que lui, et, tel ce messager de la mort, envoyer aux Enfers celles et ceux qui me cherchaient querelle. Qu'ils soient tous deux remerciés de leurs bontés. Que jamais l'ingratitude ne m'éloigne d'eux. Qu'ils acceptent aussi de réserver la place d'honneur à la fille de Zeus, née de sa tête, Athéna. Si eux m'ont épaulé, elle a mis à mon service et son intelligence et son art guerrier. D'abord, elle m'éclaira sur la face de Méduse, grâce à quoi je pus reconnaître la Gorgone et vaincre ma terreur. Ensuite, elle me transmit un savoir qui évite la paralysie du corps et de la pensée. Enfin, elle m'a ramené sain et sauf parmi vous, pour punir le tyran.

Alors, ramassant la besace posée en évidence à côté de lui, Persée l'ouvrit et en tira le masque pris sur le visage de

Mounia, la prêtresse de l'Atlas. Et le tenant haut devant lui, il poursuivit.

– Ô Athéna, déesse de la Raison, fille de Métis et de Zeus, toi qui restas vierge malgré les efforts d'Héphaïstos pour te séduire, toi qui portes l'égide et assures notre protection, je te prie de recevoir ce présent. La tête de Méduse, portrait du mensonge, masque détournant de la vérité, convoité par Polydectès, te revient.

Le prince déposa aux pieds de la statue l'objet aussi magnifique et aussi terrible qu'un bouclier divin. Une longue ovation ponctua cette offrande singulière, qui ouvrit le festin.

Pendant le repas, les discussions allèrent bon train. À propos de l'exploit surhumain de Persée, de la fin du tyran, des faveurs accordées par les dieux présents au banquet, de la beauté d'Andromède et de ses yeux d'émeraude, de la jubilation retenue de Danaé, de la prestance inattendue de Dictys. On s'interrogeait sur les mesures que ce dernier arrêterait pour atténuer le sort des plus malheureux, restaurer la confiance dans le palais, grossir les récoltes, alimenter les caisses royales sans étrangler les paysans, entretenir l'armée sans décimer les familles, et surtout rompre avec les vices de son frère.

À la droite de Dictys, Persée affichait, sans mot dire, une tranquille bonhomie. Et pourtant, il observait le monde autour de lui avec un certain détachement. Un curieux sentiment le traversait depuis qu'il s'était dessaisi de la pseudo-tête de Méduse. Derrière chaque femme et chaque homme de ce beau rassemblement, il lui semblait discerner des arrière-pensées, des intentions, des secrets. Comme s'il devinait ce que les autres ne distinguent pas. Comme s'il entrait dans les âmes. Comme s'il pénétrait les plus intimes secrets des mortels. Comme s'il voyait les pensées, avant les paroles qui les expriment ou qui les dissimulent.

Il méditait sur cette sensation quand son père adoptif lui donna une bourrade amicale.

– Tu parlais tout à l'heure du dieu boiteux qui souilla un jour la jambe d'Athéna par excès de désir. Regarde !

Persée leva les yeux. Au-dessus de sa tête tournoyait avec élégance, et un semblant de sourire, un autre prince. Un grand oiseau blanc. Peut-être Héphaïstos, le goéland.

26.

Le visage de Sériphos, en quelques jours, changea radicalement. On ne montait plus au palais pour y être accusé, jugé, condamné, emprisonné ou exécuté, mais pour défendre une cause avec la certitude d'être écouté, sinon entendu.

Sa vie quotidienne et ses souffrances endurées pendant des années avaient aiguisé la sensibilité de Dictys aux malheurs du peuple, et il se refusait à en ajouter, au contraire. Sa femme devait même tempérer sa clémence, sous peine d'assister à une dégradation des revenus palatins et à un affaiblissement de l'autorité. Lui estimait que sa proximité des âmes simples invitait à ne pas profiter de leur faiblesse. Il entrevoyait un monde délesté de ses miséreux, où esclaves et hommes libres appartiendraient à une classe unique – celle des mortels.

Ces idées, jugées fantaisistes par Danaé, ne touchaient pas Persée. Tout occupé à son amour pour Andromède, il parcourait l'île avec elle, lui montrait la maison où il avait grandi, l'emmenait en barque malgré ses réticences et lui décrivait les rochers de Sériphos comme s'il s'agissait d'une terre d'élection des dieux.

Un jour, en compagnie de Dictys, ils se promenaient à travers champs, dans une atmosphère empuantie par le travail du lin. Les dernières bottes dressées en pyramides, rangées sur des aires dégagées ou sur les toits des maisons bien exposées, hâlées par le vent et le soleil, attendaient qu'on vînt les ramasser. Toutes les autres étaient déjà en cours de traitement.

Des tiges battues, on avait extrait les fruits, plongé dans des dizaines de bacs à eau les fibres à rouir que des pierres immergées plaquaient sur le fond. Déjà, des ouvrières égouttaient la matière croupissante en la suspendant à des pieux hérissés de pointes en bronze. Bientôt, après séchage, elles transformeraient en filasse les tiges débarrassées de leur écorce en les broyant avec une sorte de battoir. Il ne resterait plus alors qu'à procéder au cardage, obtenir de beaux flocons, et confier aux filandières le soin d'enrouler autour d'une quenouille les touffes blondes, avant d'assouplir et de donner du brillant au produit avec de l'huile, juste avant le tissage.

L'odeur, pestilentielle, incommoda Andromède. Elle rentra au palais. Resté seul avec son père adoptif, Persée lui confia sa prétention à la couronne d'Argos. Dictys lui conseilla d'en parler d'abord à sa mère. Froissé d'être encore considéré comme un enfant, Persée se dirigea, seul, vers le promontoire où, avant de se lancer à la poursuite de Méduse, il avait dialogué avec Athéna.

Là, il s'assit face à l'horizon, et le contempla longuement, avant de s'allonger et de laisser ses yeux se perdre dans le ciel que le soleil noyait de lumière. Il essayait d'imaginer les confins de cet espace dépourvu de repères. Une sorte de vertige s'emparait de lui, pareil à celui qu'il avait éprouvé, une fois, en nageant au-dessus d'une fosse marine où les rayons du jour convergeaient vers des abysses insondables.

Il resta ainsi à méditer, sans que les dieux assignent à ses pensées une direction précise. Elles voguaient comme un goéland ballotté par les sautes de vent, serein pourtant au milieu de la tourmente. Il n'appartenait plus au monde humain, mais à un univers en suspension, à mi-chemin entre la terre et les cieux. Il volait, non comme un oiseau, mais à l'égal d'une divinité. Il se fondait dans l'univers. Il devenait une herbe odorante, une cigale, une brindille virevoltante, un caillou.

Le grondement de la mer, au pied de la falaise, montait jusqu'à lui comme une musique lancinante et le berçait. Il lui sembla qu'il se dévêtait de son âme pour en endosser une autre, de nature si différente de la première qu'il en prit peur. Il ne pouvait plus bouger, comme si son corps se statufiait. Une partie de lui, comme extraite de sa personne, s'envolait dans les bras d'Hermès, et fuyait au loin pour une destination inconnue. Il parcourait le royaume de Zeus comme un aventurier découvre une contrée sauvage. Et le sourire d'Athéna l'invitait à demeurer parmi les immortels. Par une étrange inversion, il ne priait pas la déesse, mais entendait sa prière.

Quand il reprit pied sur la terre des hommes, il retourna au palais. Sur le chemin, il croisa de nombreux habitants qui s'inclinaient sur son passage, comme s'ils présentaient leurs hommages, non à un souverain pareil aux autres, mais à un dieu local. Qui, parmi les mortels, pouvait exercer le pouvoir sans en réclamer les attributs ? Qui se contentait de vivre comme un roi sans en revendiquer le statut ? Qui faisait du bien sans rien exiger en contrepartie ?

Ce prince ne ressemblait pas à un homme, et cependant il marchait sur le sable comme n'importe qui. Était-ce un demi-dieu, ou un dieu camouflé, un de ces habitants de l'Olympe qui, pour se changer les idées, revêt les apparences d'un mortel, afin de mieux détourner l'attention ?

Tromper les dieux est une chose, les hommes une autre. À ce jeu, Persée ne convainquait guère. Il avait beau clamer qu'il n'avait rien fait que tenir une promesse, on lui attribuait des exploits dont chaque récit augmentait le merveilleux. Depuis son retour, la population lui vouait une reconnaissance qui confinait à la vénération. Son enveloppe extérieure attestait son appartenance au monde humain, certes, mais cela ne prouvait rien. Zeus ne se changea-t-il pas en taureau pour séduire Europe ou faire violence à Déméter, qui conçut ainsi Perséphone ? Longtemps avant de l'épouser, ne se métamorphosa-t-il pas en oiseau pour que sa propre sœur, Héra, le réchauffant contre sa poitrine, succombe à ses avances ? Afin d'enlever la fille d'Asopos, la délicieuse Egine, et de la transporter dans l'île d'Œnoné pour s'unir à elle, n'apparut-il pas sous la forme d'un aigle ? Et pour échapper à toute poursuite, ne se transforma-t-il pas en pierre ? N'approcha-t-il pas Antiope, une autre fille d'Asopos, travesti en satyre ? Ne se camoufla-t-il pas en cygne pour circonvenir l'épouse de Tyndare, la charmante Léda ? Et la femme d'Ixion, Dia, n'abusa-t-il pas d'elle maquillé en cheval ? Ne dupa-t-il pas Phthia, une jeune nymphe d'Achaïe, en adoptant les dehors d'un simple pigeon ? Si le roi des dieux se moulait à volonté dans une enveloppe animale ou végétale, il pouvait tout aussi bien épouser une morphologie humaine. Amphytrion, le chef thébain, l'avait appris à ses dépens, puisque Zeus se présenta devant sa femme, Alcmène, sous ses propres traits, afin d'écarter toute réticence.

Ces récits merveilleux, rappelés par les poètes et les devins, trottaient dans la tête de tout un chacun et opéraient sourdement. Même Kérastomidès et Olitéa s'interrogeaient. Cette incertitude, chez ceux-là mêmes qui se targuaient de bien connaître le prince, nourrissait la croyance des moins convaincus. Le peuple alimentait ainsi le doute chez Persée lui-même, au point de menacer sa raison. Il décida d'y remédier.

Il retrouva Andromède et Danaé sur la terrasse, où, grappillant des raisins secs déposés sur un trépied, elles devisaient.

Son air absent n'intrigua pas les deux femmes, habituées à lire sur ce visage lumineux des accès fugaces de morosité. Persée, lui, observa successivement son épouse et sa mère, comme s'il cherchait un accord préalable avant d'ouvrir la bouche. Il l'obtint. Deux sourires l'invitèrent à s'exprimer sans retenue.

– Je vais quitter Sériphos.

Danaé fut moins surprise qu'Andromède. Celle-ci se leva, se pressa contre son mari, et murmura :

– Seul ?

– Non, tu viens avec moi.

De sa chaise longue, Danaé dévisagea son fils. Elle procéda rapidement à l'inventaire des motifs de cette décision, qu'elle pressentait. Elle simula l'étonnement.

– Et pourquoi donc ?

– Je veux rencontrer mon grand-père, Acrisios.

Il ne dévoilait probablement qu'une partie d'un projet longuement mûri, pensa-t-elle.

– Dans quel but ?

– Ne suis-je pas l'héritier de son trône ?

– Il vit toujours.

– Pour combien de temps encore ?

La reine baissa la tête. Devait-elle passer outre son serment de ne jamais révéler à son fils la prédiction de l'oracle ? Comment expliquer à un enfant que son grand-père l'éloignait par pur égoïsme ? Comment justifier cet acte horrible ? Comment préconiser le pardon, ou l'oubli, quand cette blessure ne cicatrisait pas en elle-même ? Elle lui devait la vérité.

– Acrisios craignait de mourir un jour par ta main. Il a préféré t'écarter.

Ce verbe déclencha dans le cerveau du prince un bouillonnement incontrôlable.

– M'écarter ? Ma mère plaisante-t-elle ? Le roi d'Argos a perpétré contre toi et contre moi un crime odieux. Car qui aurait parié sur notre survie ? Jeter à la mer une femme et son bébé, dans un coffre instable, tu appelles cela « m'écarter » ! Moi, je parle de meurtre. J'entretenais encore des doutes. Plus maintenant. Ton père ne mérite ni de régner plus longtemps sur Argos ni de vivre.

– À quoi te mènera la vengeance ?

– À la justice.

– Tu confonds ces deux termes.

– Non, je les superpose. Quand un père condamne sa fille à une mort certaine, quand il ne laisse aucune chance à un nourrisson, comment le qualifier ?

La réponse allait de soi.

– Une fille peut-elle désirer la disparition de son père ?

– Que tu ne la souhaites pas est une chose, qu'elle survienne, une autre.

– Ne chercheras-tu pas la raison de sa conduite ?

– Seul importe le fait.

– Même s'il s'agit d'un oracle ?

Ce point troubla Persée.

– Duquel ?

– Nous sommes liés par cette vision, et personne, ni les hommes ni les dieux, ne peut rien pour nous.

– Qui donc est ton père pour ainsi refuser son destin ? Depuis quand une prophétie affranchit-elle de l'amour ? Au nom de quoi excuse-t-elle le manquement à l'honneur ?

Qu'opposer à ce raisonnement, auquel d'ailleurs Danaé adhérait ? En dépit de ce qu'elle avait enduré, elle défendait l'indéfendable.

– J'ignore quel dieu te dicte ta conduite, mon fils, et je ne puis t'empêcher d'obéir à ses impératifs. Je demande néanmoins pitié pour Acrisios. Non parce qu'il est innocent, mais parce que c'est ton grand-père.

– Par la faute de celui que tu essaies d'épargner, j'ai failli descendre dans l'Hadès. Par sa faute, j'ignore tout d'Argos. Par sa faute, ce royaume risque de m'échapper. Par sa faute, je ne connais rien de l'Argolide ni des cités du Péloponnèse, de Corinthe sur lequel règne Sisyphe et de Tirynthe régenté par Prœtos.

À ce dernier nom, Danaé ne put réprimer un sursaut.

– Qu'ai-je dit ?

Elle ne répliqua point. Pas même à Dictys, après tant d'années, elle n'avait osé confier son secret. Prœtos avait imité la voix, les traits, copié la coiffure et même les vêtements d'Acrisios pour mieux tromper la vigilance des gardes, un soir, dans Argos endormie. Elle se remémora l'intrusion de son amant dans sa prison, et les moments d'amour vécus ensemble. Leur union l'avait délivrée d'une existence fantomatique. Elle était morte alors ; elle renaquit. Il n'avait pas seulement précipité en elle sa substance vitale, il y avait aussi déposé l'espoir.

Le retour de ce lointain passé, réactivé comme un volcan jusque-là en sommeil, engendra chez Danaé un sourire nostalgique. Elle regarda le témoignage vivant de cette brève aventure. Et elle rendit les armes.

– Quand partiras-tu ?

Persée ne parut guère satisfait.

– Connais-tu Prœtos ?

Sa mère sourit encore, cette fois plus gaiement.

– Je vois très bien qui c'est. Il régnait sur Tirynthe quand on nous a bannis d'Argos. C'est le frère jumeau de ton grand-père.

Cette information stupéfia Persée. Danaé précisa.

– J'ignore s'il vit toujours. Ils se sont battus dans leur enfance, pour dominer l'Argolide. Acrisios l'emporta et chassa Prœtos, mais celui-ci trouva en Iobatès, le roi de Lycie, un allié sûr. Celui qui allait lui donner sa fille débarqua dans le Péloponnèse avec son armée, imposant le partage du royaume entre les deux frères. Avec Sthénébée, le malheureux eut trois enfants, un garçon appelé Mégapenthès et deux filles, Lysippé et Iphianassa.

Jamais elle n'avait vu l'épouse et la progéniture de Prœtos, mais ce dernier lui avait cité ces noms, et elle les prononçait pour la première fois. Cela eut pour effet de la replonger dans une époque dont elle croyait son âme et sa mémoire purgées.

Persée insista.

– Parle-moi de ce roi de Tirynthe.

Lasse, désireuse de ne plus sortir d'elle-même, Danaé répéta sa question.

– Quand pars-tu ?

Persée comprit qu'il n'obtiendrait rien de plus.

– Le temps pour ma femme de se préparer. Moi, je suis prêt. J'ai donné des ordres.

De retour dans ses appartements, Persée dut expliquer à Andromède, qui n'avait pas raté un mot de la conversation avec sa mère, le bien-fondé de sa décision. Non seulement il punirait Acrisios, mais il monterait sur son trône, et elle deviendrait par la même occasion reine d'Argos.

Quelques jours plus tard, dans le port de Livadi, le roi et la reine de Sériphos, entourés de seigneurs, parmi lesquels Glyphias, confirmé dans son rôle d'huilier en dépit de sa complicité avec Polydectès, saluaient le départ du prince et de la princesse.

Pour appareiller, on avait attendu qu'Eole daignât souffler du sud-est. Non seulement le dieu des vents agréait les prières, mais il en faisait presque trop. Parti avec une brise de terre, le navire, après avoir contourné l'île par le nord, se trouva confronté à un début de tempête. Rien de sérieux pour des marins expérimentés, mais toutes les raisons de redouter le pire pour la princesse, si sensible aux conditions maritimes.

La patience de son mari fut nécessaire pour la rassurer, lui garantir qu'il ne la lâcherait pas d'un pouce et lui promettre qu'avec ce temps, une journée suffirait pour atteindre la cité d'Argos, enfoncée au bout du golfe d'Argolide.

Andromède, yeux fermés, tête collée à la poitrine de Persée, répétait qu'elle allait mourir et finir dans le ventre d'un de ces poissons auxquels, par miracle, elle avait jusqu'alors échappé. Sans se plaindre, elle décrivait sa fin prochaine comme si elle en devinait les détails. Le bateau allait chavirer, elle ne coulerait pas immédiatement. Des tentacules, pareils à de longues algues brunes, s'entortilleraient autour de ses jambes pour l'aspirer vers le fond. Elle se débattrait, insuffisamment pour décourager son agresseur. L'eau envahirait ses poumons, lui ôterait ses dernières parcelles de vie, et elle serait dévorée, sans espoir de gagner les portes des Enfers.

Persée lui murmura des mots réconfortants, sans beaucoup d'effet.

– Avant de mourir, j'aimerais que tu me fasses une promesse.

Étonné de cette lucidité soudaine, le prince s'en amusa presque.

– J'en suis coutumier. Laquelle ?

– Pardonne à ton grand-père.

Persée, qui avait dû sur ce point affronter déjà sa mère, ne s'attendait pas à une telle requête, cependant que le bâtiment grinçait de toutes ses fibres.

– Tu me demandes l'impossible.

– Tes dieux, comme les miens, ne fournissent que rarement une explication à leurs actes. Ne vous ont-ils pas protégés, toi et ta mère ? Tu reproches au roi d'Argos, à juste titre, de vous avoir abandonnés au sort le plus terrible. Et pourtant, ne me tiens-tu pas en ce moment dans tes bras ? Moi, je vais bientôt disparaître, mais toi, tu es indestructible. Tu as parcouru des dizaines de milliers de stades, déjoué les plus noirs complots, bravé les plus grands dangers sans périr. Rien ne t'atteint jamais, et personne n'a jamais raison de toi, ni les dragons, ni les hommes, ni les rois.

– Pas même une princesse axoumite ?

Cette repartie arracha un semblant de sourire à Andromède. Les paroles de sa femme n'en avaient pas moins perturbé le prince. Elle raisonnait avec la clairvoyance de ceux qui entrevoient la vérité avant de plonger dans les ténèbres. En même temps, ses propos ajoutaient à l'interrogation qui montait en lui depuis son enfance, et qui constituait le motif inavoué de son expédition actuelle : qui était-il ?

Et comme il semblait soudain absorbé dans une de ces pensées qui parfois l'éloignaient d'elle, la princesse, revigorée par cet échange, s'enhardit.

– Et ta promesse ?

Persée continua sur le mode humoristique.

– Suppose que je m'engage et que tu ne meures pas.

Andromède feignit l'offensée.

– Monstre !

– Qui donc es-tu pour m'insulter ainsi ?

– Qui a commencé ?

– Cela ne me dit pas qui tu es.

– Une femme qui t'aime.

– Et qui se croit tout permis.

– Oui, tout.

Persée rit de bon cœur.

– Tu as raison.

Andromède en profita.

– La promesse ?

Cette fois, Persée s'enferma dans un profond mutisme. Non qu'il entretînt une suspicion à l'égard de sa femme, mais quelque chose en lui plaidait pour la prudence. Il ne la soupçonnait pas de lui jouer la comédie sur son état pour mieux lui soutirer un serment, mais il classait le parjure au nombre des lâchetés. Si un dieu lui commandait de tuer Acrisios, tandis qu'un autre minait sa fermeté, lequel devait-il suivre ? N'était-il pas, lui aussi, d'essence divine ? De qui donc relevait la décision ?

Il croisa ses bras sur la belle poitrine d'Andromède, comme s'il prenait possession d'elle.

– Je ne chercherai pas à tuer cet homme. Tu as ma parole.

La princesse posa ses mains sur celles de son mari, et demeura longuement sans bouger. Son épuisement finit d'ailleurs par l'emporter sur la frayeur. Elle dormit la nuit entière, sans plus s'inquiéter de rien, avec son prince pour oreiller. Lui, admira les étoiles et leur progression lente d'ouest en est. Il erra en pensée au milieu de ce labyrinthe pareil à celui de Dédale à Cnossos.

Il y déambulait encore, au jour naissant, quand sa femme se réveilla. L'idée que la traversée approchait de son terme endigua sa peur. Le navire filait toujours par vent arrière et se trouvait au large de la côte de Laconie, qu'on distinguait déjà parfaitement. Après avoir doublé l'île de Spetsès, à main droite, le capitaine, qui avait bourlingué sur toutes les mers de la région, jura qu'on arriverait à bon port avant la mi-journée.

27.

Argos, lovée au cœur de deux collines que ses fortifications coupaient à mi-hauteur, rayonnait de sa splendeur en cette fin d'après-midi étouffante.

Des rangées de vignes striaient les coteaux alentour. Deux temples s'élevaient au-dessus des maisons blanches et roses aux toits plats. Un troisième, plus imposant, érigé hors les murs, dominait la plaine. On y honorait la déesse de la Fécondité, la protectrice de la ville, Héra.

Non loin de là, moins accessibles dans leurs replis rocheux, étaient les tombes de Tantale, de Linos et de Sthénélos. Ces trois monuments funéraires conservaient le souvenir des origines de la plus ancienne de toutes les cités grecques.

Devant la porte principale, Persée sollicita l'hospitalité pour lui et sa petite troupe. Elle demeura close. Cet accueil humiliant ne présageait rien de bon. Les gardes semblaient désorientés. Il fallut exiger la présence d'un capitaine. Quand celui-ci parut en haut des remparts, le prince lui ordonna d'ouvrir, et le menaça de représailles s'il refusait d'obtempérer.

Les battants s'écartèrent enfin. L'homme qui commandait expliqua l'hésitation dont venaient de pâtir les voyageurs. Il ne recevait plus d'ordre de personne. Le roi, persuadé par son devin, avait quitté précipitamment le palais pour fuir une menace mortelle. Nul ne savait de quoi il retournait. Avec une escorte importante, il avait disparu dans les terres, en direction du nord.

Le peuple ne lui pardonnait pas cette désertion. Si Pylos, Tirynthe ou Mycènes l'apprenaient, et attaquaient en son absence, il redoutait de tomber en esclavage. Certes, la population n'aimait guère Acrisios, autoritaire et inflexible, mais au moins il assurait sa sécurité. Voilà pourquoi on se méfiait de tout étranger.

Persée, sans dévoiler son nom, fut reçu par un majordome. Le visage du serviteur reflétait de l'attention et une certaine bienveillance. Chez le visiteur, il devina un prince, et le servit du mieux qu'il pût. Il le pria d'accepter l'un des appartements royaux. Et, alors qu'il conduisait le couple dans un bâtiment haut de toiture, soutenu par des colonnes de pierre décorées de dessins géométriques polychromes, il s'arrêta au seuil d'une pièce, et, en soupirant, dit :

– Ici, ma maîtresse aurait dû vivre des jours paisibles. Au lieu de cela, elle fut enfermée dans une chambre de bronze, et, après la naissance de son fils, condamnée à mourir en mer en compagnie de son rejeton âgé de quelques semaines.

À ces mots, Persée saisit l'homme à la gorge et faillit l'étrangler.

– Comment sais-tu cela ? As-tu aidé le coupable de cette ignominie ? Comment t'appelles-tu que je sache qui je vais envoyer aux Enfers ? Vas-tu parler, misérable ?

Relâché, grâce à l'intervention d'Andromède, l'autre reprit son souffle et répondit, sans détour.

– Mon nom est Mnémos, seigneur. Oui, je me sens complice de ce crime. J'appartenais alors à la garde personnelle d'Acrisios, et chargé par lui de la surveillance toute spéciale de sa fille, Danaé. Elle ne devait recevoir personne. J'interprétai cet ordre librement. Quand elle accoucha, son père s'emporta contre les pauvres soldats qu'elle avait bernés. Par chance, il fit exécuter ceux qui connaissaient mon rôle avant qu'ils aient le temps de le lui révéler. Et c'est ainsi que je supervisai la fabrication du coffre de bois dans lequel Danaé et son petit furent jetés à la mer. Incapable de m'opposer à de si terribles desseins, j'obtins seulement que son étanchéité fût renforcée. C'était bien peu, mais, révolté, comme de nombreux Argiens, par le traitement que le roi faisait subir à sa fille et à son petit-fils, je m'efforçais d'amoindrir le mal. Si j'avais œuvré à découvert, j'aurais connu le même sort, atroce, que ma pauvre cousine Néarchia.

À ce nom, Persée changea d'attitude.

– Tu es parent de cette femme à qui je dois la vie ?

Cette fois, Mnémos se mit à trembler. Puis, s'agenouillant et prenant la main du prince, il sanglota. Son émotion surmontée, il laissa éclater sa joie.

– Persée ! Tu n'es donc pas mort. Dois-je en croire mes yeux ? Est-ce bien toi ? Que Héra soit remerciée ! Ah ! Persée...

Les deux hommes maintenant s'embrassaient. Le majordome, apprenant que Danaé vivait, retomba en larmes. Comme un chien qui ne sait comment exprimer sa reconnaissance, sous le sourire d'Andromède, il pressa les mains de Persée et les baisa de toutes ses forces.

– Tes efforts n'auront pas été vains. Le coffre a résisté aux intempéries. Un pêcheur nous a recueillis, ma mère et moi, sur l'île de Sériphos. Le reste est une longue histoire.

Après le dernier repas du jour, Persée se renseigna auprès de Mnémos sur Acrisios. Informé par un guetteur du débarquement de son petit-fils, et convaincu que sa dernière heure suivrait ce retour, le souverain avait à peine pris le temps d'emporter quelques vivres et, avec une cinquantaine d'hommes armés jusqu'aux dents, il avait filé en direction de Corinthe. Mais personne n'ignorait qu'il entretenait d'excellentes relations avec Teutamidès, le roi de Larissa, en Thessalie. Si Acrisios cherchait une cachette, ce pourrait bien être chez lui.

Aussitôt, Persée résolut de se lancer à sa poursuite. Il confia Andromède aux bons soins du serviteur qui lui serait doublement fidèle, et parce qu'il avait tenté de le sauver enfant, et pour avoir été épargné après son aveu.

Dès le lendemain, il était sur la route de Larissa. Par mer, il eût sans doute rejoint plus vite cette ville, mais il caressait l'espoir de rattraper Acrisios. Aussi opta-t-il pour la terre. Il emprunta la voie qui traversait le Péloponnèse et, par l'isthme de Corinthe, passait par Thèbes et Orchomène avant de rejoindre Larissa.

Mnémos lui avait proposé un char et un cocher, mais Persée préféra la discrétion. Il voulait surprendre son grand-père et le ramener dans Argos pour son jugement, ayant promis de ne pas le tuer. À pied, il irait moins vite, mais il ne compromettrait pas son entreprise.

Il se tint le plus à l'écart possible de Tirynthe et de Mycènes, cités belliqueuses, et, après plusieurs jours de marche, découvrit le panorama de Corinthe. Surplombant la cité dont Sisyphe était roi, il admira l'Acrocorinthe, avec, à son faîte, une citadelle de marbre blanc et la fameuse tour élevée par l'architecte Ptolimein. Dictys ne lui avait pas menti. Le monument, détruit jadis par un tremblement de terre, trônait comme un phare au-dessus du monde. Son crénelage attestait son inachèvement. On travaillait encore à le reconstruire.

Des âniers avec leurs bâtons poussaient devant eux des mulets accablés de sacs en tout genre. D'autres descendaient à vide et saluaient leurs confrères avec des sourires édentés. Des chariots remplis de blocs de marbres montaient poussivement vers un plateau où des équipes spéciales récupéraient les chargements pour les envoyer vers le sommet de l'acropole, grâce à un ingénieux système de contrepoids. Des contremaîtres criaient leurs ordres. Des femmes proposaient de l'eau à qui les appelait. Des enfants, attelés comme des bœufs, tiraient des rondins de bois que des hommes disposaient en tapis pour faciliter le roulement des matériaux lourds. Des tailleurs de pierre équarrissaient sur place des blocs sur lesquels des scribes notaient des références ou des numéros d'ordre. De la poussière en suspension enveloppait le site.

Persée entra dans la ville sans qu'on le remarquât, mêlé au flot de paysans et d'artisans qui allaient et venaient entre le port de Kenkhréai et le palais. Il déambula dans cette cité que tant de fois Dictys lui avait décrite. Elle appartenait à sa mémoire avant même de se concrétiser sous ses yeux. Il se sentit chez lui. D'ailleurs, depuis son départ d'Argos, tout parlait à son âme, la végétation, l'air sec, les vallonnements, les couleurs, la mer parfois invisible mais toujours présente. L'île de Sériphos l'avait vu grandir, mais le Péloponnèse était sa patrie.

Il envisagea de se présenter au palais pour y rencontrer Sisyphe. Peut-être obtiendrait-il de l'aide pour capturer Acrisios. Il lui suffirait de décliner son identité : adopté par Dictys, fils de Magnès, frère cadet du souverain local, il pouvait revendiquer le statut de neveu adoptif du grand roi. Et si ce dernier ne lui proposait pas son concours, du moins lui prodiguerait-il ses conseils.

À la réflexion cependant, il préféra s'abstenir. Il voyageait anonymement, et cela favorisait son entreprise. Si le fuyard apprenait que son petit-fils le traquait, il se préparerait à la riposte. Et le prince, de même que contre Méduse, ne pouvait compter que sur lui. Une petite armée protégeait Acrisios. Inutile, en ébruitant son dessein, de l'inciter à la grossir. Il faudrait bénéficier, une fois de plus, de l'effet de surprise. D'ailleurs, il ne cherchait qu'à entrer en dialogue avec un homme qui finirait peut-être par l'aimer. Il comptait bien lui apprendre que sa fille vivait et que lui n'entendait nullement attenter à sa vie.

Sur la grande esplanade de Corinthe, où les marchands traitaient leurs affaires, où des enfants se couraient après en criant, où des devins proposaient leurs services, où des métèques affichaient leur force pour se louer, où des aèdes déclamaient des récits merveilleux, où des marins chantaient, Persée saisit des bribes de conversation qui lui révélèrent qu'un certain Acrisios avait traversé la ville en direction du sud, il y avait peu, par la route isthmique.

Il marcha sur ses traces. Il approchait d'un promontoire rocheux quand il aperçut, dans une crique en contrebas, un homme sortant de l'eau. Sa taille et sa robustesse en imposaient. Le baigneur se sécha sans détourner les yeux du talus où s'était immobilisé Persée. Puis, revêtant une simple tunique blanche, il franchit d'un saut le remblai de sable et se planta au milieu du chemin, à portée de voix du voyageur.

Les deux hommes se toisèrent, sans agressivité. Le prince lisait la grandeur de la simplicité sur le visage de son vis-à-vis. Jamais Persée n'avait ressenti cette impression en présence d'un mortel.

Une voix calme et posée, forte, l'apostropha.

– Bienvenue à Corinthe, bel étranger. Profite de cette journée radieuse pour découvrir notre contrée. C'est la plus jolie du monde. La mer est bonne, tu devrais y goûter. Prends garde aux oursins.

Persée ébaucha un sourire. Était-ce un paysan qui s'adressait à lui, ou un roi ?

– Merci à toi. Oui, ce temps magnifique est propice à

la baignade, mais je crains de manquer de temps. Peut-être pourras-tu me renseigner : combien de jours faut-il pour aller jusqu'à Mégare, et de là jusqu'à Thèbes ?

– Aujourd'hui, bien moins que jadis, grâce à la route isthmique, tracée par l'architecte Ptolimein. Mais il faut une autorisation pour l'emprunter.

– Et qui la donne ?

– Moi.

Persée ne douta plus que, devant lui, se tenait son oncle par alliance, le grand Sisyphe. Il faillit lui donner des nouvelles de son neveu, Dictys, mais y renonça, pour conserver son anonymat. Il sollicita donc l'accord en question.

– J'y consens. Puis-je savoir où tu vas ?

La question embarrassa le prince. Il serait allé jusqu'aux abords du Styx pour retrouver Acrisios, mais il ignorait justement la destination finale de son grand-père. Se fiant à Mnémos, il indiqua la cité du roi Teutamidès.

– Larissa ? Sais-tu que ce roi vient de perdre son père et organise des jeux pour lui rendre hommage ? Tu devrais t'y inscrire. Je te vois bien au lancer du disque. C'est une discipline qui exige puissance et vitesse d'exécution. Avec un peu d'exercice, tu y ferais merveille. Je m'y connais en athlètes. J'ai fondé les jeux Isthmiques, en hommage à Mélicerte, dont j'avais découvert le corps non loin d'ici, au creux d'un pin. Beaucoup de souverains grecs s'inspirent aujourd'hui de mon exemple. Sur la piste que tu vas suivre eurent lieu les premières épreuves. Ce fut un événement mémorable. J'espère que tu participeras aux prochains Jeux.

Persée acquiesça de la tête, puis, s'inclina devant son royal interlocuteur et prit congé de lui.

Il s'éloigna et entendit :

– Bonne chance, Persée.

Il se retourna. L'ombre, de dos, leva une main qui signifiait « c'est ainsi » et disparut au détour du chemin.

Persée conclut qu'Acrisios avait dû s'ouvrir à Sisyphe du nom de son poursuivant, et que le roi de Corinthe n'avait eu aucun mal à le reconnaître. Peu de princes déguisés en paysans sillonnaient à pied le Péloponnèse avec l'intention, le cas échéant, de pousser jusqu'au mont Olympe.

Ni à Mégare ni à Thèbes Persée n'obtint de renseignements concernant Acrisios. Il décida donc de tenter sa chance à Larissa.

Il lui fallut six jours de marche pour atteindre la ville thessalienne, distante de quelque neuf cents stades de la cité béotienne. Dans la campagne avoisinante, on ne parlait que des toutes prochaines cérémonies religieuses agrémentées de joutes athlétiques. Pour ces dernières, chacun y allait de son pronostic. On avait aperçu un lanceur à l'entraînement, originaire d'Orchomène, et qui tenait du géant. Il rappelait un Thessalien, naguère maître incontesté de cette discipline, que ses victoires et la gloire avaient rendu orgueilleux au point de détruire son aura auprès du peuple. D'autres évoquaient un coureur dont les pieds ne soulevaient pas la poussière du sol et semblaient voler. On s'extasiait aussi sur les équipages et les conducteurs de chars, dont les évolutions, dans les plaines avoisinantes, distrayaient plus d'un esclave de ses obligations journalières.

Persée, fatigué du voyage, trouva un gîte chez un pédagogue du nom de Polyxème. L'homme, bavard, accompagnait les enfants des seigneurs locaux chez leurs précepteurs. Il les emmenait aussi en expédition à travers champs, et se targuait de les avoir conduits, une fois, jusqu'aux contreforts de l'Olympe, pour leur montrer, de loin, la résidence préférée des dieux. Il se vantait d'avoir à cette occasion croisé un infirme dont il assurait que c'était

Bellérophon. Aveugle et boiteux, malgré son jeune âge, ce dernier, paraît-il, ressemblait plus à un mendiant qu'à un roi.

Quand Persée, se souvenant de la prière de Philonoé à Xanthos, l'interrogea sur cet éclopé, Polyxème assura qu'il avait interdit aux jeunes d'entrer en conversation avec qui avait osé défier Zeus. Il l'avait aperçu de loin, et refusé tout contact. Il n'en savait pas plus. Puis, soudain illuminé par une étrange idée, il dévisagea le prince et l'encouragea vivement à concourir pour le lancer du javelot ou du disque, vu sa morphologie. Et il lui expliqua les règles instituées par Teutamidès.

L'effervescence que la perspective des célébrations provoquait dans Larissa contrariait la recherche patiente à laquelle souhaitait se consacrer Persée. Ou il attendait la fin des cérémonies, permettant ainsi à son grand-père de se mettre peut-être définitivement hors de portée, ou il quittait la ville au plus tôt, avec l'espoir que la chance le servirait.

Polyxème avait parlé des capacités athlétiques de son hôte à ses amis. Nombreux furent ceux qui insistèrent pour qu'il les représentât. À commencer par son logeur, qui, en échange de sa participation, ne lui ferait payer ni la nourriture ni la boisson.

On convainquit Persée que lui seul pourrait peut-être vaincre le champion d'Orchomène. Il lui restait à peine deux jours pour s'exercer au lancer du disque, dont il ignorait tout. Un ancien vainqueur le forma.

Le jour dit, Teutamidès, paré de son vêtement de deuil, que seuls des fils d'or rehaussaient, s'avança dans le grand sanctuaire consacré à Athéna. Les prêtres, les prêtresses et les seigneurs de Larissa lui emboîtèrent le pas. Il invoqua la déesse et sacrifia dix taureaux, comme le prescrivait le rituel des jeux mortuaires.

Le peuple, amassé à la sortie du temple, acclama son roi et, avec lui, descendit jusque dans l'enceinte où se dérouleraient les différentes épreuves. Les étrangers, pour acquérir le droit d'assister au spectacle, déposèrent leur offrande expiatoire devant le temple, et rejoignirent ensuite les spectateurs.

Après le discours qui proclamait l'ouverture des Jeux et les dédiait au défunt, dont furent successivement rappelées la vie par son fils, la gloire par ses généraux, et ses paroles par des hiérodules, les premiers concours débutèrent.

Celui de chant annonçait tous les autres et servait pour ainsi dire d'introduction poétique. Puis vinrent les combats de boxe, lourds et légers. Dans la première catégorie, les boxeurs étaient gantés jusqu'aux coudes et portaient des casques. Dans la seconde, ils luttaient à mains nues et sans protection. Les vainqueurs défilaient par la suite devant le public pour l'ovation due aux valeureux, avant de recevoir la couronne tressée en rameaux d'olivier. Des prières s'intercalaient avant la course à pied, laquelle précédait les lancers. D'autres rites funéraires intervenaient avant que les courses de char ne clôturent la commémoration.

Pour l'épreuve du disque, les palets de bronze attendaient sur le sol, et chacun des concurrents disposait de deux essais. Quand le plus robuste arma son bras, le public ne put réprimer son admiration. L'objet s'éjecta de la main ouverte vers le ciel, sembla ne jamais devoir retomber, et vint se ficher dans le sol, où il resta planté en signe de victoire. Une formidable acclamation salua cet exploit, qui enlevait pratiquement tout espoir aux autres discoboles. Ils étaient sept encore à concourir. Persée venait en dernière position.

Quand il pénétra sur l'aire de lancement, il frappa certes l'assistance par son maintien, mais amusa les connaisseurs.

Contrairement à ses adversaires, il portait son habit de paysan, et, au premier coup d'œil, on voyait qu'il manquait par trop d'expérience. Quelques rires fusèrent.

Il pivota sur lui-même avec une certaine adresse, mais sa conduite du disque manquait de maîtrise. Son premier lancer le classa quatrième, loin derrière celui qu'on fêtait déjà.

Les conditions atmosphériques, jusque-là presque parfaites, changèrent subitement. Comme il arrive à proximité du mont Olympe, de brusques et fortes rafales de vent balayèrent la piste, au moment même où Persée effectuait son deuxième lancer, bien meilleur que le premier. Dévié de sa trajectoire, accéléré, le bronze plana, et, en bordure du terrain, vint heurter la tempe d'un des proches de Teutamidès, avant de s'immobiliser au-delà du meilleur des jets. L'homme porta les mains à sa tête et s'écroula.

Une clameur parcourut la foule. On se pressa aux nouvelles. Aux pieds du roi de Larissa gisait le malheureux, qui n'avait pas eu le temps d'esquiver le projectile. La stupéfaction se lisait encore dans ses yeux, grands ouverts.

Un devin constata le décès, au moment où Persée parvenait enfin à se frayer un passage au milieu de l'attroupement spontané. Le prince, affligé, chercha du regard un parent auquel exprimer sa sympathie. Il ne rencontra que des visages adulateurs. Sa victoire, incontestable, même noircie par cet accident, l'emportait sur toute autre considération. Il s'en fallut de peu qu'on le portât en triomphe.

On s'y apprêtait quand Teutamidès étendit ses deux bras vers le peuple pour obtenir silence et annonça que son grand ami, le roi d'Argos, Acrisios, n'était plus.

Abasourdi, Persée resta figé sur place. Puis, se penchant au-dessus du cadavre, il lui ferma les yeux. Quand il se releva, obéissant à l'honneur, il se présenta.

– Mon nom est Persée. Je suis le fils de Danaé, la fille

de l'homme que je viens de tuer. Agissez envers moi comme il vous plaira.

Le peuple s'écarta. Le monarque dévisagea cet étranger avec d'autant plus d'intérêt qu'il avait entendu parler de lui peu de temps auparavant par sa victime. Acrisios, persuadé que son petit-fils l'assassinerait, avait tout tenté pour faire mentir l'oracle. Il avait dépeint sa progéniture employée à sa perte. Or Teutamidès découvrait un véritable prince, pas seulement de naissance, mais aussi en paroles. Malgré son affliction, il déclara, haut et fort :

– Il ne manque pas de témoins, ici, pour affirmer que tu n'es pas un assassin. Pour l'instant, il n'y a devant nous que le vainqueur d'un beau concours. Il te reviendra, comme à ceux dont les noms figurent à notre palmarès, une part de l'héritage de mon père. Ni Acrisios ne méritait la mort, ni toi de la lui donner. Les dieux seuls pourraient nous renseigner sur leurs motifs. Ne les fatiguons pas de nos plaintes. Il est trop tôt pour pleurer. Nous prendrons le deuil de notre ami après avoir honoré son petit-fils, héros de nos jeux. Gloire à toi, Persée, prince d'Argos.

28.

Le soir même, Teutamidès invita Persée au palais. On lui promit d'autres succès, à condition de perfectionner ses gestes. Il reçut ces compliments comme autant d'hommages à son inexpérience. On aborda aussi le drame qui avait endeuillé la journée. Persée sollicita le privilège de présider aux obsèques d'Acrisios, et le souverain lui accorda la faveur d'y procéder dans le sanctuaire d'Héra.

Le lendemain, la population de Larissa défila devant le roi d'Argos. Celui-ci reposait dans un cercueil de chêne peint en bleu, décoré de feuilles d'acanthe rouges et brunes. Les bras le long du corps, la tête à peine relevée par un lit d'herbes, muni de ses bagues et de sa plus belle tunique, Acrisios dormait. Une femme avait maquillé son visage et surtout ses tempes, afin qu'aucune trace de l'hématome ne subsistât. La barbe était lissée, magnifique, épanouie sur la poitrine du vieillard. Ses propres gardes, comme des flambeaux, entouraient leur maître et l'escortaient, immobiles, pour sa descente dans l'Hadès.

Des victuailles, des statuettes, des armes, des bijoux s'accumulaient dans la bière pour accompagner le défunt au cours de sa longue traversée. Persée y déposa ses habits de paysan. Il se dévêtait ainsi de ses dehors de meurtrier et réclamait à son grand-père une reconnaissance posthume.

Sur un signe du grand prêtre, dix hommes soulevèrent le cercueil et entamèrent une marche empreinte de solennité. Persée avançait en tête du cortège. Tout le long du trajet, le peuple salua la dépouille mortelle en s'inclinant et en pleurant.

Devant le temple d'Héra, Teutamidès invita Persée à prononcer l'éloge du défunt. Le prince parla sans quitter le catafalque des yeux.

– Ô Hadès, divin frère de Zeus, accepte la venue devant toi de Teutamidès et de son peuple pour présenter leur dernier hommage à mon grand-père, Acrisios. Cet homme reste pour moi un inconnu. Il me craignait au berceau et jusqu'à hier midi encore. Moi, j'ignorais tout de lui. Le jour de notre rencontre est aussi le dernier pour lui. Je le déclare ici, solennellement : j'étais à sa recherche, non pour le tuer, mais pour le connaître. Aujourd'hui qu'est accomplie la parole divinatoire, il demeure le père de ma mère, Danaé, princesse d'Argos et reine de Sériphos.

Persée marqua un temps, avant de reprendre, en se tournant cette fois vers l'assemblée.

– Ô peuple de Larissa, en ce jour doublement funèbre, tu as vu en même temps triompher un discobole et s'affliger un prince. Le disque de bronze échappé de ma main a frappé mortellement Acrisios à la tête, et moi, au cœur. Que mon souffle aille vers cet homme et lui soit le meilleur des vents au royaume des morts.

Des ouvriers avaient, peu de temps avant la cérémonie, préparé la tombe. Dans la sépulture en rotonde, on fit glisser le corps, en disposant les cadeaux mortuaires à ses côtés, et on la ferma par des pierres assemblées en coupole.

Des prêtres chantèrent des prières. La population de Larissa se recueillit devant cette *tholos*, avant de regagner la ville.

Quand le sanctuaire déserté fut rendu à son silence, Persée, resté seul, s'y recueillit. Il n'éprouvait pas de véritable peine, mais des regrets. Son grand-père ne se justifierait jamais de ses décisions passées. Il ne sonderait pas non plus son âme, maintenant partie pour le plus long des voyages. Et il n'hériterait pas de lui le trône d'Argos, désormais vacant et auquel il aspirait depuis toujours. Pourquoi les dieux lui imposaient-ils ce malheur ? Quelle malédiction s'attachait à lui pour qu'il éliminât jusqu'à ses ascendants ? Comment devait-il s'y prendre pour ne plus nuire en s'efforçant au bien ?

Persée en était là de ses méditations quand il perçut le bruit sec d'une canne frappant les dalles de l'esplanade. Il se retourna. Un homme avançait à tâtons. Il ressemblait beaucoup à la description que Polyxème avait faite de Bellérophon. Le prince ne bougea pas, croyant ainsi ne pas révéler sa présence. L'aveugle en claudiquant vint jusqu'à lui, comme s'il le voyait, et comme s'il désirait engager une discussion.

Devant Persée se tenait un estropié vêtu de haillons, ni vieux ni jeune, à qui ses paupières cousues communiquaient une impression surnaturelle. Les traits du visage conservaient une juvénilité fanée par des blessures qui ne se refermeraient jamais. En souriant, il tendit la main.

– Auras-tu pour moi quelque galette ou un morceau de fromage ? J'ai faim.

Persée n'osa pas ouvrir la bouche et retint son souffle.

– Eh bien, suis-je tombé sur un muet ?

Le prince alors se décida.

– Non, mais...

– Tu n'as rien à me donner ? Tant pis. Je suis habitué.

Ne t'inquiète pas pour moi. Je trouverai bien quelque chose ailleurs.

Il allait partir. Persée l'interpella.

– J'aimerais te poser une question.

– Tu ne donnes rien, et tu demandes. Je t'en prie.

– Je suis étranger.

– Je sais.

– Comment l'as-tu deviné ?

– Tout le monde me fuit, on me prend pour un fou, personne ne veut me parler. Certains me plaignent. Je ne hais rien tant chez les hommes que leur pitié. Tu sembles ignorer tout cela. Tu es le premier être humain avec lequel je converse, depuis fort longtemps.

– J'arrive d'Argos.

– On vient justement d'ensevelir Acrisios.

– Comment le sais-tu ?

– Crois-tu que mes oreilles m'épargnent ? Hélas, elles m'informent de tout ce que je préférerais ignorer. Si je ne cherchais pas à manger, je resterais dans ma montagne. Il me faut parfois descendre dans les vallées, endurer les sarcasmes des mortels. Toi, tu es différent.

La superbe avec laquelle ce miséreux assumait sa décrépitude forçait le respect. Persée ne douta plus de l'identité de son interlocuteur. Il avait gravi les pentes du mont sacré, puis dégringolé plus bas que terre. Il avait conquis le ciel, et mangeait maintenant de la poussière. Il avait été tout, il n'était plus rien. Sans se plaindre. Avant cela, n'avait-il pas connu l'exil, comme lui ? Vaincu un monstre, comme lui ?

– Mon nom est Persée.

– Et le mien, Bellérophon.

- Je sais.

– Es-tu donc aveugle, toi aussi ?

– Nullement.

– Persée, dis-tu ? On m'a parlé de toi.
– Qui donc ?
– Celui à qui je dois mon malheur – Prœtos.
– Tu connais cet homme ?
– Je l'ai bien connu. C'est chez lui, sur ordre de Sisyphe, que je me suis purifié d'un crime commis par accident sur un dénommé Belléros. Il s'était accoutré en corbeau, pour amuser son fils. Trompé à distance, je l'ai tué d'une flèche. Un joli coup, soit dit en passant. À Tirynthe, il m'accueillit comme un père, mais j'eus quelques démêlés avec sa femme, qui aujourd'hui charme aux Enfers ceux qui la croisent. Elle provoqua mon procès en m'accusant faussement de tentative de viol. Je dus m'exiler en Lycie. Là, le roi Iobatès me chargea des plus redoutables affaires, mais ni l'extermination de la Chimère, ni l'élimination des ennemis les plus féroces de son pays, ni la lutte contre des pirates, ni la neutralisation des Amazones ne m'attirèrent ses grâces. Je devins, contre sa volonté, son beau-père et successeur.

Avant même que Persée ne réagisse, il ajouta, d'une voix enjouée :

– Crois-moi, prince, on ne l'emporte sur personne et sur rien si on n'affronte pas l'Olympe.

Cette affirmation énigmatique plongea Persée dans la perplexité. La raison de son interlocuteur vacillait-elle ? Qui, derrière cette apparence misérable, s'adressait à lui ? Zeus déguisé en ruine humaine ? Un imposteur, ou le héros détrôné ? À quoi bon, dans tous les cas, révéler à ce pauvre hère qu'il s'était entretenu avec sa femme, Philonoé ? Qu'il avait vu son dernier fils, Hippolocos, bien en chair ?

Il allait prendre congé quand l'homme lui lança :

– Vois Prœtos. Parle avec lui. Selon moi, il n'est pas seulement ton grand-oncle.

– Que veux-tu dire ?

– Qu'il a un jour rendu visite à Danaé dans sa prison de bronze, à l'insu de son frère Acrisios, et que tu naquis quelque temps plus tard. Dans ces cas-là, on s'interroge, n'est-ce pas ?

Sur ce, sa boiterie résonnant dans le sanctuaire, l'étrange personnage disparut comme il était venu.

Persée apprenait enfin le nom de son vrai père. Il réfléchit. Si cela contribuait à l'éclairer sur le trouble de sa mère quand il avait devant elle prononcé le nom de Prœtos, cette révélation ne le bouleversait pas. Il procédait d'un roi et non d'un dieu. Soit ! Cela dit, les allégations de Bellérophon devraient être vérifiées, car comment croire sur parole un dément qui recommandait de braver l'Olympe ? S'il avait réellement le frère d'Acrisios pour géniteur, il ne descendait pas de Zeus et n'était pas immortel. Dans ce cas, pourquoi les hommes le traitaient-ils en divinité ? D'un autre côté, si le roi de Tirynthe n'était pour rien dans sa naissance, qui revendiquerait cette paternité ?

Le jour déclinait. Des effluves de romarin se diffusaient dans l'air du soir. On devait ramasser des bottes, en prévision des sacrifices et du banquet terminal clôturant la célébration des Jeux.

Persée revint au palais et participa en hôte d'honneur aux festivités nocturnes. Dès le lendemain, il repartit pour l'Argolide, après avoir décliné la proposition de Teutamidès d'une escorte et de deux chars. Il désirait la solitude comme compagne.

Il avait dépassé Thèbes et l'obscurité commençait d'envelopper la campagne quand il fit halte sous un chêne isolé au milieu d'une pinède. À peine s'installait-il pour passer la nuit qu'un bruissement de taillis attira son attention. Alors qu'il scrutait les bois, la forêt résonna d'un long feulement. Une crinière s'encadra entre deux branches basses. Deux billes d'un jaune éclatant le fixaient.

C'était la première fois qu'il se trouvait face à un lion. De nombreux témoignages de voyageurs, de guerriers ou de chasseurs attestaient la présence de ce félin sur les vastes territoires du Péloponnèse, de Thessalie et de Thrace, mais rares étaient ceux qui avaient pu en approcher un de si près. Lors de sa traversée de l'Atlas et de son séjour égyptien, le prince n'en avait pas vu, et, de cette bête, sa connaissance se limitait aux sculptures qu'il avait admirées dans des ateliers comme celui de Garoustios en Crète. À quelques pas de lui, un spécimen exceptionnel le surveillait.

Persée planta ses yeux dans ceux du fauve. À quoi pensait-il ? Détaillait-il son prochain repas ? Les deux seigneurs, immobiles comme des statues, s'interrogeaient sur leurs intentions respectives. Le grand mammifère bâilla nonchalamment sous les étoiles tapissant une à une le ciel sans lune.

De l'une des constellations, bien visible par une trouée forestière, un immense cheval ailé monté par un géant brandissant une épée d'or fond sur les cimes des conifères, dressés comme des pieux de chasse. Persée reconnaît le couple échappé de l'Atlas, alors qu'il somnolait dans les bras d'un cèdre. Mais à présent il ne dort pas, et il ne doute pas de l'apparition. L'arme fend l'air de droite et de gauche, à l'assaut d'on ne sait quelle proie. Et soudain, elle s'abat comme un couperet sur le cou du lion. Le sang gicle en torrent, rougit tout alentour, jusqu'aux cheveux du prince. Décapitée, la chevelure léonine se métamorphose en un céphalopode, gerbe grouillante de cobras. Enchevêtrés, ces derniers s'agitent comme des vers et s'étirent dans toutes les directions. La boule ignoble roule sur le sol et heurte les chevilles de Persée. Plusieurs reptiles montent le long de ses jambes, atteignent sa taille, s'enroulent autour de son cou et le serrent comme un étau. L'un d'entre eux, tel un visiteur curieux de découvrir un nouveau monde, obstrue maintenant son œsophage, mais ressort avant de l'étouffer. Les efforts conjugués des serpents aboutissent : sa tête se décolle et bientôt se trouve arrachée à son corps. Alors le géant descend de sa monture, l'empoigne par sa tignasse et entreprend de l'ajuster au corps du lion. Pendant ce temps-là, l'autre main achève l'opération inverse. Le prince devient Gorgone. Quand tout est terminé, le génie saute sur le dos de son coursier, salue de son épée, lance un rire sardonique et s'évanouit dans les ténèbres.

Persée fut étonné, malgré tout, de conserver sa personnalité. Il s'inquiéta de son retour en Argolide. N'allait-on pas lui tirer dessus avec des flèches, dès qu'il avancerait à découvert ? Le laisserait-on entrer dans Argos ? Comment expliquerait-il à Andromède sa transformation ? Quand bien même admettrait-elle l'incroyable, accepterait-elle de vivre avec lui, de l'embrasser, de s'adonner à l'amour avec un quadrupède à visage d'homme ? Ne se moquerait-elle pas de ce centaure insolite ?

Il en était là de ses élucubrations quand il rouvrit les yeux. Il se tâta. En face de lui, le lion dormait paisiblement. Le plus extraordinaire était qu'il ait pu s'assoupir en présence d'une menace qu'aucun autre homme n'aurait négligée à ce point, et que la réciproque fût vraie.

L'aube pointait. L'animal, réveillé, semblait sortir lui aussi d'un rêve. Ses paupières battaient lourdement, tel un enfant qui réclame son content de sommeil. Il bâilla plus largement encore que la veille, et se leva. Persée fit de même. Les deux dormeurs s'étirèrent, et, civilement, chacun prit congé de l'autre.

Persée, sans autre incident, doubla Mégare, puis Corinthe, s'enfonça dans le Péloponnèse, franchit ses belles montagnes, et, à la hauteur de Tirynthe, hésita. Devait-il d'abord se rendre auprès de Prœtos, ou retourner directement à Argos ? Malgré son impatience d'enfin connaître son père, il avait trop longtemps délaissé Andromède. Il opta pour la seconde solution, et arriva aux portes de la citadelle à la nuit tombante.

Cette fois encore, on tarda pour écarter les battants. Il exigea qu'on lui ouvrît immédiatement, mais le portier lui cria que des événements graves se déroulaient au palais et qu'il appliquait des instructions. Elles étaient formelles : personne ne devait entrer ou sortir de la forteresse.

Persée ne disposait que de ses mains pour se battre. Comment viendrait-il au secours d'Andromède, si on la retenait prisonnière dans Argos ? Comment forcerait-il le passage ? Qu'est-ce qui se tramait derrière ces murailles ?

Alors qu'il envisageait de repartir pour Tirynthe, où il tenterait de lever une armée, des silhouettes se dessinèrent sur les remparts. Il les apostropha rudement, hurlant son nom. Cela suffit à faire pivoter l'un des lourds vantaux de bois. À peine entrait-il que plusieurs hommes s'emparèrent de sa personne avec brutalité. Il ne se défendit pas. On l'entraîna jusqu'au palais, où il parut devant les seigneurs d'Argos réunis dans le mégaron, pour l'occasion transformé en tribunal.

Il y avait là tous les puissants du royaume, et quelques grands serviteurs, parmi lesquels Mnémos. Deux gardes encadraient Andromède, dans un coin de la salle. Un homme corpulent, plus vieux que les autres, s'avança d'une allure décidée pour entamer un discours accusatoire.

– Un messager affirme qu'Acrisios...

Le seul regard de Persée, où brûlait l'assurance de l'invincibilité, l'interrompit. Il se posa ensuite sur chacun des présents, les forçant, l'un après l'autre, à baisser les yeux.

Devant celui d'Andromède, il s'adoucit, avant de revenir vers le gros de l'assemblée. Alors, le prince déclara, sur un ton qui ne souffrait pas la réplique :

– Qu'une cité se défende, quoi de plus naturel ? Mais qu'elle se refuse au petit-fils de son roi, et qu'elle ose douter de sa probité, c'est in-to-lé-rable !

Il avait à ce point détaché les syllabes de ce dernier mot qu'elles résonnèrent dans la pièce comme un grondement de tonnerre. On retenait son souffle. Il continua.

– Votre envoyé ne ment pas. Acrisios est mort. J'en suis l'instrument, non la cause. À Larissa, devant le peuple de son ami Teutamidès, je lui ai rendu les hommages funèbres qu'on doit à un grand roi. Il est désormais auprès d'Hadès. Mon grand-père m'assimilait à une menace. Il craignait de mourir par ma faute. Sa peur l'a tué, pas moi. J'étais venu pour mettre un terme à la malédiction, et lui tendre la main. Celle-là même qui lança le disque funeste.

Cette dernière phrase rompait avec les précédentes par son expression plus fataliste. Le volontarisme reprit aussitôt le dessus.

– Relâchez immédiatement mon épouse, et remerciez Zeus que je ne fasse pas raser cette ville pour votre insolence et votre aveuglement.

Andromède vint au côté de Persée. Mnémos alors prit la parole.

– Mes seigneurs, je fus le serviteur le plus proche d'Acrisios. Rappellerai-je ici qu'il est à l'origine de deux merveilles ? La première, il a, dans sa jeunesse, inventé les doubles boucliers, qui firent des miracles dans de nombreuses batailles. Plus d'un parmi nous doit la vie à ces défenses bilobées, ne l'oublions jamais. Et la seconde est devant nous, seigneurs d'Argos. Il s'agit de Persée.

À ce point du discours, l'orateur changea de registre, la compassion succédant à la louange.

– Oui, l'angoisse d'Acrisios le conduisit à des actes cruels, dont il souffrit lui-même, je vous le garantis. Combien de fois, le soir, avant de se coucher, ne l'ai-je pas entendu se plaindre de l'absence de sa fille ! Il évoquait souvent son petit-fils, et répétait son nom comme une incantation. « Persée, Persée, disait-il, me pardonneras-tu jamais ? » Cet homme était impitoyable avec les lâches et les traîtres, mais il s'en voulait des injustices de son pouvoir.

Après une pause, Mnémos en vint à l'essentiel.

– Poséidon n'a pas jugé bon d'engloutir Danaé et son fils, ici présent. Nous n'avons plus de monarque. Argos peut-elle envisager de vivre et de rayonner sans un souverain digne d'elle ? L'héritier d'Acrisios est devant nous. Proclamons-le roi. Que Persée règne sur notre ville. Qu'il gouverne son peuple avec sagesse. Qu'il nous élève jusqu'à lui.

L'assistance, jusque-là restée muette, lança, comme un seul homme, un cri de ralliement. Les mêmes qui, quelques instants plus tôt, s'apprêtaient à condamner un proscrit, le glorifiaient maintenant à l'égal d'un dieu. Certains s'agenouillèrent, tandis que d'autres tendaient les bras vers lui, ainsi qu'ils auraient fait envers une idole.

Persée toisa, sans mépris, cette chambre d'accusation transformée en autel d'adoration. Puis il déclara :

– Je remercie Mnémos de ses propos, et je vous sais gré de votre discernement. Vous offrez le trône à celui par qui la disparition de votre roi est arrivée. Cette vérité ne sera jamais abolie. Peut-il régner dignement à la place et à la suite de sa victime ? Je sais qu'il vous faut un maître. Laissez-moi réfléchir. Je vous dirai d'ici peu ma décision.

Persée tendit sa main à Andromède, et conclut.

– Pour l'instant, j'ai besoin de repos.

La princesse axoumite s'efforça de sourire. Le prince d'Argos montra un visage impénétrable. Nul ne put deviner de quel côté pencherait la balance.

On se dispersa dans l'espoir d'une réponse positive.

29.

Allongés l'un à côté de l'autre dans la chambre même où Danaé aurait dû vivre les plus belles années de sa vie, au lieu de se morfondre dans sa cage de bronze, Andromède et Persée restèrent longuement, main dans la main. Elle n'osait bouger, de peur de rompre leur communion.

Devinant ses pensées, il murmura :

– J'ai respecté mon engagement.

Elle susurra :

– Tu avais promis, je n'avais aucun doute. Acrisios n'est pas mort par ta volonté, cela seul importe.

Persée lui caressa les cheveux.

– Tu es bonne.

– Je te suivrai partout. Tout ce que tu me demanderas, je le ferai. Aucun homme ne parviendra jamais à ta cheville. Il y a autant de divin en toi que d'humain en Zeus.

Persée cala sa figure contre le cou d'Andromède.

– Le secret qui me consume, je veux l'extirper de mon âme. Nous devrons pour cela partir d'ici.

– Mais pourquoi ? On te propose un trône, que tu m'avais d'ailleurs promis.

– Non, Andromède, je ne puis me résoudre à régner sur une ville que j'ai, pour mon malheur, quitté nourrisson, et retrouvé adulte, mais meurtrier. Je n'ai pas tout de suite dit non, pour ne pas offenser ceux qui s'en remettent à moi, mais ma décision était arrêtée avant même d'avoir entendu leur proposition. Si tu n'étais pas restée dans la forteresse pendant mon séjour en Thessalie, je ne serais pas revenu sur les terres d'Acrisios.

– Abandonneras-tu la cité de tes ancêtres à ses ennemis ? Laisseras-tu Argos dépérir, ses seigneurs s'entredéchirer, ses richesses disparaître ?

Persée admettait le bien-fondé de ces arguments, sans cependant s'y soumettre.

– Que faire alors ?

Comme si une lumière l'éclairait soudain, le prince s'assit sur le lit et livra sa décision.

– Nous partirons demain pour Tirynthe. Je dois consulter son roi, Prœtos.

– Qu'il en soit ainsi, puisque tu le veux.

Andromède caressa la nuque de son mari. Glissant de la tête à la poitrine, puis de là au bassin et à l'entrecuisse, la main de la princesse réveilla les sens de Persée, pour leur première nuit d'amour en Argolide.

Le lendemain, le couple partit pour Tirynthe. Une petite soixantaine de stades séparait les deux villes. Un bon marcheur les parcourrait en moins de deux journées. Une route caillouteuse descendait vers la mer en sinuant parmi les cèdres épars et les pins plantés à même les rochers, de plus en plus clairsemés aux abords du littoral.

Les voyageurs s'attardèrent devant le panorama somptueux. À perte de vue, le bleu du ciel se reflétait dans celui de la mer, d'un calme parfait. L'eau effleurait tout juste les découpes de la côte, comme si elle désirait les adoucir de ses frôlements.

Assis comme des enfants devant l'immensité, Andromède et Persée s'y perdaient en pensée, appuyés l'un contre l'autre. Ils assistèrent au coucher du soleil. Puis, le froid gagnant, après une dernière salve de douceur, le couple se lova dans une anfractuosité du terrain, où, enlacé, il sombra dans un paisible sommeil.

Le soleil réapparaissait quand des cris retentirent. Debout, Persée chercha vainement d'où provenaient ces mugissements qui déferlaient comme des vagues. Recommandant à Andromède de ne point se montrer, il descendit de l'avancée rocheuse où ils s'étaient abrités et gravit une éminence dominant l'arrière-pays.

Ce qu'il vit l'attrista. Un homme arborait sa nudité dans une attitude obscène. À la base du cou, il portait une crinière, fixée maladroitement avec du fil de chanvre. Et il beuglait.

– Viens ici, soleil maudit, ose donc me désobéir, testicule orphelin, misérable solitaire, infâme brûleur de mortels, ignoble cyclope, disque de malheur, fuis donc, enterre-toi, disparais, sombre dans les gouffres marins, ensanglante la surface, explose en morceaux écarlates que je me repaisse de tes éclats. Hors de ma vue, monstre ! Ah ! Tu résistes ? Tu voudrais m'arracher la peau ? Regarde-la bien. Ni toi ni personne ne m'ôtera cette sale carne. Tu peux toujours la rôtir, ses fumets, je les garde pour mes vieux jours. Je m'en délecte déjà.

Tout en s'arrachant la poitrine, il tourna sur lui-même, rota, péta, recommença de hurler, se fourra une brindille entre les fesses puis la mâcha, la recracha, la ramassa, la reprit en bouche pour en apprécier la saveur et finalement l'avaler. Ses imprécations reprirent.

– Je suis la monture de Zeus. Ici, au pied ! Ah ! Tu refuses ? Tu n'as pas affaire à n'importe qui. Tout dieu que tu es, tu ne vaux pas cher à côté de cette splendeur...

Il se mit à imiter, à quatre pattes, l'allure d'un cheval

d'abord au pas, puis au trot et enfin au galop, hennit de toutes ses forces, à s'époumoner.

– Ah, mes petites chéries, mes filles adorées, mes vaches à moi, je vous aime comme un équidé ses bovidés...

Persée allait intervenir quand il aperçut quatre hommes qui dévalaient le versant opposé pour se précipiter sur le malheureux. Ce dernier ne leur résista pas. Sans brutalité, ils s'emparèrent de lui, et l'entraînèrent avec eux.

Le prince jugea inconvenant de fournir des détails à Andromède. De l'épisode, il lui dit seulement qu'il avait assisté, de loin, aux extravagances d'un fou dont le visage rappelait vaguement celui d'Acrisios.

Sur ce, ils se dirigèrent vers Tirynthe.

Quand, par le sud, il entrevit la forteresse, une intense émotion cloua Persée sur place. Andromède, habituée par les descriptions de ses servantes aux palais pharaoniques, aux colonnes de marbre, aux allées gigantesques bordées de statues à tête de faucon, s'étonna qu'une construction de pierres grisâtres agencées tant bien que mal pût à ce point susciter l'émerveillement. Une certaine grandeur se dégageait de la citadelle, certes, mais rien qui méritât l'extase.

Persée, d'un vaste geste, lui désigna l'ensemble du pays.

– Ici, dans cette plaine, eurent lieu de violentes batailles entre les armées d'Acrisios et de Prœtos. Ici coula le sang achéen. Imagine les soldats entremêlés, les corps trempés de sueur, le hurlement des ordres, le cliquetis des armes, les implorations des agonisants, les entrailles étalées sur le sol, les yeux hagards des blessés, le hennissement des chevaux éventrés, les cris, les plaintes, l'odeur de mort qui empuantit l'air, et le soleil qui épuise les guerriers de deux camps.

Il n'avait pas reconstitué la scène avec enthousiasme, mais comme un ancien combattant qui déplore qu'elle se fût déroulée en un lieu si paisible et si beau. Il conclut en montrant les murailles au loin.

– Je vais enfin rencontrer mon grand-oncle, Andromède. Il vit derrière ces murs. Vois leur énormité. On affirme que des cyclopes les ont construits. Cela ne me surprendrait pas.

Au bas de la cité, les visiteurs durent longer les contreforts des galeries sud et sud-est avant d'atteindre la rampe donnant accès à la porte principale. Là, on leur ouvrit sans difficulté.

Ils passèrent sous un arc-boutant surveillé par des gardes et des archers, qui ne les lâchaient pas des yeux. Un capitaine les pria de le suivre. Des propylées de marbre menaient à une grande cour ceinte aux trois quarts d'un muret de pierres sculptées, où étaient des autels et sur laquelle donnaient divers ateliers où s'élaboraient des cratères, des vases et des coupelles.

Un vestibule menait à un porche constitué de trois portes à double battant et se prolongeait par un couloir bordé de colonnes décorées de scènes de chasse. On franchissait ensuite une antichambre rectangulaire gardée par des hommes en armes, qui distribuait vers deux galeries symétriques, recouvertes de plâtre blanc. Se présentait alors, droit devant, une pièce que supportaient des colonnes ornementées de motifs géométriques, et dont les murs étaient décorés de fresques aux griffons jaunes sur fond rouge. Le mégaron.

Quand le couple fut introduit dans la grande salle, un jeune seigneur se leva pour les y recevoir. Un autre, âgé, dans la pénombre, resta collé à son siège d'albâtre. Cette double marque, et de civilité et d'impolitesse, invita Persée à se présenter, mais avec retenue.

– Je suis Persée, noble Prœtos, et voici ma femme,

Andromède. Nous venons d'Argos. J'ai à te parler de choses de la plus haute importance.

Son hôte, avec une gêne à peine perceptible, s'inclina.

– Bienvenue dans notre cité, seigneur, à toi et à ta magnifique épouse. Notre ville s'honore de votre visite. Que Tirynthe soit pour vous un havre de paix et de sécurité. Que Zeus y veille !

Alors, se tournant vers le vieillard immobile, l'homme poursuivit, sur un ton plus hésitant.

– Et voici Prœtos, mon père. Mon nom à moi est Mégapenthès... Je... je suis le roi en second, ici...

Persée envisagea l'homme désigné. Il ne dissimula pas sa stupéfaction. C'était l'homme-cheval du matin sur la colline, et c'était aussi Acrisios. La même stature. Un visage en tout point conforme à celui du mort de Larissa. Et surtout, le même regard que celui entr'aperçu. Il se souvint alors que sa mère lui avait parlé de jumeaux.

Les yeux du souverain, vitreux, fixaient un horizon imaginaire. Un demi-rictus accentuait l'aspect ironique de ses lèvres. Le reste du corps, figé, ressemblait plus à un de ces télamons qui tiennent les corniches qu'à un être de chair.

Mégapenthès continua.

– Père, voici le prince d'Argos et sa femme.

Cette précision ne provoqua aucun mouvement. Andromède, attendrie, s'agenouilla et baisa les mains de ce personnage hiératique, tandis que la conversation s'engageait entre son mari et le roi en exercice.

– Mon père a quitté le monde des vivants sans entrer dans celui des morts. Il a rejoint celui de mes deux sœurs, qui se prennent pour des génisses. Le décès de Sthénébée, ma mère, en est la cause. Cela s'est passé en Béotie, à Thèbes. On m'assure qu'elle a chuté d'un cheval emballé, un certain Pégase, ayant appartenu à

Bellérophon, que j'ai bien connu, autrefois. Mon pauvre père peut rester ainsi des jours et des jours, prostré, ou s'agiter subitement dans tous les sens, hurler comme un loup la nuit ou se prendre pour Pégase, justement, et se proclamer « cavalier de l'Olympe ». Apollon daignera peut-être le guérir. Puis-je t'aider à traiter les affaires que tu désirais aborder avec lui ?

La réponse n'allait pas de soi. Si Prœtos avait forcé la porte de Danaé, comme le prétendait Bellérophon, et s'il était, lui, Persée, le fruit de cet amour clandestin, alors il n'était pas seulement le petit-neveu du vieux roi de Tirynthe, mais aussi son fils, et, par là même, le frère du seigneur qui s'adressait à lui.

Persée excluait de questionner ce Mégapenthès, à qui son père ne s'était sûrement pas confié. Il fallait interroger Prœtos directement. Or, la démence de ce dernier ne permettrait rien de tel. Comment dès lors découvrir la vérité ?

Un esclave entra pour servir du vin et des gâteaux. Il coupa d'eau le beau liquide grenat, qu'il versa dans quatre rhytons de corne posés sur des petits trépieds de bronze. On but à la santé des dieux et de leurs desseins, en les souhaitant favorables aux mortels.

Mégapenthès pria le prince de le suivre sur la grande terrasse inférieure où, quelques années auparavant, il aimait s'isoler avec celui qui fut un temps son ami, avant d'être chassé de Tirynthe par Prœtos, Bellérophon, précisément.

On y accédait par la porte principale du palais, côté ouest. Elle s'étirait sur trois quarts de stade, droit vers le nord où des cyprès en fermaient la vue, et constituait la plus belle plate-forme qu'on pût imaginer. Ses calycanthes diffusaient un parfum de camphre, et, à mi-distance, une colonnade où s'entrecroisaient des clématites abritait un banc de pierre.

– Nous serons plus tranquilles ici. Je t'écoute.

Pensif, Persée laissa son œil errer sur les parterres d'euphorbes blanches et les massifs de lauriers sculptés bas. Non seulement les sœurs de cet homme trop mince aux joues creusées avaient perdu la raison, mais leur mère avait rejoint l'Hadès. Il trouva son nom, « grand chagrin », adapté à ces malheurs. Il jugea de son infortune au mal qui touchait aussi son père. Par surcroît, ce jeune homme vivait sans femme.

– Je suis le petit-fils d'Acrisios, et toi le fils de Prœtos. Peu d'années nous séparent. Leur guerre fratricide a déchiré ce pays trop longtemps. La paix, aujourd'hui, passe par la mort de l'un et la folie de l'autre. Je suis pour ma part las de détruire. Nous appartenons à la même lignée, celle d'Abas et d'Aglaea. Ne devrions-nous pas, toi et moi, construire la plus glorieuse des paix, celle qu'aucune victoire ne précède ? Je viens d'Argos, où le peuple me veut pour souverain, mais je ne puis me résoudre à exercer cette charge ni à recevoir cet honneur. Tu règnes ici, comme un demi-roi...

Après une hésitation, Persée ajouta :

– Je suis fils unique, tu n'as pas de frère. Nous pourrions décider qu'un même père nous a conçus.

Cette proposition ne démentait pas l'histoire, songea Persée, si tout au moins Prœtos lui avait effectivement donné le jour. Elle alluma chez Mégapenthès un sourire. Signe annonciateur de furie, ou prémisse d'un accord ?

– Voici ma main, et mon cœur. Que le mélange de nos sangs scelle notre alliance !

Et, ce disant, ils s'entaillèrent successivement, avec la même lame, le plat du bras, puis croisèrent leurs estafilades en gage de fidélité réciproque.

Persée suggéra de tirer la première conséquence d'une fraternité peut-être plus que volontaire, réelle.

– Soyons plus encore que deux frères. Deux amis. Ce qui me revient, je te le cède, et je te demande la pareille. Échangeons nos royaumes. Cela établira, pour toujours, l'union de nos cités. Tu seras le maître d'Argos, et moi celui de Tirynthe.

Mégapenthès accepta, sans réserve.

Deux messagers, dépêchés vers Argos, en revinrent le lendemain avec l'assentiment de la ville. On regrettait la défection de Persée, mais on se félicitait du consentement de son alter ego.

À Tirynthe même, la nouvelle reçut le meilleur des accueils. Non qu'on se réjouît de se débarrasser d'une famille royale par trop affaiblie, et par conséquent dangereuse pour le royaume, mais le rayonnement de Persée autant que la beauté de sa femme annonçaient une nouvelle époque de prospérité. Quant à Mégapenthès, il disposerait enfin du véritable pouvoir dont l'écrasante personnalité de son père l'avait jusqu'alors frustré. Auprès de seigneurs qui n'avaient pas connu le grand monarque, il dépendrait de lui seul de s'imposer.

Les peuples fêtèrent l'événement par une hécatombe où périrent les plus beaux bœufs et les plus robustes taureaux des deux cités. Le défilé des victimes propitiatoires dura de longues heures devant les plus hauts hiérarques et les seigneurs des deux partis. Ce fut l'occasion, en présence des dieux, de se promettre assistance en cas d'attaque ennemie, et de prôner entre les deux villes, comme entre leurs familles, une attitude pacifique et bienveillante.

La remise officielle de son royaume par Mégapenthès à Persée conclut la fête. Le premier s'adressa d'abord à ses ressortissants.

– Seigneurs, prêtres, hommes et femmes libres, moi, Mégapenthès, roi de fait ici, à Tirynthe, je remets mon pouvoir à Persée pour être votre souverain. C'est plus qu'un homme. Ses exploits en témoignent. Ses aspirations le prouvent. Sa noblesse le démontre. Il continuera de mener ce royaume sur le chemin de l'honneur. Il augmentera la renommée de notre ville. Il l'élèvera vers les hauteurs que lui-même défriche. Il est juste et valeureux. Que Zeus l'éclaire dans ses pensées. Que jamais le belliqueux Arès ne préside à ses paroles. Que la raisonnable Athéna guide ses actes !

Puis, se tournant vers ses nouveaux sujets :

– Ton roi t'invite, peuple d'Argos, à rentrer chez toi.

Persée ne prononça pas d'allocution. Il parut. Couvrit l'assemblée d'un seul regard, paternel. On se prosterna. Il appela Andromède. Elle sortit de la masse humaine qui formait cercle autour de son époux et le rejoignit au centre. La présentation officielle de la reine s'acheva par un long baiser.

La foule s'écria, d'une seule voix :

– Gloire au divin Persée !

Les rois se donnèrent l'accolade et, quelques heures plus tard, Tirynthe retrouva son calme.

Une nouvelle vie commença pour Persée. Au nomadisme succéda la sédentarité. Il avait parcouru le monde de l'Occident à l'Orient. Il jouissait désormais d'un royaume pour exercer l'autorité de son âme, sans renoncer au combat de sa vie.

Dès le début de son règne, il engagea des travaux d'embellissement de la ville, renforça les murailles côté est, restaura les écuries dessinées par Bellérophon en élargissant leurs ouvertures et en les consolidant, commanda les plans d'une seconde rampe d'accès à la citadelle, autorisa l'extension des casemates des quartiers sud et ouest, ordonna la réfection et l'élargissement de la route d'Argos, mais aussi encouragea la plantation de nouvelles essences découvertes au Khémet – dont certaines variétés de figuiers –, favorisa le développement des échanges commerciaux, notamment avec la lointaine Phénicie, attribua des charges de dignitaires aux meilleurs artistes, promulgua des règles strictes condamnant tout mensonge, modifia les assiettes d'imposition, en particulier pour l'huile d'olive, institua des exemptions supplémentaires, et, au grand étonnement des seigneurs locaux, accorda des privilèges aux hommes qui se livreraient au dur métier de la pêche.

Il redessina aussi lui-même les allées de la grande terrasse, où il avait coutume de se retirer pour méditer, seul ou en compagnie d'Andromède. Chaque jour, il consacrait un moment à ce retrait, pendant lequel nul ne pouvait le déranger, quelle que soit l'importance ou l'urgence du sujet.

Beaucoup s'imaginaient qu'à l'écart du bruit et à distance des obligations quotidiennes d'un roi, Persée entretenait avec Athéna un dialogue ininterrompu. De fait, on le voyait souvent s'immobiliser devant un autel dédié à la déesse, dont il avait commandé la sculpture à un artiste crétois venu tout exprès, lequel était resté quelque temps à Tirynthe avec le jeune apprenti qui l'accompagnait, dénommé Alétios. D'autres attribuaient un caractère mélancolique à leur souverain : ce besoin d'isolement, ajouté à son habitude de parler peu et d'écouter beaucoup, en fournissait une preuve supplémentaire. Rares étaient ceux qui, comme Andromède, avaient pénétré son ambition.

Un soir, alors que les paysans dans la plaine rentraient une récolte abondante, don de Déméter, Persée s'accouda au parapet du mur est. Des femmes et des enfants ramassaient derrière les ânes les grains tombés de leurs sacs. Le paysage s'estompait lentement.

Un aigle solitaire, qui planait au-dessus des champs, perdit de l'altitude et vint se poser sur le sol. Il s'y campa, observa les alentours, et avec une fausse nonchalance partit à la découverte comme un voyageur dans une contrée inconnue. On aurait dit un dieu libéré de sa divinité.

Persée le contemplait encore quand son épouse le rejoignit. Sans quitter l'oiseau des yeux, il dit :

– Tutoyer l'Olympe, et y renoncer... Venir des cieux et se porter à la hauteur des hommes... Pourquoi chercher au loin ce qui gît à nos pieds ?

Ces pauses brèves, entrecoupant ces propos, faisaient croire à une conversation avec un interlocuteur ou une interlocutrice invisible.

– Cet animal peut regarder le soleil droit dans les yeux, sans ciller. Rien au monde ne peut le pétrifier.

Andromède retenait son souffle. Un fin filet de voix portait maintenant des paroles qui ne lui étaient pas précisément destinées.

– Ô, mortels, ne vous laissez pas intimider par la vérité resplendissante. Ne redonnez pas à Méduse le pouvoir ténébreux que je lui ai ôté. Ne la remettez pas entre vous et la vie. Ne permettez pas à la pierre, qui est chose morte, de s'emparer de votre corps et de votre esprit. Ne vous raidissez pas. Ne vous arrêtez pas en chemin. Marchez vers la lumière. Ce que j'ai fait, accomplissez-le aussi.

Persée s'allongea, respira longuement, et, comme s'il répondait à l'apostrophe précédente, avec une tranquille assurance, il murmura :

– Qui suis-je donc pour m'adresser ainsi à l'univers ? L'enfant de Zeus ? Le fils du roi Prœtos ?

Après un nouveau silence, il ajouta :

– Je règne désormais sur Tirynthe, mais le temps est venu pour moi de devenir un homme. Juste un homme.

NOTE DE L'AUTEUR

De Persée, la littérature antique ne nous dit pas grand-chose : quelques passages dans *L'Iliade*, des évocations chez Hésiode, Pindare, Apollonius de Rhodes, Apollodore, Hérodote, Eratosthène, Ovide, Hygin, Horace ou Clément d'Alexandrie. Il intervient aussi dans une pièce d'Euripide intitulée *Andromède*, ainsi que dans des tragédies perdues de Sophocle et d'Eschyle.

Ce héros mythologique est avant tout connu pour avoir tranché la tête de Méduse, monstre pétrifiant quiconque osait croiser son regard. Cette Gorgone incarne symboliquement ce qu'aucun homme ne peut vaincre : la mort. À moins d'opposer à sa puissance destructrice un autre regard, celui que Persée trouve en lui après un long voyage. Son périple constitue son parcours initiatique.

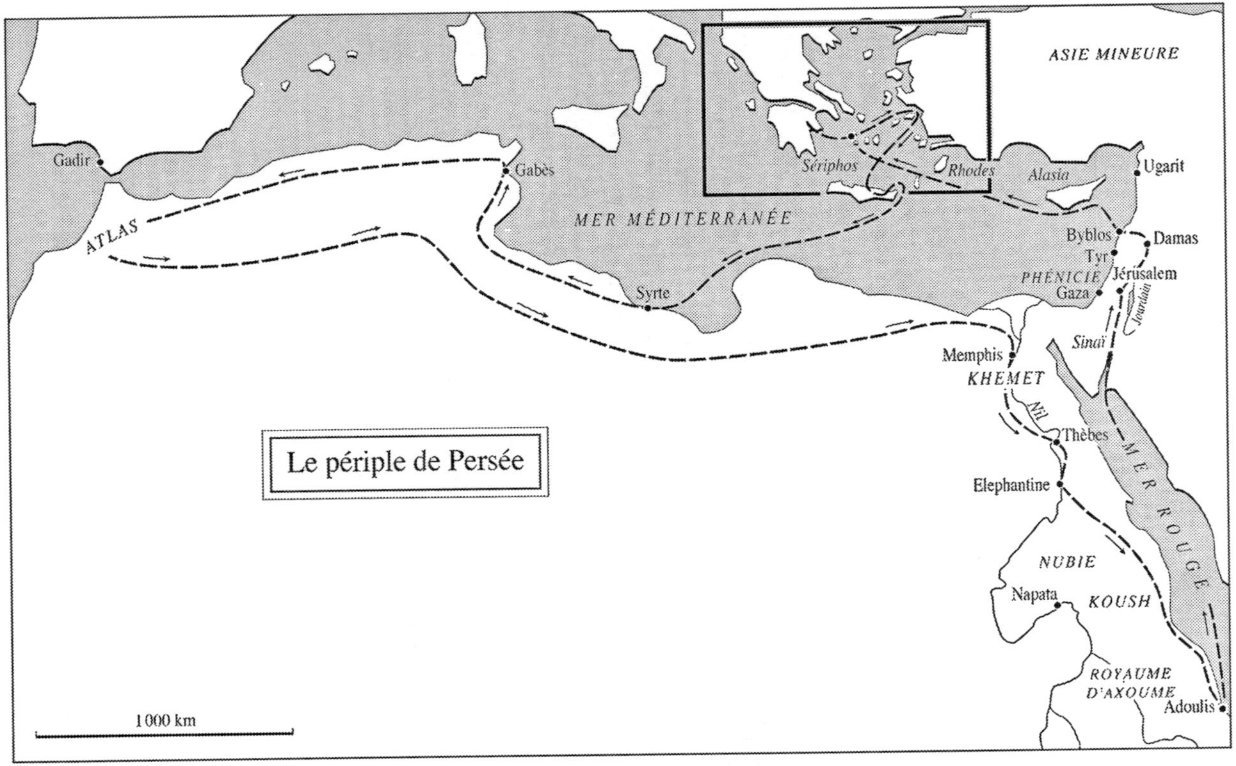
Le périple de Persée
ASIE MINEURE
Ugarit
Alasia
Rhodes
Sériphos
MER MÉDITERRANÉE
Byblos
Damas
Tyr
Jérusalem
PHÉNICIE
Gaza
Jourdain
Sinaï
Memphis
KHEMET
Nil
Thèbes
Elephantine
MER ROUGE
NUBIE
Napata
KOUSH
ROYAUME D'AXOUME
Adoulis
Gadir
Gabès
ATLAS
Syrte
1000 km

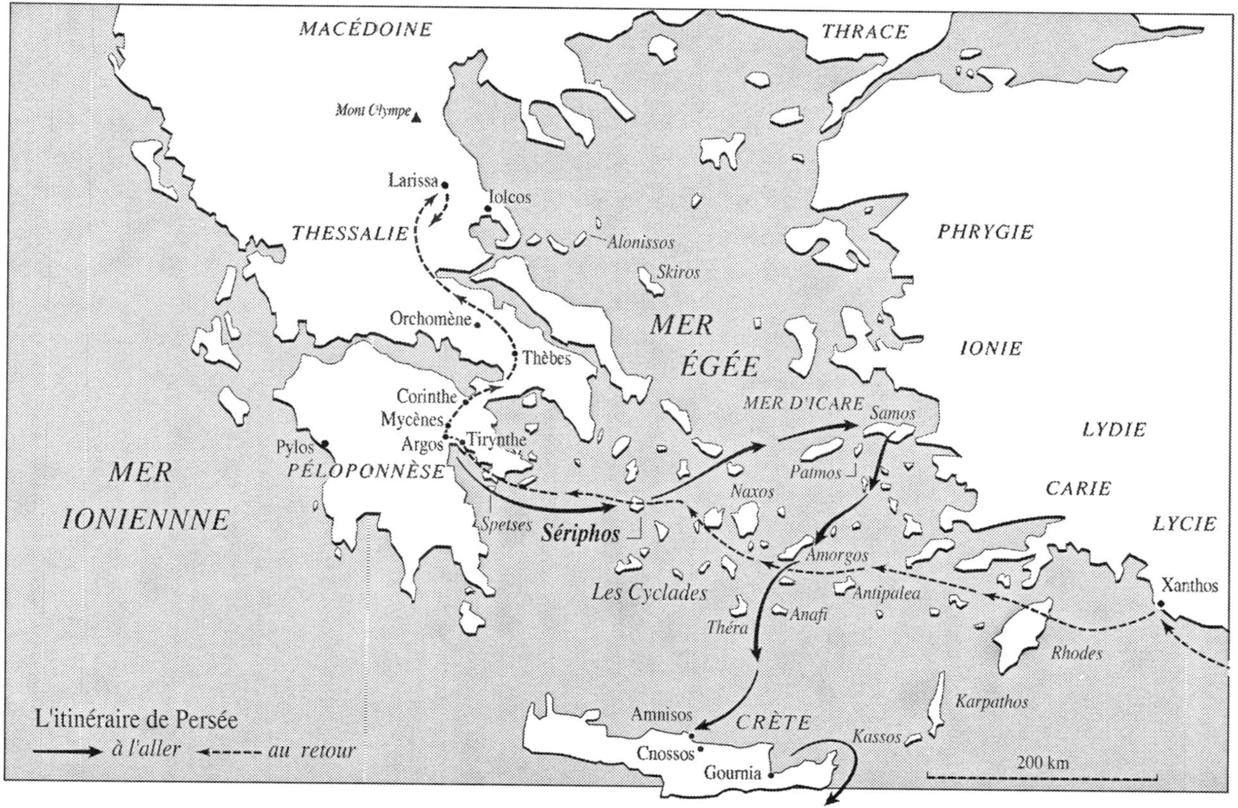
MACÉDOINE
THRACE
Mont Olympe
Larissa
Iolcos
THESSALIE
Alonissos
Skiros
PHRYGIE
Orchomène
MER
ÉGÉE
Thèbes
IONIE
Corinthe
Mycènes
Argos
Tirynthe
Pylos
PÉLOPONNÈSE
MER D'ICARE
Samos
LYDIE
Patmos
Naxos
MER
IONIENNNE
Spetses
Sériphos
CARIE
LYCIE
Amorgos
Xanthos
Les Cyclades
Antipalea
Anafi
Théra
Rhodes
Karpathos
Amnisos
CRÈTE
Kassos
Cnossos
Gournia
200 km
L'itinéraire de Persée
à l'aller
au retour

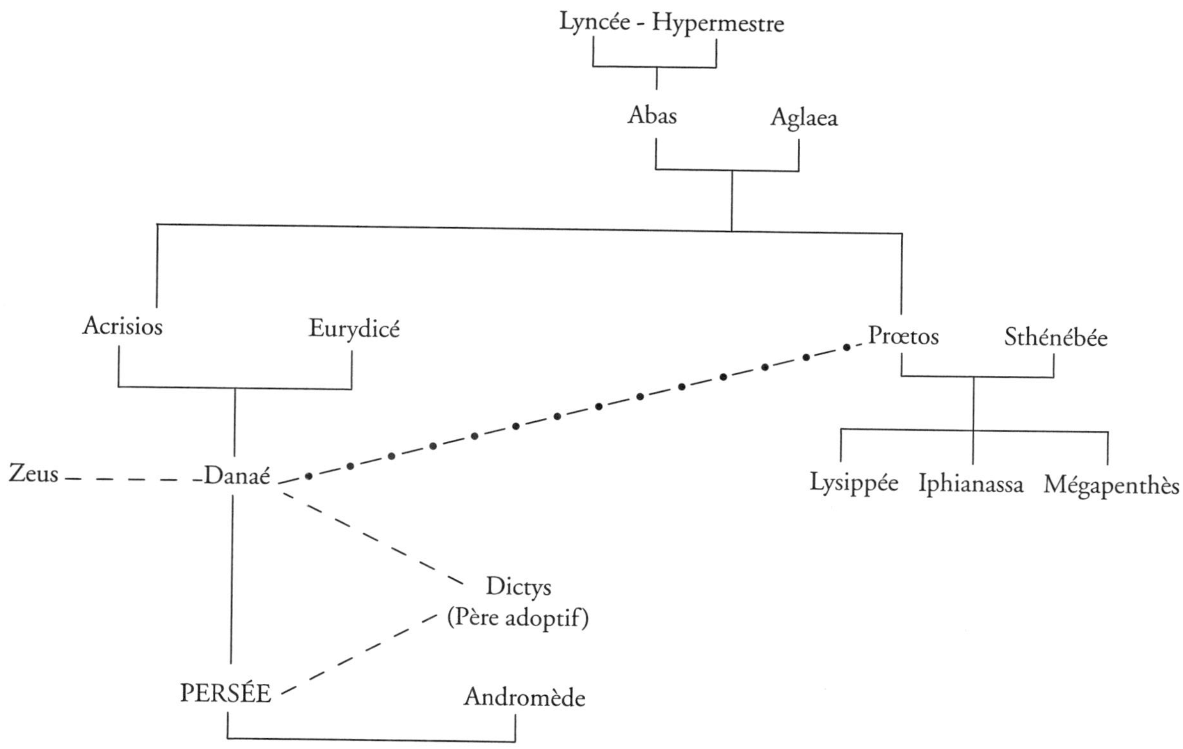

ARBRE GÉNÉALOGIQUE DE PERSÉE

DU MÊME AUTEUR

Aux Éditions Albin Michel

SISYPHE, roman, 2002.
LE CAVALIER DE L'OLYMPE, roman, 2003.

Chez d'autres éditeurs

LE PARI DE DON JUAN, PUF, 2000.
GÉRARD GAROUSTE. PEINDRE, À PRÉSENT, Fragments, 2005.

Composition : Nord Compo
Impression : Imprimerie Bussière, mai 2005
Editions Albin Michel
22, rue Huyghens, 75014 Paris
www.albin-michel.fr

ISBN 2-226-16710-2
N° d'édition : 23479. – N° d'impression : 052119/4.
Dépôt légal : juin 2005
Imprimé en France.